KB235885

차 현 숙 소 설 집

오후 3시
어디에도 행복은 없다

차현숙 소설집
오후 3시 어디에도 행복은 없다

초판발행/ 2000년 10월 30일
4쇄발행/ 2001년 4월 2일

지은이/ 차현숙
펴낸이/ 채호기
펴낸곳/ ㈜**문학과지성사**
등록번호/ 제10-918호(1993. 12. 16)

서울 마포구 서교동 363-12호 무원빌딩(121-838)
편집/ 338)7224~5 FAX 323)4180
영업/ 338)7222~3 FAX 338)7221
홈페이지/ www.moonji.com

ⓒ 차현숙, 2000. Printed in Seoul, Korea
ISBN 89-320-1205-9

값 7,500원

* 잘못된 책은 바꾸어드립니다.
* 지은이와 협의에 의해 인지는 생략합니다.

* 이 책의 판권은 지은이와 문학과지성사에 있습니다.
  양측의 서면 동의 없는 무단 전재 및 복제를 금합니다.
* 이 책은 문예진흥원으로부터 지원을 받아 출간되었습니다.

차현숙 소설집

●

오후 3시
어디에도 행복은 없다

문학과지성사
2000

차례

세상에 빛이 있어라　9

이브의 거울　51

서울, 밀레니엄 버그　81

유년의 강　113

아령　147

폭우　207

어느 쓸모 없는 자의 고백　243

2와 2분의 1　281

유리 구두　313

해설 · 사회학적 상상으로서의 페미니즘 · 하응백　331

오후 3시에는 나쁜 믿음이 피운 꽃들을 꺾는다,
나를 속이려 들었으므로.

마음의 사막에 외로움이 꽃핀다, 오후 3시엔
어디에나 행복이 없다.

─ 장석주의 시 「오후 3시에는 어디에나 행복이 없다」 중에서

세상에 빛이 있어라

나는 엄마를 믿지 않는다. 엄마가 너무 힘이 없기 때문이다. 엄마는 조금만 건드려도 비눗방울처럼 금방 사라질 것 같다. 난 엄마한테 내 고민을, 내 불만을 이제 말할 수 없다. 엄마에게 위로도 할 수 없다. 나는 앞으로 엄마를 위해 거짓말을 해야 한다. 난 괜찮다고. 잘 자라고 있다고. 내 삶에는 아무 문제가 없다고.

세상에 빛이 있어라

1

차임 벨을 누른다. 한 번, 두 번, 세 번…… 벨 소리가 끊긴다. 다시 누른다. 한 번, 두 번, 세 번…… 현관 문을 발로 찬다. 그리고 큰 소리로 부른다.

"엄마! 엄마! 아빠! 아빠! 나 왔어! 문 열어!"

"……"

"전화 받고 있다구? 알았어! 내가 들어갈게!"

주위를 둘러본다. 아무도 없다. 누군가 숨어 있다 해도 내 소리를 들었을 거다. 도둑이나 강도, 불량배들…… 집에 엄마와 아빠 중 누군가 있을 거라고 생각하고 내 곁을 떠나겠지. 매번 겪는 일인데 왜 자꾸 한숨이 나오고 가슴이 저릿한지 모르겠다. 가슴을 주먹으로 세게 치고 싶다. 풍선처럼 펑 터뜨리고 싶다.

가방이 너무 무겁다. 끈이 어깨 속으로 파고드는 듯하다. 서예 시간이 든 날은 등이 자꾸 뒤로 넘어간다. 엄마는 무거운 준비물은 사물함에다 넣고 다니라고 했다. 엄마는 너무 순진하다. 반에 도둑들이 얼마나 많은지 모른다. 가방 지퍼를 열고 열쇠를 꺼낸다.

집 안은 너무 지저분하다. 식탁엔 아침에 먹은 후레이크가 우유 속에 둥둥 떠 있다. 맹렬하게 배가 고팠지만 그걸 보자 먹을 마음이 없어진다. 친구들은 오늘 지혜의 생일에 초대받았다. 나도 초대받았다. 며칠 전 지혜는 말했다. 열 명을 초대해 KFC에서 햄버거 하나, 감자튀김, 그리고 치킨 하나, 콜라나 우유를 먹을 거야.

"넌 콜라하고 우유 중 뭘 먹을 거야? 미리 정해야 해. 그래야 우리 엄마가 가서 예약을 해놓는대."

"아무거나."

"그런 게 어딨어. 빨리 정해."

"콜라."

아침에 엄마가 말했다.

"점심은 완도식당에서 된장찌개를 시켜 먹어라. 라면이나 자장면은 안 돼. 꼭 밥을 먹어야 해. 엄마는 오늘 늦을 거다."

"오늘 지혜 생일이야."

엄마는 2천 원을 주었다. 공책이나 연필을 사라고 했다. 나는 학교에 가는 내내 선물을 생각했다. 6학년인데 좀 멋있는 걸 사고 싶었다. 2천 원으론 시시한 것밖에 살 수 없다. 엄마는 요즘 아이들이 연필이나 공책 같은 걸 선물로 받으면 다음날 도로 던져주는 걸 모른다. 내 용돈을 보태서 이번 달 게임 책을 살까?…… 나는 수업 시간 내내 그 생각만 했다. 4교시가 끝나고 지혜는 친구들 책상에 초대장을 하나하나 놓았다. 나는 왠지 초조했지만 며칠 전 지혜의 말을 생각했다. 지혜는 초대장을 내 앞의 창수에게 놓았다. 나는 지혜를 기다렸다. 그리고 게임 책을 살 생각이라는 걸 살짝 말해줄 거다. 지혜의 환한 얼굴이 떠올랐다. 지혜는 내 책상을 그냥 지나쳐갔다. 그리고 맨 뒤에 있는, 우리 반에서 제일 키가 크고, 운동도 잘하고, 힘이 센 태경이에게 갔다. 나는 너무 키가 작다. 운동도 잘 못하고 힘도 세지 않다. 공부도 중간이다. 여자 아이들에게 한 번도 러브 레터를 받지 못했다. 얼굴에도 주근깨가 있다. 내 별명은 깨곰보다. 친구들은 내게 먼저 잘해주지 않는다. 나는 절대 친구들에게 욕을 하거나 화를 내지 않는다. 가끔 친구들은 나를 놀이에 끼워주고, 얌전한 아이라고 자기 집에 데리고 가기도 한다.
"꼭 와야 해. 우리 엄마가 널 보고 싶대."
"미리 말 안 했잖아. 오늘 바빠. 학원에서 보충 수업이 있어."
"안 돼. 와야 해. 다른 애들한테도 니가 올 거라고 말했단 말이야. 치킨 먹을 거야. 선물은 안 사도 돼. 와. 응? 알았지. 엄마가 우리 모두 게임방에 데리고 간다고 했어. 그 다음엔 농구를 할 거야. 그러니깐 너가 있어야 해."
"생각해볼게."
　냉장고 문을 열어본다. 먹을 게 없다. 요즘 엄마는 며칠째 밥을 안 한다. 자장면이나 피자·치킨을 시켜준다. 치킨은 아무리 먹어도 맛있다. 치킨이 먹고 싶다. 친구들은 지금 햄버거와 감자튀김과 치킨과 콜라나 우유를 먹고 있을 거다. 나쁜 기집애! 졸라 재수 없는 년! 생각해보면 얼굴도 못생긴, 완전히 공주병에 걸린 기집애 생일에 안 간 게 얼마나 다행인지 모른다. 아빠는 얼굴이 못생긴 여자는 여자도 아니니까 절대 사귀지 말라고 했다. 아빠 말이 맞다. 아빠에게 전화를 하고 싶다. 아빠 말이 맞다는 말을 하고 싶다. 아빠는 집을 나갈 때 약속했다. 매주 토요일 오후에 꼭 나를 만나러 오겠다고 했다. 같이 야구장에도 가고…… 언제든지 전화하라고 했다. 아빠는 한 번도 야구장에 데리고 가지 않았다. 상관없다. 생각해보면 난 야구를 좋아하지 않는 것 같다. 하지만…… 지난 주에 아빠는 오지 않았다. 지지난 주에도…… 아빠를 본 지 너무 오래되었다.

지혜가 나를 초대하지 않은 이유를 알았다. 내가 아빠가 없기 때문이다. 지혜는 나를 초대하고 싶었을지 모른다. 하지만 지혜 엄마가 반대를 했을 거다. 친구들과 지혜 집에 놀러 갔을 때 지혜 엄마는 나에게 여러 가지 질문을 했다. 아빠 직업은 뭐니? 그래? 지혜 엄마는 눈을 동그랗게 떴다. 그럼 엄마는 뭐 하시니? 그렇구나. 엄마가 아주 힘들겠구나. 엄마를 많이 도와드려라. ……그런데 엄마와 아빠가 왜 헤어지셨니? 지혜 엄마는 라볶기를 해주시며 착하다고 내 머리를 쓰다듬어주셨다. 나는 다 먹어야 한다고 생각했지만 자꾸 가슴이 답답하고 숨이 가빠왔다. 지혜 엄마가 나에게 친절하게 할 때마다 나는 지혜를 때려주고 싶은 걸 참느라 주먹을 자꾸 쥐었다 폈다 했다.

아빠가 보고 싶다. 아빠한테 전화를 걸고 싶다. ……분명 아빠는 또 바쁘다는 말을 할 거다. 그리고…… 다음에, 다음에 아빠가 전화를 하겠다고 그럴 거다. 남자는 절대 울면 안 된다고, 아빠는 늘 말했다. 그런데 지금 자꾸 눈물이 나오고 소리 내어 울고 싶다. 그렇다. 아빠는 내가 마음에 안 드나보다. 내가 아빠 말을 안 듣고 자꾸 울어서 아빠를 실망시키기 때문이다. 다 내 탓이다. 지혜가, 지혜 엄마가 날 생일에 초대하지 않은 건 당연하다. 난 나쁜 애이기 때문이다.

엄마가 밉다. 아빠가 집을 나간 건 내 탓도 있지만 엄마 탓도 있다. 엄마가 좀 참고, 아빠한테 좋은 말을 하고 화를 내지 않고 기분을 좋게 해주었으면 아빠는 집을 나가지 않았을 거다. 그러면 난 아빠에게 울지 않을 수 있는 아이라는 것을 보여줄 기회가 있다. 난 아빠한테 실망을 주지 않으려고 노력하지만 아빠는 점점 나를 만나주지 않는다.

아빠가 있다면 지금 나는 지혜 생일 파티에서 치킨을 먹고 있을 거다. 엄마는 소용이 없다. 지난번 엄마 생일 때 내가 맘먹고 쓴 편지는 엄마에게 아무 효과도 없었다. 편지를 읽고도 엄마는 늘 지쳤다고, 돈이 없다고 화만 낸다. 그리고 운다. 나는 우는 엄마가 싫다. 엄마는 아빠 앞에서 늘 울었다. 아빠는 인상을 찌푸리고 가만히 서서 담배를 피웠다. 사실 나는 아빠가 엄마를 달래줬으면 했지만 아빠는 엄마가 울수록 더 화를 냈다. 지긋지긋해. 넌덜머리가 나! 나중에 엄마는 아빠 앞에서 울지 않았다. 아빠보다 더 큰 소리로 화를 내고…… 욕도…… 했다. 아빠는 엄마가 욕을 하자 엄마의 멱살을 잡고 안방으로 끌고 갔다. 안방 문이 잠겼고 엄마의 비명 소리가 났다. 나는 자꾸 오줌이 마렵고, 고추가 가렵고, 가슴이 조여오고, 숨이 찼다.

이불을 머리 끝까지 뒤집어쓰고 자고만 싶었다. 가물가물 잠이 왔다. 꿈에서 엄마가 안방 창문을 넘어 베란다를 지나 거실로 들어왔다. 아빠가 안방 문을 열고 나왔다. 엄마의 코에서 피가 흘렀다. 엄마가 부엌으로 가 식칼을 들었다. 아빠가 뒤로 주춤 물러났다. 엄마가 고함을 질렀다. 나가! 아빠가 현관 문을 열었다. 아빠는 엄마에게 욕을 한다. 쌍년!

아빠가 엄마 말대로 나갔다. 그 후 아빠는 집에 오지 않았다. 엄마는 변호사를 만나러, 할머니들을 만나러, 친구들을 만나러 매일 나갔다. 아빠는 엄마 말고 다른 여자들을 더 사랑한다. 엄마가 친구들에게 전화로 하는 이야기에서 나는 알 수 있다. 아빠는 엄마만 빼고 세상 다른 여자들에게는 좋은 남자라고 한다. 아니, 엄마만 빼고 세상 모든 사람에게 좋은 사람이라고 한다. 난 이해를 못 하겠다. 세상 모든 사람에게 좋은 사람이 어떻게 한 사람에게는 나쁜 사람이 될 수 있는지…… 그리고 아빠는 엄마를 너무나 좋아해 쫓아다녔다고 한다. 러브 레터도 많이 보냈다고 한다. 사랑으로 결혼하고, 사랑으로 나를 낳았다고 했다. 근데 지금은 왜 서로를 미워하는 걸까. ……그건 나 때문이다. 내가 나쁜 아이이기 때문에 엄마, 아빠는 불행해졌다. 나는 너무나 죄의식을 느낀다.

나는 태어나지 말았어야 했다.

엄마는 밤늦게까지 술을 마셨다. 나는 엄마가 술 마시는 게 싫다. 엄마가 술을 마시면 다음날 아침밥을 먹을 수 없다. 엄마, 술 안 마시면 안 돼? 술 마시면 아빠가 진짜 안 올지도 몰라, 엄마. 엄마는 나를 식탁에 앉혔다. 그때 엄마의 표정은 곰 같다. 아니 곰 인형 같은 얼굴이다. 오늘 아빠를 만났다. 아빠랑 엄마는…… 엄마의 말은 끝났다. 나는 짐작은 했지만 그래도…… 나는 뭔가 가슴 속에 커다란 덩어리가 생기고 그것이 점점 가슴 위로, 목구멍으로 터져나오려 한다. 나는 곰 인형 같은 엄마의 얼굴이 싫어 고개를 돌렸다. 그때 커다란 덩어리가 입 밖으로 나왔다. 내 안에 그렇게 괴상한 소리 뭉치가 있었다는 게 놀라웠다. 나는 오랫동안 그 덩어리에 밀려 이상한 소리를 내었고, 눈에 눈물이 그렇게 많은 줄 몰랐다. 목이 쉬어 더 이상 소리가 나오지 않고 눈물도 나오지 않았다. 그때 엄마가 나를 안았다. 그 순간 나는 단단한 돌멩이 같은 것이 가슴속에 깊숙이 박히는 걸 느꼈다.

울음도 나오지 않고 그저 가슴이 답답하고 무거워서 나는 숨을 길게 내쉬었다. 엄마는 내 긴 숨을 보고는 울음을 터뜨렸다. 불쌍한 내 새끼. 나는 불쌍한 아이가 된 거다. 엄마가 그렇게 말했다. 엄마가 그렇게 말했기 때문에 사람들도 나를 그렇게 본다. 할머니도, 삼촌도, 선생님도, 엄마 친구들도…… 차라리 엄마가 나쁜 내 새끼라고 하면 얼마나 좋을까 하고 엄마를 원망한다. 불쌍하게 나를 보는 그들의 눈이 정말 싫다. 노스트라다무스는 올해 지구가 멸망한다고 했는데 빨리 멸망했으면 좋겠다. 모두모두 죽어버렸으면…… 나도 죽었으면…… 그게 내 유일한 위안이다. 난 정말 나쁜 아이다. 그들은 모두 나를 잘못 봤다. 나는 불쌍한 아이가 아니다. 나쁜 아이다. 아무도 나를 알지 못한다.

내가 생각하는 (그럴 것 같은, 알고 있는) 엄마의 생각

오늘은 엄마의 서른여섯번째 생신이다. 하지만 오늘 아침에는 내가 기분이 나빴고 아침부터 분위기가 안 좋았다. 그 후 내가 온종일 나가 있었고 엄마는 혼자 집에 있었다. 엄마는 오늘만은 식구와 같이 있고 싶었을 것이다. 하지만 집에 혼자 있었으니 기분이 몹시 나빴을 것 같다. 이 점에서는 내가 잘못한 것 같다.

나의 생각(O: 하루 중 X분의 Y)

내가 엄마한테 하이텔 요금에 대해서 얘기하고 있었다. 내가 이

야기를 한 이유는 전에 엄마가 하이텔 요금이 11,000원에다 전화 요금이 2만원이 넘게 나왔다고 말한 적이 있었다. 나는 내가 조금 한다는 것을 증명하기 위해 얘기하고 있었는데 엄마는 돈 얘기만 하고, 게임만 하고, 밖에 나가 놀지 않는다는 등의 얘기만 했다. 나는 엄마가 말한 대로 게임을 줄여서 했고 꼭 게임만 하지는 않았다. 사실 게임을 하다 보면 시간을 좀더 끌 수 있고 특히 전투 중에는 저장이 안 돼서 더 오래 할 수도 있다. 나가 노는 것은 그저께부터 놀기 시작해서 놀기 싫을 때까지 놀았다. 돈 얘기에 대해서는 엄마가 잘 모르는 것 같다. 내가 엄마와 대화하는 시간은 10분도 되지 않는다(하루 평균). 그 중 내가 돈 얘기를 7분 했다면 엄마는 나의 10분의 7을 돈으로 생각하는 것이다. 하지만 나는 1440분의 7 만 돈을 생각한다. 나머지 시간에는 내 할 일, 내가 하고 싶은 것을 하고 그때는 돈에 대한 생각이 전혀 없다. 또 엄마는 나에게 검도 와 캠프를 다니라고 했다. 하지만 내가 원하는 것은 피아노와 미 술·일어다. 그 중 제일 하고 싶은 것은 피아노·미술이다. 엄마도 알고 있다. 그리고 내가 검도·캠프를 싫어하는 것도 알고 있다. 아무리 말해도 내 얘기는 안중에도 없다. 내가 최근에 저금통을 뜯 어서 그것을 어떻게 쓸지에 대해 말할 때도 엄마는 전화로 수다만 떨고 있었다. 나에게는 아주 진지한 일이다. 학원 이야기, 돈 이야 기를 대충 넘어간 것은 내가 힘이 없어서이다. 내 이야기를 내가 당당하게 말 못 한 것은 괜히 울음부터 먼저 나오고, 또 대들면 혼 날 것 같아서였다. 하지만 이제부터 달라질 것이다. 울면서도 내가 옳다고 생각하면 내 입장을 분명히 밝힐 것이다. 혼나면서도 내가 옳다고 생각하면 끝까지 내 입장을 분명히 밝힐 것이다. 또, 전에

는 엄마가 무서운 얼굴을 하면 웃음으로 넘겼지만 이제는 진지하
게 대할 것이다. 이것은 아주 중요하다. 지금까지 말한 게 1이면
이것은 무한대를 넘을 정도로 중요하다. 이것을 말로 표현하기는
아주 힘들지만 내 마음으로 따진다면 내가 흘리는 눈물의 2분의 1
이 그 때문이다. 예를 들면 아까 나왔던 돈과 학원 문제가 1이다.

　이번 일에 대해서는 아주 화가 났다. 나를 이해해주지 않아서.
나도 오늘 엄마 입장을 때려치우고 내 입장대로만 행동했다. 이게
나쁜 일인 건 알지만 계속 이렇게 나가다가는 내 입장을 얘기 못
하고 내 불만을 얘기하지 못할 것 같았다. 그래서 엄마 생신인데도
불구하고 이런 말을 했다. 이것은 변명도 핑계도 아닌 확실한 나의
생각이다. 하지만 반성은 반성이고 죄는 죄다. 또 엄마에 대한 죄
송함도 크다. 엄마가 얼마나 힘든지 내가 이해를 못 했기 때문이
다. 엄마가 원한다면 그 대가를 치를 준비가 되어 있다. 나를 더 혼
내거나 혼내지 않는 건 엄마의 선택이다. 또, 이 글의 목적은 엄마
가 나를 다른 측면에서 이해해주었으면 하는 바람 때문이다. 그리
고 엄마에게는 내가 확실히 잘못했으니 나중에 멋진 선물로 용서
를 빌겠다. 지금까지 내가 쓴 글이 거짓이 아닌 것을 보여주겠다.

1999년 9월 4일
엄마의 아들 올림

　엄마 생일에 쓴 편지를 다시 읽으니 아빠에게 전화할 용기가 생
긴다. 아빠가 또 바쁘다고 하면 난 아빠 입장을 때려치우고 내 입
장만 말할 거다. 아빠가 약속을 지키지 않았다고 대들 거다. 그래

도 안 되면 내가 지금 죽을병에 걸렸다고, 아니 지금 자동차에 치었다고 말할 거다. 그러면 아빠는 반드시 올 거다. 나는 수화기를 든다.

2

　피자헛에 들어갔지만 아무도 내게 관심을 기울이지 않는다. 나는 빈자리를 눈으로 찾는다. 하지만 말을 안 하고 그냥 앉으면 혼이 날 것 같아 그냥 빈자리를 쳐다보며 서 있는다. 엄마·아빠와 함께 피자를 먹는 아이들, 친구들과 함께 생일 파티를 하는 게 분명한 아이들이 눈에 띈다. 다행이다. 내가 아는 아이들이 아무도 없다. 피자 빵의 고소한 냄새와 햄 냄새, 치즈 냄새가 내 콧속으로 들어와 마치 뱃속을 쥐어짜는 듯하다. 하지만 이상하게 배고픔과는 달리 나는 어지럽고 토할 것 같다. 나는 비틀거린다. 누군가 내 손을 잡는다.
“자리를 잃어버렸니?”
　빨강 옷의 아르바이트 명찰을 단 대학생 형이 묻는다.
　나는 고개를 젓는다. 자리를 잃어버렸니? 자리를 잃어버렸니?…… 자리…… 내 자리……
“빈자리를 하나 주세요.”
　대학생 형은 고개를 갸웃거리며 나를 구석진 자리로 안내한다.
“뭘 먹을래? 돈은 있지?”
“……”

“너, 혹시 돈 없니?”

“아빠가 올 거예요.”

“그래? 거짓말하는 건 아니지.”

“……”

　내가 거짓말쟁이라는 걸 이 형은 어떻게 알았을까. 나는 아빠에게 거짓말을 했다. 학교에서 오다가 자동차에 치였는데 피가 나지 않아 그냥 집으로 왔다고…… 자꾸 구역질이 나고 온몸이 아프다고 했다. 아빠는 자동차 주인이 병원에 안 데리고 갔느냐며 마구 화를 냈다. 자동차 번호를 아느냐고 물었다. 나는 모른다고 했다. 아빠는 내 거짓말 속의 자동차 주인을 향해 인간 같지도 않은 개 같은 새끼! 하며 다시 욕을 했다. 나는 자꾸 가슴이 벌렁댔다. 아빠가 바쁘니깐 엄마한테 빨리 전화해서 오라고 시키면 어쩌나 해서. 나는 그 말이 나오기 전에 또 거짓말을 했다. 엄마한테 전화를 했는데 통화가 안 돼요. 그 말을 들은 아빠는 한참 동안 아무 소리도 안 했다. 나는 걸을 수 있으니까 저번에 만난 피자헛에서 기다리겠다고 했다. 아빠가 알았다고 하며 전화를 끊었다. 아빠는 올 거다. 그러니깐 적어도 이 형한테 나는 거짓말쟁이가 아니다.

　시간이 흘렀다. 아주 많이 흐른 것 같다. 앞자리의 가족들은 커다란 콤비네이션 피자 한 판을 다 먹고 가고, 그 자리에 다른 가족이 아까와 똑같은 커다란 피자를 시켜서 먹고 있다. 나는 자꾸 한숨이 나온다. 대학생 형이 피자를 들고 내 옆자리로, 앞자리로 왔다갔다할 때마다 나는 혹시 내가 그 형한테 진짜 거짓말을 한 것 같은 생각이 들었다. 그 형은 나를 이 자리에서 내쫓고 그리고 주먹으로 한 대 때릴지도 모른다. 목이 말랐지만 물을 달라고 할 수가 없다. 나는 맞은편 창밖을 본다.

지혜의 모습이 돌연 나타난다. 지혜 엄마가 보이고 우리 반 아이들이 보인다. 나는 최대한 몸을 작게 만들어 그들의 눈에 띄지 않게 숨는다. 그러나 눈은 그들을 샅샅이 보고 있다. 노스트라다무스의 예언은 빗나갔다. 나의 희망은 사라졌다. 아이들은 횡단 보도를 걷는다. 상가를 향해 간다. 상가 뒤에는 새로 생긴 넓고, 깨끗하고, 많은 컴퓨터가 있는 게임방이 있다. 사이버 존스. 그곳에는 스테핑 스테이지가 있다. 컴퓨터에서 흘러나오는 노래와 발 동작으로 춤을 출 수 있다. ‘피파 99’나, ‘대항해 시대’를 할 수 있다. ‘대항해 시대’는 내가 좋아하는 게임인데 나는 겨우겨우 돈을 벌어 배를 샀다. 그래서 갤리온·카락·경갤리온·나오 등 배 다섯 척으로 무장을 하고 아프리카로 갔다. 이제 나는 그곳에서 무역을 해서 많은 돈을 벌 거다. 컴퓨터만 고장나지 않았으면 지금 나는 세계를 정복하고 부자가 되었을 텐데……

사이버 존스에서는 운이 좋으면 어린이 도박도 할 수 있다. 단한 번도 면도기나 인형, 열쇠 고리를 딴 적은 없지만 그건 내가 거는 돈이 너무 적어서이다. 아빠가 오면 할 일이 생각났다. 아빠가 없다고 매일 나를 놀리고 괴롭히는 친구들에게 아빠를 보여주고 아빠한테 돈을 받아 도박을 할 것이다. 그래서…… 많은 선물을 따고…… 친구들은 내일 모레 학교에 가면 나를 다시 좋아하겠지. 내가 딴 면도기를 아빠에게 주면…… 아빠는 나를 칭찬해줄 거다.

토할 것 같은 메슥거림이 멈추고 기분이 좋아져서 나는 진짜 배가 고프다. 아빠가 빨리 왔으면 좋겠다. 사실 난 피자가 먹고 싶지 않다. 숯불돼지갈비에다 하얀 밥을 먹고 싶다. 밥은 두 그릇, 아니

세 그릇까지도 먹을 수 있을 것 같다. 아빠가 오면 대학생 형은 내게 미안해할 거다.

나는 아빠를 얼마든지 기다릴 수 있다. 피자집 문이 닫혀도 나는 그 앞에서 기다릴 수 있다. 내일은 일요일이고 학교도 가지 않는다. 나는 기다릴 수 있다. 하지만 게임방의 지혜와 아이들은 나와 아빠를 기다려주지 않을 거다. 나는 정말 자동차에 치였나보다. 몸이 쑤시고 다리도 팔도 빳빳하게 굳어오고, 조금만 움직여도 찌릿한 아픔이 온다. 나는 숨이 턱 막힌다. 숨을 쉴 수 없다. 나는 탁자에 엎드린다. 너무 기운이 없다. 오줌이 마렵다. 하지만 이 자리를 떠날 수 없다. 아빠를 만나야 한다. 아빠에게 묻고 싶은 말이, 하고 싶은 말이 많다. 아빠는 분명 그런 말을 듣는 걸 싫어하겠지만 오늘은 꼭 사실을 알아야겠다. 엄마랑 헤어진 게 나 때문인지를⋯⋯ 꿈에 엄마가 친구한테 말하는 걸 들었다.

사이가 좋았지. 응? 글쎄, 아마 내가 아이를 가진 후부터 싸운 거 같아. 응? 그 사람은 좀 다르잖아. 니 신랑이야 아이를 좋아하잖아. 그 사람은 굉장한 부담을 가졌던 거 같아. 난 입덧할 때 남편이 사다준 음식을 한 번도 먹어본 적이 없단다. 눈치를 보고 도대체 내가 다른 남자의 애를 가진 것도 아닌데 왜 이렇게 주눅이 드나 해서 괜히 울고, 싸우고⋯⋯ 글쎄, 그땐 나도 잘 이해가 안 갔는데 지금 남이 되어서 객관적으로 보니깐 아마 남편은⋯⋯ 이혼했는데 남편은 무슨 남편⋯⋯ 나도 미쳤나봐. 아무튼 그 남잔 아이가 무서웠나봐. 그런 거지 뭐. 자식에 대한 부담감·책임감·의무⋯⋯ 글쎄, 그 남잔 다른 남자랑 좀 틀리다니깐⋯⋯ 몰라⋯⋯ 그때부터 점점 나하고 뭔지 모르게 틀어지고 내가 여자로 보이지 않는다고 하더라. 밖으로 나돌기 시작한 게 임신 7개월 넘어서일 걸. 난 나대로 아이 때문에 힘들고…… 뭐, 맨날 싸웠지. 그리고 무엇보다 돈이 갑자기 필요해졌어. 아이가 생기면 방도 하나 더 있어야 하고…… 아무튼 돈 없인 아이를 키울 수 없잖아? 돈 문제로 또 싸우고…… 애는, 갖고 싶어서 가졌니? 넌 애를 둘씩이나 가져본 애가 말을 그렇게 하니? 생긴 걸 그럼 어떡하니? 관두자. 다 지난 일이다. 넌 남편한테 잘하고 살아. 남편이 벌어다 주는 돈으로 살림하고, 아이 예뻐해주는 남편 바라보며 사는 여자가 세상에서 제일 부럽다. 그만 해. 그만 해. 그것도 위로라고 하니? 아무튼 넌 잘살아. 응.

난 내 과거에 대해 혼란에 빠진다. 나는 그때 아기여서 아무것도 기억할 수 없다. 사실은 오직 그들만이 안다. 하지만 그들은 사실을 말하지 않는다. 만약 엄마와 아빠가 이혼을 하지 않았다면 나는 어쩜 내 과거에 대해 아무런 의혹도 갖지 않았을 거다. 그리고 진실이 무엇인지도 몰랐을 거고, 알 필요도 없었을 거다.

키가 크고, 약간 마른 남자가 피자헛 문을 열고 카운터에서 두리번거린다. 잘생기고, 머리도 멋지게 깎은 낯선 남자다. 나는 숨을 죽인다. 남자는 멋진 양복을 입고 나를 향해 크고 정확한 걸음으로 다가온다.

"가자, 병원에!"

"……"

"어서 일어나."

"……"

낯선 얼굴은 내 앞에 앉는다. 너무 오래 기다렸나보다. 조금 전까지만 해도 선명한 얼굴로, 다정한 표정을 떠올리며 여러 가지 계획을 세웠는데 아무것도 생각나지 않는다.

"어디가 아프니?"

"……"

"……"

"……"

낯선 얼굴의 아빠가 담배를 꺼낸다. 그리고 불을 붙이고 창밖을 본다. 아빠는 나에 대해 모든 걸 다 알았다는 표정으로 담배 연기를 길게 내뿜는다. 아빠는 화를 참고 있다.

"아픈 데는 없는 거지!"

"……네."

"확실하지……"

"……네."

아까 그 대학생 형이 메뉴 판을 들고 왔다. 대학생 형은 나를 향해 기분 나쁜 미소를 짓는다.

"뭐가 먹고 싶니?"

"……아무거나……"

난 갑자기 배가 고프지 않다. 기운만 없을 뿐 정말 배가 고프지 않다.

"아무거나가 어딨어. 먹고 싶은 걸 말해. 아빠가 다 사줄게."

"……"

나는 정말 아무것도 먹고 싶지 않다. 후회가 밀려왔다. 아빠한테 거짓말을 한 것에 대한 후회가 아니라 아빠를 보고 싶어했던 나에 대해 후회스럽고, 나 자신에 대해 너무나 화가 난다.

"여기서 제일 맛있는 피자하고 그리고 콜라…… 또 뭐가 있지?"

대학생 형은 메뉴 판을 아빠에게 보여주며 여러 가지 설명을 한다.

"그럼 스파게티도 하나 주지."

난 스파게티를 좋아하지 않는다.

"공부는 잘하지?"

"……"

선생님이 청소를 하고 있는 나를 불렀다.

"너 요즘 성적이 계속 떨어지고 있다. 이번 수학 경시 대회 때 너를 추천하고 싶었는데 지난번 시험이 너무 엉망이야. 무슨 고민이 있니?"

"아니요. 앞으로 잘하겠습니다."

"그래. 청소 마저 하고 집으로 가라."

커다란 콤비네이션 피자와 콜라와 스파게티가 나왔다. 아빠는 내 앞에 그 모두를 밀어놓고 담배만 피워댄다. 나는 식욕이 전혀 생기지 않는다. 가슴속에 뭉글뭉글 모여 있는 것들이 안개처럼 퍼지며 가슴이 저릿하고 뭔가 자꾸 치밀어오른다. 나는 피자 한 조각을 집어든다. 아빠는 초조하게 담배에 또 불을 붙인다. 나는 목이 멘다.

"왜 그렇게 못 먹니?"

"아까 친구 생일 파티에 가서 너무 많이 먹었어요."

아빠는 고개를 끄덕인다. 아빠 핸드폰이 울린다. 아빠는 핸드폰을 든다.

"여보세요. 응. 지금 누굴 만나느라. 응. 알았어. 곧 갈게."

곧 갈게. 아빠는 곧 갈 거다. 생각해보면 아빠는 언제나 바쁘고 나를 만나면 제대로 이야기를 나누지 못한다. 맛있는 걸 사주고 백화점에 가서 비싼 선물을 사주고 그리고 다음에 또 보자고 하면서 아빠는 차를 타고 간다. 나는 언제나 그걸 잊어버리고 자꾸 아빠와 놀 새로운 계획을 생각하고 기대한다. 이젠 아무런 놀이 계획도, 내 고민을 말할 기대도 갖지 않는 게 좋을 듯싶다. 핸드폰을 주머니에 넣은 아빠는 할 말이 있는 듯 나를 본다. 나는 입 안에 침이 고여 내가 들어도 들릴 정도로 자꾸 침을 꿀꺽꿀꺽 삼킨다.

"너두 이젠 열세 살이다. 이젠 남자야. 그렇지?"

"……네."

"다 컸다. 너도 이젠 알아야 할 건 알아야지."

아빠는 다시 담배에 불을 붙인다.

"아빠는 절대 너를 버린 게 아니야. 너는 아빠의 아들이다. 알지?"

"……네."

"당분간 아빠가 좀 바쁠 거야."

"……"

"……너도 더 크면 남자로서 아빠를…… 이해할 수 있을 거야. 남자는 혼자 살기가 너무 힘들어. 그러니까 밥도 해주고, 빨래도 해주는 그런 좋은 여자가…… 필요해. 그런 여자가 없으면 남자는 밖에 나가서 일을 열심히 할 수가 없어. 아빠는…… 그걸 너무 늦게 깨달았단다."

아빠는 이제 우리와 같이 산다. 그렇게만 된다면 나는 이제 새 사람이 되어서 열심히 노력할 거다.

“……아빠가 결혼을…… 한…… 다.”

나는 무능하다. 모든 노력은 아무 소용이 없다.

“아빠, 아기 낳을 거예요?”

“……!”

“네?”

“……곧 동생이 생길 거다.”

아빠가 더 나를 싫어할 줄 알지만 엄마한테 아빠가 이젠 오지 않는다는 말을 들을 때처럼 덩어리가 가슴속에서 터져나온다. 울음이 멈춰지지 않는다. 나는 점점 아빠가 싫어하는 아들이 되어간다. 아빠는 주위를 둘러보며 내 어깨를 꼭 잡는다. 아빠는 곰 같은 표정이다. 그때의 엄마처럼…… 역시 내가 문제였다. 내가 아니면 엄마는 아빠랑 행복하게 살았을 거다. 아빠는 이제 그 아기를 사랑할 거다. 나는 사랑받는 아기가 아니었다. 날카로운 돌멩이가 또 내 가슴속으로 날아와 콕 박힌다. 숨을 쉬기 위해 나도 모르게 입을 벌렸다.

“널 더 자주 만나러 올 거야. 약속해.”

나는 이제 아빠의 말을 믿지 않는다.

“아빠를 믿지? 널 사랑한다.”

“네.”

나는 아빠가 날 사랑하지 않는다는 걸 믿는다. 나는 또 거짓말을 했다. 누구도 나에게 질문을 하지 않았으면 좋겠다. 질문이 없으면 나도 거짓말을 하지 않을 거다. 내가 거짓말쟁이가 된 것은 어쩌면 나에게 질문을 하는 그들 때문이다. 선생님은 사람을 볼 때 그 눈을 보라고 했다. 선생님은 틀렸다. 사람의 입을 보아야 한다. 그 입에서 나온 말은 절대 믿으면 안 된다. 내가 몸만 작을 뿐이지 그들이 생각하는 것은 나도 다 한다. 아니 그들이 생각하지 않는 것, 꿈도 못 꾸는 생각을 나는 한다.

아빠가 사준 레고와 장난감을 들고 집에 온다. 사실 이런 장난감은 내게 필요 없다. 나는 어린애가 아니다. 내게 필요한 것은 컴퓨터를 업그레이드시키는 것과 게임 팩을 사는 거다. 나는 너무 피곤해 그것들을 그대로 현관 문 앞에 놓고 거실에 눕는다. 잠을 자고 싶다. 자꾸 마음이 슬퍼져 잠을 자지 않으면 나쁜 짓을 저지를 것 같다. 내 물건을 모두 다 망가뜨린다든가 책과 공책과 가방을 모두 못 쓰게 만든다든가…… 엄마가 왔다. 나는 심장 안으로 파고드는 돌멩이 때문에 더 이상 참지 못하고 가슴을 쥐어뜯었다. 가슴팍에 내 손톱 자국이 붉게 그어졌다. 울컥울컥 울음이 토해졌다. 엄마는 갑자기 나를 부둥켜안고 나보다 더 크게 운다. 나는 울다 지쳐 잠이 들었다.

꿈에서 엄마가 아빠에게 전화를 한다. 나쁜 놈! 애한테 그걸 말이라고 해! 기껏 만나 애 가슴에 못을 박아, 이 나쁜 자식아! 니가 사람이야! 그래, 어디 딴 년하고 얼마나 잘사는지 보자. 어떤 년인지 어디 고생 좀 해보라고 해! 왜 몇 달 동안 양육비 안 보내! 그렇겠지. 힘들었겠지. 그게 나하고 무슨 상관이지. 연애하고 결혼하고 돈 많이 들어가는 걸 내가 왜 이해해주어야 해. 밀린 양육비 전부 내일 오전 중에 온라인으로 보내. 안 보내면 애 앞세워 그 잘난 결혼식장에 쳐들어갈 거야. 알았어? 그래서 애 데리고 신혼 여행 가고, 그년하고 같이 애 키워봐. 응! 옛날의 내가 아니야. 난 이제 악밖엔 안 남았어. 돈 제때 안 보내면 절대 가만두지 않을 거야!

앞자리의 영호와 창수가 또 그짓을 하고 있다. 영호가 창수의 고추를 만져주며 엄마, 엄마, 하고 창수를 부른다. 창수는 키도 크지 않고, 얼굴도 잘생기지 못했는데 이상한 힘이 있다. 마법의 힘. 영호는 창수를 엄마라고 부른다. 그걸 따라 다른 몇몇 애들도 엄마라고 부른다. 어떤 여자 애는 가끔 아이들 안 보는 데서 창수한테 아빠, 라고 부른다. 그러니깐 창수는 그 애들의 엄마이자 아빠이다. 결손 가정의 아이들도 아닌데 걔들은 창수를 그렇게 부른다. 창수의 이상한 힘은 뒤에 중학교·고등학교 형들이 창수를 지켜주기 때문이다. 아무도 창수를 건드리지 못한다. 선생님도 건드리지 못한다. 이 동네 힘센 형들은 모두 창수를 막둥이 살인 요원이라 부른다. 창수는 우리 학교에서 힘없고 약한 아이들을 엄마처럼, 아빠처럼 돌봐준다. 우리는 창수를 엄마라고, 아빠라고 부르는 아이들을 놀리거나 절대 싸움을 걸지 못한다.

선생님이 곧 들어올 텐데 애들이 그짓을 그만 했으면 좋겠다. 영호가 뒤를 돌아 나를 본다.

"너 컴퓨터 고쳤어?"

영호의 손은 창수의 고추를 계속 만지고 있다. 내 컴퓨터는 메인 코드가 나가고 비디오 카드까지 나갔다. 엄마는 고쳐주겠다고 하다가 어차피 업그레이드할 거니까 돈이 생기면 본체를 아예 새로 사주겠다고 했다. 엄마는 차라리 잘됐다고 하며 그 동안 안 읽은 책이나 많이 읽으라고 했다. 어린 왕자, 나의 라임 오렌지 나무, 세

익스피어 4대 작품, 데미안, 그리스 신화, 갈매기의 꿈……

"오늘 우리 집에 와. 우리 아빠가 컴퓨터 사줬는데 어떤 게임이든 지 다 할 수 있어. 용량이 거의 동대문운동장만해. 다른 애들도 올 거야. 너도 너 하고 싶은 게임 팩이 있으면 가지고 와도 좋아."

"……오늘 할머니하고 삼촌이 올 텐데…… 삼촌은 유도 사범이 거든……"

창수는 내가 거짓말을 하는 건 아닌지 하는 의심스런 눈으로 나를 흘끗 본다.

선생님이 들어오신다. 나는 얼른 선생님 쪽으로 얼굴을 돌린다. 영호의 손도 재빨리 책상 위에 얌전히 올려졌다. 선생님은 기분이 좋지 않은 듯하다. 반장의 인사도 받지 않고 텔레비전을 켠다.

교장 선생님 얼굴이 나온다. 새로 오신 교장 선생님은 여자다. 교장 선생님은 말한다. 어린이가 담배를 피우면 자라지도 않고 나중에 늙으면 폐암에 걸려 반드시 죽게 됩니다. 지난주 토요일에 5학년 4반의 기집애들 셋이 화장실에서 담배를 피우다가 적발되었다. 교장 선생님은 비디오를 통해 특별 훈시를 내렸다. 담배를 피우는 어린이들은 중학교에 가면 반드시 퇴학을 당할 거라고 한다. 퇴학을 당하면 앞으로 아무런 희망이 없다고 한다.

선생님들은 우리의 장래를 잡고 있는 무시무시한 사람처럼 군다. 학교를 떠나면 우리가 살 수 없을 것처럼 말하지만 그건 틀린 생각이다. 나는 중학교에 가고 싶지 않다. 검정 고시를 치르든지, 내 형편에 일본 유학을 갈 수는 없으니까 초등학교를 졸업하면 곧바로 돈을 벌고 싶을 뿐이다. 일본은 우리가 가장 가고 싶은 나라다. 거기에 가면 만화와 많은 게임들이 있다. 나는 중학교를 못 가도 일본어는 꼭 배우고 싶다. 교장 선생님은 또 말한다. 어린이 여러분은 앞으로 21세기의 주인공이 될 사람입니다. 몸을 단련하고 열심히 배워야 합니다.

나는 그렇게 생각하지 않는다. 우리는 21세기의 첫 희생자이다. 우리는 너무나 많은 걸 알아야 하는데 우리들은 그런 걸 다 배울 수가 없다. 어른들도 다시 어린이가 되어 우리가 배워야 할 걸 배워야 한다면 못할 거다. 옛날의 어른들은 책으로 배우는 공부만 하면 출세를 할 수 있지만 지금의 우리는 그렇지 않다. 그렇게 생각하는 어른이 있다면 정말 어리석고, 세상에 대해 아무것도 모르는 어린애 같은 생각을 하는 거다.

21세기는 정말 어디로 튈지 모르는 탁구공 같다. 나는 한숨이 나온다. 도대체 무얼 배우고, 뭘 잘해야 성공을 하는 건지 모르겠다. 하지만 돈은 벌 수 있을 것 같다. 아르바이트. 나는 피자헛이나 맥도날드 햄버거에서 아르바이트를 열심히 할 거다.

더 이상 교장 선생님의 말이 듣기가 싫다. 단지 두 가지 생각밖에 나지 않는다. 기집애들이 너무나 병신 같다는 생각이다. 들켰기 때문이다. 바보 같은 기집애들! 또 하나는 교장 선생님이 너무 안됐다. 어른들에게는 너무나 비밀이 많다. 나도 한때 그 비밀을 알고 싶었다. 하지만 어른들은 내가 크면 자연히, 저절로 알게 된다고 한다. 그리고 무시한다. 어른들은 모른다. 나도 알 건 다 안다. 단지 어른들이 화를 낼까 봐, 나를 싫어할까 봐 모른체할 뿐이다. 하지만 그들은 내 비밀을 모른다. 결코 저절로 나의 비밀을, 나를 알지 못한다. 그건 비극이다. 그들은 나처럼 모른체하는 게 아니라 진짜 모른다. 나는 그것이 답답하고 슬프다. 그 비밀을 알려줄 수 없어 절망한다. 그들은 자신들의 비밀만을 간직하기 위해 우리들의 비밀을 알려고 하지 않는다. 그래서 이런 일이 생길 때마다 어떻게 이런 일이! 하며 난리를 친다. 그들이 정말 불쌍하다.

텔레비전을 끄고 선생님이 교탁에 선다. 선생님의 표정이 더 사나워진다.

"이철민! 너 나와!"

나는 뒤를 돌아본다. 나는 가슴이 철렁 내려앉는다. 철민은 머리를 주황색으로 염색했다. 불타는 머리다. 아이들은 조마조마한 표정을 짓지만 속으로는 재미있어한다. 사실 나도 선생님이 어떻게 나올지, 철민이가 어떻게 나올지 궁금하다.

철민이가 불타는 머리를 하고 선생님 앞으로 나갔다. 걸어나가면서 우리 모두를 향해 뒤로 V자를 흔들었다. 선생님은 화가 났다. 철민이를 팰 거다. 철민이는 맞는 걸 겁낼 아이가 아니다. 4학년 때 선생님은 우리가 조금만 잘못해도 커다란 대걸레 자루로 우리를 때렸다. 그때 우리 모두 울었다. 선생님보다 키가 크고 힘이 센 수철이도 울음을 터뜨렸다. 하지만 철민은 울지 않을 거다. 철민은 영웅이 된다. 선생님도 안다. 그래서 때리지 않는다. 교장 선생님의 특별 훈시 때문이 아니다. 우리의 비밀을 유일하게 아는 사람이기 때문이다.

"너! 머리가 그게 뭐야?"

"왜요? 어때서요?"

선생님은 교실 중앙으로 출석부를 집어던지고 교실을 나가버린다. 이상할 것도 없다. 선생님도 학교에 오기 싫을 거다. 우리가 할 수 없이 학교에 오듯 선생님도 그럴 거다. 게다가 이번에 온 교장 선생님은 그전에 있던 모든 규칙을 다 바꾸어놓았다. 체벌 금지가 그것이다.

지난번에 5학년 선생님이 어떤 남자애를 때려서 그 엄마·아빠가 교장실로 가서 따졌다. 그 후로 선생님들은 우리를 때리지 않는다. 좋기도 하고 한편으로 도리어 불안하기도 하다. 어떨 땐 그냥 선생님이 우리를 때려주었으면 하는 바람까지 생긴다. 하지만 어른들은 우리만 보면 화부터 내고, 우리가 아무리 잘하려고 해도 반드시 우리의 잘못을 찾아내 혼을 내줄 생각부터 한다. 억울하다. 우리가 어리다는 이유만으로 이런 건 너무 참을 수 없다.

선생님이 다시 교실로 들어온다. 두 팔을 깍지 끼고 철민이를 노려본다. 우리는 선생님을 일제히 쳐다본다.

"넌 공부는 안 하고 왜 멋부터 부려?"

철민이는 멋 내는 걸 좋아한다. 옷도 멋있게 입고 늘 깨끗하다. 그래서 우리 반에서 여자 아이들한테 러브 레터를 제일 많이 받는다. 친구들에게 러브 레터를 보여준다. 하지만 절대로 여자 아이들에게 답장을 하지 않는다. 인간성은 나쁘지만 멋있다.

"남자가 말이야, 여자처럼 벌써부터 멋만 부리고……"

여자 아이들도 염색을 한다. 그렇지만 선생님이 이렇게 혼을 내지는 않는다. 왜 철민이는 혼이 날까. 인간성이 나빠서? 남자라서? 선생님은 모른다. 여자 아이들이 남자 아이들보다 더 힘이 세고 얼마나 남자 아이들을 꼬집고 못살게 구는지. 사실 여자 아이들은 비겁하다. 남자 아이가 잘못하면 모두 몰려와 욕하고, 따지고, 때린다. 우리들이 조금만 잘못해도 선생님에게 이르고 자기들끼리 협동한다. 창수도 가능하면 여자 아이들은 건드리지 않는다. 무서워서가 아니라 귀찮아서이다.

"너의 엄마 · 아빠는 그 빨강 머리를 그냥 두든?"

"……"

"오늘 집에 가자마자 당장 빨강 머리를 검은 머리로 바꿔! 내일 학교 올 때는 검은 머리로 와! 알았어? 들어가!"

철민이가 입술을 깨문다. 다른 아이들 같으면 울었을 거다. 하지만 철민이는 절대 울지 않는다. 귓불만 빨개진다. 그건 창피를 당했기 때문이다. 차라리 선생님이 때렸으면 얼마나 좋을까. 왜 선생님들은 우리들을 혼낼 때 엄마, 아빠를 들먹일까. 이런 창피는 나도 견디지 못할 것 같다.

선생님은 아침 자습을 할 필요 없다고 말하시며 여러 이야기를 하신다.

너희 같은 애들을 20년도 넘게 가르쳤지만 요즘처럼 힘든 때는 없다. 도무지 통제가 불가능하다. 그리고 너무나 많은 요구가 국가에서, 사회에서, 너희들 부모에게서 온다. 도대체 우리 선생이 하느님이냐? 왜 선생에게 너의 인생 전부를 맡기는 거냐? 국가는 뭘 하고, 사회는 뭘 하고, 너희 부모님들은 지금 뭘 하는 거냐? 엄마가 직장을 나가는 아이들은 모두 손 들어봐!

우리 반 아이들 반 넘게 손을 든다. 나도 손을 든다. 선생님은 말은 하지 않지만 우리들이 나쁘게 된 건 엄마들이 집에 없기 때문이라고 생각하는 것 같다.

지난번 학교에 온 엄마에게 선생님은 말씀하셨다. ……애들 학원비 번다고 엄마들이 직장에 다니지만 그 시간 동안에 아이들은 점점 나쁜 길로 빠져들어가요. 엄마는 손수건을 꺼내 얼굴의 땀을

닦는다. 기껏 벌어봐야 사오십만 원 버는데…… 아이들은 엄마 없
는 빈집에서…… 엄마가 나에게 교실 밖으로 나가라는 눈짓을 한
다. 나는 모른체하고 운동장을 보면서 선생님의 말씀을 듣는다. 선
생님은 흥분했다. 지들끼리 모여 비디오를 틀어놓고 그걸 그대로
흉내내고, 어머니들은 아이들이 그 시간에 학원에 있는 줄 알지만
천만의 말씀이에요. 학원 선생들은 아이들이 결석해도 학부모님들
에게 연락하지 않아요. 연락하면 아이들이 서로 짜서 다른 학원으
로 가니까…… 엄마는 거의 울 것 같다. 엄마가 가까스로 한마디
한다. 아빠들은 다들 뭘 하나요? 네? 그거야 돈 벌려고 밖에 나가
있죠. 엄마는 입술을 굳게 다문다. 엄마는 억울한 표정으로 선생님
을 똑바로 본다. 선생님은 엄마를 엄하게 꾸짖는 눈으로 바라본다.
　나는 한편으로 엄마에게 통쾌하기도 하다. 나 대신 선생님이 복
수를 해주는 것 같다. 하지만 또 한편으로 엄마가 불쌍하다. 엄마
는 다른 엄마와 다르다. 아빠가 없다. 나도 친구처럼 굴려고 하는
엄마가 싫다. 부담스럽고 힘에 부친다. 그냥 엄마였으면 좋겠다.
진짜 엄마 말이다. 집에서 나를 기다리고, 아빠에게 좋은 말만 하
고 맛있는 음식을 해주는…… 엄마는 언제나 지쳐 있고 말하는 것
도 힘이 든다고 한다. 나는 엄마에게 말을 건넬 수가 없다. 엄마가
힘이 있다면 나는 엄마에게 화를 내고 못된 짓도 막 보란 듯이 하
고 싶다. 하지만 엄마는 너무 약하다. 그래서 엄마가 밉다. 내가 화
를 내지 못할 정도로 약하고 지친 엄마가 너무나 밉다. 난 갈수록
사람들을 너무나 미워한다. 엄마를 미워하는 나는 자꾸만 죄의식
을 느낀다. 지혜가 생일에 초대하지 않은 것도, 아빠가 나와 한 시
간도 있지 못하고 가는 것도, 엄마가 화를 내는 것도 당연하다. 난

나쁜 생각만 한다.

　사실 오늘은 좋은 날이다. 4교시 수업이 있는 수요일이기 때문이다. 선생님의 기분은 급식 때까지 풀리지 않았다. 새로 온 교장 선생님은 김치를 빼고는 절대 음식을 남기지 말라는 특별 훈시를 내렸다. 아이들은 그전보다 밥과 반찬과 국을 적게 먹는다. 남기는 게 겁이 나서 아주 조금만 먹는다. 언제나 텅 빈 밥통과 국통은 이제 반도 넘게 남는다. 나도 아침에 밥을 먹지 않아 많이 먹고 싶지만 혹시라도 남길까 봐 아주 조금만 달라고 한다. 특히 오늘 선생님은 밥풀 하나라도 남기면 혼을 내주겠다고 했다. 아이들은 급식 당번에게 조금만, 아주 조금만 줘, 라고 사정한다. 선생님은, 자신을, 우리를 포기한 듯하다. 규칙만 바꾸려 드는 교장 선생님과 우리에 대해 아무것도 알지 못하는 학부모들 때문이다. 국가 때문이다. 우리의 비밀을 알고 있는 선생님, 자신 때문인가. 아니면 정말 우리 때문일까. 우리가 어떻게 해야 하나. 그러나 결과는 똑같다. 나 같은 애들 때문이다. 나는 비겁하고, 다른 아이들이 나쁜 짓을 하는 걸 막지도 않는다. 단지 나한테 피해가 오지 않기만을 바라고, 무사히 학교 생활이 끝나기만 바란다. 곧 나는 아르바이트를 할 거다. 많은 돈을 벌 거다.

4

"선생님, 꼭 취재를 하도록 해주세요. 도와주세요."
　선생님은 거절하는가 보다.

엄마가 수화기를 들고 벌떡 일어난다. 엄마의 이마에 파란 핏줄이 돋는다.

"선생님, 꼭 좀…… 저한테는 너무나 중요한 일이에요. 선생님, 제 말씀 좀 들어보세요."

선생님은 또 거절하나보다.

아빠와 이혼을 한 뒤 엄마는 동네 아이들을 모아 과외 선생님을 했다. 동네 아줌마와 몇 번 말싸움을 하고는 곧 그 일은 그만두었다. 그 다음은 학습지 선생님, 보험 설계사, 공인 중개사를 하다가 출판사에도 다녔다. 지금은 성남에 있는 지역 신문 여기자이다. 이번엔 진짜 직업이야. 명함을 봐. 엄마는 명함을 내밀었다. 여기자. 엄마는 너무 기쁜 모양이다. 나를 끌어안는다. 내 이마에, 코에, 입술에 마구 입을 맞춘다. 사람들한테 대접받고, 이런 걸 진짜 직업이라고 하는 거야. 돈은 받아? 그 동안 엄마는 열심히 일했지만 언제나 제대로 월급을 받지 못했다. 한 직장을 그만둘 때마다 엄마는 돈 계산을 하다 말고 울었다. 나쁜 놈들! 사기꾼들! 난 맨날 왜 속고, 손해만 보는 거지. 엄마, 이번엔 월급을 꼭 받는 거야? 그럼, 월급은 수습 6개월이 끝나면 준다고 했어. 지금은 취재비만 받아. 하지만 여기자야. 여기자! 엄마의 어릴 때 꿈이었지. 니 꿈은 뭐니? 모르겠어. 그래? 엄마는 고등학교 때부터 여기자가 되는 게 꿈이었다. 열심히 일해서 반드시 중앙지 여기자가 될 거야. 우리 집에 아침마다 오는 신문 있지? 그런 신문에 엄마의 기사가 실리는 게 엄마의 목표야. 열심히 하다 보면 방법이 있을 거야. 엄마, 정말 이번엔 돈을 버는 거야! 왠지 모를 불안으로 목소리가 떨렸다. 그럼. 엄마는 이제 바보가 아니야. 엄마는 정말 잘해낼 거야. 그러니

까 너도 공부 잘해야 해. 대학에 가려면 우리 형편에 공부를 잘하
는 것밖에 없어. 우린 돈이 많지 않아. 알았지? ……응. 엄마는 말
이지, 대학 때 아빠를 만나 결혼하고 너 낳고 그러느라 제대로 된
직업을 갖지 못했어. 사회에서 주지 않았어. 왜? 그건 너도 크면
알지만 여자가 결혼을 하면 취직하기가 어려워. 취직한 상태에서
결혼을 해도 직장을 계속 다니기란 어렵단다. 넌 앞으로 여자를 만
나면 꼭 직업을 가진 여자랑 결혼을 해라. 왜? 그게 너한테도 좋고
니 아내한테도 좋단다. 뭐가? 너는 니가 번 돈을 몽땅 아내에게 주
고 싶니? 아니! 것봐. 그리고 니 아내가 집에서 매일 청소하고 아
기만 보고 살면 좋겠니? 아니. 그런 거야. 엄마하고 아빠는 그걸
너무 늦게 알아서 이렇게 되었단다. 사실 생각해보면 우리 잘못이
아니야. 이 사회가 문제가 많아서 그래. 니가 아직 어려서 모르겠
지만 대학만 들어가면 그런 건 금방 알게 돼. 요즘 세상은 너무 빨
리 변해. 너두 집안일을 할 줄 알아야 해. 안 그러면 너희 때는 여
자들한테 당하고 살 거야. 엄마는 이제 야근도 많이 해야 해. 그러
니까 니가 라면도 끓여먹고, 밥도 챙겨먹을 줄 알아야 해. 나중에
니 아내가 이 엄마한테 고마워할 거야. 그렇지? 하하핫…… 이제
엄마는 여기자가 됐으니까 친구들도 만나고, 할머니 · 할아버지도
만나고 삼촌들도 만날 수 있게 되었어. 당당하게 말이야.
"그럼, 선생님. 다음 기회에는 꼭 인터뷰에 응해주십시오. 약속해
주세요. ……좋은 작품 많이 그리세요. 건강하세요……"
　선생님은 승낙했나보다.
　그러나 엄마는 수화기를 손에 쥔 채 의자에 주저앉는다. 엄마는
곧 울 것 같다.

“엄마.”

엄마가 나가라는 손짓을 한다.

“엄마.”

“나중에. 나중에……”

“엄마.”

“글쎄, 지금은 엄마가 힘들어!”

“엄마.”

엄마는 무서운 얼굴로 나를 본다. 갑자기 벌떡 일어난 엄마는 손에 쥔 수화기를 벽에 집어던진다.

“좀 나가 있어! 너무 힘들어! 힘들어! 죽을 것 같단 말이야! 너까지 왜 그래!”

“엄마, 그게 아니라……”

엄마의 손이 내 뺨을 친다. 한 대, 두 대…… 나중에 엄마는 손으로 등을 마구 때린다.

“내가 죽어야지! 가! 가란 말이야! 니 아빠한테 가! 능력 있는 니 아빠한테 가서 살아. 난 더 이상 못 견디겠어! 아아아……!”

엄마의 매를 맞는 나는 너무나 억울하다. 나는 단지 엄마를 위로해주고 싶었다. 선생님과 전화를 하는 엄마에게 나는 엄마의 잘못이 아니라는 말을 하고 싶었다. 그 증거로 내가 며칠 전에 읽은 오이디푸스라는 사람에 대한 이야기를 해주고 싶었다. 오이디푸스는 잘못이 없다고, 왕비도 잘못이 없다고. 잘못은 왕이 먼저 한 거라고. 왕이 아들을 버리지 않았다면 모든 슬프고 불행한 일은 일어나지 않았을 거라는 말을 하고 싶었다. 왕비는 단지 약해서 오이디푸스를 왕에게서 지켜주지 못한 거라는 말을 꼭 하고 싶었다. 왕비는 단지 힘이 없었을 뿐이라고, 그리고 나는 절대로 엄마와 결혼하지 않을 거라는 말도…… 오이디푸스와 왕비는 억울한 희생자라는 말을…… 그래서 엄마의 기분을 낫게 해주고 싶었다. 그리고 엄마가 좋아하지 않을지 모르지만 왕의 잘못만도 아니라는 말도 하고 싶었다. 사실 왕도 억울하다. 신들의 게임에 놀림을 당하고 진 것뿐이다. 그건 그냥 신들의 심심풀이 게임일 뿐이었는데…… 엄마가 컴퓨터 게임을 할 줄 안다면 이 모든 걸 다 이해할 수 있을 텐데. 하지만 역시 왕이 문제다. 왕이 아들을 사랑했다면…… 왕 자리를 내주고 아들을 더욱더 사랑했다면 신들도 더 이상 게임이 재미없어 다른 게임을 했을 거다. 그러면 왕비는 죽지 않고 오이디푸스도 장님이 되지 않았을 텐데…… 왕도 물론 죽지 않았을 테고…… 문제는 단지 게임일 뿐이라는 사실을 알지 못했다는 거다.

엄마는 지금 불행하다. 나는 엄마를 도울 수 없다. 나도 불행하다. 나는 엄마가 원하는 그런 아들이 되지 못한다. 나는 너무 힘이 없다. 나는 이제 슬픔도 느끼지 못한다. 억울함과 분노가 맹렬하게 내 안에서 나를 친다. 가슴에 커다란 돌덩이들이 저희들끼리 치고 받는다. 가슴이 빠개질 것 같다.

엄마는 내 손을 잡아 끌고 현관 문을 연다.

"엄마! 엄마! 잘못했어요! 엄마! 엄마! 엄마! 잘못했어요. 잘못했어요! 날 버리지 말아요! 엄마! 엄마!"

"다 듣기 싫어! 니 아빠한테 가! 니 아빠한테 가! 가란 말이야!"

엄마가 현관 문을 꽝 닫는다. 엄마는 나를 버렸다. 언젠가 이런 날이 올 줄 알았다. 아저씨의 목소리를 나는 기억했다. 전화로 늘 엄마를 찾았다. 엄마 일 잘하라고 자료를 주러 오셨단다. 인사하고 니 방에 들어가서 공부해. 식탁에 앉은 아저씨는 나를 보며 웃는다.

인터뷰를 하려면 뭘 알아야겠네요. 냉장고에서 엄마는 캔 맥주를 꺼낸다. 아저씨가 나를 본다. 엄마가 말한다. 얼른 니 방으로 들어가.

"아, 정말 힘들어."

엄마는 늘 말한 대로 무서운 사회에서 살아남기 위한 방법을 모색하고, 그리고 무엇보다 위로를 받고 싶은 듯하다.

"정식 기자로 채용되는 건 확실해?"

"형, 내가 하는 일이 그렇게 불안해 보여? 잘될 거야. 지금은 다른 이야기 하자. 일 이야기는 싫어. 다른 이야기 좀 해봐. 형은 왜 이혼했어? 형은 아이들 안 보고 싶어?"

"야, 그런 이야기 하려면 난 갈란다."

"미안해, 형. 너무 힘들어서 그래. 난 정말 아이를 키우고 사는 게 너무나 무섭고 또 무서워. 자신이 없어. 형도 알잖아. 내가 무슨 능력이 있어? 쟤가 어른이 될 때까지 내가 살 수 있을지도 모르겠어. 형, 괜히 아이를 내가 키우겠다고 했나봐. 난 너무 자신이 없어, 형."

"재혼할 마음은 없니?"

"아이가 있잖아. 난 자신 없어."

"왜? 아이 데리고 시집가면 되지."

"그런 남자가 있어?"

"있을 수 있지."

나는 꿈속에서 커다란 선물을, 엄마의 커다란 선물을, 절대로 아저씨가 줄 수 없는 그런 선물을 엄마에게 준다. 엄마는 환히 웃는다. 아저씨는 떠난다. 엄마는 다시 나를 사랑한다.

현관 문은 굳게 닫혀 있다. 나는 현관 문을 두들기고 엄마한테 다시 용서를 빌까 생각하다 자신이 없어진다. 엄마가 나를 버리는 것은 당연하다. 당연하다. 나 같은 건 세상에 태어나지 말았어야 했다. 어두운 계단을 내려간다. 아빠도 그때 엘리베이터를 타지 않고 계단을 내려갔을까, 아니면 엘리베이터를 타고 내려갔을까. 아빠는 이제 오지 않는다. 아빠에게 새로 아기가 생긴다. 2000년에 태어날 아기는 나처럼 아빠를 실망시키지 않는, 울지 않는 착한 아기일 거다. 엄마는 지쳤다. 지친 엄마를 매일 보는 건 견딜 수 없는 고통이다. 날 버린 건 엄마가 한 일 중에 제일 잘한 일이다. 나도 더 이상 나 자신을 버틸 수 없다.

세상은 너무 어둡다. 별도, 달도 없다. 아파트 단지의 불도 꺼져 있다. 노스트라다무스의 예언은 왜 맞지 않았을까. 그러면…… 그러면…… 모든 고통은 끝이 날 텐데…… 놀이터는 텅 비어 있다. 가슴이 텅 빈 듯하다. 무섭지도 않고, 눈물도 나오지 않는다. 가슴이 아프지도 않다. 어둡고…… 멀리 차들이 다니고 검은 건물들이 보인다. 나는 그네에 앉아 흔들어댄다. 시간은 흐르지 않는다. 아무것도 생각나지 않는다.

"가자. 엄마가 잘못했다. 엄마가 너무 힘들어서 너한테 화를 냈구나. 집에 가자."

"……"

술 냄새가 난다. 엄마가 내 옆 그네에 앉는다. 하늘을 본다. 어둡다.

"넌 아빠 없는 아이가 아니야. 엄마한테는 남편이 없지만 너한테는 아빠가 있는 거야. 너한테는 좋은 아빠다. 아빠는 너를 사랑해.
알았지?"

"……응."

엄마는 애를 쓴다.

"잘된 일이야. 아빠는 남자라 혼자 밥해먹고 빨래하고…… 사는
게 너무 힘들 거야. 다른 아줌마가 도와주면 아빠는 널 더 자주 만
나러 올 거야."

엄마는 날 위로하기 위해 거짓말을 한다.

"엄마도 엄마의 삶이 있단다. 늘 실패하지만 그래도 그건 엄마의
삶이야. 내 삶이라고. 아무리 니가 어린애고 내 아들이라 해도 어
쩔 수 없어. ……니가 딸이면 좋겠다. 그럼 사는 게 좀 쉬울 텐데.
우리 아들이 딸 노릇도 해주겠지. 그렇지?"

"엄마, 아저씨는 이제 안 와?"

"……그래, 안 와."

"왜?"

"너가 싫어하니까."

"……"

나는 아저씨를 좋아하지 않았다. 엄마는 아저씨를 좋아했다. 아
저씨는 나를 좋아하지 않았다. 아저씨는 엄마를 좋아했다. 어쩜 내
가 아저씨에게 엄마를 위해 더 잘했어야 했나보다. 엄마가 있을 때
는 친절한 얼굴을 하지만 나하고 같이 있게 되면 금방 무뚝뚝해졌
다. 아저씨는 사실 내게 잘보이려고 많은 노력을 했다. 내가 거부
했다. 나 때문이다. 아저씨는 화가 났다. 그래서 엄마가 나한테 잘
하는 것도 못마땅해했다. 아저씨가 나에게 친절하지 않으면 엄마

는 무척 불안한 웃음으로 아저씨와 나 사이에서 어쩔 줄 몰라한다. 나는 엄마를 위해 아저씨에게 잘 보이려고 했다. 하지만 너무 늦었다. 아저씨는 떠났다. 생각하면 아저씨는 좋은 사람이었다. 엄마를 늘 웃게 만들었다. 엄마는 이제 또 웃음이 없어질 거다.

"엄마, 나 아저씨 좋아. 아저씨한테 말해줘."

진심이다.

"아니야. 엄마가 싫어졌어."

"……"

"엄만 우리 아들만 있으면 돼. 너만 있으면 돼. 엄마는 열심히 살 거야. 엄마를 믿지?"

"……응"

나는 엄마를 믿지 않는다. 엄마가 너무 힘이 없기 때문이다. 엄마는 조금만 건드려도 비눗방울처럼 금방 사라질 것 같다. 난 엄마한테 내 고민을, 내 불만을 이제 말할 수 없다. 엄마에게 위로도 할 수 없다. 나는 앞으로 엄마를 위해 거짓말을 해야 한다. 난 괜찮다고. 잘 자라고 있다고. 내 삶에는 아무 문제가 없다고. 나는 열심히 거짓말을 하면서도 착한 아들이 되어야 한다. 내 유일한 희망은 엄마를 위해, 나 자신을 위해 빨리 커서 아르바이트를 하는 거다. 난 돈을 벌고 싶다.

꿈을 꾼다. 바다에 책들이 떠 있다. 바다 저편에는 좋은 사람들이 사는 세계가 있다. 공부밖에는 달리 길이 없다고 말한다. 가난한 어린이는 공부밖에 희망이 없다고 한다. 꿈을 꾸고 나서 운다. 왜 책일까. 다른 길은 없을까. 공부를 잘할 자신이 없다. 꿈속의 책을 생각하자 무섭고 숨을 쉴 수가 없다. 가슴이 답답하고 조여온다. 난 나의 죽음을 생각해본다. 엄마. 엄마, 난 죽고 싶어. 엄마.
엄마가 죽은 나를 붙들고 한없이 운다. 나는 그 장면을 생각하자
자꾸 눈물이 흐른다.

“엄마, 같이 자도 돼?”

“무서운 꿈을 꾸었니?”

“엄마, 죽고 싶어.”

“……”

“……”

“그래, 사실 엄마도 그렇단다.”

“……”

“……”

“이 세상이 빨리 멸망했으면 좋겠어.”

“나도 그렇단다. 하지만 넌 살아야 해.”

“엄마……”

“그래. 자자. 자면 모든 게 다 편안해진다.”

엄마가 내 쪽으로 돌아눕는다. 엄마의 입술은 나의 머리를, 볼을
비빈다. 우리 예쁜 아들. 착한 내 아들……

“우리 아들, 어디 고추가 얼마나 커졌나, 좀 만져보자.”

나는 두 다리에 힘을 주어 절대로 엄마의 손이 들어오지 못하도
록 한다.

“알았다. 알았어. 이젠 컸다는 거지. 야, 너 아주 아기 땐 엄마가
맨날 목욕시키고 똥도 닦아주고 그랬어. 깨끗한 기저귀를 채워주
면 니가 얼마나 예쁘게 웃는지…… 엄만 정말 행복했단다. 정말
옛날 일이다. 이젠 볼에다가 뽀뽀도 못 하겠구나. 아유, 우리 예쁜

아들……"

 엄마는 다시 내 볼에 입술을 비비고 손으로 쓰다듬는다. 찝찔한 맛…… 냄새…… 바다. 언젠가 나는 바다에 갔다. 잘 기억은 나지 않는다. 하지만 바다에 간 것 같다. 냄새를 잊을 수가 없다.

"엄마, 나 언제 바다에 갔었지?"

"……!"

"응?"

"바다?"

"응."

"글쎄…… 기억에 없는데…… 아빠는 통 여행을 좋아하지 않아서…… 몇 번 아빠가 좋아하는 지리산은 간 것 같다. 아빠는 한때 혁명가였거든. 우리 땐 말이야……"

"엄마, 분명히 나는 바다에 갔어."

"아니야. 니가 텔레비전에서 봤겠지. 아니면 꿈을 꾸었든지."

"아니야. 나는 냄새를 기억하는데?"

"으응……"

 엄마는 고개를 갸웃거린다.

"아! 가긴 갔다. 근데 그건 너가 엄마 뱃속에 있을 때야."

"어느 바다야?"

"동해안. 그때 엄마가 아빠랑 사이가 안 좋았어. 그러고 보면 아빠랑 계속 싸움만 한 것 같아. 왜 그랬는지 몰라. 왜 자꾸 아빠한테 화만 냈는지…… 아빠도 힘이 들었을 거야. 원래 아빠는 겁이 많은 사람이거든. 할아버지가 아빠에게 기대한 게 많았는데 아빠는 대학에 들어가서 할아버지가 싫어하는 일만 골라서 했거든. 겁을 잔뜩 먹고서 말이야."

"무슨 일인데? ……아빠도 울었어?"

"후훗. 그래, 울었지. 우리 나라에 불쌍한 사람이 너무 많다고 울고, 이 나라가 잘못되었다고 울고…… 그랬어. 데모를 했거든. 아빠가 말이야. 그때 엄마는 그렇게 울 수 있는 아빠가 참 좋았어. 있잖니, 여자는 남자의 눈물에 약하다. 나중에 너도 예쁜 여자를 만나 연애를 하게 되면 가끔은 여자 앞에서 울어야 돼. 후훗…… 알았지?"

"싫어!"

"아이구, 나중에 저절로 그렇게 될 거다, 요 귀여운 강아지."

"그때 바다가 어땠어?"

"잘 기억이 안 나. 엄마 마음이 아파서…… 아주 넓고, 넓고…… 검푸르고…… 그랬지. 우리 언제 바다에 갈까?"

"……아니."

"왜?"

"엄마, 난 왜 태어났지?"

"그거야, 엄마가 너를 사랑해서 이 세상에 나왔지."

아니다. 사람은 그냥 저절로 태어날 뿐이다.

엄마는 깊이 잠들었다. 나는 자꾸 고추가 가렵다. 바다에 내가 있다. 나는 젖은 책들을 모두 찢어버린다. 내가 책을 버리자 좋은 사람이 살고 있는 섬도 나를 버리고 어디론가 사라졌다. 이제 책 없이 나 혼자 바다 위를 걷는다. 나는 기쁘기도 하고 슬프기도 하다.

고추에서 뭔가 터져나올 것 같다. 그것이 울음인지, 오줌인지, 그 무엇인지 잘 모르겠다. 넓고 커다란 바다 위를 걷다 도저히 참을 수 없어 고추를 세우고 내 안의 뭔가를 바다를 향해 힘차게 내지른다. 기분이 터질 듯 시원했지만 곧 알 수 없는 허탈감으로 내 몸을 바다 위에 길게 눕힌다. 바다가 어디론가 나를 실어 나른다. 난 그곳이 어딘지 모른다. 알고 싶지도 않다.

바다는 안심하라고 말한다. 우리가 너를 지켜줄 거야. 지켜줄 거야. 바다 냄새가 내 가슴에 박혀 있는 돌멩이들을 모두 내쫓는다. 돌멩이는 물방울이 되어 하늘로 방울방울 올라간다.

바다를 나는 어느새 믿어버렸나보다. 엄마보다도, 아빠보다도 바다가 더 나를 사랑한다.　　　　　　〔『문학사상』, 1999년 11월호〕

이브의 거울

어둠이 점점 깊어간다. 시간이 지날수록 술은 깨어가고 정신은 또렷해진다. 거울 속엔 파탄 난 얼굴이 있다. 세상은 이해하지 못한다. 내게 있어 연애란 그저 모닝 커피 같은 거라는 것을. 삶의 긴장과 활력을 갖기 위해. 그에 따른 우울과 고독이 필요한 것뿐이지 진부한 사랑이니, 불륜이니 하는 것이 아니라는 걸 말이다.

이브의 거울

자야지, 하면서도 캔 맥주를 여섯 개째 마시고 있다. 1시가 조금 넘었다. 잠. 잠을 잃은 지 오래됐다. 얼굴의 멍이 다 없어져도 잠은 다시 찾을 것 같지 않다. 거울을 본다. 거울 속의 얼굴은 차마 나라고 말할 수 없다. 얼굴은 퍼런 물감을 뿌려놓은 듯하다. 여섯 바늘이나 꿰맨 눈의 가장자리는 아직도 실밥 자국이 남아 있다. 남편의 중지에 끼워준 결혼 반지는 이상한 방법으로 제 할 일을 다 한 셈이다.

거울 속의 나 아닌 나를 보면서 내 생에 이젠 아무것도 남아 있지 않다는 걸 뚜렷이 본다. 반전도 기대할 수 없다…… 하지만 승복할 수는 없다.

내가 뭘 그렇게 잘못했는가. 모두들 내가 한 일을 놓고, 내가 살아온 생 전체를 부정하고, 스스로의 죗값으로 자살이라도 하기를 바란다. 나의 생은 어느 순간 그들이 쥐어버렸다. 내가 그토록 잘못했는가. 도대체 내가 나 자신과 내 생 전체를 부정할 만큼 뭘 그렇게 잘못했는가. 그걸 치고 나가지 못하는 나 자신에 대해 화가 난다. 하지만 지금은 무엇보다 희주에게 화가 나 있다. 너마저. 너 따위가……

배추 네 통에다 왕소금을 뿌려놓고 희주는 남자 전화를 받고 뛰쳐나갔다. 어제도 나가더니 오늘도 나간다.

"일찍 들어올게. 중요하게 할 말이 있다구 하네…… 갔다 와서 김치 담글 테니깐 저기…… 좀 늦으면…… 애 저녁 좀 차려줄래? ……다 있으니깐 그냥 차려서 같이 먹기만 하면 돼. 일찍 올 거야. 얘기만 듣고 바로 집으로 올 거야."

"……"

"얘기만 듣고 바로 올 거야."

"……"

현관 문 앞에 서 있는 희주는 내가 들어와, 하면 다시 구두를 벗고 들어올 얼굴을 하고 나를 쳐다본다. 남자의 할 말이란 뻔하다. 결혼. 희주의 친정에서 이혼한 딸의 재혼을 위해 선을 보게 한 남자. 희주와 결혼할 마음이 없다면 굳이 만나 그 의사를 전할 필요까지는 없다. 중매인에게 전화 한 통화면 해결되니까. 구체적으로 어떤 남자인지 묻지도 않았다. 관심도 없다. 알고 싶지도 않다. 하지만…… 나는 희주가 들어와, 라는 말을 원할지 어떨지 다시 생각해보다 원할 거라는 느낌이 들자 갔다 와, 하곤 화장실로 들어갔다. 현관 문이 조심스럽게 닫히는 소리가 나고…… 세면대 위 거울 속의 한 여자가 칼맞은 짐승처럼 노려보고 있다.

입 안엔 아직도 핏물이 고여 있는 것 같다. 알코올로 비릿한 피냄새를 지우고 싶다. 정신이 점점 또렷해지고 이 시간까지 남자 앞에 앉아 있을 희주의 모습이 자꾸 어른거린다. 이상한 불안과 초조와 알 수 없는 죄의식이 가슴을 조인다. 정말 이상하다. 지금 내가 생각해야 할 것은 너무나 많다. 죄의식이라면 두고 나온 어린 아들이 있다. 불안이라면 애인이 앞으로 보일 정서적 반응일 터이고, 남편이 곧 내밀 이혼 서류의 내용일 것이다. 남편은 아이와 내 돈을 모두 빼앗아갈 것이다. 그 자식이 누구인지만 말하면 너를 완전히 맨몸으로 만들진 않겠어! 그는 질투에 불타 나를 가장 고통스런 코너로 몰고 가기 위해 모든 전의를 불태운다. 초조라면 다시 뻔뻔스럽게 얼굴을 들고 나가야 할 직장일 것이다. 그런데 나는, 나의 모든 신경의 더듬이는 희주에게로 가 있다. 왜 이렇게 희주에 대해 전신경이 곤두서 있는 걸까.

"찰칵."

열쇠가 조심스럽게 돌아가는 소리가 들리고, 천천히 현관 문이 열리는 소리가 들리고…… 나는 그 모든 소리를 들으며 다시 거울을 들여다본다. 꿰맨 자리는 평생 흉터로 남을 것이다. 짙은 화장으로도 가려지지 않을 것이고…… 크고 검은 선글라스를 사서 잘 때도 끼고 자게 되겠지. 누군가 물으면…… 어릴 때 다쳤어요, 라고 말해야겠지.

희주는 아홉 개의 빈 캔 맥주가 죽 늘어서 있는 식탁 맞은편에 서 있다. 아홉 개의 빈 캔 맥주는 그녀에게 위협적이다. 위협적인 존재. 지금 내 존재는 모든 사람들에게 불편함을 넘어, 고통을 넘어, 위협적인 존재가 되어 있다. 위협적인 존재는 고립되어 있다. 모두들 자신의 생에서 나라는 존재를 잊고 싶어하고, 더러운 먼지처럼 털어내려 한다. 그 여자, 알아? 글쎄, 기억 안 나. 모르겠는걸.

"김치……"

희주는 부엌으로 간다. 배추는 없다. 없는 배추를 찾는 희주는 늘 그렇듯 입을 벌리고 멍하니 허공 속에 시선을 박아버린다. 한번 허공 속으로 들어간 눈은 쉽게 제자리로 돌아오지 않는다. 그녀의 눈은 사람들의 눈과 똑바로 마주하지 않는다. 나는 얼른 큰 소리로 허공 속으로 들어간 그녀의 눈을 찾아온다.

"내가 담갔어."

죄의식. 그건 그녀 전남편이 쓰던 방법이다. 남편 이전엔 그녀의 아버지가 썼다. 지금은 어린 딸이 쓰고…… 나도 쓴다. 허공 속으로 밀어넣고 필요할 때 되찾아온다.

"너가?"

"그래."

나는 맥주를 벌컥 마신다.

"……미안해. 어떡하지……"

"뭐, 너한테 신세 지는 주제에……"

"……"

"목욕해. 남자 냄새 나."

희주는 비칠비칠 욕실로 향한다. 희주는 이런 여자다…… 굳이 나하고 비교한다면, 나는 누가 때리면 그대로 일단 맞받아 때린다. 맞고 때리고…… 그 다음 시시비비를 가린다. 내가 맞을 짓을 했다면 말로 하지 그러냐고 또 따지고, 맞을 일이 아닌데 맞은 거라면 한 대 더 때려준다. 그러니까 보통 쌤쌤이거나 내가 한 대 더 때린다는 계산이다. 특히 감정적인 손해는 절대 보지 않는다.

희주는? 그냥 맞는다. 그리고 곧장 자기 내면으로 향한다. 분명히 내가 맞을 짓을 했어. 내가 무슨 잘못을 한 거야. 현재에서 찾아지지 않으면 과거에서, 과거에서 찾아지지 않으면 태어나기 이전으로까지 거슬러 올라간다. 기필코 찾아낸 잘못으로, 맞는 것이 얼마나 당연한가를 스스로에게 납득시킨다. 그리고 정확히 때린 이유도, 맞은 이유도 모르고 무조건 용서를 빈다. 잘못했어, 내 잘못이야. 상대가 부당하게 때릴 수 있다는 건 생각하지도 않는다. 세상이 얼마나 부당하게, 혹은 그냥, 아무 의미 없이 한 대 때릴 수도 있다는 걸 상상조차 하지 못한다. 그래서 영원히 맞받아 때릴 기회를 잃어버리고 뿐만 아니라 때린 의도조차 알아내지 못한다. 그걸 잘 알고 있는 희주의 전남편은 말보다 손을 댔다. 희주는 안전하고 만만하다. 희주의 남편이 그런 것처럼, 지금 희주의 딸이 지 어미에게 하는 것처럼, 나도 그렇다.

그녀는 늘 사람들의 감정의 쓰레기통으로 이용당하고, 그러고도 무시당한다. 사람들은 그녀의 감정 같은 것에 손톱만큼의 배려가 없다. 심지어 자신의 내밀한 감정을 쏟아붓고 나서의 허탈함과 창피함마저 그녀에게 덮어씌운다. 자신에게 내야 할 화를 그녀에게 낸다. 남의 비밀을 듣는 태도가 좋지 않아.

우리는 고등학교를 같이 다니고 같은 대학, 같은 국문과를 다녔다. 우리는 이상하게 서로 붙어 다녔다. 사실 생각해보면 이상할 게 없다. 우리 관계는 희주의 그 이상한 성격으로 유지되었으니까.

인물로나 집안으로나 나보다 희주는 단연 빼어났다. 그래서 사람 많은 자리에 가면 처음엔 희주에게로 시선과 관심이 간다. 시간이 지나면…… 직설적이고, 합리적이고, 감정 표현이 똑바르고 약고, 지나치리만큼 화장과 옷치장을 한 나에게로 그 시선은 옮겨온다. 얼굴은 예쁜데 어딘가 좀 답답해. 그래, 좀 모자란 거 같지? 어쩌면 나라는 존재가 희주 옆에 붙어 있지 않다면 그녀는 그녀대로 자기 존재를 인정받았을지도 모르겠다. 하지만 우리는 늘 붙어 다녔다. 희주 없이 나를 생각하기 어렵고 나 없이 희주를 생각하지 못한다.

나는 늘 사람들 사이에서 인기가 있었고 많은 사건을 일으키며 지냈다. 나의 무용담을 희주에게 들려주고 그녀는 그 이야기들을 들었다. 모든 사건이란 늘 무성한 말에 의해 상처를 받고 오해만 남긴 채 끝나게 마련이다. 나는 아무 때고 희주에게 간다. 말을 쏟아내고, 감정을 쏟아내고…… 그녀는 가만히 듣고 앉아 있다. 한 번 심어진 나무처럼…… 내 감정의 태풍을 고스란히 맞으며 앉아 있다. 맞장구도, 충고도 없이 그냥 듣는다. 말이 끝나면 늘 화가 난다. 왜 화가 나는지 이유를 모르지만 그냥 화가 난다. 화를 낸다. 다시는 만나고 싶지 않다. 하지만 내일이면, 아니 몇 시간만 지나도 그녀를 찾을 거라는 걸 안다.

지금까지 우리는 세 번 헤어지고 얼마 전에 세번째 만났다. 그것도 일방적으로 내가 연락을 끊었고 일방적으로 내가 희주를 찾았다.

대학 2학년 때 희주를 사랑하던 괜찮은 남자애가 있었다. 문제는 나도 그 남자애를 좋아했다는 거다. 결국 그 흔한 삼각 관계에 빠져버렸다. 그 남자애에게 그 나이의 여자 아이가 할 수 있는 모든 사랑의 몸짓을 다 해보았지만 남자애는 나를 그냥 애인의 친구 이상으로는 더 이상 관계를 진전시키려 하지 않았다…… 나는 희주와 연락을 끊어버렸다. 학교에서 만나도 알은체하지 않았고, 전화가 와도 받지 않았다. 한번은 자취방으로 찾아온 희주에게 문밖에서 넌 남자가 생기면 여자 친구와의 우정 같은 건 신경 쓰지 않잖아, 하며 대문을 꽝 닫아버렸다. 우정?……

무슨 이유가 있었는지, 내가 이유가 됐을 거라고는 절대 생각하지 않지만 그 후 희주는 그 남자애와 헤어졌다. 남자애는 나에게 몇 번 달려와 도움을 구했지만…… 결과는 참담했다. 나는 다시 희주를 만났다. 생각해보면 그녀가 그때 그 남자애와 결혼을 했다면 아주 잘살았을까? 내 잘못인가? 아니다. 그건 그녀의 운명이고 성격이고 누가 책임질 문제는 아니다. 나는 그렇게 생각하기로 했다.

두번째 헤어진 것은 결혼하고 3년쯤 지났을 때다. 희주는 중매로 결혼을 했다. 비슷한 시기에 나도 결혼을 했다. 그녀의 시집은 괜찮은 경제력과 배경이 있는 집안이었다. 남편은 부잣집 막내아들다운 자질을 골고루 갖고 있었다. 자신밖에는 모르는, 이기적인 성격.

내가 결혼한 남자는 한마디로 개천에서 난 용 같은 사람이다. 어려운 환경에서 일류 대학을 나온 그는 야망이 있고 무엇보다 계산에 철저했다. 나는 사실 야망보다 철저한 계산이 마음에 들었다. 피차 닮아서 상대하기에 좋았다. 결혼 생활이란 얼마나 철저한 계산을 필요로 하는 그런 경기인가. 난 전혀 희주를 부러워하지 않았다. 부러워하다니. 내 나름의 계산으론 그녀의 결혼은 오래가지 못할 거라고 생각했다. 필사적으로 유지된다 해도 결코 행복하지 못할 거라고. 어쩌면 은밀히 바랐나. 나의 계산과 희주 집안의 계산 중에 내 계산이 혹 손해보는 건 아닌지 하는 생각을 했었나…… 아니면…… 그건 절대, 절대 아니지만 그녀가 나 아닌 그 누군가의 울타리 속에 있다는 것이…… 참을 수 없었나. 머리를 흔든다. 확실히 난 요즘 너무 신경이 과민해 있다.

희주가 집에 파묻혀 지낼 때 나는 출판사에 다니며 책을 기획했다. 내가 관리하는 작가들은 모두 나름대로 유명해졌다. 나는 베스트 셀러 제조기라는 이상한 명칭도 달고 다녔다.

서른다섯이 넘자 나는 아무리 노력해도 구기동의 단독 주택에 아줌마를 두고 사는 희주처럼 결코 경제적으로 풍요해질 수 없다는 현실을 직시했다. 그래봤자 너는 기껏 남편 돈으로 사는 주부에 불과하다고 생각해도 내 불편한 마음은 점점 깊어졌다. 그녀가 조금이라도 있는 자의 속물 근성을 보였다면 좀 달랐을까…… 그랬을 것 같다. 아무튼 희주는 사람의 분통을 터뜨리는 데가 있다. 그녀는 내 감정을 전혀 모르고 늘 그렇듯 연락을 했다. 그때마다 나는 두 마디를 더 이어가지 않고 바빠, 너 같은 유한 마담이 밖에서 일하는 여자를 어떻게 이해하겠니? 하며 그녀의 가슴을 콕콕 쑤셨다. 기억난다. 언젠가 내 생일에 전화가 왔을 때 나는 무슨 일이야? 하고 수화기를 든 채 침묵했다. 그녀는 내 서슬에 오랫동안 침묵하다 그대로 전화기를 내려놓았다. 뚜뚜뚜……

그 후 희주를 만나지도, 소식을 전해듣지도, 전화를 하거나 받지도 않고 지냈다. 그러나 나는 밤마다 희주에게 전화를 하는 꿈을 꾸었다. 희주야, 나야. 요즘 너무 마음이 상해. 사는 게 뭔지 모르겠어. 도대체 인간들이 왜 그렇게 이기적일까? 요즘 너무 상처받아. 넌 어떠니……?

머릿속에 입력된 희주의 전화 번호가 희미해질 때 나는 회식 자리에서 희주 남편에 대한 이야기를 들었다. 연애. 희주 남편은 첫

사랑의 여자를 만나 뜨거운 사랑에 빠졌다고 한다. 집안의 반대로 결혼을 못 한 둘은 다시는 운명을 거스르지 않겠다며 공공연하게 붙어 다닌다고. 나는 그날 밤 집에 들어가자마자 희주의 전화 번호를 재생시키기 위해 머리를 쥐어짰다. 두 번의 실패 끝에 통화가 되었다.

"나야."

"응. 많이 바빴니?"

그녀는 우리가 얼마나 오래 연락을 끊고 살았는지 모르는 듯하다. 마치 오늘 낮에 너무 바빠 통화를 못 해서 밤늦게라도 하는 것처럼.

"그래, 바빴지."

"많이 힘들어서 어쩌니?"

이쯤 되면 처음 전화할 때의 마음과는 달리 그녀에게만 허락되는 힘을 사용하게 된다. 그녀의 내면에 영향력을 행사하려 든다. 그녀의 목에 칼을 들이밀고 싶어진다. 이래도 넌 날 견딜 수 있어? 날 참아낼 수 있어? 넌 착한 거야, 아니면 교활한 거야? 그녀에 대한 내 힘을 알고 싶은 강한 욕망이 고개를 쳐든다.

"니 남편 여자 있다며?"

"……응."

"어떻게 할 거야?"

"……몰라."

몰라? ……결국 그녀의 문제를 해결하기 위해 또 만났다. 희주는 어김없이 분명 내가 잘못했을 거야, 하며 허공 속으로 눈을 처박는다. 뭘 잘못했는데? 남편은 정말 좋은 사람이야. 내 잘못이야,

하며 자신 안으로 파고들어가 남편에 대한 자신의 잘못을 기필코 찾아냈다. 한번은 술국을 못 끓였어. 한번은 남편이 원하는데 내가 몸이 좋지 않아 잠자리를 거절했어. 한번은…… 한번은…… 그만 해. 그만 해!

희주는 이혼할 마음은 없다고 했다. 친정이나 시댁에서도 참고 기다리라고 했다며…… 나는 분개했다. 한쪽이 결혼의 룰을 깼는데 그걸 감수하고 살겠다니. 더군다나 그 남편이 이혼을 요구하는데도 이혼을 안 하다니. 그런 모욕과 수모를 감수하다니. 아무튼 왜 대학을 나왔는지 등록금이 아까운 기집애라니까. 하지만 희주의 남편은 희주가 그럴수록, 집안에서 희주에게 그래야 한다고 할수록 여자와 여행을 가고, 거리를 활보하며 다녔다.

할 수 없이 나는 희주의 남편을 설득하기 위해 그를 만났다. 그냥 대충 연애도 하고 가정도 지키라고. 그는 나하고 통하는 데가 있었다. 희주에 관계된 것들은…… 너무나 많이 닮았다. 이야기는 잘됐다. 단지 희주가 바라는 것과는 달랐지만. 그는 정말 첫사랑의 여자에게 미쳐 있다. 당연했다. 갖고 싶은 것을 한 번도 가져보지 않은 적이 없는 남자에게 영원히 가질 수 없을 거라고 생각했던 여자가 돌연 나타나 이젠 날 다 가지세요, 라고 하는데 어떻게 미치지 않겠는가.

결혼이라는 사회적 약속 때문에 자신의 사랑이 또다시 포기될 수는 없지 않겠느냐고, 제법 사랑과 결혼에 대한 자신의 생각을 논리적으로 설명하기까지 했다. 결혼은 일종의 계약이고 계약은 필요하면 언제든지 파기할 수 있다는……

나는 희주가 바라는 것에 대해 조금만 이야기를 하고 그 남녀의 사랑에 대해 오랫동안 들었다. 나는 아직도 남아 있는 이런 낭만적인 사랑에 흠뻑 빠져버렸고 그들을 도와주고 싶었다. 그와 나는 서로 의견 일치를 보고 나서 위자료와 아이 양육비 부분에 대해 상의했다. 결국 희주에게 돌아가라고 설득 내지 협박이라도 할 작정인 나는 그 자리에서 희주를 이혼시키고 돈 문제를 계산하느라 정신이 없었다. 그와 나는 합리적인 사람이다. 모든 재산을 반으로 나누고 아이 양육비는 매달 백만 원으로 합의를 보았다. 사실 그의 재산은 그리 많지 않았다. 집안에서 사준 집, 집안에서 사준 차 등등으로……

희주는 신도시 28평 아파트를 하나 받고 매달 아이 양육비로 백만 원을 받는다. 친정에서는 남편의 바람을 참지 못하고 이혼한 딸에 대해 화를 냈다. 집안과 한마디 상의 없이 결혼 자금의 5분의 1도 못 받고 이혼한 희주에게 냉담했다. 나는 가정 법원 앞에 차를 대기해놓고 남편과 나란히 나오는 희주를 얼른 내 차에 태웠다. 이상한 안도감이 느껴졌다. 마치 내 것을 되찾은 듯이. 희주는 운전하는 날 보고 딱 한마디했다. 나 잘했니? 그럼, 잘했지. 사랑하는 사람끼리 살게 해주었고, 그리고 치사하게 위자료나 왕창 뜯어내는 여자가 되지 않은 것도 잘했어. 멋있어. 아주 멋있었어! 나는 멋있다는 말을 연신 해대며 신나게 차를 몰았다. 너무 멋있게 이혼 문제를 처리한 나 자신에 대해 뿌듯했다. 앤 나 없이 어떻게 살까.

희주를 28평 아파트에 내려줄 때 희주는 말했다. 정말 다행이야. 아이를 내가 맡아 키울 수 있게 돼서…… 그렇지? 남편은 참 좋은 사람이야. 내가 그 사람한테 어울리지 않아서 그렇지, 정말 좋은 사람이야. 너가 나쁜 남자로 생각할까 봐. 걱정돼.

나는 진실을 말할까 하다 그만두었다. 그 남잔 처음부터 아이를 맡을 마음이 없었어. 새 여자와 새롭게 살고 싶은데 전처 자식 때문에 왜 속을 끓이니? 너한테야 아주 지적이고 합리적으로 말했겠지. 당신만 원한다면 아이가 성인이 될 때까지 엄마 품에서 키우는 게 아이에게 좋지 않겠느냐고. 물론 당신이 원하지 않으면…… 너가 원하지 않을 수 있겠니? 그걸 다 알고 온갖 폼을 다 잡은 거라고. 혹 모르겠다. 아이가 아들이었다면 달랐을지도. 무엇보다 그 집안에서 쉽게 내놓지 않았을 거야.

……하지만 내가 희주의 남편을 만나 그녀 대신 그녀의 문제를 정면으로 들고 나오지 않았다면 어쩜 둘이 이혼하지 않을 수도 있지 않았을까. 희주의 남편도 결국 사랑이든, 첫사랑이든 결혼 생활로 들어가면 어차피 똑같다는 걸 알지 않았을까. 그러니깐 양다리를 걸치고 시간을 흘려보내면 어쩜 희주의 남편은 불륜이라는 것의 유효 기한이 지나 집으로 들어오고 희주는 말없이 살지 않았을까. 내가 희주로 하여금 이혼을 받아들이지 않을 수 없는 정황을 만들었을지도 모른다. 가끔 아빠를 만나는 희주의 딸이 하는 말을 들으면 그 남편이 후회한다는 듯도 하다. ……하지만 그렇다고 희주가 행복하게 살았을까. 그걸 모르겠다. 희주에게서 이혼 후에 특별히 불행하다거나, 후회한다거나 하는 어떤 말도 들어본 적이 없다. 그냥 자기 상황을 그대로 받아들이는 것 같다. 나는 한번쯤 물어봤어야 했을지도 모르지만 묻지 않았다. 그녀의 마음을 안다는 것이 싫었다.

세번째로 헤어진 것은 내가 연애를 할 때였다. 아무한테도 말하지 못하고, 그 누구도 알아서는 안 되는 불온한 관계. 불온한 관계가 주는 싱싱한 긴장감으로 나는 행복해졌다가 그 긴장으로 말할 수 없이 불안하고 우울해졌다. 고독감마저 찾아왔다. 그럴 때마다 희주를 찾아갔다. 희주는 늘 그렇듯이 부추김도, 맞장구도 없이 내가 쏟아내는 말과 그 말의 행간 속에 쌓여 있는 온갖 감정들을 묵묵히 듣고 받아주었다. 어느 날 나는 그 관계의 긴장에서 오는 감정의 기복을 참지 못해 하소연을 쏟아내다가 문득 그녀의 묵묵한 받아들임이 견딜 수 없었다.

점점 말에 힘이 없어지고 자꾸 희주의 눈치를 살피고 그녀의 감정에 대해 신경이 쓰였다. 그녀가 좋지 않은 낯빛이라도 했었는가. 아니다. 나는 처음으로 희주의 속마음에 대해 궁금해졌고 자신이 없어졌다. 그녀만큼 나를 많이 아는 사람은 없다. 왜 그것이 그토록 불안해지는지 알 수가 없다. 많이 안다고 잘 알지는 못한다. 하지만 희주는…… 희주는 나를 많이 알고 잘 아는 듯하다. 나는 또 희주와 말없이 내 쪽에서 연락을 하지 않는 것으로 헤어졌다. 그리고 평생 만나지 않을 거라고 생각했고 결심했다. 그녀는 너무 나를, 어쩌면 나보다 나를 잘 알고 있다.

그 일만 아니라면 나는 희주를 다시 만날 일이 없었을 거다. 내 인생의 가장 끔찍한 사건. 참담함…… 나는 남편에게 맞아 온몸이 피투성이가 된 채 희주에게 달려왔다. 세번째 만남이다.

문을 열어준 희주는 잠깐 눈을 크게 뜨더니 나를 침대에 눕히고 따뜻한 물로 닦아주었다. 아무것도 묻지 않았다. 나를 기다렸나?

목욕을 하고 나온 희주는 주춤한다. 자기 방으로 들어가지도, 내 앞에 앉지도 못한 채 서 있다.

점점 마음이 무거워진다. 뭔가 알 수 없는 아픔이 밀려온다. 희

주의 침대에 누웠을 때부터 나는 육체의 아픔보다 가슴 깊숙한 곳
에서 나를 찔러대는 칼날의 예리한 통증을 느꼈다. 남편 때문인
가? 맞다. 그럴 것이다. 하지만 남편도 할 만큼은 했다. 지금의 내
꼴은 얼굴이 시퍼렇게 멍들고 온몸이 상처투성이다. 뿐만 아니라
내 명예는? 사람들 사이에서 돌 내 추문은? 한국에서 스캔들에 살
아남을 여자가 있을까…… 맞다. 희주의 문밖에서 벌어졌던 그 모
든 일 때문일 것이다.

　나는 애인하고 여행을 갔다. 아이는 캠프에 보내고 남편과 출판
사 사람들에게는 쉬어야 한다고 절박한 마음의 불안을 호소했다.
돌아온 날 곧바로 직장으로 가 회의에 참석했다. 그리고 회의가 끝
나고 남편에게 전화를 했다. 바다를 보고 나니 이제 한결 마음이
좋아졌다. 당신과 같이 갔다면 더 좋았을 거다. 사랑한다. 출판사
사람들에게도 마찬가지로 말했다. 사실이 그랬다. 사랑하는 애인
과 몰래 밀회를 즐기고 막 도착했는데 사는 일이 왜 즐겁지 않겠는
가. 뿐만 아니라 애인은 그 기간 내내 나를 황홀하게 했다. 더 이상
이런 식으론 못 살겠어. 둘 다 깨고 같이 살자. 나는 결코 가정을
깰 마음이 없는 여자고, 그 역시 그렇기 때문에 그 말은 더욱 자극
적이고 재미있었다.

　회의에 참석한 모든 사람들이 저녁 회식을 했다. 밀회의 달콤함
이 남아 있는 가운데 나는 평소보다 약간 술을 더 마셨다. 휴대폰
은 꺼버렸다. 남편이 술자리에 나타났다. 내게 할 말이 있다고 잠
깐 나오라고 했다. 나는 술기운에, 가긴 어딜 가, 이리 와서 당신도
한잔 해, 하며 옆자리의 남자와 술잔을 부딪치고 마시고…… 결국
남편은 격분했고 나는 그 서슬이 심상치 않아 남편을 술집 골목으

로 끌고 갔다.

"도대체 회식 자리에서 그렇게 행동하면 내 체면이 어떻게 돼!"

"체면? 넌 너 외엔 아무도 중요하지 않아?"

그는 이틀간의 내 행적에 대해 묻고 나는 열심히 거짓말을 했다. 너무 열심히 거짓말을 하다 보니 사실처럼 생각되었고 억울하기까지 했다.

"당신, 의처증이야? 도대체 왜 이러는 거야!"

그때 그의 손이 내 뺨을 때렸고, 내가 더 거짓말을 할 시간도 없이 주먹이 어깨를 내리쳤고, 구둣발이 등을 밟았다. 입 안에 핏물이 고였다. 내가 말을 하면 할수록 그의 주먹이 점점 빠르고 강하게 얼굴과 배를 쳤다. 거짓말 좀 그만 해! 엄마하고 내 동생이 니들이 간 호텔까지 따라가 확인을 했어! 그 자식 이름이 뭐야? 말 못해! 왜? 그 사람도 가정이 있어! 절대 말할 수 없어! 이 더러운 년! 이 더러운 년!

나는 어느 순간 내 주위에 몰려든 사람들을 보았다. 그들 중에 대다수가 회식 자리에 있던 사람들이었다. 아무도 끼여들어 나를 구해내려 하지 않았다. 나는 남편의 주먹보다 그들의 눈이 더 무서웠고, 남편보다 그들에게서 살아남기 위해 악착같이 골목을 빠져나가 차도로 뛰어들었다. 그리고 택시를 타고 희주에게 왔다.

나는 희주의 침대에 누워 세상과 치열하게 싸웠다. 내가 연애를 좀 했다고 세상은 가혹하게 나를 쳤다. 나도 쳐야 한다. 그런데 희주는? ……남자와 데이트를 하고 있다. 어딜 가도, 누굴 만나도 거짓말을 해야 할 필요가 없는 만남을 가지고 있다. 세상의 매를 맞을 필요도 없는……

“나쁜 자식! 어떻게 사람을 그렇게 개 패듯 팰 수 있니? 내가 누구를 사랑한다는 것은 어쩔 수 없는 감정이잖아. 안 그래? 내가 거짓말로 자기를 갖고 놀았다구? 그럼, 말하고 연애해? 난 상처 주기 싫었을 뿐이야. 안 그러니, 희주야? 난 잘못한 거 없어!”

“……”

“시어머니도 그래. 그 연세면 세상 사는 걸 귀신처럼 알잖아. 아들의 가정을 지켜주어야 한다면 나를 불러놓고 조용히 말했어야지. 어떻게 자기 아들한테 내 이야기를 할 수 있니? 정말 노인네가 나이를 헛먹었어. 결국 늙은 여자한테 내가 완전히 당했어. 자기 아들을 마치 애인처럼 생각하더니만…… 흥! 그래봤자 상처받은 건 자기 아들이잖아. 죽지도 않고 아들 뒷바라지 해주고 살려나.”

“……”

“제일 괘씸한 건, 내가 맞는데 그걸 그냥 보고 있는 인간들이야. 재미있어 죽겠다는 눈으로 말이야. 마치 고거 쌤통, 하는 것 같았어. 아마 그날 밤 집에 가서 여기저기 전화로 내 이야기를 하느라 즐거웠을 거야. 제일 용서가 안 돼!”

“……”

나는 무서웠고, 세상에 내쫓겨 고립된 나 자신만을 들여다볼 수 없었다. 공범자의 보호가 필요했다. 나는 혼자 세상이 나에게 가하는 이 징벌을 감당할 자신이 없다. 하지만…… 사랑을 잃을까 두렵기도 했다. 수화기를 든 내 손이 벌벌 떨렸다. 그런 나를 희주가 보고 있다.

“나야. 나 지금 친구 집에 있어. 남편이, 알았어.”

“……농담하지 마.”

“시집 식구들이 봤어. 시누이가 휴가여서 시어머니하고 같이 그 곳으로 놀러 갔나봐. 우리가 회 먹고 호텔로 들어가는 것까지 봤나봐. 호텔에 가서 확인까지 했대. 나 지금 아파. 맞았어. 죽도록.”

“……내가 누군지도 알아?”

“응? 아니! 말 안 했어. 그래서 더 맞았지만.”

“……”

“지금 와. 나 지금 너무 괴로워. 지옥에 떨어진 것 같아. 회사 일도 그렇구, 집 일도 그렇구…… 어떻게 해야 좋을지 모르겠어.”

“……그건 너 문제야. 너가 알아서 해야지.”

“……!”

“많이 다치진 않았지? 일단 쉬어.”

“……그래, 생각해보니깐 내 문제야. 그만 끊어. 쉬어야겠어.”

수화기를 놓고 내 주위에 아무도 없다는 걸 알았다. 나는 웃었다. 갑자기 유쾌하고 통쾌하기까지 했다. 불안하긴 했지만…… 예상 밖의 일격이다. 그런 나를 희주가 보고 있다. 왜 웃냐구? 유쾌해서! 산다는 게 아주 통쾌하군.

“왜 이렇게 늦었니? 너두 한잔 할래?”

희주의 얼굴에 막막한 그림자가 드리워져 있다. 코튼 가운을 여미고 식탁 맞은편에 앉는다. 나는 캔 맥주를 내민다. 희주가 한 모금을 마신다. 얼굴을 찡그린다. 희주는 술을 마시지 못한다. 나는 담배에 불을 붙이고 또 희주에게 준다. 그녀는 조금 빨아당기더니 기침을 한다. 희주는 담배도 못 피운다.

“그 남자, 잘 만났어?”

“……”

“꽤 오래 있었구나. 뭐 했어?”

희주는 담배를 한번 더 빨아당긴다. 심하게 기침을 한다. 나는 순간 알아챈다.

“잤어?”

“……”

“잘했네. 너 남자하구 자본 지 이 년도 넘었지? 잘 잤어. 하지만 알아둬. 남자들은 자고 나면 그 다음부터 달라진다는 걸. 무슨 말인지 알아?”

“……”

“함부로 대하기 시작하고 그 다음에는 싫증을 내고, 그리고 뜸해지고 지들 필요할 때만 불러내 자려구만 들지. 나중엔 영혼까지 원하지. 아무튼 남자들은 원하는 건 기필코 가지려 하고 여자들은 자신을 내주기 위해 필사적이 돼. 내일이면 그 남자가 얼마나 달라졌는지 알 거야. 느긋해져 있을 거야. 너는 그 남자가 느긋해질수록 초조해지고 나중엔 불안으로 숨통이 막힐 거야.”

“……”

“어떻게 자게 됐니? 물론 그 남자가 방으로 유혹했겠지. 어떻게 유혹하든?”

“아니야. 내가 자자구 했어.”

“뭐?”

“나랑 잘 수 있겠냐구 했어.”

“……니가 먼저 그런 말을 했어? ……그러니깐…… 왜 그랬어?”

“……소통을 하고 싶어서……”

“소통?”

“응. 결혼하자구 그래서……”

“자구 나서?”

“아니. ……그 전에……”

“결혼하자구 그래서 자자구 했다구? 넌 자는 걸로 결혼 승낙을 했단 말이지. 니가? 하! 깜찍하군. 그래서 결혼하기로 소통이 되었다는 말인 거야?”

“그게 아니구. ……그러니깐……”

“……”

희주의 눈은 고독해 보였다. 나의 눈은 날카로워져간다. 내가 알고 있는 희주는 절대 먼저 남자에게 그런 말을 할 수 있는 여자가 아니다. 또다시 일격을 당한 기분이다. 물론 전혀 통쾌하지 않다. 희주의 섹스는 결혼으로 향해가고 나의 섹스는 내 모든 걸 앗아가서? 그럴지도 모른다. 나는 그렇게 생각함으로써 날카로워진 신경을 누그러뜨린다.

“거지 같군. 이 사회의 도덕이란 건 여자들만 통제하면서 알량하게 유지하려는지 몰라.”

“……”

“궁합은 맞아? 좋았냐구? 넌 이제 결혼하기 전에 궁합부터 따지게 된 거야? 대단한 발전이군.”

“……몸으로도 소통이 안 되나봐. 자꾸 그 남자는 결혼을 하자고 그래.”

“결혼하려고 잤잖아.”

“……그건 좀 다른 거야.”

“뭐가?”

“그러니깐……”

　희주는 말을 찾지 못한다. 나는 그녀를 절벽 끝으로 밀어붙이고 강간이라도 할 듯 덤벼든다.

“……”

“……”

“문제가 있어.”

“뭔데?”

“그 남잔 결혼을 하자고 해.”

“아까 말했잖아.”

“응.”

“애가 몇 살이라고 했지?”

“네 살.”

“누가 키워?”

“친할머니가.”

“애를 키워줄 젊은 보모가 필요하겠군. 식모두.”

“……”

“왜 이혼했대?”

“부인이 미국으로 유학 가서 안 온대.”

“안 와?”

“변호사를 통해 이혼장을 보냈대.”

“이유는?”

“한국에서 살기 싫대.”

“……훗훗…… 똑똑한 여자군.”

한 여자가 나가면 다른 여자가 들어온다.

남자는 희주의 딸과 자신의 아들을 함께 키우자고 했다고 한다. 한 번씩 실패한 사람들이 더 잘살 수 있다고. 물론 어떻게 실패했냐가 중요하겠지만. 만약 희주가 바람이 나서 남편에게 이혼당하고 바람났던 남자에게도 버림받았다면 연애가 아니라 가정을 이루며 살자고 청혼할 정상적인 남자가 있을까?

희주는 전남편이 매달 통장으로 입금하는 양육비로 살고 있다. 스스로의 힘으로 돈을 벌어보지 못한 그녀는 양육비로 살다 아이가 크면 아이가 주는 생활비로 살아갈 것이다. 사는 꼴이 말이 아니면 친정에서 도와주겠지. 자기 집안의 체면을 위해. 재혼을 하면…… 그 남자의 아이를 키우고 살림을 하면서 자신을 의탁할 수는 있을 것이다.

"일이 다 됐네."

"아니야. 그런 게 아니구. 그 사람은 결혼을 원해. 결혼할 여자를 구해. 결혼을 해야 할지 말아야 할지 모르겠어. 나두 결혼을 하는 것이 좋겠다는 생각은 해. 하지만…… 그런데…… 아이 참, 모르겠어. 그런데 그 남자는 내가 결혼을 하기를 바란다고 생각해. 자꾸 말을 할수록 그렇게 확신을 가져. 그래서 자자고 했어."

"그러니깐 결혼은 하고 싶지 않고 그 사람과는 계속 만나고 싶다 이거야?"

"그런 것도 아니구……"

"그러니깐 그 사람이 좋은 건지, 사람과는 상관없이 그런 관계에서 너가 느끼는 감정이 좋은지가 헷갈린단 말인 거야?"

"그 사람은 결혼을 원해. 집안에서도 그렇구. 내가 생각해두 하는 게 좋을 거 같아. 하지만 난 그 남자를…… 좋아하지 않아. 결혼 생활도…… 자신이 없어. 그래서 말을 했어. 그런데 그 남잔 자꾸 결혼하면 자기가 다 알아서 한대. 결혼이 나를 위해서 좋을 거라구, 그래서 해야 한다구 해. 그러지 않을 수도 있다는 말을 하려 했지만…… 소용이 없어. 내가 제대로 말을 못 해서 그런 것 같아 자자구 한 거야. 그래서 잤어. 근데 그 남잔…… 너처럼…… 내가 결혼을 승낙해서…… 자자고 하는 걸로 알고 있어.”

“아유, 도대체 무슨 말인지 알 수가 없네!”

“어떻게 하면 되지? 그래, 재혼을 하는 게 좋을지도 몰라. 그렇지?”

“아이 때문에 그러니? 의붓아버지를 만들어주는 게 싫어서? 아니면 전남편이 아이를 데리고 갈까 봐 겁이 나니?”

“……그것도 그렇긴 해. 그것보다 나 자신이…… 아니야. 맞아. 너가 말을 하니깐 아이 때문인 것 같아. ……하지만 그것보다…… 아, 모르겠어.”

“너는 원하지 않지만 원하지 않는 걸 거부할 수 없다는 거야?”

“……응. 그거야. 맞아. ……그런데 살을 맞대는 것도 좋았어.”

“알았어. 알았어. 대충 무슨 말인지 알아듣겠어.”

“……내가 살 길이 결혼밖에 없을까? 친정에서도 이 남자를 소개시켜주면서 재촉해. 내가 결혼을 해야 안심이 되나봐. 난 왜 이렇게 사람들에게 걱정이나 끼치는 혹인지 몰라. 집에서는 이 남자가 결혼을 하자고 해서 너무나 좋아하고 있어. 나두 별수없잖아. 너가 말했듯이…… 나이 먹어가면서 점점 가난하고 한심하고 구박 덩어리가 되겠지? 어쩌지? 난 어떡하면 좋겠니? 재혼을 할까?”

"그건 니 문제야! 왜 나한테 물어봐! 니가 알아서 해야지!"

나는 갑자기 치밀어오르는 화를 참을 수 없다. 내 애인이 굳이 그건 니 문제야, 라고 하지 않아도 그건 내 문제라는 걸 안다. 그가 설혹 내 문제이기도 해, 라며 나에게 달려와도 나는 그건 내 문제야, 라며 보낼 것이다. 나는 다시 그를 만나지 않을 것이다. 만난다면 그는 이제 나를 불륜의 대상으로밖에는 대하지 않을 것이다. 나는 점점 화가 치밀어오르고 갑자기 이 모든, 어쩔 수 없게 되어버린 상황의 핵엔 희주가 있는 것이 아닐까, 하는 생각이 문득 든다. 왜냐하면 내가 희주에게 왔을 때 희주의 그 순함과 자기 양보와 인생에 대한 유보적인 태도가 참을 수 없는 비참함으로 더욱더 나를 몰아넣었다.

그녀의 침대에서 세상의 모든 비난에 열심히 말대꾸를 하며 싸우는 동안 나는 세상에 고립되어가는 나를 발견했고, 또한 자기 안에서 고립되어 화석이 되어가는 희주를 발견했다. 희주의 고립에 가장 직접적인 가해자는 나일지 모른다. 그리고 나의 고립에 간접적인 가해자는 그녀일지도……

"희주야."

"응!"

희주는 화들짝 잠에서 깨어난 아이처럼 눈을 동그랗게 뜨고 나를 쳐다본다. 나는 갑자기 저 눈이 싫다. 나는 그녀를, 그녀의 뱃속을 알기 위해 유치해지기로 작정한다. 그녀 역시 세상의 일부이다.

"넌 이혼을 한 것이 내 탓이라고 생각하니?"

"……"

"그러니깐 내가 끼여들어서, 너는 그냥 참고 있었으면, 니 남편은 어쩜 결혼을 굳이 깨지 않고 연애를 했을 수도 있었을 거야. 그러면 너가 이혼을 해야 할 필요까지는 없었을지 모르잖아. 너는 그 큰 집과 아줌마와 차를 놓치지 않고 살아도 되고 지금 재혼 문제로 고민하지 않아도 되구 말이야. 날 원망한 적이 많았겠지?"

"……다 지난 일이야."

"날 원망했다는 말이구나. 내가 니 남편을 빼앗은 여자처럼 보일 때도 있었겠구나."

"아니…… 그런 뜻은 아니야."

"그럼 뭐야? 좀 솔직하게 니 속을 털어놔봐. 난 나에 대한 너의 숨은 마음을 이젠 좀 알아야겠어."

"알잖아. 날 잘 알잖아."

"나를 미워하고, 원망하고, 질투했다는 뜻으로 받아들이겠어."

"그건…… 그건 아니야. 정말, 왜 이런 걸 말로 듣고 싶어하는지…… 말할 수 있는 건지를 모르겠어. 내 감정이 너한테 무슨 의미가 있는지…… 왜 니가 이러는지 모르겠어…… 하지만 니가 생각하는 것과는 달라."

"뭐가?"

"혹시 니가 그렇게 생각하면 어쩌나 하고 말하고 싶기도 했지만…… 말을 하지 않는 게 좋을 것 같았어…… 그런 건 말로 할 수 있는 게 아닌 것 같기도 하구…… 자꾸 오해만…… 생길 것 같기도 하구…… 또 어떻게 말을 해야 할지도 모르겠구…… 음, 너무 미묘해서…… 오해의 여지가 많은 거라서…… 난 남편하구 나쁘지 않았어. 그는 어떤지 몰라두…… 좋지도 않았지만. 남편에게 여자가 있었다는 것은 아주 작은 물방울 같은 거야. 그냥…… 나라는 존재를…… 그냥…… 다시 확인하는…… 그런 것뿐이야.
너는…… 내가 선택을 할 수밖에 없는 상황을 만들어주었어……
지금 생각해보면 가장 나쁜 것은 아무것도 선택하지 못하고……
그런 상황에서 그냥 있는 거야…… 난 잘했다곤 생각하지 않아.
그건 내가 또 남자를 만나니깐 그 상황 속으로…… 다시 들어가게
돼. 그래서 잘했다고 생각하지 않는 것뿐이야. 되풀이되는 거지.
누굴 만나든 말이야…… 문제는…… 나야…… 그 일로…… 너
가 생각하는 것처럼 너를 원망한 적은 없어. 그냥 그렇게 된 거
야…… 그저 나를 확인했을…… 뿐이야."

"……"

"……"

"……학교 때 너 좋아했던 남자애…… 기억나? 내가 아니었으면
넌 그 남자랑 계속 연애하다가 결혼했을지도 몰라. 좋은 남자였어.
지금 꽤 괜찮은 사람이 되어서 살고 있다구 하더라. 그 남자랑 결
혼했으면 넌 좋았을 거야. 나 때문이야. 내가……"

"제발…… 그런 식으로 말하지 마. 너답지 않아. 잘산다니 좋아.
그 남자가 날 진정으로 아끼고 좋아했다는 걸 알아. 하지만 우리
집에서는 그 남자를 원하지 않았어. 가난하구 우리 집하곤 맞지 않
았지. 난 집안의 반대를 무릅쓸 만큼의 자신이 없었어. 그래도 그
가 날 좋아하니깐 계속 만날 수밖에 없었어. 상처 주고 싶지 않았
거든…… 그때 중요한 게 그거였던 것 같아. 누군가에게 상처를
주지 말아야 한다는 거. 그런데…… 너가 상처를 받고 있었어. 너
가…… 상처받지 않았다면…… 나는…… 더욱 힘들었을 거
야…… 너가 상처받았기 때문에 그 남자와 헤어지기가 쉬웠어. 그

남자가 나와 결혼했다면 우리 집안의 무시와 냉대로 힘들었을 거
야. 헤어진 게 잘된 거야."

"……!"

"……"

"넌…… 착하지 않아."

"……알아."

"착하지 않아. 착한 척하는 거지. 착한 척하는 것은 니가 약하기
때문이야. 너는 모든 상황에서 뒤로 물러나, 누군가만을 기다리고,
손 하나 대지 않고, 남의 힘으로 인생을 바꾸려고 해. 왜 내가 너를
견딜 수 없어하는지를 알겠어! 전염병처럼 너의 그 성격적인 불행
이 나에게도 옮아온 거야. 아니, 너의 그 착한 척하는 그 이면에 쌓
인, 숨겨진 분노와 질투가 나를 불행하게 만들었어."

"……그렇게 생각한다면…… 그럴지도 모르겠어…… 내가 너
한테 잘못한 게 있다면 너에 대해 참견하지 않으려고 노력했다는
것뿐이야. 넌…… 언제나…… 나를…… 필요로…… 한 적
이…… 없잖아. 넌 언제나…… 혼자서…… 잘하잖아…… 내가
너에 대해 가장 마음이 아팠다면…… 너가 아무 설명도 없이 연락
을 끊었을 때야. 그럴 때마다 나는 너가 왜 그럴까, 내가 뭘 잘못했
을까를 찾다가 너무 마음이 아팠어. 널 미워하지 않으려고 했어.
그러다 보니 내가 미워졌어. 난 그저 나 자신이 한심하고 미울 뿐
이지. 니 말이 맞아. 내가 너에게 불행을 옮겼나봐. 하지만……
숨겨진…… 분노…… 질투를 너한테…… 품고…… 있지는 않
아. 왜 그렇게만 생각하는 거야. 그러지 마. 휴우…… 넌 언제나
상처받는 게 두려워 먼저 상처를 주려고 하지. 하지만 그러고 나

서 너가 준 상처 때문에 너 자신이 너무 상처받고 괴로워하잖
아…… 나한테는 그러지 않아도 돼. 그러지 않아도 돼. 응?”
“……”

“너가 와서 좋아. 너가 찾아와서 내 마음이 얼마나 좋은지 넌 몰
라. 너가 없었다면 난 선을 보고 나서 결혼하자는 말이 나오지 않
으면 어쩌나 하고, 무척 불안했을 거야. 내가 여유 있게…… 무엇
때문에 재혼해야 하나 생각을 하지 못했을 거야. 너가 있으면……
난 나 자신에 대해…… 내 삶에 대해…… 생각을…… 하게 돼.
내가 정말로…… 원하는 게…… 뭔지를…… 생각하게 돼.”
“난 이기적인 사람이야. 특히 너한텐.”
“다른 사람들은 어떨지 몰라도…… 난 너가 필요해.”
“……내가? 나 같은 이기적인 인간이 니 인생에 도움이……
돼?”
“응.”
“……”

“자고 싶어. 오늘은 너무 힘든 하루였어.”
“……”

어둠이 점점 깊어간다. 시간이 지날수록 술은 깨어가고 정신은
또렷해진다. 거울 속엔 파탄 난 얼굴이 있다. 세상은 이해하지 못
한다. 내게 있어 연애란 그저 모닝 커피 같은 거라는 것을. 삶의 긴
장과 활력을 갖기 위해, 그에 따른 우울과 고독이 필요한 것뿐이지
진부한 사랑이니, 불륜이니 하는 것이 아니라는 걸 말이다. 물론
섹스의 문제도 아니다. 아무도 내 생각에 동의하지 않으리라는 것
도 안다. 절대 이해하려고 들지도 않을 것이다. 오직 불륜이라는

말 속의 진부한 의미만으로 세상은 나를 보려 할 것이다. 낭만적인 사랑을 기대하고, 믿고 있는 사람이라면 더욱더 나를 가혹하게 볼 것이다. 정상 참작의 여지가 없다는 것이 그들의 꿈자리를 어지럽힐 거다.

······희주는 아무것도 알려 들지 않고, 다만 더운 물수건으로 내 피를, 내 상처를 닦아주었다.

파탄 난 얼굴 뒤로 처음으로 자신의 의지를 사용해, 자신의 구덩이에서 벗어나기 위해 필사적으로 남자와 몸을 섞고 온 여자의 지친 몸이 누워 있다. 재혼을 할까······? 결국 해야 할 것이다. 무능하고 착하기만 한 희주에겐 여지가 없다. 나는 내일이고 모레고 남편이 내미는 이혼 서류에 도장을 찍어야 할 것이고. 이기적이고 뻔뻔한 나 역시, 여지가 없다. 그녀나 나나 자신의 상황을 뛰어넘을 장대가 없다. 나는 희주 옆에 누워 그녀의 길고 메마른 팔을 만진다. 그리고 그 팔에 내 팔을 감고 어둠이 점점 깊어가는 소리를 듣는다.

잠든 줄 알았던 희주의 손이 내 손을 잡는다. 손끝이, 팔이 떠는 걸 보면 그녀는 울고 있는 듯하다. 나는 그녀의 팔을 두른 내 팔에 힘을 주었다. 그 순간 내 손을 잡은 희주의 손, 역시 힘이 들어 있다.

우리에겐 자신을 뛰어넘을 장대가 필요하다. 단 하나의 장대라도 있다면 높이 건너뛸 수는 없어도, 이 캄캄하고 막막한 시간의 강물을 저어나갈 수 있을지 모른다. 〔『문예중앙』, 1999년 여름호〕

서울, 밀레니엄 버그

아들의 목소리가 밝아진다. 금세 생기가 도는 목소리는 그의 마음에 분노와 슬픔을 몰고 온다. 전쟁…… 그는 두 아이와 날마다 전쟁을 치르고 있다. 벌써 보름이 넘었다. 이 난리통에도 아이들 곁에 있지 않고 침대에 누워 있는 아내의 멱살을 잡고 집 밖으로 내동댕이치고 싶다. 꺼져. 그렇게 가고 싶으면 가버려. 너 없이도 우린 잘 살아!

서울, 밀레니엄 버그

또 핸드폰이 울린다. 그는 주머니 속에서 울려대는 핸드폰을 오른손으로 움켜쥔 채 김대리의 두 다리를 타넘었다. 비틀스의 「예스터데이」를 부르는 부장의 허리 밑으로 몸을 굽혀 겨우 노래방 문을 열고 복도로 나온다.

"아빠! 열시에 온다구 했잖아. 지금이 열시야! 열시!"

딸의 수화기를 낚아챘는지 울음 소리가 터지고 아들의 고함 소리가 귓속을 꽝꽝 울린다. 울지 마! 아앙…… 소희는 갈수록 울음이 많아지고 영수는 눈치빠른 작은 어른이 되어가고 있다.

"아빠, 오늘은 일찍 와서 불고기 먹으러 간다구 했잖아요. 어떻게…… 된 거예요. 너, 그만 울어! 아빠, 어떻게 된 거야?"

"아까, 말했잖아. 오늘 회식 때문에 늦는다구. 그래, 자장면은…… 시켜 먹었니?"

"난 먹었는데…… 소희 안 먹었어. 그만 울어! 너 맞어! 아빠 오면 불고기하고 밥 먹는다구 안 먹어요."

"지금이 몇 신데 아무것도 안 먹었어! 너만 먹었단 말이야? 소희가 안 먹겠다고 하면 니가 잘 타일러서 자장면을 먹게 해야지, 동생 저녁을 굶기면 어떻게 해. 오빠가 뭐 하는 거야! 응!"

너! 왜 자장면 안 먹어! ……아앙! ……아빠! 아빠! 아빠빠……

기어코 아들의 주먹이 소희에게로 날아갔나보다. 울컥 화가 치민다. 그는 핸드폰에다가 소리를 질러댄다.

"야! 너 왜 어린 동생 때려! 저녁도 안 먹은 동생을 왜 때리는 거야! 너, 집에 가면 혼날 줄 알아!"

"아빠, 그게 아니구요. ……그냥 꿀밤을 먹였어요. ……안 아프게요."

"시끄러워! 아프게든 안 아프게든 아빠가 제일 싫어하는 게 때리는 거야. 아빠가 언제 너희들 때렸어? 어? 어디서 그런 못된 걸 배운 거야!"

"아빠! ……나두 힘들어. 엄마는 맨날 아프다구 그러구 아빠는 일곱시에 온다구 그러다가 여덟시에 온다구 그러다가…… 술에 취해 오구. 소희는 말도 안 듣고…… 자꾸 울구…… 씨이. 나두……"

초등학교 3학년인 아들은 더 이상 작은 남자 노릇이 힘에 벅찬지 말끝을 잇지 못하고 흐느낀다. 그는 가슴이 답답해져오고 피가 거꾸로 솟구친다. 왼손을 쥐었다 편다. 심호흡을 두 차례 하고 목소리를 가다듬는다.

"영수야."

"……네."

"넌 남자지? 남자는 울면 안 돼. 아빠가 화내서 미안해. 소흰 여자고 동생이잖아. 니가 참아야지."

"하지만…… 아빠……"

"그래. 니 마음 아빠가 다 알아. 그래도 울면 안 돼…… 알았지?"

"네…… 흐흑……"

"식빵 있지? 딸기 잼 발라서 동생 먹이고 그리고 둘 다, 이 꼭 닦고 자고 있어. 내일은 아빠가 일찍 가 꼭 불고기 사줄게. 그리고 지난번에 니가 사달라고 한 게임 팩, 그 게임 팩도 사줄게. 알았지?"

"정말? 게임 팩…… 사줄 거예요?"

아들의 목소리가 밝아진다. 금세 생기가 도는 목소리는 그의 마음에 분노와 슬픔을 몰고 온다. 전쟁…… 그는 두 아이와 날마다 전쟁을 치르고 있다. 벌써 보름이 넘었다. 이 난리통에도 아이들 곁에 있지 않고 침대에 누워 있는 아내의 멱살을 잡고 집 밖으로 내동댕이치고 싶다. 꺼져. 그렇게 가고 싶으면 가버려. 너 없이도 우린 잘 살아!

"엄만, 뭘 먹었니?"

"아니오. 그냥 잠만 자요. 아까두 미안하다구 하면서…… 엄마가 곧 나을 테니깐 조금만 기다리래. 아빠…… 엄마가 울었어요."

"엄마한테 오는 전화가 있었니?"

"몰라. 여보세요, 하면 그냥 끊어. 그리구 엄마가 엄마한테 전화 오면 없다구 그러라구 했어요. 아 참, 오늘 학교에서 돌아오니깐 전화선이 빠져 있었어. 그거 내가 끼웠어, 아빠."

"그래, 잘했다. 아빠가 조금 있다 출발할 거니깐 자고 있어. 이 꼭 닦고. 알았지? 우리, 내일은 맛있는 거 먹고 선물도 사고 그러자.

알았지?”

“약속 꼭 지키는 거죠? 아빠, 꼭.”

“너두 울지 않겠다고 아빠하고 약속하는 거야. 알았지?”

아들은 영화에서 본 군인처럼 옛 서얼! 한다. 울고 싶다. 그 약속은 어쩜 자신 안에 있는 아들만한 자신에게 하는 다짐일지도 모른다. 아들과는 달리 울지 않겠다는 약속을 스스로에게 했을 뿐이다.

아버지는 그에게 남자는 울면 안 된다는 것을 가르쳐주지 않고 돌아가셨다. 자신의 아들 나이만할 때 아버지는 갑작스런 교통 사고로 온몸에 흰 붕대를 친친 동여매고 숨을 할딱거렸다. 엄마를 지켜드려라, 하는 말을 간신히 하곤 맥없이 손을 놓았다. 어린 그는 그때 세상의 무게가 어깨를 짓누르는 공포를 느끼고 울음을 터뜨렸다. 도대체 무엇으로부터, 무슨 힘으로 엄마를 지킨단 말인가.

김대리가 복도 끝 화장실 문 앞에서 그를 부른다. 서둘러 핸드폰을 끈다. 두 아이가 학교에서 돌아오는 2시 무렵부터 핸드폰은 30분, 1시간 간격으로 끊임없이 울려댔다. 그는 사무실 사람들의 보이지 않는 눈치를 받으며 사무실 복도와 화장실로 뛰쳐가 두 아이의 싸움을 말려야 했다. 슈퍼에서 외상으로 과자를 사먹으라고 일러두고 비디오점에 가서 짱구 만화를 빌려 보면서 아빠를 기다리라고 했다. 퇴근 무렵부터는 곧 간다, 라는 말을 수십 번도 더 했다. 그리고 오늘은 얼마 전 새로 온, 자신보다 두 살이나 아래인 부장이 갑자기 회식을 하자고 명령(?)하는 바람에 불고기 대신 자장면을 시켜 먹으라고 말하고 화장실 세면기에 얼굴을 박고 찬물을 머리에 뒤집어썼다.

“저기 새로 온 대장이 너한테 무슨 일 있냐구, 슬쩍 떠봤어. 조심해. 요즘 우리 목숨이 어디 사람 목숨이야? 너, 희망 퇴직 압력 안 받았냐? ……난 어제 부장한테 불려가서 은근한 압력을 받았어. 제기랄…… 근데 요즘 왜 그렇게 핸드폰이 자주 울리는 거야? ……여자 문제야? 응? 말해봐. 처녀야? 유부녀야? 요즘 같은 때 치정처럼 재미있는 게 어디 있냐? 내가 해결해줄게!”

그는 김대리를 비껴 빠르게 걷는다. 갑자기 얼굴로 뜨거운 것이 확 올라온다. 치정, 희망 퇴직의 압력…… 아이들은 굶고 있다.

저 눈치 빠른 김대리의 먹이가 되어서는 안 된다. 김대리뿐만 아니라 자신의 작은 왕국의 불행을 세상 사람들의 먹잇감으로 내놓아선 안 된다. 안 돼…… 그는 침묵으로 불행에 맞선다.

아무 말 없이 맥주만 마셔대던 미스 김이 마이크를 잡고 고통에 가득 찬 목소리로 노래를 하고 있다…… 아무런 준비도 없는 내게 슬픈 사랑을 가르쳐준다며 넌 핑계를 대고 있어……

그 다음에는 회사에서 베스트 드레서로 뽑힌 정이 마이크를 잡는다. ……이번엔 진실한 사랑이었는데…… 도대체 이게 몇 번째야!

갑자기 미스 김이 정의 마이크를 뺏고 버튼을 누른다. 간주곡에 맞춰 위태위태하게 춤을 춘다. ……난 괜찮아, 난 괜찮아…… 사랑 따윈 필요 없어!

그들은 노래 가사를 교묘하게 서로를 향해 날리며 보이지 않는 전쟁을 격렬하게 치르고 있다. 누가누가 상대의 마음에 더 많이 상처를 주나, 누가누가 더 많이 상처를 받나……

“이 사람들이 왜 이러는 거야!”

김대리가 소리를 버럭 지른다. 그리곤 정에게 말한다.

“미스 김이 많이 취한 것 같은데 집에 데려다주지. 그리고 이 시간도 근무의 연장인데 말이야, 그렇게 둘이 계속 사랑 싸움을 해야겠어?”

다분히 부장을 의식한 연극적인 대사 발음으로 김대리는 정을 향해 재미있어하며 큰 소리로 꾸짖는다. 정은 갑자기 술이 깨는지 한사코 버둥대는 미스 김을 끌고 나가기 시작한다. 김대리는 부장 쪽으로 엉덩이를 밀어붙이며, 마치 이 철없는 두 어린 연인들의 오늘밤 행실은 전적으로 자신의 잘못이라는 뜻으로, 하지만 요즘 이런 일들을 이해하지 못하면 부하 직원을 통솔하기 쉽지 않다는 것까지 살짝 덧붙이며 부장의 담배에 불을 붙이기 위해 라이터를 켠다. 부장은 김대리의 라이터 불을 슬쩍 거부한다. 김대리의 얼굴이 조금 붉어진다.

“……아마 미스 김이 구조 조정에 들어가 있어 둘이 서로 문제가 생겼나봅니다. 사내 커플들, 요즘은 다시 조심해야 하는데…… 저희 때만 해도 결혼을 해도 아무도 모르게 회사에 다니면서 얼마나 조심했는데요. 요즘 애들은 가려야 할 것들을 도리어 자랑으로 여겨서……”

“그게 무슨 상관입니까? 회사 일에 지장만 주지 않는다면 되는 거죠.”

부장은 누구에게나 존댓말을 쓴다. 그는 연봉 1억의 몸값으로 그들의 회사에 세련된 점령군으로 왔다. 그의 얼굴은 언제나 겸손을 내걸고 있다.

“맞습니다. 미스터 정은 그러는데 미스 김은 여자라서 그런지…… 아무튼 여자들은 결혼할 때가 되면 회사에 스스로 사표를 제출해야 합니다. 나이가 들수록 점점 일의 능률이 떨어지죠. 게다가 연애라두 하면 회사 일은 안중에도 없습니다. 그렇지 않습니까?"

"아닙니다. 그건 아주 잘못된 사고 방식입니다. 오히려 여자들이 태만한 남자들보다 더 유능하게 일들을 처리합니다."

김대리의 얼굴이 순간 흙빛으로 변한다. 그는 매번 자신의 말이 정면으로 거부당하는 것으로부터 자신을 만회하기 위해 자꾸 말을 쏟아내지만 말은 계속 잘못된 방향으로 흘러간다. 그러나 그는 이제 말을 멈출 수가 없다.

"……요즘 유행가 가사는 아주 기막히죠? 그렇지 않습니까? 특히 연애를 할 때는 딱딱, 하고 싶은 말들을 대신 더 잘해주죠. 컴퓨터 통신이나 유행가 가사는 서로…… 그러니깐…… 보지 않구, 말하지 않구도 두 남녀를 접속시키는 거죠. 저희 때야 서로 얼굴을 보고 말하지 않으면 서로의 마음을 전달하지 못하지 않았습니까? 그렇지 않습니까? 요즘은 서로 만나지 않아도 사랑이 가능하니…… 하하핫…… 저희 나이 되면 마누라하고 아침저녁으로 얼굴을 보아도 접속이 안 되는데…… 그렇지 않습니까?"

"사람 나름이죠."

김대리의 얼굴이 창백해진다. 부장은 사담을 즐기지 않는다. 매번 습관이 되어버린 김대리의 유치한 말은 부장에게 농담으로로도, 예의로라도 접속되지 않는다.

"집에 무슨 일이 있나요?"

그는 어제 핸드폰을 들고 비상구 계단으로 갔을 때 정이 미스 김에게 했던 말에 붙들려 있다 부장의 말에 화들짝 놀란다. 정이 결혼할 수 없다고 하자 미스 김은 이 나쁜 놈! 하며 울었다. 미스 김은 곧 박스를 들고 집으로 갈 것이다.

"아, 아무것두…… 그냥 애들 엄마가 몸이 좀 아파서요."

"집안일에 신경이 많이 쓰이겠습니다."

"아, 그냥…… 좀…… 그렇죠."

"파출부를 부르지 않구요."

파출부…… 아내가 그나마 식사 준비와 빨래조차 손을 놓아버리자 그는 생활 정보지에 있는 파출부 사무실에 전화를 걸었다. 시간당 5천 원. 그가 하루 한 시간만 식사와 빨래를 해줄 수 있는 사람을 불러달라고 하자 그쪽에서는 어이가 없다는 듯이 침묵하다 다른 델 알아보라고 했다. 그는 다급해져, 그러면 어떻게 해야 하는 거냐고 물었다. 오전 세 시간이나, 오후 네 시간을 쓰라고 했다. 오전 세 시간이면 만오천 원. 일요일 빼고 대충 삼십오륙만 원 정도의 돈이 필요한 셈이다. 그는 생각해보고 다시 연락을 하겠다고, 하고 수화기를 내려놓았다. 32평의 아파트를 마련하기 위해 은행 융자를 7천만 원 받았다. 지금의 대출 금리로는 원금은 전혀 갚을 길이 없다. 이자만으로도 휘청거린다.

"파출부는 사실 미덥지 못하죠. 할머니라두 부르지 않구요. 애들 할머니는 계시나요?"

"네! 아, 돌아가셨습니다."

"엄마가 아플 땐 할머니가 최고인데…… 저두 몇 년 전엔가 제 와이프가 몸이 안 좋아서 파출부를 썼는데 애들 정서가 불안해지더군요. 그래서 애들 친할머니를 모셔왔지요. 그리고 파출부를 쓰니간 엄마의 공백이 그나마 메워지더군요. 그래두 집안일에 신경이 많이 쓰였어요. 일도 손에 잡히지 않구요."

"……"

"부장님, 삼차 가시죠. 칼립소라는 술집이 있는데 마담이 기가 막힙니다. 오딧세이를 붙잡은 칼립소와 똑같습니다. 죽여줍니다. 가시죠?"

"아, 아닙니다. 난 그만 들어가봐야겠습니다. 모든 걸 잊기엔 오늘밤이 너무 길거나, 우리의 청춘이 너무 짧은 것 아닙니까? 핫하하!"

젊은 부장은 검정 롱코트를 어깨에 가볍게 걸치고 그 위에 하얀 울 머플러를 또 걸친다.

"오늘 아주 즐거웠습니다."

"네! 네에. 저희도 아주 즐거웠습니다."

"그럼, 내일 아침에 보죠."

"네. 내일 사무실에서 뵙겠습니다."

부장의 구두 소리가 멀어지자 김대리는 맥주 캔을 벽에 집어던진다.

"개자식! 머리에 피도 안 마른 녀석이…… 쌍, 누군 왕년에 『타임』지 안 읽었나! 『월 스트리트 저널』 안 읽었냐구! 즐거웠다구? 저 자식은 아마 넥타이 매고 양말 신고 마누라 배 위에서 허우적댈 거야. 파출부? 돈 있다구 말 한번 쉽게 하는군! ……입이 쓰군…… 우리라두 가자! 칼립소로."

"그만 해. 집으로 가자."

그는 모든 것에 탈진했다. 이대로 김대리를 내쫓고 노래방 소파에서 며칠이고 잤으면 좋겠다.

"그래, 그게 좋겠지. 월급도 깎이고 보너스도 안 나오는데 마누라 아랫도리라도 죽여주지 않으면 집에서 내쫓기겠지? 밥값을 하러 가야지."

"……"

"근데 난 요즘 마누라만 보면 서던 것도 죽어. 이러다가 마누라 바람날까 겁난다. 이게 무슨 창피냐? 남편이 얼마나 그 짓을 시원치 않게 했으면 마누라가 바람이 났다구들 쑥덕댈 거냐구? 그럼 인생 다 산 거지!"

"야! 시끄러워. 그 입 좀 다물지 못해!"

그는 어느새 김대리의 멱살을 잡고 주먹을 들고 있는 자신을 발견한다. 김대리의 눈이 어이없다는 듯이 그를 쳐다본다.

"너, 왜 그래?"

그는 힘없이 김대리의 멱살을 푼다. 바닥에 떨어진 반코트를 주워 노래방 문을 온몸으로 밀며 나간다.

계단참에 서서 그는 담배에 불을 붙인다. 김대리가 그의 어깨에 팔 하나를 걸친다. 그는 팔을 뿌리친다. 그는 담배를 집어던진다. 계단에 떨어진 담배에서 연기가 나온다. 그와 김대리는 낙오의 마지막 한계에까지 와 있다. 입사 동기에, 가장 죽이 잘 맞는 자신과 그는 살기 위해 언제 서로에게 칼을 들이댈지 알 수 없다. 그는 세워둔 차를 향해 걷는다.

"이봐, 그 여자 때문이야?"

"……!"

"요전에 우연히 회사 앞 커피숍에서 자네하고 같이 있던 여자를 봤어. 심각해 보이더라? ……내가 참견할 일은 아니지만 어떤 일이 있어도 자네 부인이 알게 해서는 안 돼. 연애의 필수야. 예의를 갖춰야 한다는 거지. 그럼 난 가볼게. 힘 내라구! 세상이 ×같아두 열심히 살아내는 거야! 응!"

"……"

차 안으로 들어간 그는 다시 담배를 피워 문다. 여자는…… 몹시 후회하는 낯빛이었다.

여자가 전화로 아내의 이름을 말하고 회사 앞 카페에서 기다린다고 했을 때 그는 교착 상태에 빠진 아내와의 관계와 그 일로 인해 엉망이 된 자신의 가정에 대한 실낱 같은 희망을 품고 정확한 시간에 나갔다.

그는 아내의 친구들을 모른다. 결혼식 때 아내의 친구들이 왔을 테지만 그때는 젊은 모든 여자들이 하나같은 얼굴로 뭉뚱그려져서 아내의 친구구나, 하고 생각했을 뿐이었다. 그리고 그 이후 한번도 본 적이 없다. 지금 생각하면 아내의 친구들은 낮에, 그가 집에 없는 시간에 아이의 탄생을 축하하러 왔거나, 잠시 점심을 먹으러 오곤 했을 것이다. 언젠가 아내가 말했다. 여자들은 결혼하면 친구 남편이 제일 무서운가 봐. 전화를 해서 친구 남편이 받으면 그냥 끊게 돼. 그도 요즘 끊어지는 전화를 받았지만 아내의 말이 있었기 때문에, 별로 마음에 걸려 하질 않았다. 사실 아내의 전화에 대해선 별관심도 없다.

아내가 신경 쇠약(그 병명은 그 자신이 내린 것이다)으로 점차 식탁 위의 반찬이 줄어들고 신을 양말이 없어 세탁 바구니에서 찾아 신어야 할 때쯤 그는 아내의 친구, 가장 친한 친구를 만났으면 하는 생각을 처음 해보았다. 아내를 데리고 기분을 전환시켜주고,

김치를 담가다 주고, 무엇보다 아이들을 좀 챙겨줄 그런 돈독한 우정을 나누는 아내의 친구가 필요했다. 하지만 그는 아내 친구들의 전화 번호는 물론이고 이름조차 모른다. 아내의 신경 쇠약 상태가 깊어지자 아내의 친구가 문제가 아니라 아내에 대해서 자신이 아는 것이 별로 없다는 사실에 그는 스스로 놀랐다. 아내의 옷차림, 식성, 아이들을 대하는 태도, 자신과의 늘 일관성 있는 섹스 행위…… 그것말고 뭔가 결정적인, 그 뭔가를 전혀 모른다는 것이다. 그리고 지금은 뭘 모르는지조차 알 수 없을 지경에 이르러 있다.

아내가 처음 창백한 낯빛으로 마치 정신을 어디다가 놓아버린 것처럼 우울해할 때 그는 무슨 일이 있냐고 물었다. 아무 일도 아니라고 아내는 말했다. 어디가 아프냐고 했을 때도 아내는 아무데도 아프지 않다고 했다. 그래서 당신답지 않게 왜 그러냐고 다시 물었을 때 아내는 뜬금없이 우리가 산 지 몇 년이 됐지? 하고 물어왔다. 그는 아들 나이에다 1년을 보탤지 2년을 보탤지를 생각하다 대답하지 못했다. 아내는 아직도 나를 사랑하냐고 또다시 물어왔다. 그는 사랑이라는 단어를 너무 오랜만에 말해봐서 혀끝에 사……랑이라고 발음을 만드는 데 시간이 좀 걸렸다. 아내는 두 손으로 그의 얼굴을 부드럽게 만지며 힘없는 목소리로 부탁을 하나 들어주었으면 한다고 했다. 그는 이번에는 늦지 않게 고개를 끄덕였다. 나, 이 집에 없다구 생각하고 한 2주일만 그냥 내버려둬. 저 방안에만 있을 거야. 당신은 아이 방에서 자. 아내는 아이 방을 손가락으로 가리켰다.

아내는 동면에 들어간 곰처럼 두꺼운 커튼을 내리고 커다란 솜 이불을 덮고는 계속 잠을 자는 듯했다. 아니면 눈을 감고 있든지.

그때 여자의 전화가 왔다. 이지선씨 남편 되시나요? 잠깐 뵈었으면 좋겠습니다. ……기다리겠습니다.

그는 담배를 피워도 되냐고, 여자에게 정중하게 묻고 담배에 불을 붙였다. 그리고 생각했다. 먼저 아내의 상태에 대해 말하고, 아내에 대한 우정에 발동이 걸릴 때쯤 적절한 도움을 요청해야지. 그러나 여자의 얼굴이 전혀 우호적이지 않은, 뭔가 분노를 억누르고 자제하는 낯빛으로 빠르게 변해가다 마지막에는 수치심이 가득 담긴 후회스런 얼굴빛으로 다시 변해가자 그는 준비해둔 말 대신 계속 줄담배를 피워대야 했다. 도움이 필요한 건 여자인 것 같다. 보험, 정수기 판매…… 그러자 그의 침묵은 확고해졌다. 왜냐하면 자신은 여자를 도와줄 수 없기 때문이다.

여자의 창백한 눈빛이 그의 손에서 멈췄다. 그리곤 뚫어지게 쳐다본다. 그는 여자의 눈이 멈춰진 자신의 손을, 정확하게 손톱을 본다. 늘 단정하게 다듬어져 있던 그의 손톱은 길게 자랐고…… 그리고 김칫국물이 벌겋게 배어 있다. 아침밥으로 아이들에게 김치볶음밥을 해주고 대충 씻고 나왔다. 그는 천천히 손톱을 손 안으로 감춘다. 그리고 얼른 담배를 재떨이에 끄고 여자의 용건을 빨리 알아내고 빨리 거절하고 찻값을 계산하고 회사로 돌아가 화장실에서 손톱을 깎아야겠다고 생각한다.

"혹 부인의 행방을 아시나요?"

"네!"

요 며칠 신경 쇠약이 극도로 심해져서 정신이 완전히 나간 듯 침대에서 아예 꼼짝도 하지 않고 누워 있지만 아내는, 아내의 몸은 집에 있는 건 확실하다.

“무슨 말씀을 하시는 건지······”

그는 갑자기 여자의 신원에 대해 자신이 없어졌다. 아내의 친구? 왜 처음에 만나자고 할 때 아내의 친구 이외의 다른 건 생각하지 못했을까.

“제 아내하고는 어떻게 되는 사이인가요?”

“······솔직히 말씀해주셨으면 좋겠습니다.”

“뭘 말입니까? 뭔가 착각을 하신 것 같군요. 제 집사람은 집에 있습니다.”

그는 갑자기 여자의 핏발 선 눈을 보고 미친 여자군, 하며 속으로 중얼거린다. 그리고 자리에서 일어나려 하자 여자는 의자 등받이에 깊숙이 몸을 묻으며 숄더백에서 흰 봉투를 꺼내 탁자 위에 올려놓는다.

“그게 뭡니까?”

여자의 얼굴이 창백하고 날카로워졌다.

“보시면 아실 거예요.”

그는 흰 봉투를 거꾸로 세운다. 작고 빛나는 것이 똑 떨어진다. 스티커 사진. 알 수 없는 수치와 불안이 그의 앞에 우뚝 다가선다. 그는 여자를 새삼 다시 쳐다본다. 그리고······ 여자가 내민 봉투 속의 작고 빛나는 것을 외면한다.

“보세요. 아주 행복한 한 쌍이죠?”

갑자기 주위가 먹물을 뒤집어쓴 듯 어둡다. 오직 탁자 위에 올려진 사진만이 빛을 내고 있다. 그는 사진 앞으로 천천히 몸을 기울인다. 너무나 낯선 여자가, 그러나 11년 넘게 살아온 여자가 혀를 쏙 내밀고 눈빛을 반짝이며 보고 있다. 남자는······ 어색한 듯, 그러나 그 역시 행복의 빛가루를 맞은 듯 눈빛을 반짝이며 역시 자신을 보고 있다. 두 얼굴 위로 분홍색의 하트가 둘러쳐져 있다. 하트는 이 세상의 모든 모순과 금기와 상식을 정면으로 거부하는 하나의 상징처럼 빛난다. 이 세상 그 누구도, 어떤 도덕도, 신조차도 분홍 하트 속의 우리를 어쩌지는 못해.

"저는 남편을 찾고 싶을 따름입니다. 이지선씨에 대해 아무 유감도 갖고 싶지 않아요. 부인이 집을 나갔다는 걸 알아요. 부인의 행방을 알면 제 남편의 행방도 알 수 있어요. 댁은 부인을 포기했는지 모르지만…… 난 아니에요. 절대…… 그럴 수 없어요."

"뭘 잘못 아셨군요. 그만 일어나겠습니다. 그리고 그 사진 속의 여자는 제 아내가 결코 아닙니다."

"저도 이런 자리에서 내 남편과 같이 있는 여자의 남편과 얼굴을 맞대는 게 좋은 줄 아세요? 댁도 저를 만나고 싶어하리라 생각했어요. 그렇지 않았나요?"

"……"

"이지선씨는 그때 제게 말했죠. 끝내겠다구요. 전 믿었어요. 아이가 둘이나 있는데…… 당연하죠. 그리고 시간이 지나면 둘 다 제정신으로 돌아올 줄 알았어요. 그런데…… 아시다시피 두 사람은 사라졌어요. 사라졌다구요. 지들이 무슨 권리로, 좋아하면 했지 집을 나가요! 무슨 권리로 말이에요! 무책임해요. 너무 무책임해요. 지들이 뭔데…… 누가 그런 권리를 주었다구……"

여자는 금방 울음이라도 터뜨릴 듯 목소리가 마구 떨린다.

"제 집사람을 만났단 말입니까?"

그의 목소리도 마구 떨린다. 그는 도움을 줄 아내의 친구를 찾았지 자신에게 사형 선고를 내릴 여자를 찾은 건 아니었다.

“네. 남편을 집으로 돌려보내겠다구 약속했어요. 그리구 부탁까지 하더군요. 자기 가정을 지키게…… 댁한테 알리지 말아달라구…… 전 믿었어요. 일 년 넘게 둘은…… 다 아실 텐데 길게 말하고 싶지 않아요. 부인의 행방을 알려주세요.”

“분명히 말씀드리지만 아내는 집에 있습니다.”

“……바람이겠죠!”

“다시 한번 분명히 말하지만 제 아내는 집에 있고 제 아내에게는 아무 일도 없었습니다. 알겠습니까?”

여자가 비웃듯이 그를 향해 헛웃음을 웃는다. 그리고 또다시 그에게 어떤 충격을 줄 일들에 대해 말을 하기 위해 탁자 앞으로 몸을 숙인다. 그는 여자의 다음 말을 재빨리 막는다.

“병원에 한번 가보시는 게 좋을 것 같군요. 그럼 이만.”

그는 자리에서 일어난다. 여자도 따라 일어난다. 그는 계산대를 향해 정확한 보폭으로 걸어간다. 여자의 날카로운 구두 소리가 따라온다. 그가 지갑에서 찻값을 꺼내자 여자가 스티커 사진을 계산대에 올려놓고 커피숍 문을 연다.

“남편 이름이 어떻게 되죠?”

여자가 뒤를 돌아본다. 그리고 마치 배반한 애인의 얼굴을 쳐다보듯 절망과 증오에 가득 찬 눈빛으로 그를 쳐다본다.

“……”

차창 밖의 여자는 달리는 택시 앞으로 뛰어든다. 끼익! 거스름으로 받아든 동전이 대리석 바닥에서 날카로운 소리를 낸다. 쨍…… 쨍…… 쨍! 쨍! 다시 달리기 시작하는 택시 안에 여자가 꼿꼿하게 얼굴을 들고 앞만 보고 있다. 마지막 자존심을 막 어딘가에 두고 온 얼굴이다. 그 얼굴을 본 순간 그는 눈을 감는다.

그는 스티커 사진을 주머니에 넣고 거리에 서 있다. 그는 단순한 삶을 원했다. 건강하게 오래 살아 회사에서 받는 돈을 낭비하지 않고 아내와 딸과 아들을 무사하게 살아갈 수 있도록 해주는 것이다. 어느 날 까닭 없이 불안할 때 그는 생명 보험을 들었다. 처음 하나를 들었을 때 아들이 생각났고 또 하나를 들었을 때 막 초등학교에 입학한 딸이 생각났다. 결국 그의 월급 통장에선 매달 세 곳의 생명 보험 회사가 그의 아내와 딸과 아들을 위해 돈을 인출해간다.

도로에는 차들이 달리고 점심을 끝낸 와이셔츠들이 골목마다 구더기 떼처럼 쏟아져나와 일용할 양식을 기다리는 부모와 처자를 위해 네모난 시멘트 상자 속으로 기어들어간다. 삼천오백 원짜리 백반과 자판기의 독한 커피를 마시고 그들은 각자의 책상으로 돌아가 전화를 받고 서류를 작성하고 퇴근 무렵이면 집으로 전화를 걸 것이다. 끝나자마자 집으로 바로 들어갈게. 혹은 약속이 있어 좀 늦어. 기다리지 말고 자.

……가로수들도 다 제자리에 꽂혀 있다. 그런데…… 이 모든 것이 너무나 낯설고, 낯설다 못해 자신과는 무연한 것 같기도 하다. 이 작고 보잘것없는 세계. 길과 가로수와 골목 안으로 들어서면 즐비한 백반집과 커다란 시멘트 상자를 몇백 번이나 똑같은 코스로 다녔는가. 그는 갑자기 이 작은 세계가 사무친다. 아아……

그는 주머니에서 손을 빼고 늘 이 시간대쯤의 코스를 생각해본다. 회사, 밥집, 다시 회사…… 손바닥엔 여전히 이물스런 작고 매끄러운 것의 감촉이 남아 있다. 그는 이 세계에서 완전히 추방당한 두려움에 사로잡힌다. 이 작은 스티커 사진 한 장은 그의 작은 왕국을 파멸시키고, 이 거리의 와이셔츠들로부터 분리시킨다. 그는 이제 저들과 같지 않다. 저들의 조롱으로 아이들은 거리로 내몰리고 그는 폐인이 된다. 이 불온한 사진은 그가 가꾼 모든 것을 파괴한다.

추방이라니? 내가 뭘 잘못했는데? 도대체 이 무슨 우스꽝스러운 비극인 거야! 파멸되기 전에 적들에게서 내 왕국을 지켜야 해. 이러고 있을 때가 아니야.

그는 빠르게 생각을 정리하려 애쓴다. 먼저 전화를 걸어 아내가 있는지 확인하고 내가 갈 때까지 절대로, 꼼짝도 하지 말고 있으라고 해야 한다. 아니, 아이들에게 아빠가 갈 때까지 엄마가 한 발짝도 집 밖으로 나가지 못하게 하라고 말해두어야 한다. 그리고……그러나 너무나 끔찍한 생각들이 머릿속에서 서로 다투며 튀어나오려고 한다. ……아내는 벌을 받아야 한다. 그녀는, 이 작은 스티커 사진 속의 그녀는 그가 그토록 공들인 왕국을 무참하게 짓밟았다. 그는 마음이 급해졌다. 회사 주차장으로 뛰어가 차 문을 열고 액셀을 밟는다.

그가 브레이크를 밟은 곳은 죽음을 기다리고, 용서를 빌어야 할 아내가 있는 집이 아니라 술집 앞이다. 칼립소.

"웬일이지?"

칼립소는 시계를 본다.

"양주 한 병 줘."

"이 시간에? 무슨 일이지?"

그는 맨정신으로 아내를 볼 자신이 없다. 피투성이의 아내가 눈이 뒤집혀져 죽어가고 아이들은 공포에 질려 기절한다. 그는 머리를 흔든다. 머릿속은 온통 아내의 피로 젖어 있다.

"좀 생각할 게 있어서……"

그는 작은 양주잔을 치우고 물컵에 담긴 생수를 바닥에 버린다. 그리고 커다란 물컵에 양주를 가득 부어 단숨에 들이켠다. 뱃속이 찌르르 해지자 약간은 여유가 느껴진다. 좀더 많은 여유를 위해 다시 물컵에 양주를 따르고 이번엔 두 번에 나누어 마신다. 불길이 입을 통해 뿜어져나올 것 같다. 여유는 사라지고 깊은 자기 연민이 찾아온다. 딱하게 됐군. 훗훗…… 가장 순결하고 가장 정숙한 여자를 골랐는데…… 정말 아내에게는 내가 첫사랑이고 유일한 남자였는데…… 아니 그렇다고 생각했는데…… 이젠 유일한 남자는…… 아니지만 그래도 그녀의 처녀는 내 것이었지. 훗훗……

"칼립소, 양주 한 병 더 줘. 당신도 한잔해."

일 년이 넘었다고 여자가 말했지. 일 년…… 그 동안 난 뭘 했지.

"칼립소. 일 년 동안 난 뭘 했지?"

"뭘 하긴. 회사 일 끝내고 여기 와서 술 퍼먹으면서 마누라·자식이 지긋지긋하다구 맨날 예쁜 여자랑 발리 섬으로 도망가서 살고 싶다고 노래 부르다가 집에 가서 잤지."

"내가 그런 말을 했단 말이야?"

"그랬지."

"일 년 내내 말이야?"

"글쎄, 내가 이 가게를 연 지 사 년쯤 됐으니깐 사 년 내내 그랬지. 당신네 패거리들 모두 앞으로 평생 그러구 살 거 아니야? 뭐 새삼스럽게 그러지. 무슨 일이 있지?"

“거짓말하지 마! 내가 언제 마누라하고 자식들이 귀찮다고 그랬어. 내가 언제 예쁜 여자랑 발리 섬에 가서 살고 싶다고 그랬냐구?”

“아, 그만 해. 지난주부터 안 보이더니만 대낮에 낮도깨비처럼 하구 나타나서 도대체 왜 그러는 거지?”

“칼립소, ……아까 점심때 동창놈을 하나 만났는데 자기 마누라가 바람이 났다고 하더라구. 어떻게 해야 될지 모르겠대. 오직 죽이겠다는 생각밖에는 없다고 그래. 어쩌지?”

“당신들 하고 사는 꼴을 보면 마누라들이 바람날 만하지. 그래, 바람난 마누라도 남편이 알고 있다는 걸 알아?”

“아직 몰라. 남편이 안다는 걸 말해주어야겠지? 그리고 때려죽여야겠지?”

“그게 무슨 죽을 죄를 졌다구 때려죽이지? 병신!”

　병신? 그래, 병신이지……

“그럼 어떡해야 하지?”

“이혼할 생각인가?”

“아니!”

“그러면 모른체하라고 해야지.”

“……!”

칼립소는 그의 놀란 눈을 향해 두 어깨를 한번 올리다 내려놓는다. 모른체하라니! 아버지처럼 무덤 속에 있다면 모를까……

“그럼 그 친군 진퇴양난에 빠지겠군. 체면 때문에 이혼은 못 하구. 남들이 알아봐. 얼마나 그 남잘 우습게 알겠어. 차라리 자기가 먼저 바람을 피워 이혼하면 좋았을 텐데, 하며 자기가 너무 병신처럼 산 것에 대해 가슴을 쥐어뜯으며 후회하겠지. 그러면 최소한 체면은 지킬 거 아니야? 세상에 마누라가 바람이 나다니! 체면이 영말이 아니게 됐어. 그렇게 잘난 척하고 살더니. 소문이 나면 회사는 어떻게 다니고 그 동네에선 어떻게 살아. 기가 막힐 노릇이야! 그런데 모른체하기에는 마누라에 대한 체면이 또 말이 아니잖아. 모른체하고 마누라가 딴놈 품에 안겨 히히덕거리는 걸 어떻게 보고 있어? 남자 망신은 다 시키는 거지. 정말 체면이 말이 아니야. 칼립소, ……옛날에는, 아니 지금도 아프리카나 이슬람 국가에서는 마누라가 바람이 나면 남편한테 맞아 죽어도 그 남편에게는 죄를 묻지 않잖아? 그리고……"

"아이구, 그러니깐 체면이 문제란 말이지? 당신네들은 정말 이상도 하지."

"……"

"이제 그만 회사로 가든지, 집으로 가든지 하지?"

"칼립소, 당신 한쪽 뺨의 흉터가 전에 살던 남편이 그런 거라고 했지?"

"그 얘기는 왜 하지? 그놈이야 미친놈이었지."

"알아. 하지만 칼립소, 마누라가 바람이 났는데 미치지 않는 놈도 미친놈이야. 화내지 마. 난 그 친구를 도와주어야 해. 칼립소도 도와줘. 그 친구는 자신에 대해 너무 창피하고 화가 나 있어. 뭔가 도움을 주지 않으면 내일 신문에 살인 사건 기사가 대문짝만하게 날지도 몰라. ……사실 그 친구의 진짜 속마음은 자신이 밤에 아내를 만족시키지 못해서 그런 건 아닌가 하는 거야. 자기 모멸감에 빠져 있어. 큰일이야. 그 생각에 사로잡히자 죽고 싶은 심정이래.

마누라를 죽이기 전에 자기가 먼저 죽을 것 같대. ……사실이 그
렇다면 그 친군 평생 임포가 될 거야. 정신적인 임포 말이야. 생각
해보면 신혼 기간이 지나고 아이들 때문에 방해받고 밖의 일도 점
점 많아지고 신혼처럼 할 수는 없지. 그렇다고 돈이 많아……”
“그만 하지. 참 당신네들은…… 왜 마누라들이 도망을 치면 그
마누라들을 몽땅 성도착증 환자로 만들려고 그러지? 그래야 체면
이 그나마 서나? 응? 유치해. 마누라가 조금만 신경이 날카로워져
두 잠자리 탓으로 돌리고 마누라가 기분이 좋아도 잠자리 덕분으
로 생각하구…… 마누라가 바람을 피우면 남자 구실을 못 해서 그
러나 하구, 자기 모멸감에 휩싸여 괜히 거리의 여자 하나 잡아 여
관에 가서 죽도록 괴롭히구 말이지. 그냥…… 여자들이 원하는 것
은 단지 당신네들이 생각하는 그런 잠자리 문제가 아니지. 부드러
운 말, 자신의 말을 주의 깊게 들어주는 성의…… 그런가? 모르겠
다. ……그런데 왜 자기 마누라가 평생 자기만 사랑하구 살아야
한다구 생각하지? 그럴 권리가 어디에 있지?”
“시끄러워. 어쨌든 그 여자는 한 남자를 세상에서 가장 쪼다, 병
신으로 만들었어. 용서할 수 없어!”
“당신두 시끄러워! 차라리 체면이 아니라 자식 때문이라고 하면
나두 그 남자 편에 서겠다.”
　자식? 바람난 엄마에 살인자 아빠…… 아이들은 세상의 멸시에
제대로 피지도 못하고 거리에 서서 사람들의 냉대와 멸시와 수치
속에 서서히 죽어간다. 그는 거리에 서 있는 아이들을 생각하자 가
슴이 터질 듯하다.
“그만 집에 가지. 당신 부인도 바람나면 어쩌려구 그래.”

"가야지. ……고마워. 마누라가 바람난 이유에 대해 묻지 않아
서."

"……! ……이유가 뭐지?"

"그게 문제야. 모르겠거든. ……아무리 생각해두 말이야. 월급
다 갖다 주고, 한눈도 안 팔고, 무슨 기념일이면 꼬박꼬박 선물도
했는데……"

"인생이 그게 다가 아니지."

그는 칼립소를 나와 미친 듯이 집으로 차를 몰았다. 현관 문을
열자 딸과 아들이, 그의 자식들이 반짝 그의 목을 두 팔로 안으며
아빠, 아빠빠, 하며 거칠한 얼굴에 마구 입을 맞춘다. 아빠, 나무
타기 놀이 하자. 그는 두 다리를 벌리고 두 팔을 ㄴ자로 꺾고 굳건
하게 서 있는다. 딸이 왼팔에, 아들이 오른팔에 여린 두 손을 깍지
끼우고 그의 몸을 타고 오른다. 그는 자신의 소중한 열매를 매단
채 오랫동안 나무가 된다. 아빠! 아빠빠…… 눈이 왜 빨개? 요 귀
여운 것들을 잡아먹으려구! 그는 늙은 여자를 잡아먹은 늑대처럼
아이들에게 즐겁게 겁을 준다.

그는 아이들을 재우고 화장실 변기에 앉아 작은 스티커 사진을
본다. 무엇 때문일까? 아내도, 이 남자도…… 인생의 우연? 그냥
거리를 걷다 눈이 맞았다? 힘껏 저항했지만 어쩔 수 없었다? 웃기
는군! 그 여자의 말과 그 말을 할 때의 얼굴이 떠오른다. 무슨 권리
로…… 니들의 그 불온한 사랑 때문에 내 아이들이, 내가 상처받
아야 해! 그는 담배에 불을 붙이고 스티커 사진에도 불을 붙인다.
그들의 사랑은 불에 타 재가 되었다. 당연한 결론이다. 이 둘의 관
계는 그에게나 아이들에게나 존재하지 않는다. 이 세상에…… 존

재하지 않는다. 시간이 지나면 모든 것은 제자리로 돌아갈 것이다.

……그날 밤 그는 아내를 강간했다. 아내는 결사적으로 저항했고 그러다 그의 힘에 눌려 두 눈을 감은 채 체념했다. 그는 시간(屍姦)을 한 셈이다. 그는 이를 갈았다. 다시는 아내의 몸에 손을 대지 않겠다고. 하지만 자신의 인생이, 아니 아이들의 인생이…… 파멸하지 않기 위해 아내의 몸은 이 집 안에 있어야 한다. 칼립소의 말에 일리가 있다. 모른체할 것.

김대리가 차창을 두들긴다. 차 문을 연다.

"안 가구 왜 그렇게 넋이 빠져 있어. 당신이 차를 빼야 내가 나가지."

"……"

그는 다 타버린 담배를 밖으로 집어던진다. 노래방 건물을 빠르게 나와 도로를 달린다. 도시의 어둠이 사나운 맹수처럼 자신과 자신의 아이들을 집어삼킬 듯이 노려보고 있다.

아내는 열병을 앓고 있고 일어날 때까지 기다려야 한다. 아내가 말하기 전에 절대 알은체하지 말아야 한다. 아니, 아내가 말을 하도록 기회를 주어서는 절대 안 된다. 그는 이제 습관이 된 세 문장을 외우고 또 외우며 불안과 분노와 슬픔을 가까스로 달랜다.

현관 문을 열자 자장 냄새가 코를 훅 찌른다. 신문지 위에 두 개의 자장면 그릇이 놓여 있다. 몇 번 젓가락질을 해댄 흔적이 있는 그릇과 손도 대지 않은 채 그대로 퉁퉁 불어 있는 자장면…… 그 옆에는 딸기 잼을 바른 식빵이 그대로 있다. 그는 베란다로 나가 크게 심호흡을 한다. 그리고 담배를 한 대 피우고 아이 방으로 간다. 두 아이가 이불을 차버린 채 자고 있다. 소희는 저녁을 먹지 않왔다. 영수는 아빠, 나두 힘들어. 씨이. 흐흑…… 하고 울었다.

아버지가 돌아가셔도 아저씨는 늘 엄마와 친구 아들을 보러 왔다. 아저씨가 다녀간 날에는 늘 아팠다. 아픈 척했고 그러다 보니 진짜 아프기도 했다. 엄마를 지키려면 계속 아파야만 했다. 그럴 때마다 엄마는 그의 머리맡에서 죄의식에 가득 찬 기도를 했다. 어린 그는 아저씨로부터 엄마를 지켜야 했고 그래서 언제나 불안했다.

밤이 돼야 향을 뿜어내는 야래향이 가득 찬 여름밤에, 그는 깨어났다. 엄마는 없다. 밖에는 추적추적 비가 내렸다. 야래향과 비릿한 비 냄새가 섞여 속이 울렁거렸다.

어린 그는 대문 앞에서 비를 맞으며 엄마를 기다리다 잠이 들었다. 그는 심하게 앓았다. 앓으면서 엄마의 기도를 들었다. 제가 죄가 많습니다. 죄가 많습니다. 그는 이상한 슬픔과 쾌감을 동시에 맛보았다. 아저씨는 더 이상 오지 않았다. 엄마의 인생은 죄의식과 그리움에 가득 찬 고독한 삶이 되어버렸다. 그때 그녀의 나이는 서른다섯이 채 되지 않았다.

그의 마음은 슬픔으로 가득 넘쳐 흐르고 아내에게 가서 두 무릎을 꿇고 빌고 싶은 절박한 감정에 사로잡힌다. 제발 우리 셋을 불행 속으로 몰아넣지 말아달라고……

그는 아이들의 볼에 입을 맞추고 이불을 덮어주고 갑자기 울리는 전화벨 소리에 깜짝 놀라 후닥닥 거실로 뛰쳐나가 수화기를 집어든다.

"여보세요."

"……"

전화가 끊긴다. 신호음만이 울릴 뿐이다. 그는 오랫동안 수화기를 든 채 서 있다. 소희도, 영수도 이렇게 끊어지는 전화를 받을 때마다 지금의 자신처럼 불안과 의심과 공포에 가득 찼을 것이다. 아저씨가 싸리문을 열 때 어린 그가 느낀 엄청난 감정의 무게들. 그 불안을, 그 두려움을…… 아이들도 느꼈을 거다.

그는 슬픔과 두려움으로 아내가 있는 안방 문 앞에 한참을 망설이다 불어터진 시커먼 자장면 그릇 속에 식빵을 처박고 신문지로 싸서 현관 문 앞에 내놓는다. 그리고 전기 밥솥을 열고 내일 아침 먹을 쌀을 씻어서 안치고 설거지를 하고 거실 소파에 앉아 더 뭐 할 것이 없을까 생각하다 아무것도 할 것이 없다는 생각이 들자 갑자기 멍해진다.

그는 텔레비전을 켜고 이미 방송이 끝난 푸른 화면을 뚫어지게 보다 화장실로 들어가 거울을 주먹으로 힘껏 친다. 퍽! 쨍! 손에서 피가 흐른다. 그의 눈에도 눈물이 흐른다. 한번 쏟아지기 시작한 눈물은 걷잡을 수가 없다.

난 왜 그녀들의 삶에서 자유로울 수 없는가. 왜 그녀들은 사랑에 모든 걸 거는 걸까. 마치 꼭 해야 할 생(生)의 숙제처럼…… 그 미친, 순간의 감정을 가지고 자신의 생을 몽땅 불행 속으로 끌고 들어가는 그녀들의 이상한 습성들…… 그녀들의 피에는 어떤 광기가 복병처럼 숨어 있길래 이렇게 느닷없이 불행의 머리를 내미는 걸까? 어머니는 돌아가시면서 원망과 체념과 상실감에 가득 찬 눈빛으로 자신을 보았다. 그는 그 두 눈을 손으로 쓸어 감겨드렸다.

아내가 귀신같이 창백한, 그러면서 체념이 깃들인 얼굴로 그를 쳐다본다. 어린 소년의 가슴이 또다시 철렁인다. 아내는 두 손으로 그의 젖은 볼을 감싼다. 어린 소년은 눈물을 멈추지 못한다.

　그는 깊은 숨을 내쉰다. 자신이 줄곧 예상한 것, 가장 고통스러운, 가장 최악의 상상들…… 늘 언제 튀어나오나 초조하게 기다려왔던 그 모든 것이 이제 왔다는 걸 안다. 그의 마음은 이상하게 평온해진다.

"가."

"……"

"당신이 행복했으면 좋겠어."

"……난 어디서든 불행할 거야."

　아내는 화장실 문지방에 쪼그리고 앉는다. 그는 세면대 위에 놓인 담뱃갑을 집어든다. 흰 담배 개비에 금방 핏물이 든다. 그는 벌건, 핏물이 번진 담배에 불을 붙인다.

"나, 이제 요리 잘해."

"알아."

"아이 걱정도 하지 마. 이젠 우리 셋이 잘 살 수 있어."

"알아."

"언제든지 보고 싶을 때 올 수 있어."

"알아."

"……"

"……근데 말이야. 근데…… 차라리 나를 욕하구, 때리구, 매달리구 하면…… 난 편안하게 당신을 떠날 수 있어. 당신이 미워. 내가 너무 염치가 없지?"

"아니 그렇지 않아. 이기적인 건 둘 다 마찬가지야. 내가 용서해도 당신 자신이 당신을 용서하지 않을 거야. 당신을 때리고 싶어.

하지만 때릴 수가 없어. 이미 당신 스스로 당신 가슴에 수많은 멍을 만들어놨잖아. ……난 당신이 자신을 용서하지 않길 바래.”

“……당신 잘못이 아니야.”

“상관없어. 그런 건 중요하지 않아. 뭘 먹어야 해. 기운을 차려야지.”

“……여보, 나 정말 이 집을 떠날 수 있을까?”

아내의 눈에서 눈물이 번진다. 어머니의 눈에도 늘 눈물이 고여 있었다. 애야, 엄마 없어두 할머니가 있으니깐 잘 지낼 수 있지? 어린 그는 소리 없이 눈물을 뚝뚝 떨어뜨렸다. 아아, 엄마가 잘못했다. 그냥 해본 소리야. 엄만 절대 널 떠나지 않아. 그럼, 절대 떠날 수 없지. 알았지? 어머니는 떠나지 않았다. 그러나 눈을 감지 못하고 이 세상을 떠났다.

“……”

“응? 떠날 수 있을까?”

“떠날 수 있어야 해.”

“왜?”

“그건…… 나두 몰라. 하지만 지금의 당신은…… 이 집에 없는 존재야.”

“당신은 날 사랑하지 않아.”

“그래. 그럴지도 몰라.”

“이 집을 나가고 싶어.”

“그래. 그러겠지.”

“여보. 난 잘하고 싶었어. 당신과 아이들에게…… 정말이야. 믿어줘. 날 이해해줘.”

"이해할 수 있어."

눈물이 흐르는 아내의 얼굴은 날카로워진다. 카페에서 만난, 불행의 여신처럼 다가온 그 여자처럼…… 마구 자신과 상대를 향해 불행의 칼날을 휘둘러댄다.

"당신은 절대, 절대 나를 이해 못 해!"

"……"

"난 이런 당신이 정말 싫어. 언제나 늘 내가 잘못하고 있다는 느낌을 줘."

"그럴지도 몰라. 나도 내가 싫으니까. 가. 아무 걱정 말구. 이제 당신이 없어도 우리는 아무 문제 없어."

"맞아! 내가 이 집을 나가려는 이유를 알겠어. 바로 내가 없어도 아무 문제가 없을 거라는 거야!"

"……"

집을 나갈 이유를 가지고 아내는 떠났다. 아내의 많은 물건이 집 안 곳곳에 남아 있다. 김대리는 일 년 간의 무급 휴가원을 내고 집에 있다. 미스 김도 집에 있다. 정에게는 새로운 여자가 생겼다. 부장은 본사에서 자신의 능력을 인정받았다.

화장대 위의 아내 브러시로 딸의 머리를 빗겨준다. 딸의 머리칼은 한없이 부드럽고 여리다. 아내의 머리 냄새……

"머리를 자르자."

"싫어. 길게 공주처럼 기를 거야. 아빠, 비뚤어졌어. 다시 묶어 줘."

"휴우."

아들이 커다란 총을 가지고 와 딸의 머리를 겨냥하고 땅땅 쏜다.

딸은 갑자기 눈을 감고 두 팔을 벌리며 죽는다. 아들이 다가오자 반지의 뚜껑을 열고 아들을 향해 레이저를 발사한다. 이번엔 아들이 두 팔을 벌리고 쓰러져 죽는다. 딸은 그의 무릎에서 훌쩍 뛰어내린다. 둘은 전쟁 놀이를 시작한다.

그는 방으로 들어온다. 피로에 지친 눈꺼풀이 무겁게 내려앉는다. 아이들의 떠드는 소리가 아득하게 멀어져간다. 그 여자에게 한 번 더 전화가 왔다. 부인의 행방을 찾았나요? 이봐요. 내 아내는 집에 있습니다. 다신 전화하지 마세요.

아내가 떠난 많은 이유를 찾았지만, 아내를 붙잡지 못한 많은 이유도 찾았지만, 결국 아무 의미가 없다는 걸 알았다. 그는 잠이 필요하다.　　　　　　　　　　　　〔『실천문학』, 1999년 봄호〕

유년의 강

후훗훗…… 타인에게선 상처받지 않아. 상처는 말이야, 같이 있는, 같이 있을 수밖에 없는, 같이 있고자 하는 사람들 사이에서나 치명적이야. 아주 치명적이지. 그런데 더 치명적인 게 뭔지 알아? 바로, 바로 자기 자신이야. 이건 아주 무서운 거야. 무서운 거……

유년의 강

　시장이 끝나는 지점에 여든의 아버지와 일흔다섯의 어머니가 사는 15평의 연립주택이 있다. 사흘 치 밥을 바가지에 담고 6개월도 채 안 된 나를 안고 서울에 와 자리를 잡은 곳은 이 시장 안이다. 나보다 10년이나 나이 차이가 나는 언니 둘과 오빠는 시골 친척집에 맡겨졌다.

　배추·열무·파·가지 등속을 늘어놓고 나를 업은 엄마와 아버지는 좌판을 벌였다. 초등학교 5학년이 되던 해 가겟방이 있는 세 평 남짓한 가게로 세를 들었다. 아버지는 소주를 마시며 시장 사람들과 단골 손님들에게 시루떡을 정성껏 돌렸다. 사람들의 덕담을 들을 때마다 아버지와 엄마는 웃음을 터뜨렸고 간간이 어깨춤을 추기도 했다. 아버지는 연신 입을 벌려 웃었지만…… 나는 눈물이 번지는 아버지의 눈을 보았다. 더 이상 아버지와 엄마는 단속반에 쫓기고 매를 맞는 일이 없어진 것이다.

　나는 24년 5개월을 이 시장에서 자랐다. 내가 결혼으로 이곳을 떠난 후에도 아버지와 엄마는 8년을 더 이 가게에서 장사를 하셨다.

아버지가 일흔다섯 되던 해에 가게는 젊은 신혼 부부에게로 넘겨졌다. 위의 3분의 2를 잘라내야 하는 위암 수술로 더 이상 장사를 할 힘이 없으셨던 거다. 가게 보증금과 새마을 금고에 저축한 약간의 돈으로 시장이 끝나는 지점에 있는 낡은 연립주택으로 전세를 들었다. 그리고 한동안은 매일 서너 차례 시장을 오가며 같이 장사를 한 사람들과 이야기를 나누거나 옆에서 배추통을 묶고 파를 손질하고 간혹 바쁠 때는 물건을 팔아주기도 했다.

몇 번 다른 곳으로 이사를 했으면 좋겠다는 내 말에 그들은 한결같은 대답을 했다. 고향에서 나는 눈을 감을 것이다. 살아생전에는 이곳을 떠날 수 없다. 그들은 정확히 32년 5개월을 이곳에서 생을 보냈다. 그들에게는 이 시장이 고향인 것이다. 결국 나는 그들을 설득시키지 못했다. 이곳을 완전히 뜨기를 원하는 나의 집요한 요구는 서로의 마음에 깊은 상처를 냈을 뿐이다.

부모님이 계신 연립주택은 시장을 일직선으로 통과해 가면 10분 정도의 거리다. 하지만 모범 택시에서 내린 나는 마치 밤고양이처럼 가능한 몸피를 줄이고 누구와도 마주치지 않게 고개를 폭 숙이며 시장 뒤 골목길로 30분이나 우회하며 다닌다.

늘 그렇듯 시장 입구를 피해 골목으로 접어들기 위해 몇 걸음 걷는다. 전에 보지 못한 양품점이 새로 생겼다. 양품점 자리는 얼마 전만 해도 닭튀김 집이었고 그 전에는 과일 가게였고 그 전전에는 백아저씨가 약국을 했던 곳이다. 대학을 보내줄 능력이 없다는 아버지에게 입학금만 대준다면 내 힘으로 대학을 졸업하겠다고 졸라 댔다. 아버지는 돈도 돈이지만 언니들과 오빠들은 초등학교밖에 못 가르쳤는데 너를 대학까지 보내면 부모로서 그들의 원망을 어떻게 감당할 것이냐, 하며 더 이상 조르지 말라고 했다. 엄마는 여자가, 그것도 우리 같은 사람이 고등학교까지 나오면 배울 만큼 배운 거라며 욕심 사나운 막내딸의 등짝을 빗자루로 후려갈겼다.

나는 백아저씨 약국에서 몇 번에 걸쳐 수면제를 사 모았다. 아버지는 백아저씨와 대판 싸우고 내가 병원 응급실에서 눈을 떴을 때 뺨을 힘껏 갈겼다. 코피를 닦는 동안 아버지는 말했다. 입학금뿐이다. 나는 약속을 지켰다. 백아저씨는 학교 가는 나를 보면 늘 손을 흔들어주었다.

양품점 창에 비친 내 모습은…… 결혼 반지를 제외한 모든 액세서리를 다 빼놓고 옷장에서 가장 평범한 옷을 걸쳐 입었지만…… 그래도 나는 완벽한 중산층 여자의 모습이다.

오만해진 이마, 자존심을 드러내는 코, 그리고 온갖 교양의 말들이 장전된 총알처럼 숨겨져 있는 입…… 이곳을 떠난 후 무엇보다 가장 먼저 이곳에서 자라면서 듣고 썼던 말을 모두 버렸다.

누군가 와락 내 어깨를 잡고 흔든다.

"너, 너, 영숙이 맞지? 세상에! 어머머……"

나는 도둑질하다 들킨 사람처럼 가슴이 철렁 내려앉는다. 온몸에 소름이 확 돋아오른다. 나는 그 목소리의 주인공을 알지 못한다고 스스로에게 최면을 건다. 그리고 나는 영숙이가 아니라고 시치미를 뗀다. 뒤를 돌아보지 않는다. 그래서 누군지는 몰라도, 비록 오랫동안 잊어버린 내 이름을 정확하게 불러준다 해도 나는 뒤를 돌아보지 않음으로써, 내 이름에 아무런 반응을 하지 않는다. 나는 영숙이가 아니다. 나는…… 아니다. 그 목소리의 주인공이 자신의

착각으로 나를 그냥 지나쳐가기를 간절히 바라며 양품점에 걸려
있는 검은 원피스에 시선을 박고 꼼짝도 하지 않는다.

무거운 시간이 흐르고 열 개의 잘 다듬어진 긴 손톱이 손바닥에
못처럼 박힐 때까지 나는 돌아보지 않는다. 제발 나를 비켜가라.
제발…… 넌 착각을 한 거야. 난…… 난 영숙이가 아니야. 제
발……

갑자기 뚫어지게 바라보던 원피스 대신 한 여자의 얼굴이 불쑥
내 앞에 나타났다.

"너, 진짜 영숙이잖아! 불러도 대답이 없길래 내가 착각했나 해서
얼굴이나 한번 확인해보고 가려고 했다. 저 원피스에 완전히 넋이
빠져 내 말을 못 들었나보구나. 나 기억해? 진숙이잖아. 기억나?"

진숙이. 어떻게 그녀를 모를 수 있을까. 내 인생에서 잊을 수 없
는 몇 이름 가운데 맨 위에 있는 진숙이…… 하지만 나는 그녀를
모른다.

나는 고개를 갸웃거리며 그녀를 잘 모르겠다는 제스처를 쓴다.
그리고 시간을 끈다. 나의 침묵과 무표정에서 그녀가 다시 한번 착
각으로 나를 지나쳐 자기 길을 가기를 절박한 심정으로 빈다. 그냥
가. 제발. 날 그냥 지나쳐 가줘. 진숙아……

"야, 어쩜 이렇게 하나도 변하지 않았니? 대번에 알아보겠다."

"……"

"어디 가는 길이야?"

"친정에……"

"친정?"

나는 진숙의 얼굴에 갑자기 드리운 그늘을 본다. 그러나 진숙은

내 두 손을 꽉 잡는다.

"급한 일 아니면 여기서 오 분이면 우리 집인데 차 한잔 하자. 나 사실 너 꼭 한번 만났으면 했어. 여기로 이사하고 제일 먼저 니 생각이 나더라. 그래서 너의 옛날 가게도 가봤는데 많이 변했더라."

"저기…… 전화 번호……"

"전화! 관둬라. 그놈의 전화 번호 믿고 헤어져서 연락된 적 한번도 없다! 오래 붙들지 않을게. 삼십 분만 시간을 내. 가자. 정말 넌 어떤지 몰라도 난 니 생각 많이 했다. 시장에 찬거리 사러 갈 때마다 니 생각 했다. 급한 일 아니면 가자."

진숙은 와락 내 팔을 잡아끈다. 급한 일! 진숙의 손에서 벗어나기 위해 급한 일을 생각해내야 하는데 머리는 하얗게 비어가고 발은 진숙의 빠른 보폭에 이미 끌려가고 있다. 나는 눈을 감는다. 진숙은 시장 입구로 나를 끌고 간다.

나는 눈을 감아도, 가게의 주인들이 거의 다 내가 모르는 사람들로 바뀌었어도 내 머릿속엔 24년 5개월을 살았던 시장 모습이, 때묻은 전대와 머릿수건을 쓴 사람들의 모습이 펼쳐지고 우거지 삶는 냄새, 썩어가는 채소의 부패한 냄새를…… 맡는다.

진숙은 시장 중간쯤에 나 있는 골목으로 내 손을 놓지 않고 빠르게 걸어간다.

"이 집이야. 내 집은 아니구 이 집에서 방 하나 얻어 살아. 사는 건 별볼일 없으니까 기대하지 마."

나는 그제서야 눈을 뜬다. 아직도 이런 집이 있구나. 낮은 함석지붕, 대문 옆에 주홍색의 과꽃과 나팔꽃과 채송화와 봉숭아가 심어져 있는…… 10년 넘게 아파트에서 살고 아파트에서 아이를 낳고 아파트에서 아이를 길러온 나는 난을 키운다. 일 년에 두 번 영양 주사도 꽂아둔다. 이제 스무 개도 넘는 나의 난은 때맞춰 꽃을 피우고 나는 매일 난 이파리를 정성껏 닦는다. 나는 과꽃도, 재래종인 작은 나팔꽃도, 키 작은 채송화도 오랫동안 보지 않고 살았다. 그런데 이 작고 보잘것없는 꽃들은 내 안에 있는, 추억이라고는 결코 말할 수 없는 많은 기억들을 갑작스럽게 불러내온다. 나는 현기증이 인다.

진숙과 나는 채송화 씨와 분꽃 씨를 손수건에 싸서 가지고 다녔다. 우리는 우리의 꽃씨를 심을 작은 땅이 필요했다. 하지만 우리의 꽃씨를 심을 땅은 없었다. 결국 우리는 빨간 지붕을 가진, 창문마다 눈부신 레이스 커튼이 걸려 있는 이층집 대문 옆에 우리의 꽃씨를 심었다. 번갈아가며 몰래 물을 주고 처음 채송화가 붉은 꽃잎을 벌릴 때 우리는 서로의 손을 꼭 잡았다. 우리 커서 꼭 저런 집에서 살자. 그리고 집 안 정원에 이 세상 모든 꽃들을 심자.

"이 꽃들 내가 올 봄에 심었다. 이쁘지. 봉숭아 물들여줄까?"

"……"

주인집 뒷문으로 해서 들어간 곳은 좁고 어두운 부엌이다. 부엌 끝에 베니어판으로 만든 방문이 있다. 굵은 자물통이 걸려 있다. 진숙은 가방에서 열쇠를 찾아 자물통을 연다. 낮인데도 방은 어둑신하다. 진숙은 천장 중간에 매달려 있는 백열등을 켠다.

"방석도 없다, 애. 거기 담요 깔고 앉아 있어. 내가 커피 타 올게. 설탕·프림 다 넣지? 커피에는 설탕 세 스푼, 프림 두 스푼을 넣어야 제 맛이 나. 난 블랙 커피 마시는 사람들 보면 무슨 맛으로 마시는지 정말 모르겠어. 단맛도 없이 말이야. 잠깐만 기다려."

진한 주황색 꽃무늬의 비키니 옷장, 거울이 달린 3단 서랍장, 그 위에 올려진 싸구려 로션과 립스틱 두 개와 빗…… 그리고 작은 책장과 책이 놓인 밥상이 있다. 이불은 방 한쪽 구석에 개켜져 있다. 한 개의 베개…… 초록색의 작은 플라스틱 바구니에는 걸레가 꾸들꾸들 말라가고 있다. 그리고 신문……

진숙은 오지 않는다. 방문을 열고 부엌 쪽을 내다보았지만 어디에도 없다. 나는 벽에 등을 기대고 다리를 편다. 그리고 시계의 초침 소리를 들으며 이대로 도망가버리고 싶은 충동에 사로잡힌다. 그러자 나는 진숙에 대해 아무것도 모른다는 생각이 든다. 학교 뒤에 고아원이 있었고 한 반에 네다섯 명씩 고아들이 배정되었다. 진숙은 그들 중 하나였다. 그들 중 하나…… 하나였을 뿐이다. 나는 가방에서 볼펜과 수첩을 꺼내 짤막한 메모를 쓴다.

급한 일이 있어 가야 해. 집을 알았으니 다음에 꼭 다시 들를게.

나는 내가 쓴 메모를 보며 쓴웃음을 짓는다. 이 방을 떠나면 다시 오지 않을 거라는 걸 안다. 이 방으로 오는 길 모두를 완전히 내 기억에서 지워버릴 거다. 그리고 스스로를 위로할 것이다. 길을 몰라. 찾을 수가 없어. 그러니 약속은 지킬 수가 없어. 갈수록 왜 기억력이 없어지는지 몰라. 나는 동양란 이파리를 정성껏 닦는다.

메모지를 두 번 접어 손바닥 안에 넣고 나는 망설인다. 헝클어진 마음을 어쩌지 못해 걸레 바구니 옆에 놓인, 아직 들쳐보지 않은 조간 신문을 펼친다. 이 신문을 다 읽을 때까지만 있자. 그리고 오지 않으면 난 간다. 이 정도의 시간이면 이 메모지를 놓고 가버려도 이해할 거야. 죄의식 따위의 불편한 마음을 갖지 않아도 되겠지. 나는 신문에 눈을 박으며 이 신문을 다 읽기 전에 진숙이 오면 어쩌나 하는 불안한 감정에 쫓긴다. 신문을 다 읽은 후에도 진숙이 오지 않았으면 하고 바란다. 나는 내 손바닥에 들어 있는 메모지를 만지작거리며 신문을 본다.

신문의 1면은 온통 파산 직전의 국가 경제와 미국 대통령의 성생활에 대한 가학적인 관심으로 가득 찼다. 힐러리의 무표정한 얼굴 사진…… 나는 신경질적으로 신문을 사회면부터 다시 보기 시작한다. 아이의 손가락을 자른 범인은 바로 아버지로 판명이 났고 병원에 누워 있는 아이의 사진이 크게 실렸다. 아이가 한 말이 적혀 있다. 조금 울고 그 다음엔 안 울었어요. 아버지가 울어서요. 아버지가 이제 급식비도 주고 과자도 사준다고 했어요. 비밀을 지키기로 했는데…… 아버지한테 미안해요. 비밀을 지키지 못해서요.

아이의 사진을 뚫어지게 쳐다보다 수갑을 찬 고개 숙인 아버지의 사진을 본다. 아이보다 아버지가 더 아프게 가슴속을 파고든다. 소년의 아버지는 평생 마음의 감옥에서 조금씩 죽어갈 것이다. 아니 이미 그의 영혼은 죽었다. 가장 불쌍한 사람은 어쩌면 자식의 손가락을 자른 이 아버지일 것이다. 아이는…… 잘만 커준다면 잊을 것이고 아버지를 용서하겠지. 그러나 아버지는 죽을 때까지 자신을 용서하지 못할 것이다. 자신을…… 용서하지…… 못한다. 가슴이 답답하다. 내가 뿜어내는 이산화탄소가 이 작은 방을 가득 채운다. 나는 숨을 쉴 수가 없다.

나는 이상한 초조감으로 연예·오락·문화면을 들춘다. 예쁘고 섹시하고 경쾌한 얼굴들…… 나는 그들의 사생활을 꼼꼼히 읽으

며 조금 전 사진 속의 손가락이 잘린 아이의 얼굴과 손가락을 자른
그 아버지의 얼굴을 잊는다. 그리고 진숙도 잊는다. 나는 신문을
덮는다. 그리고 손 안에 땀으로 얼룩진 메모지를 서랍장 위에 놓
는다.

"미안. 미안. 늦었지? 과일을 좀 사오느라고. 어떻게 커피 한 잔
만 달랑 먹여 보내니. 그래서 죽어라고 시장으로 달려가서 참외를
샀는데 마음이 급해서 깎지도 못했다, 얘."

나는 메모지를 손바닥 안으로 숨긴다.

식칼…… 진숙은 참외보다 더 큰 부엌 식칼로 급하게 참외 껍질
을 깎아 반으로 뚝 자른다. 반 개의 참외를 나에게 주고 나머지 반
을 진숙은 입이 타는지 우적우적 씹어 넘긴다. 나는 참외 씨를 손
가락으로 조심스럽게 훑어내린다.

"얘, 참외는 씨가 맛있는 거야. 야, 하두 마음이 급해서 단내도 맡
아보지 않고 그냥 주워담아 왔는데 그래도 맛이 괜찮다, 그치?"

"응."

"너 어떻게 사니? 아이는 있어? 몇이야? 예뻐? 남편은 뭐 해? 어
느 동네 살아? 아파트? 몇 평이야?"

진숙은 20년도 넘은 공백을 몇 가지 질문으로 메우려 한다. 빨리
나의 현재의 상태를 알고 싶어한다. 그녀의 목소리는 흥분으로 높
아지고 빨라진다. 진숙은 지금 내 입과 내 눈을 번갈아가면서 보고
있다.

"하나씩 물어봐. 먼저 남편은 평범한 회사원. 아이는 둘이야. 아
들만. 큰애는 초등학교 3학년이구, 작은애는 유치원 다녀. 큰애는
말이 없고 좀 차가워. 작은애는…… 꼭 딸같이 사근사근해. 그 다

음엔 뭐지? 아, 분당에 살아. 아파트야. 평수는 사…… 아니, 이십사 평이야. 방이 두 개야. 차는 없구. 그리고 나는 그냥 평범한 아줌마. 이제 됐어? 너는?"

"아주 잘 사는구나. 아이가 둘이란 말이지. 그것도 남자애! 니 남편은 널 업어줘야겠다. 내 친구들 중에 니가 제일 잘살고 있어. 정말 난 너가 이렇게 살 줄 알았어. 그럴 줄 알았어. 니가 잘 살 줄 알았다구. 아이들은 이쁘지? 보고 싶다. ……나 담배 피워도 되니?"

진숙은 내가 얼마나 거짓말쟁이인지를 잊었나보다. 비닐로 만든 검정 가방에서 라일락을 꺼낸다. 진숙은 담배를 깊게 빨아 오랫동안 연기를 가슴 깊숙이 돌게 한다. 그리고 한숨처럼 잿빛의 담배 연기를 뿜어낸다.

"너 혜숙이 기억나? 노래 잘 불렀던 애 말이야."

"응. 멍청할 정도로 착했지. 노래도 잘하구. 학예회 때 꼭 개가 노래를 불렀잖아. 기억나. 잘 살지?"

"시골로 시집가서 소처럼 일하고 산다. 개 결혼할 때 시집에서 내건 조건이 뭐였는지 아니? 일 년 간 부잣집에서 식모살이하는 거였어. 고아라구, 배운 게 없다구. 그 집에서 교양을 배워오라구 시어머니가 보냈다. 그래서 일 년 동안 그 집에서 죽어라구 일했어. 그리고 월급은 시어머니가 다 가지고 가구. 나중에 혼수를 마련해 준다나. 근데 혼수는 무슨? 한복 한 벌 해주고 이불 한 채 주더란다. 무료 예식장에서 결혼식을 올렸는데 우리는 초대도 못 받았어. 개 시어머니가 안 된다구 했대. 결혼식 며칠 전에 혜숙이가 전화로 오지 말라구, 미안하다구 말하면서 울더라. 근데 시어머니가 고아원 원장을 초대했대. 갑자기 내 가슴이 철렁 내려앉더라. 세상에!

원장을 초대하다니! 혜숙이가 싫다고 했더니 그 시어머니가 사람이 은혜를 모르면 사람도 아니라구 마구 야단을 쳤대. 결혼식장에 신부측 하객은 원장 하나뿐이었어. 그 죽일 놈 말이야. 혜숙이를 건드린 놈이 혜숙이 결혼식장에 마치 아버지처럼 앉아 있는 거야. 내 가슴이 벌렁대는데 혜숙이는 오죽 가슴이 뛰었겠니? 아무것도 모르는 어린 나이에 원장한테 당했는데…… 이리로 이사하구 마음이 심란해서 혜숙이한테 갔었어. 집에는 못 들어가구 논에서 잠시 서서 이야기했어. 울더라. 남편은 맨날 두들겨패구 시어머니는 고아라구 무시하구…… 시어머니한테 뺨도 숱하게 맞았단다. 맞는 건 좋은데 그 시어머니가 꼭 뒤에 말을 단대. 부모 없이 자란 년을 우리집에 들이는 게 아니었다나. 혜숙이도 아이가 둘이다. 아들 하나, 딸 하나. 한번 보고 싶었는데 못 보고 왔어. 그게 좀 서운해. 혜숙이 닮았으면 착하고 예쁠 거야. 그치?"

"……이혼하고 나오지."

나는 혼자 중얼거린다. 눈흘김, 무시, 냉대…… 나는 진숙의 담뱃갑에서 담배 한 개비를 꺼내 입에 문다. 진숙은 손바닥만한 창에 눈을 두며 자신의 말에 푹 빠져 있다.

"혜숙이를 두고 돌아오는데 속에서 천불이 나더라. 친정이 있다면, 아니 누구 하나라두 혈육이 있다면 저렇게 당하고 살지는 않을 텐데 하는 생각이 드니까 나두 눈물이 나더라. 그 순한 게 소처럼 우는 걸 보니까 정말 칼 들고 가 남편인지 시어머니인지 하는 연놈들을 죽여버리고 싶더라구…… 내 집에라두 끌고 오고 싶지만 나두 형편이 말이 아니구…… 갈 데가 있어야지. 그게 너무 불쌍해. 근데 개가…… 정말 미치겠어! 자식 얘기가 나오니까 눈물을 쓱

닦으면서 지 새끼가 공부를 얼마나 잘하고 예쁜지 모르겠다며 막 자랑을 한다. 언제 울었냐는 듯이 말이야. 참 슬프기도 하고 기쁘기도 하구…… 그래서 혜숙이 손을 꼭 잡으면서 그랬어. 그래, 자식 힘으로라도 살아봐라. 꼭 살아내라. 그리고 늙으면 다른 사람은 몰라도 내가 너 고생한 거 알아줄 거다. 에잇, 이런 구질구질한 얘기 그만 하자! 괜히 기분만 울적하다. 아무튼 넌 잘 사니깐 너무 좋다. 너 생각나? 고아면 좋겠다구 나한테 노래 부르듯이 말한 거. 그때 참 너 철이 없었어. 너가 그런 말 할 때마다 솔직히 한 대 패주고 싶었다. 부모가 아무리 못나도 부모 그늘이 백 리를 간다는 말이 있잖아. 그래도 고아가 아니니깐 너 이렇게 잘 사는 거야. 알아? 부모님한테 잘해라. 나는 나이가 들수록 중풍으로 누워 있어도 엄마라구, 아버지라구 부를 그런 사람이 내 방에 있으면 얼마나 좋을까 하구 생각한다.”

“……”

지금쯤 엄마와 아버지는 생활비를 가져올 딸을 기다릴 거다. 부르주아 사위. 일 년에 네 번 오는, 밥을 꼭 한 숟가락 남기는, 언제나 일을 핑계로 서둘러 떠나는 사위…… 사위에게서 풍겨나오는 알 수 없는 힘에 늘 위축되고 비굴하게 사위의 낯빛을 살피고, 그가 하는 말을 못 알아듣고…… 언제나 어려워한다. 사위가 가고 나면 엄마는 먼저 한숨을 쉬고 나에게 묻는다. 혹 우리가 실수한 거는 없었니? 음식이 입에 맞지 않았나보다. 아버지는 담배를 피며 헛기침을 하고 내 등을 두 번 두들겨준다. 박서방한테 잘해라. 남편을 하늘처럼 받들어야 한다.

딸이 매달 올 때마다 그들은 가슴을 졸인다. 자신의 딸이 그토록 바라던 부르주아 세계에서 반역죄로 추방당한 건 아닌지 하는 불안감…… 우리는 이제 아무것도 바라는 게 없다. 우리 걱정 하지 말고 너만 잘 살면 된다. 남편에게 잘하고 시댁에 무조건 머리 조아리며 잘해야 한다. 너가 우리에겐 과복이다…… 니 오빠하구 언니가 지난번에 다녀갔는데 지들 공부시켜주지 않았다구 생 난리를 치고 가더라. 너만 자식이냐구 하면서. 내가 막 야단을 쳤다. 니들도 자식 키우면서 해두해두 너무한다구. 하려고 기를 쓰는 자식을 어떻게 이기느냐구 했다. 그리고 나라에서 나오는 돈으로 한 공부다, 라고 막 야단을 쳤다. 니가 준 돈에서 몇 푼 주어서 보냈다…… 너한테 부담이 안 되게 빨리 죽어야 되는데 왜 저승 사자는 더디게 오는지 모르겠다. 하지만 내가 갖다 드리는 생활비의 반 넘게 그들은 가짜 약장수가 파는 약들을 사들이고, 먹다 남긴 약들이 안방 한구석에 가득 차 있다.

"참, 너 내 책상 서랍에 전과 넣어준 거 기억나?"

"글쎄……"

짐짓 잊은 척했지만 나는 또렷이 기억한다. 초등학교 5학년 새 학기가 시작됐다. 각 반마다 서너 명의 고아들이 골고루 배치되었고 진숙은 내 앞자리에 앉았다. 진숙은 쉬는 시간에도 언제나 책에 코를 박고 다른 아이들과 어울리지 않았다. 화장실을 갈 때도 책을 가지고 갔다. 나는 그런 진숙에게 마음이 끌렸다. 진숙 역시 나만큼이나 공부를 잘하는 것밖에는 세상을 살아갈 방법이 없다는 것을 알고 있었던 것이다. 그것만이 어린 영혼의 불안을 잠재워줄 수 있고 또 그것만이 결코 원하지 않은 곳에 태어난 우리의 희망 없는 출생지에서 탈출할 수 있는 유일한 희망이었다. 우리의 하루하루는 공부라는 사다리를 타고 앞으로 나아갔다. 전쟁…… 우리는 많은 노력을 했지만 그 전쟁에서 늘 졌다. 우리를 아는 모든 사람들은 빨리 투항해서 자신의 운명을 받아들이라고 무언의 압력을 행사한다. 니들이 해봤자지. 우리는 우리를 알아주고 격려해줄 우리 편이 하나도 없었다.

상급 학교를 다니는 형제를 가진 흰 타이츠의 여자 아이와 대학을 나온 부모를 가진 2층 집의 피아노 치는 아이와 빨강색의 계몽사 동화책을 갖고 있는 여자 아이에게 번번이 패했다. 나는 교과서 외에 다른 책이 왜 필요한지를 모르는 엄마와 아버지를 졸라 전과를 샀다. 앞자리의 진숙은 쉬는 시간마다 전과를 들추는 나에게 몹시도 부러운 눈빛을 보냈다. 그리고 나를 피하기 시작했다. 나는 전과도 필요했고 유일한 동지인 진숙도 필요했다. 나는 아무도 몰래 진숙의 서랍에 전과를 넣었다. 그리고 다음날 진숙의 짝인 흰 타이츠의 여자 아이는 선생님께 전과가 없어졌다구 말했다. 선생님은 제일 먼저 고아들의 가방을 뒤졌고 결국 진숙의 가방에서 전과를 찾아냈다. 선생님은 그녀의 뺨을 무지막지하게 때렸다. 아이들 몇몇은 소리를 지르며 울었지만 진숙은 입을 다문 채 어떤 말도, 울음 소리도 내지 않았다. 선생님은 졌다. 독종. 여러 사람 잡을 년!

수업이 끝나고 나는 진숙의 뒤를 몰래 따라갔다. 시장과 고아원으로 갈라지는 길에서 진숙은 몸을 돌려 나를 보았다. 진숙의 양쪽 뺨은 퉁퉁 부어올랐다. 입술은 터져 피딱지가 앉았다.

"너니?"

"……"

"왜 훔쳤니?"

"훔치지 않았어. 그건 내 거야."

"……그럼 니 것은?"

"훔친 거야."

진숙은 책장 밑으로 손을 뻗어 소주를 꺼내 내게 흔든다. 나는 고개를 가로젓는다. 술은 사람을 과거 속으로 끌고 들어가고…… 그리고 자신의 지난날을 말하게 한다. 나는 과거가 없는 사람이 되고 싶다. 이젠 일어날 때가 됐다. 술에 취해가는 진숙의 입에서 나올 말들에 잽싸게 도망가야 한다. 난 과거가 없는 사람이다.

"무지 맞긴 했지만 맞는 거야 이력이 붙었고 그때 나는 누군가 자신의 것을 나에게 준 사람이 있다는 사실이 정말 충격이었어. 물론 나는 늘 고아원에서 낯선 사람들이 주는 옷과 밥과 과자 몇 봉지로 컸지. 그래서 받는 것이 내겐 너무나 당연한 일이었지만 니가 준 전과는…… 뭐라고 표현을 해야 되는지. 어떤 정 같은 거, 따뜻한 뭐 그런 거…… 아유, 난 왜 이렇게 말을 제대로 못 하는지. 아무튼 그랬다는 거야."

"……"

"그때 우리 소원이 뭐였지? 매일 우리는 서로의 소원을 말하고 나는 너에게 너는 나에게 빌었잖아. 그때 너는 예수님이었구 나는 부처님이었지. 그때 우리 소원이 뭐였지?"

"넌 소원이 뭐니?"

12살의 내가 묻는다.

"공부를 많이 해서 좋은 남자 만나 아이를 많이 낳을 거야. 피아노를 가르치고 매일 눈이 부신 흰 타이츠를 신겨 학교에 보낼 거야. 그러려면 공부를 잘해서 좋은 남자를 만나야 해. 넌?”

“빨리 커서 집을 떠나는 게 소원이야. 난 고아가 되고 싶어.”

나는 아직도 고아를 꿈꾼다. 나는 내 부모가 이젠 평안하게 돌아가셨으면 한다. 그러면…… 나는 이제 집을 떠날 수 있을지 모른다.

“고아원에서 나와 맨 먼저 한 일은 몇 년 간 나를 낳아준 인간들을 찾으러 다닌 거야. 이를 갈면서 말이야. 그 인간들이 어떤 사람인지 내 눈으로 꼭 한 번 보고 싶었어. 결국 못 찾았어. 당연하지. 훗훗……”

“왜 여기로 이사했어?”

“그 지긋지긋한 고아원도 나이가 드니깐 고향 같아. 이곳을 떠날 때는 다시는 이쪽으로 눈도 돌리지 않겠다고 이를 갈았는데 말이야. 근데 갈 데가 왜 여기밖에 없는지 몰라.”

“……”

일어나야지. 일어나야지. 그런데 몸은 진숙의 작은 방에 뿌리를 내린 듯 움직여지지 않는다.

“나도 결혼했어.”

나도 결혼했어…… 그 말의 의미는 무엇일까? 다른 사람의 불행을 안다는 것은 단지 귀찮다는 걸 넘어서 싫다. 무엇보다 나는 진숙의 불행을 듣고 싶지 않다. 불행만큼 전염이 강한 질병은 없다. 나는 그 속으로 끌려들어가고 싶지 않다. 나는 이젠 정말 일어나야 할 때라는 걸 생각하며 남은 참외 한 쪽을 입 안으로 우겨넣고 씹으며 힘들게 엉덩이를 든다.

“이거 좀 봐.”

진숙은 사진 한 장을 내게 준다. 반쯤 들린 내 엉덩이는 다시 진숙의 방에 눌러앉는다. 남자 사진이다. 30대 초반. 아니 그보다 더 앳된 얼굴이다. 검고 무거운 안경이…… 제일 먼저 눈에 들어온다.

“내 남편이야. 잘생겼지?”

“응. 그런데……”

주위를 아무리 둘러봐도 이 방엔 남자의 물건이 하나도 없다. 죽음? 이혼? 배신……

“지금 다른 데서 살고 있어.”

나는 고개를 끄덕이며 이젠 정말 가야 할 때라고 생각한다. 또다시 현기증이 인다. 남은 건 술에 취한 불행한 여자의 한숨과 끝없이 이어지는 한탄과 하소연뿐이다.

“점자 학교에 있어.”

“점자 학교? 선생님이야?”

진숙은 고개를 흔들며 웃는다. 빈 술병처럼 진숙은 흔들린다.

“아니. 학생이야…… 그 사람도 고아야. 고아와 고아끼리 만난 거지. 그 사람은 너무 고생을 했어. 좋은 집에 태어났으면 정말 훌륭한 사람이 됐을 거야. 있잖니, 그 남자 대학에 들어갔어. 법대! 대학생 말이야. 판사가 되는 게 꿈이었지. 정말 죽어라고 공부하고 온갖 일 다 하고 정말정말 열심히 살았어. 나도 그 사람 덕에 고등학교 검정 고시에 붙었구. 근데 시력을 상실했어. 장님. 장님이 됐다구.”

“장님? 무슨 사고를 당한 거야?”

“사고로 장님이 됐으면 덜 억울했을 거야. 정확한 이유는 없고 병원에선 오랜 영양 실조와 과로, 누적된 스트레스…… 그래서 그렇다구 해. 처음에는 믿을 수 없었어. 그런 걸로 장님이 된다는 게…… 너두 너무 황당하지? 하지만 병원마다 그렇다구 하니깐 어쩔 수 없지 뭐. 하긴 그래. 생각해봐. 태어나서 고아원 문간에서 부터 지금까지 살기 위해 노력만 하고 살았는데 몸이 강철이라도 더 이상 버텨내지 못하지. 불쌍해. 일주일에 한 번씩 남편 만나러 가. ……우리는 아이도 많이 죽였다. 성공할 때까지 아이를 낳고 싶지 않았거든. 그런데 모든 것이 물거품이 됐어. 이 남자는 완전히 절망했어. 아무리 힘들어도 얼마나 씩씩하게 살아가는 사람인데…… 두 번이나 자살을 하려고 했다. 그때가 내가 태어나서 제일 힘든 시기였어. 그때 혜숙이 생각이 나더라. 그래서 아이를 낳으려고 했어. 이 남자가 아이 힘으로라도 살았으면 하구. 판사가 안 돼도 좋구 돈 안 벌어도 좋아. 그저 내 옆에 있어주기만 한다면 어떤 일이라도 다 할 각오를 했어. ……그런데 내 자궁이 너무 엉망이 되어서 아이가 이제 들어설 수 없대. 아유, 그런 표정으로 보지 마. 지금은 남편도 나도 좋아. 우리는 어느 때보다 행복해. 아이는 나중에 돈 좀 모으고 남편이 점자 학교를 졸업하면 고아원에서 한 녀석 데려다 키울 거야.”

진숙은 담담하게 말한다. 목소리의 톤도, 음색도 무채색이다. 나는 진숙 앞에 놓인 소주를 컵에 따른다. 진숙의 뺨을 후려갈기고 싶다. 어떻게 그렇게 담담하게 이런 이야기를 하는지. 차라리 울고 가슴을 쥐어뜯고 소리를 높이고…… 그러면 나는 적당히 진숙을 위로하고 이 방을 나갈 수 있을 텐데. 진숙은 참외 한 개를 집어들고 깎기 시작한다. 나는 소주를 단숨에 마신다. 진숙의 얼굴은 무딘 식칼로 껍질을 얇게 벗기기 위해 붉어진다. 고아…… 두 고아가 만나 살아보겠다구 여기까지 왔다. 정상적인 가정을 이루고 싶은 열망이 그들의 결합을 더욱 애틋하고 굳건하게 했을 것이다. 그리고…… 온갖 일을 닥치는 대로 했겠지. 신문 배달부터…… 자기 계층을 뛰어넘어보려고 인간이 가진 모든 힘의 한계에 도전했겠지. 그리고 인생의 비극…… 슬프지만 흔한 이야기다. 이젠 정말 진숙의 방을 나가야 될 때가 됐다. 나는 이를 앙 문다.

"참, 나 대학생이다. 좀 늦은 대학생이긴 하지만."

"……!"

나는 엉덩이를 든 채 이상한 초조감으로 술잔을 손 안에서 빙빙 돌린다. 그녀의 입에서 나올 말들에 대한 공포에 휩싸인다. 이 방을 나가야 될 이유가 너무나 많아졌다. 하지만 진숙의 말이 다 끝나기 전까지 나는 이 방에 감금된 죄수다.

"남편 소원이야. 올해 방송통신대에 들어갔어. 열심히 공부해서 동시 통역사가 될 거야."

진숙은 공부를 하고 있다. 그녀의 공부는 아직 끝나지 않았다. 공부…… 그녀와 나의 유일한 희망이며 살아가는 힘이었던 공부. 그녀는 아직도 희망이 있다. 나는 쓸쓸하게 나 자신을 향해 웃는다. 공부…… 나 역시 열심히 했다. 하지만…… 나는 그녀가 밤마다 앉았을 책이 있는 밥상을 본다. 그 옆에 놓여 있는 작은 책꽂이를 본다. 책꽂이에 꽂힌 짙은 쥐색의 두꺼운 책이 눈에 들어온다. 『서양경제사론』.

나는 몸을 일으켜 그 책을 뒤적인다. 목차를 본다. 원시 사회와 공산제…… 자본의 원시 축적과 자본제 공업 생산에의 이행……

"니가 읽었어?"

“남편 책이야.”

“남편이 데모도 했니?”

“아니. ……난 그런 건 잘 몰라. 내가 아는 건 오랜 시간 동안 판사가 되기 위해 그는 공부를 했고 나는 열심히 아이를 죽였어. 결국 그는 장님이 됐구 나는 석녀가 됐지만…… 뱃속에 있는 아이를 죽이는 일 빼고 우리는 정말정말 나쁜 짓은 절대 하지 않았어. 먹고 살고 등록금을 벌기 위해 돈이 되는 일이라면 뭐든지 했지만 정말, 정말 나쁜 일은 안 했어. 남편은 판사가 될 사람인데…… 절대, 절대 나쁜 일은 안 했어. 억울해. 너무 억울해, 영숙아. 우리나라에, 아니 다른 나라라두 상관이 없구, 장님이 판사인 그런 사람이 있니?”

“……글쎄.”

“없겠지? 그래, 없을 거야.”

빨간 볼펜으로 밑줄이 처져 있다.

인간의 의식이 그들의 존재를 규정하는 것이 아니고, 오히려 반대로 인간의 사회적 존재가 그들의 의식을 규정한다.

이 책은 나에게도 있다. 대학 1학년 때 서클에서 필독서로 그 책을 읽었다. 그리고 또 그 책을 가지고 있는 한 남자와 같은 방을 썼을 때 책은 두 권이 되었다.

남편은 결혼하기 좋은 여건을 갖췄다. 적당히 시대에 대해 제스처를 썼고 그 제스처가 위태로우면 그의 집안에서 그를 보호해주었다. 고급 공무원인 큰형이 그를 막아주었고 변호사인 작은형이

그를 변호해주었고 돈 많은 누나가 그에게 고생한다며 강남의 유
명한 갈비집에서 그에게 고기를 사주고 용돈을 주었다. 아버지는
빌딩을 관리하며 가끔 한마디한다. 젊은 혈기에 그러는 거 이해한
다. 하지만 적당히, 니 인생에 문제가 되지 않을 만큼만 해라.

   그는 최루탄을 맞고 짱돌을 몇 번 던지고 경찰서에 갔지만 몇 시
간 만에 두 형들의 전화를 받은 경찰이 그에게 설렁탕을 시켜 먹인
후 내보냈다. 그러니까…… 다른 사람들이 감옥에 갈 때 그는 경
찰서에 갔다. 다른 사람들이 고문을 당할 때 그는 뺨을 몇 대 맞았
다. 다른 사람들이 맨 앞줄에 서서 앞으로 앞으로 나아갈 때 그는
짱돌을 들고 줄 맨 끝에서 몇 번 소리를 질렀다.

   ……그는 이제 교수가 되었다. 그의 부모와 형제들이 원하
는…… 그 집안에는 아직 교수가 없었다. 그의 미래는 힘들게 노
력하지 않아도 앞으로 앞으로 뻗어 나아간다. 집안의 배경으로, 집
안의 바람으로 정치계에 발을 들여놓을 것이다. 386세대의 젊은
교수, 젊은 정치인. 그의 짱돌은 이제 멋진 별이 되어 그가 얼마나
도덕적인지, 좋은 사람이었는지를 말해주는 증표가 되었다. 감옥
살이를 한 그의 옛 친구들은 아무리 노력해도 자꾸만 뒤로 빠르게
처진다. 낙오자. 시대의 낙오자. 누가 떠다민 것도 아닌데 절벽에
서 두 눈 멀쩡히 뜨고 떨어지고 있다.

   한때 나의 희망이던 교수…… 그는 청년 시절에 대해 짱돌말고
또 하나 자긍심을 가졌다. 나도 한때는 말이야…… 가난한 집 여
자와 결혼했지. 민중의 딸…… 대학 졸업장 외에는 아무것도 가진
것이 없는 가난한 여자. 나와의 결혼은 그의 자존심을 만족시켰다.

   가난한 여자는 대학을 졸업했다. 하지만 더 이상 공부만으로 앞

으로 나아갈 수 없었다. 길이 끊겼다. 돈과 배경이 없는 2류 대학 졸업장으로 취직이 되지 않았다. 취직할 자리가 없는 여자는 공부가 아닌 결혼으로 자신의 출생지를 떠나고자 했다. 여자가 결혼을 하겠다고 했을 때 여자의 부모는 낙담했다. 그들에게도 꿈이 있었다. 난 니가 집안을 일으키고 집이라도 한 채 사주고 결혼하기를 바랐다. 시장 사람들이 다 우릴 비웃을 거다. 남 좋은 일만 시켰다구. 여대생의 부모는 실망했지만 여대생은…… 운이 좋았다. 시대의 덕을 보았다.

"너가 여대생이 되었을 때 우리 우연히 거리에서 보았잖아. 기억나니? 그때 정말 너무나 기뻤어. 너가 해냈구나 생각하니깐 나두 꼭 할 수 있다는 생각이 들었어. 그때 나는 체념을 한 상태였거든. 그때 너를 만나지 않았다면 나는 중학교 검정 고시를 다시 치를 마음을 못 가졌을 거야. 지금 생각하면 그때 너를 만난 게 행운이었던 것 같아. 다방에 가서 대학 생활에 대해 너무너무 묻고 싶었는데 너가 바쁜 것 같아 잡지 못했어. 두고두고 후회가 되었어. 나, 너 자랑 많이 했다. 내 친구가 여대생이라구."

그때 진숙은 놀란 눈으로 나를 보며 소리쳤다.

여대생! 여대생이라고 말할 때의 그 눈빛이 잊혀지지 않는다. 진숙의 친구 중에 유일한 여대생인 나…… 시장에서 자란 내 또래의 친구들 중 유일한 여대생인 나. 우리 집안에서 유일한 여대생인 나…… 나는 마음이 무거워졌고 쫓기듯 그녀 곁을 떠났다. 여대생은 이제 부르주아가 되어 있다.

"남편이 보고 싶어."

진숙은 사진 속의 얼굴을 손으로 쓰다듬는다. 나는 손 안에서 빙

빙 돌고 있는 술잔을 들어 단숨에 목 안으로 털어넣는다. 가야지. 일어나야지…… 그런데 이제 진숙이가 가라고 밀어내도 이 방을 영원히 떠날 수 없을 것 같다. 진숙은 손바닥만한 창문을 보고 있다. 어둠이 빛을 밀어낸다. 나는 거울에 비친 진숙과 내 얼굴을 본다. 우린 둘 다 각자의 이유로 삶에 지쳐 있다.

데모 한번 안 해보고 판사가 되려던 고아가 장님이 되어 점자를 배우고 있다. 가난한 여자와 결혼하고 싶어한 또 다른 남자는 교수가 되었다. 난 공부라면 이가 갈려. 고등학교 때 과외 선생을 죽이고 싶었어. 『난쏘공』의 윤호 알지? 넌 영희야. 사랑해.

공부라면 이가 갈린다는 남자는 집안의 배경으로 다른 동기보다 먼저 교수가 되었다. 시어머니가 선물로 사준 그랜저를 몰고 다니며 고등학교 서클 동기인, 판사를 남편으로 가진 여자와 3년째 연애를 하고 있다. 교수의 아내는 매일 밤 베란다를 서성이며 껍데기만 남은 자신을 향해 쓸쓸하게 웃는다. 진숙은 장님 남편의 뒷바라지를 위해 미싱을 돌리며 밤에는 공부하고 휴일에는 남편에게 먹일 음식을 장만해서 행복한 얼굴로 열차를 탄다.

나도 진숙도…… 열심히 살았다. 나름의 방법으로…… 그러나 진숙은 실패했고 나는 성공했다. 나는 교수인 남편을 두고 따뜻한 물이 일 년 내내 나오는 40평의 아파트에서 사는 유한 부인이 됐다. 진숙은 자신의 출생지로 돌아왔다. 나 역시 한 달에 한 번 이곳에 온다. 진숙은 정말 실패했다. 완전히 실패했다. 처음부터 진숙은 희망이 없었다. 그래서 이곳으로 이사를 왔다. 그러나…… 나도 실패했다. 우린 둘 다 실패했다. 아니다. 진숙은 성공했고 실패한 쪽은 나다. 진숙은 자신의 힘으로 살아내고 있다. 당당하게 이곳에 와서 산다. 나는 늘 이곳에 있는 24년 5개월의 생에 쫓긴다. 그리고 나는 남편이 아니면 아무것도 아닌 존재가 되었다. 나는 머리칼을 잘린 삼손처럼 세상을 살아가는 힘이 없어졌다. 나는 약해졌다. 남은 건 내 자리를 지키기 위해 안간힘을 쓰고 언제 추방될지 모르는 세계에 대해 불안으로 잔뜩 겁을 먹으며 매일 밤 잠 대신 베란다의 난 이파리를 닦는다.

저녁의 시장은 작고 썰렁한 느낌마저 든다. 혈관을 돌고 있는 맹렬한 알코올은 걸음을 휘청거리게 하고 나는 어기적어기적 게걸음으로 한발짝 한발짝 시장 안으로 깊숙이 발을 들여놓는다. 자꾸 헛웃음이 새어나온다. 가게를 처음 가졌을 때 눈물 번진 아버지의 눈이 다가온다. 나는 천천히 걷는다.

빳빳한 하얀 칼라를 단 교복을 입고 이 시간쯤이면 학교에서 집으로 돌아왔지. 왜 그게 늘 먼저 눈에 들어왔는지…… 만국기처럼 나의 속옷이, 월경의 흔적이 있는 속옷이 매달린, 우리 가게 차양 끝에서 생선 가게 차양이 시작되는 곳까지 매어둔 빨랫줄을 볼 때면 나는 수치심에 죽고 싶었지. 그리고 엄마를 욕했지. 무식해! 글자도 못 쓰는 여자. 좋은 말도 꼭 욕으로 하는 여자. 성질이 나면 손에 잡히는 대로 집어던지는 여자. 기분이 나쁘면 소주로 나발을 부는 여자. 싸움이 생기면 옷부터 벗고 상대에게 머리를 디미는 여자. 가겟방으로 도망치듯 들어가 가방을 패대기치고 수치심에 이를 갈았지. 난 반드시 여기를 떠날 거야. 저 사람은 절대 날 낳은 부모가 아니야. 어딘가 부자로 살고 있는 진짜 부모가 있을 거야. 교양 있는, 절대로 욕을 하지 않는, 절대로 때리지 않는…… 그래, 그랬어. 밤마다 검정색 차로 시장 안에 들어와 나를 찾아내는 진짜 엄마·아빠를 꿈꿨지. 그리고 진숙이가 나보다 먼저 진짜 엄마와 아버지를 찾아 흰 타이츠를 신으면, 피아노를 치면 어쩌나 불안해 했지.

나는 부지런히 연립주택으로 향하기 위해 발을 놀리지만 자꾸 걸음은 옆길로 샌다. 아, 언제 과일 집이 생선 가게로 바뀌었지? 내가 중학교를 갈 때 과일 집 순자는 공장으로 갔어. 내가 고등학교를 갈 때 아버지의 경쟁자였던 맞은편 야채 가게 딸 선옥이는 술집에서 술을 따르다 트럼펫을 잘 부르는 남자를 따라 도망을 갔지. 16살에…… 아줌마는 말했지. 잘됐지 뭐. 잘 살기만 하면 그게 무슨 허물이야. 입 하나 덜었지.

콩나물 시루 두 개와 벌써 시들어가고 있는 채소 등속을 놓고 좌판에 쪼그리고 앉아 있는 작은 여자 아이가 내 발목을 잡는다. 나는 작은 여자 아이 앞에 쪼그리고 앉는다. 계집아이는 살짝 분칠을 했고 입술도 반질반질하다.

"뭐냐?"

"예? 콩나물이에요."

"그거말고."

"이거요. 스타들의 어릴 때 이야기를 모은 잡지예요."

여자 아이가 잡지를 내 눈앞에 처들어 보일 때 나는 팔 안쪽에 있는 시퍼런 멍 자국을 본다. 여자 아이는 내 시선을 알아채고 얼른 팔을 숨긴다. 작은 악마 같은, 생존의 본능만이 있는…… 나는 고개를 끄덕인다. 그리고 야비한 웃음을 짓는다.

"너 혼자 장사하니?"

"아니오. 엄마는 김칫거리 배달 갔어요. 콩나물 드릴까요? 진짜 국산 콩이에요.”

“그래. 이천 원 어치만 줘. 많이 줘. 알았지?”

“우리 집은 다른 집보다 많이 줘요.”

커다란 솜사탕처럼 검은 비닐 봉지만을 부풀리게 콩나물을 담는다. 나는 웃는다. 여자 아이는 마지막으로 크게 인심 쓴다는 듯이 손가락 다섯 개로 가볍게 콩나물을 집어 내 눈앞에 보이며 비닐 봉지에 넣는다. 눈속임…… 적당히 콩나물을 부풀려 비닐에 담고 마지막에는 더 준다는 의미로 꼭 손님에게 콩나물을 쳐들어 보여야 해. 콩나물은 이문이 안 남아. 손님 끌기 위해 갖다 논 거다. 그러니까 적당히 많이 준 것처럼 담고 마지막에 한 주먹 더 주어라. 요령껏 줘야 손해가 나지 않아. 알았지? 나는 엄마 말에 고개를 끄덕였다. 금방 요령을 터득하고 이문을 남기지는 못했지만 손해는 보지 않았다.

“공부 잘하니?”

“아니오. 난 텔레비전에 나갈 거예요. 최진실 언니처럼 될 거예요. 그 언니도 고등학교밖에 나오지 않았어요. 난 그 언니에 대해서는 다 알아요. 토요일하구 일요일에는 방송국에 가요. 전요, 텔레비전에 나오는 사람들 거의 다 봤어요.”

“얼굴 좀 자세히 보자.”

영양이 부족한 얼굴. 몸은 숙성했다. 금방 여자 냄새가 나겠지. 머리가 좀 굵어지면 좌판에 앉아 있는 대신 아르바이트로 싸구려 카페 일을 보다 남자를 하나 잡겠지. 남자는 아마 방송 계통에 관계되어 있거나 아니면 방송국에 영향력이 있다고 여자 아이에게 미끼를 던지겠지. 혹 알아? 운이 좋다면 그 남자가 진짜 방송국 피디일지. 남자는 여자의 계단이 되겠지. 가슴에 바람만 잔뜩 들어 있는 여자 아이에게 사기를 치는 놈이라면 평생 그녀를 뜯어먹고 살겠지. 그러다 불행에 지쳐 있는 그녀를 사랑하는 남자가 나타나겠지. 일생에서 그런 남자 하나는 있게 마련이니까. 남자는 아무 힘도, 돈도, 배경도 없는 가난한 남자. 오직 여자 아이에 대한 순정만 있는…… 가만, 가만. 잘못하면 여자 아이는 스물도 채 되기 전에 그 남자와 살림을 차릴지 몰라. 그리고 카페에서 다른 놈한테 꼬리를 친 여자 아이에 대한 미움이 생긴 남자는 매일 여자 아이를 두들겨패겠지. 술을 처먹고 돈도 벌어오지 않구…… 여자 아이는 스물도 채 안 돼 아이를 포대기에 들쳐업고 다시 이곳에 나와 앉아 있겠지.

나는 머리를 흔든다. 안 돼. 그렇게 줄거리가 나가면 안 돼. 여자 아이는 순정에 가득 찬 그 남자를 짓밟아야 해. 성공해야 하니깐. 그리고 마음이 외롭고 실패할 때마다 그 남자를 찾아가는 거야. 하룻밤 남자 품에서 설움을 쏟아내는 진한 울음을 울고 그리고 남자가 깨기도 전에 다음날 새벽이면 다시 한번 성공을 위해 잠든 남자를 두고 신새벽의 길을 걸어야지. 줄이 간 스타킹을 신고 또박또박 앞으로 걸어가야지. 왼쪽으로, 오른쪽으로도 가면 안 돼. 앞으로 가야 해. 순정의 남자는 그런 여자 아이를 평생 잊지 못할 거야. 자기 것이 못 된 여자는 잊을 수가 없지. 그래. 여자 아이는 다시 모델 학원과 방송국을 기웃거리고 저녁이면 방송국 사람들이 잘 모이는 카페에서 아르바이트를 하며 그들의 눈에 띄기 위해 한 번에 가지고 갈 맥주도 두 번, 세 번에 나누어 가지고 가고 그들의 입에서 나오는 유명 배우들의 이야기에 잠시 발이 얼어붙고…… 그러다 운이 좋으면 아주 늙은, 이 방면에 능숙한 남자를 만나 그 남자 앞에서 베드 신을 연기하겠지…… 시간이 흐르고 행운은 여자 아이를 비껴가고 다시 이곳에 앉아, 아비가 누군지도 모르는 여자 아이를 안고 있을지도 몰라. 얼굴엔 잔뜩 기미가 끼고 나이보다 더 늙어버린 얼굴을 하고…… 하지만 인생은 늘 사람을 놀라게 하는 무언가가 있잖아? 가끔은 신화가 되는 여자 말이야. 이 작은 여자 아이의 우상인 최진실도 있고…… 나 같은 여자도 있고. 하하핫……

"아줌마 왜 웃어요?"

"나중에 니가 나만큼 크면 알게 될 거야, 왜 웃는지."

"아줌마, 이 동네 사람 아니죠? 그쵸?"

"왜?"

여자 아이의 눈이 빛난다. 당장이라도 치맛자락을 잡고 따라 나설 얼굴이다. 후원자. 첫출발이 꼭 남자일 필요는 없다.

"어떻게 알았어?"

"부자는 금방 알아봐요. 소주 냄새가 나긴 하지만 그래도 아줌마 한테는 비싼 향수 냄새가 나요. 영화 배우하고 똑같은 향수 냄새가요. 저어, 방송국에 아는 사람이 있나요?"

이제 여자 아이는 적극적이고 당돌하기까지 하다.

"그럼. 아는 사람이 많지. 오빠가 방송국에서 유명한 프로듀서야. 애 아빠도 프로덕션을 운영하지. 방송 쪽도 그렇지만 내 대학 친구 하나가 지금 영화를 만들어. 감독. 감독 알지?"

"그래요? 이름이 뭔데요."

"대한민국 사람이 모두 본 영화니깐…… 아주 유명한 이름이지."

아이의 눈은 이제 빛나다 못해 절박하게 나에게 매달린다.

"저어. 사실 이 콩나물콩 국산 콩이 아니에요."

여자 아이의 얼굴은 순진한 모습으로 돌변해 나를 향해 수줍게 웃는다. 순진함. 그 순진함을 내세워 나를 놓치지 않으려 한다. 그래, 어리지만 니가 뭘 좀 아는구나. 마지막 비장의 카드가 뭔지를…… 연민, 동정……

"아줌마, 전화 번호 좀 알면 안 될까요?"

"글쎄. 난 누구한테 전화 번호를 주는 게 싫은데. 이해하지?"

여자 아이는 알겠다는 듯이 고개를 끄덕인다. 얼굴은 실망으로 그늘이 진다. 여자 아이는 신산스런 얼굴로 한숨을 쉰다.

"애, 내 코가 피노키오처럼 점점 길어지는 것 같지 않니?"

"……!"

"글쎄, 요즘 우리 애가 피노키오 동화책을 읽으면서 엄마 코가 길어진다구 그러더라."

"헤헤헤…… 그 나이 때는 그래요. 저도 그 동화책을 읽을 때 세상 사람들 코가 길어지는 것처럼 생각했어요. 근데요, 아줌마. 또 오나요? 또 오나요?"

"그럼. 내일도 오고 모레도 올 거야. 그럼 장사 잘해라."

아이는 일어나 아이답게 꾸벅 인사를 한다.

이 시장 안에서 유일한 여대생은, 한때 신화이기도 한 여대생은…… 술에 취해 시장 안을 기웃거리고 있다.

두 아이의 손을 잡고 시장 한복판에 서 있는 한 여자의 그림자가 눈앞에 보인다. 나는 콩나물이 든 검정 비닐 봉지를 들고 시장 중간쯤에 있는 작은 구멍가게에서 소주를 한 병 산다. 그리고 주인에게 묻는다.

"혹시 절 아나요?"

주인은 고개를 몇 번 갸웃하더니 잔돈을 내 손에 쥐어준다. 그리고 빤히 내 얼굴을 본다. 또다시 고개를 갸웃거린다.

"저, 기억해요?"

주인은 이제 고개를 흔든다. 얼굴은 반반한데 멀쩡하게 미쳤군, 하는 눈빛으로 나를 본다. 나는 잔돈을 주인에게 도로 주며 웃는다. 가지세요. 전 돈 많아요. 미친년처럼 또다시 웃는다. 지나가는 사람들이 딱하다는 듯이 나를 보며 비켜 지나간다. 나는 손에 들린 소주병을 따서 갈급증에 시달리는 사람처럼 마셔대며 이 가게 저 가게를 기웃거린다.

머리에선 많은 기억들이, 가슴속에선 그 동안 단단하게 밀봉된 많은 말들이 터져나오려고 아우성을 친다. 나는 술병을 목구멍 깊숙이 쑤셔넣는다. 가야지. 가야지. 하지만 내 발은 자꾸 시장 안을 빙빙 돈다. 마치 미로 속에 갇힌 것처럼 …… 그리고 술기운을 빌린 가슴속의 말들이 저마다 참을 수 없다는 듯이 튀어나온다.

그래, 그랬지. 대학만 들어가면 모든 게 다 원하는 대로 되는 줄 알았어. 아침에 열무 20단과 통배추 40개를 배달하고 학교를 갔어. 도서실보다는 아르바이트 자리를 알아보기 위해 학생과를 더 많이 드나들어야 했어. 마지막 학기는 가사장학금 얻어 간신히 졸업장을 땄어. 드디어! 땄단 말이야. 대학교를 졸업했고 대학 졸업장을 가졌지만 취직을 할 수 없었어. 시간이 갈수록 집안의 눈치와 시장 사람들의 눈에서 공포를 느꼈어. 내 주위의 사람들은 일하지 않는 사람들을 용서하지 못하거든. 너무나 당연한 거야. 알아? 그러니

내가 얼마나 막다른 골목에 몰린 나 자신에게 공포를 느꼈는지 알아야 해. 하지만 난 영리해. 나한테 관심을 갖고 있는 꽤 잘사는 남자애가 있었어. 잘난 체하느라구 가난한 여자와 결혼을 해야 하는 것에 쫓기는 남자. 당연히 불러냈지. 유혹하고 여관에서 잠을 자고 그리고 아이를 갖고 결혼을 해서 난 드디어 이곳을 떠났어. 성공했단 말이야. 물론 내가 바라는 성공은 그런 게 아니지만…… 하지만 나두 어쩔 수 없었어. 공부가 아니라도, 그것이 무엇이라도 나는 여길 떠나야 했어. 안 그랬으면 난 자살했을 거야. 공부만큼이나 결혼도 당당하잖아? 결혼으로 여길 떠난 걸 뭐라 할 사람이 있겠어? 있으면 나와봐. 아무도 날 욕하지 못해. 날 비난하지 못해. 하지만, 하지만 난, 나를 용서할 수가 없어. 왜 그런지 이유는 모르겠어. 난 열심히 살았어. 그런데……

그런데…… 그런데…… 왜 점점 세상이 무서워질까. 그토록 원했던 세계였는데 왜 이토록 불안하지. 원하는 걸 가졌는데…… 행복보다 불안이 매일 밤 나를 괴롭히는 거지? 누가 말 좀 해줘. 난 정말 모르겠어. 생각하면 할수록 점점 모르겠어. 왜 그러는 거지? 수면제의 양이 왜 갈수록 늘어나는 거야? 나 좀 재워줘. 자고 싶어…… 자고 싶어. 자고 싶어……

"자고 싶어."

내 옆을 지나가는 할머니가 걸음을 멈춘다. 그리고 나를, 내 얼굴을 본다.

"절 아세요?"

할머니는 얼굴을 바짝 대고 다시 한번 내 얼굴을 본다. 그리고 머리를 젓는다. 혀를 차며 내 앞을 지나간다. 나는 팔을 와락 잡는다.

"할머니, 날 아시죠? 우리 엄마 아버지 알죠? 내 집도 알죠? 날…… 데려다…… 줘요. 자고 싶어요."

할머니는 매서운 눈빛으로 쏘아보곤, 쌩하니 찬바람을 날리며 뒤도 돌아보지 않고 생선 가게로 쑥 들어간다. 생선 가게 주인이 시퍼런 칼을 한 손에 들고 고개를 내밀며 나를 쳐다본다. 나는 주인을 향해 웃는다.

후훗훗…… 타인에게선 상처받지 않아. 상처는 말이야, 같이 있는, 같이 있을 수밖에 없는, 같이 있고자 하는 사람들 사이에서나 치명적이야. 아주 치명적이지. 그런데 더 치명적인 게 뭔지 알아? 바로, 바로 자기 자신이야. 이건 아주 무서운 거야. 무서운 거……

가야 되는데…… 어디로 가야 되는지 모르겠어. 어디로 난 가야 되는 거지? 말해줘. 　　　　　　　　　　　〔『작가』, 1999년 봄호〕

아령

늘 그렇듯 아이가 학교에서 돌아올 때까지 그녀는 이 방에서 꼼짝도 하지 않고 있을 것이다. 그녀는 컴퓨터 책상 옆에 놓여 있는 아령을 잡는다. 아령을 들고 그녀는 몇 번 팔을 폈다 굽혔다 해본다. 그때 청년은 인생의 정점에 있었다. 곧 아름다운 신부를 맞아 새 집으로 들어갈 행복에 취해 있었다. 모든 것이, 이제 새롭게 시작될 서막에 있었다. 아무도, 그 자신까지도 생의 무자비한 복병이 숨어 있으리라고는 상상하지 않았다.

아령

1

10월의 마지막 일요일…… 투명한 햇살. 남편은 출장중이다.

그녀는 선경부동산 30대 초반의 낯선 사내를 따라 일산으로 집을 보러 간다. 그녀는 서른다섯 살이다. 서른이 될쯤 그녀의 수첩에 전화 번호가 적힌 그녀의 친한 친구 일곱 중 넷이 이혼을 했고, 하나가 독신으로 술집을 하고 있고, 나머지 둘은 늘 남편과 시댁과 아이들에 대한 불만을 전화선을 통해 그녀와 친구들에게 말한다. 그녀는…… 방 하나만을 소원했다.

사내는 자신의 애인을 옆좌석에 앉히고 차를 몰았다. 일산 쪽으로 가까워지자 화원들이 도열해 있고 그 앞에 이름 모를 꽃들이 피어 있다. 꽃과 호수가 있는 곳, 일산. 어서 오세요. 화원 너머로는 아직 아파트가 들어서지 않은 논과 밭…… 그리고 그 사이로 낡은 철길이 놓여 있다. 그녀는 그것들을 마음에 새겨두기 위해 논, 밭, 낡은 철길…… 이라고 중얼거린다.

차창으로 보이는 신도시 일산은 온통 아파트와 백화점으로 가득

했다. 그리고 넓은 길…… 그러나 그 넓은 길 위에는 사람들이 보이지 않는다. 그녀는 이런 텅 빔에 깜짝 놀란다. 그녀가 사는 곳은 언제나 사람들로 가득했다.

"일산은, 길 하나는 시원하게 뚫렸어. 차 몰기가 아주 좋아. 사모님, 어때요. 좋죠?"

차가 없는 그녀는 일요일의 텅 빈 거리를 자신의 얼굴인 양 보고 있다. 거울 보고 일기 쓰는 너는 누구이냐. 거울 보고 일기 쓰는 너는…… 노래 가사는 밤마다 그녀의 심장에 칼을 꽂았다. 자신의 책과 책상과 286 컴퓨터와 그리고 그것들에 둘러싸여 천장을 바라보며 누울 수 있는 공간에 대한 그리움에 그녀는 밤마다 아이와 남편이 자고 있는 방을 배회한다. 땡, 땡, 땡…… 종소리가 머리를 친다. 머리가 흔들리고 사리돈은 아무 효과가 없다.

"어제 자다가 갑자기 자기가 보고 싶어 전화를 했더니 자기 와이프가 받아 그냥 끊었어. 혹시 뭐라 안 해?"

"다신 집으로 전화하지 마."

"하지만 한밤중에 그런 기분일 때는 참을 수가 없어."

여자는 사내를 향해 혀를 쪽 내민다. 사내와 그녀가 눈이 마주친다. 사내는 어깨를 한번 움찔하더니 그녀를 향해 고개를 살짝 숙인다. 그녀는 이내 차창 밖의 거리에 눈을 둔다.

사내가 자신의 애인과 그녀를 데리고 들어간 곳은 동부부동산이다. 그쪽에서는 이쪽의 연락을 미리 받았는지 사내의 팔을 덥석 잡는다. 사내는 시간이 없다는 듯이 빠른 속도로 이야기했고, 그쪽에서도 이런 일은 단번에 해치워야 한다는 듯이 사내와 보조를 맞춘다. 그녀는 조금 전의 한가함과는 다른 그 속도감에 어지럽다. 하지만 방 하나를 가질 수 있게 된다. 그 방에서는 종소리가 들리지 않을 것이다. 사리돈도 더 이상 필요하지 않을 것이고.

그들이 컴퓨터를 켜고 전화를 하는 사이에 그녀는 낡은 소파에 사내의 애인과 마주보며 앉아 눈 둘 곳을 찾는다.

"결혼한 지 몇 년 되셨어요?"

"……십 년이 넘었어요."

그녀는 여자가 입을 다물고 가만히 앉아 있었으면 좋겠다는 생각을 한다. 그런 마음이 얼굴에 충분히 드러났으련만 여자는 그런 그녀의 감정과는 상관없이 또 말을 한다.

"연애를 했나요?"

"……뭐, 그렇죠."

그녀는 가방을 연다. 여자의 주체할 수 없는 호기심에서 벗어나고 싶다.

"결혼 십 년이면 아이는 다 컸을 테고…… 집에선 주로 뭘 하세요?"

그녀는 가방에서 손을 빼고 여자의 눈을 가만히 쳐다본다. 남편은 그녀가 부엌 한쪽 구석에 있는 286 컴퓨터에 앉아 있는 걸 싫어한다.

"난 저 책상에 앉아 괴상한 얼굴을 하고 있는 당신이 싫어. 내가 집에 있는 동안만은 나하고 있어."

그녀는 남편이 집에 있을 때 책상에 앉지 않는다. 혼자 자라는 아이는 텔레비전을 크게 틀어놓고 같이 웃고 화면 속의 사람들에 대해 말하자고 보챈다.

"엄마, 같이 봐. 혼자 보면 재미없어."

결국 그녀는 컴퓨터 책상에서 물러나 개수대에 세제를 가득 풀어 접시들을 오랫동안 다시 씻고 헹군다.

"가시죠."

사내는 이미 문을 반쯤 열어놓고 그녀를 향해 빠르고 높은 목소리로 말한다. 사내의 애인은 고양이처럼 튀어 일어나 사내의 팔짱을 낀다. 여자의 질문에 대한 대답은 이제 하지 않아도 된다. 그녀는 그들의 뒤를 조심스럽게 따라 나선다.

"두 군데가 적당한 가격으로 나와 있는데 한번 가보시죠."

사내는 차 키를 흔들며 따라나온 다른 사내에게 말한다.

"그래도 여기는 경기가 낫네. 우리 쪽은 다들 울상인데."

"마찬가지야. 한창 이사철인데 내놓은 사람도 적고 사는 사람도 적어."

"이래 가지고야 어디 밥 벌어먹고 살겠어?"

"글쎄, 앞으로 더 어렵다고들 하는데…… 뭔가 심상치 않은 분위기야."

차는 왔던 길을 되돌아간다. 이제 차장 밖으로 보이는 풍경에 익숙해진 그녀는 여유가 생겼다.

"내리시죠, 사모님."

주위를 둘러본다. 새삼, 콘크리트로 된 거대한 나무들을 보는 것 같다. 그래도 이제 방 하나를 가질 수 있게 된다.

"와! 좋다. 그렇지?"

사내의 애인이 그녀보다 더 좋아한다. 마치 사내와 자신이 살 집을 고르는 것처럼.

땡, 하고 4층에서 엘리베이터가 멈췄다. 사내와 그 애인이 먼저 내린다. 그러고 보니 그녀는 줄창 사내와 그 사내의 애인의 뒤를 쫓아다닌다. 벨이 울리고 현관문이 열리자 된장찌개 냄새가 훅 끼친다. 늦은 아침을 먹고 치우는지 집주인 여자의 손엔 세제 거품이 묻어 있다. 켜놓은 텔레비전에서는 「전국노래자랑」을 하고 있다. 디스코의 여왕! 성내에 사는 철이 엄마예요. 와우! 철이 엄마가 마이크를 높이 쳐들자 화면 속의 사람들은 일제히 박수를 친다. 집주인 여자는 텔레비전을 켜놓고 신문을 보고 있는 자기 남편을 향해 소리를 지른다.

"텔레비전 소리 좀 줄여요! 그리고 문 좀 열어주면 손가락이 부러져요?"

남자는 흘낏 자기 아내와 부동산 사내와 사내의 애인과 그녀를 보고는 하품을 하고 다시 신문으로 눈을 돌린다. 두어 살 터울의 아이 둘이 서로 미니카를 가지고 경주를 한다. 미니카 하나가 여자의 다리 사이를 지나 벽에 부딪힌다. 두 아이가 쏜살같이 여자의 다리 사이로 몸을 미끄러뜨려 손을 뻗는다.

"애들이 왜 이래! 손님이 왔잖아!"

여자의 손이 번쩍 들리며 아이들의 등을 한 대씩 후려갈긴다. 아이들은 혀를 쏙 내밀고 미니카를 찾아 거실 중앙으로 다시 돌아온다. 서로 자기 차례라고 미니카를 뺏고 뺏기는 싸움을 한다. 남자는 리모컨을 들고 채널을 바꾸며 신문을 보고 있다.

"저어, 한번 둘러봐도 될까요?"

사내가 조심스럽게 말한다. 그녀는 사내의 말이 떨어지기가 무섭게 뭔가 굉장한 폭발음을 들은 것처럼 깜짝 놀라며 반쯤 벗다 만 신발을 꿰어신고 현관문을 나온다. 사내와 사내의 애인은 그녀의 갑작스런 행동에 놀라 따라 나온다.

"뭐가 잘못됐나요?"

그녀는 고개를 가로젓는다. 그리고 엘리베이터 스위치를 누른다. 기어코 아이들의 울음 소리가 터져나온다. 익숙한 생활들……머리통을 부술 듯 종소리가 들린다. 땡, 땡, 땡……

그녀는 차 안으로 들어와 앉는다. 그리고 쫓기듯 사내를 재촉한다.

"빨리 가요."

사내의 애인이 그런 그녀를 보고 고개를 갸웃거리며 뭐라 말할 듯하다 입을 다문다. 그녀와 사내와 사내의 애인이 내린 곳은 아까보다 더 고층의 아파트가 즐비한 곳이다. 사내는 이제 웃지 않는다. 여기서 일을 성사시키지 못하면 또다시 처음으로 되돌아가야 하는 일이 남았다. 사내의 애인 역시, 사내의 눈치를 살피느라 자꾸 벌어지는 입에 긴장을 하고 있다.

1205호. 차임 벨을 누르자 건장한 청년이 잇몸을 환히 드러내며 문을 열어준다. 사내는 성큼 신발을 벗고 거실로 들어가 서서 자신의 애인에게 노여움이 잔뜩 섞인 목소리로 빨리 들어와, 한다. 그녀는 그 말이 자신에게 하는 것이라는 것을 안다. 그녀는 신발을 벗고 사내 애인의 뒤를 따라 거실로 들어선다.

"천천히 둘러보십시오."

그녀는 거실 정면에 놓여 있는 초록의 실내 자전거를 보았다. 밑으로 가지런히 아령 두 개가 놓여 있다. 부동산의 사내는 그녀가 그것들을 물끄러미 쳐다보는 걸 보며 청년에게 말을 붙였다.

"운동을 좋아하나봐요?"

“그럼요. 저는 스포츠라면 광적이죠. 농구·야구·하이킹……
그것들이 없으면 무슨 재미로 이 세상을 살겠어요. 여자보다 더
좋죠.”

사내의 애인이 그 말에 냉큼 끼여든다.

“설마요. 아무려면 여자보다 더 좋을 수가 있겠어요? 홍!”

“하하하……”

소탈한 웃음. 그녀는 청년의 웃음이 마음에 들었다. 오랜만에,
아주 오랜만에 무심히 열어놓은 창으로 날아들어온 한 마리의 작
은 새와 조우한 기분…… 남편도 어느 한 시기에 저렇게 그늘 없는
모습으로 그녀에게 소리내어 웃었던 적이 있다. 언제부터인지 이
젠 기억도 없지만 그 웃음은 거짓말같이 그녀 앞에서 사라졌다. 애
를 잘 먹여야지. 반찬에 신경 쓰고 그리고 햇빛을 좀 쬐기 위해 산
책을 자주 나가. 얼굴이 누레. 나이보다 늙어 보여. 그녀는 갑자기
심한 요의를 느낀다.

“저어, 화장실 좀 써도 될까요?”

청년은 화장실을 가리키며 그럼요, 한다. 그녀는 화장실로 들어
간다. 노랑 수건 두 장이 반으로 접혀서 걸려 있다. 그녀는 변기에
걸터앉으며 청년이 쓰는 비누를 집어들고 냄새를 맡는다. 과일 향
이 난다. 그리고 초록색의 스킨과 로션을 손에다 조금 따라 목에
발라본다. 청년에게서 나는 냄새가 난다. 그녀는 변기에 물을 내리
고 화장실 문의 손잡이를 돌리다 문득 생각난 듯 청년의 칫솔에다
치약을 길게 짜서 거울을 보며 이를 닦는다. 박하 향 냄새가 입 안
을 가득 채운다. 그녀는 치약 거품이 잔뜩 묻은 자신의 이를 보며
맹렬하게 닦기 시작한다.

　　문을 열고 나오자 그들은 그녀를 잊은 채 이야기에 열중하고 있다.

"이 집에서 아저씨 혼자 살았어요?"

"네. 그땐 집 값이 아주 싸서 이왕이면 황제처럼 살아보자고 생각했죠. 이 집은 아주 운이 좋은 집입니다."

"왜요? 집을 사가지고 나가시는 모양이죠."

"집이요? 뭐, 그런가. 다음달에 장가를 가거든요. 하하하……"

　　사내의 애인은 눈을 반짝이며 사내의 팔을 꼬집는다. 사내는 얼굴을 찡그리며 청년의 웃음 뒤끝을 따라 힘없이 웃는다. 훗훗훗……

　　그녀는 그들의 이야기를 들으며 큰방 문을 연다. 침대가 창문 쪽으로 놓여 있다. 그녀는 성큼 들어선다. 그녀는 침대 한구석에 뭉쳐져 있는 이불에 손을 대다 침대에 앉는다. 그러다 벌떡 일어나 작은방으로 걸어간다. 그들의 웃음 소리가 유쾌하게 집 안 곳곳으로 퍼져나간다. 둘째 방에는 책상이 있다. 책상 위에는 컴퓨터가 올려져 있고 컴퓨터에 관계된 책 몇 권이 있다. 그녀는 자판을 두들겨본다. 컴퓨터…… 밤마다 거울 보고 일기 쓰는 너는 누구인가…… 컴퓨터는 누군가 내다 버린 것을 두 차례에 걸쳐 집으로 옮겨왔다. 코드를 연결하고…… 화면이 켜졌다.

　　부엌과 연결된 작은방은 텅 비어 있다. 텅 빈 방. 이 방 하나를 위해 나는 여기까지 왔구나, 하고 그녀는 조용히 중얼거린다.

　　거실로 나오자 사내는 잠시 잊었다는 듯이 그녀를 보자마자 들뜬 목소리로 말한다.

"어떻습니까, 사모님. 집주인은 곧 나올 수 있다고 하는데 계약을 하시죠.”

　이제 그녀의 결정만 남았다. 세 사람이 그녀의 입만을 쳐다보는 것 같다. 출장에서 돌아온 남편은 이 엄청난 일을 보고 입을 다물지 못할 것이다. 남편은…… 평범한 남자다. 평범하고 무난하고 소심하고……

“가시죠, 사모님. 뭐 더 둘러보아야 할 것이 있나요.”

“나도 이런 집에 살면서 예쁘게 꾸미고 맛있는 된장찌개를 자기한테 끓여주었으면 좋겠다.”

“시끄러워. 지금은 일하는 중이야. 철딱서니없이.”

　애인은 예의 사내를 향해 혀를 쏙 내밀며 밉지 않은 눈길로 사내를 쏘아본다.

“어서 가서 계약을 하죠.”

　사내는 좀 전의 참담한 기분을 다시 맛보고 싶지 않다는 듯이 서두른다. 그녀는 사내를 따라 구두를 신고 엘리베이터를 타고 다시 사내의 차 안으로 들어와 앉는다. 현관문 앞에서 청년은 그녀를 향해 고개를 깊숙이 숙이며 이 집이 나가야 장가를 갈 수 있어요, 라고 말하며 또 한번 거품 같은 웃음을 터뜨렸다.

“마음에 드시죠?”

　애인이 사내의 말이 끝나자마자 냉큼 끼여든다.

“맞아. 나도 그 집이 아까보다 훨씬 좋은 것 같아.”

“그리고 혼자 살던 집이라 깨끗이 써서 도배나 장판도 할 필요가 없어요. 사모님, 돈 버셨어요. 도배 장판 하려면 못해도 이백은 들어요.”

　동부부동산의 문을 여는 순간 자장면 냄새가 확 그녀의 후각을 자극한다. 벌써 점심때가 되었구나. 아이는 도시락을 싸갔기 때문에 걱정할 것이 없다. 그러나 아이에게, 그녀의 방 하나는 전학을 의미하고, 전학은 아이의 생에서 깊은 상처가 될지도 모른다. 엄마의 방 하나 때문에 친한 친구들과 헤어지고…… 아이는 평생 잊지 못할지도 모른다.

집주인 여자는 차를 몰고 숨가쁘게 왔다고 한다. 그녀와 비슷한 또래다. 그러나 너무나 다른 세계의 여자다. 그녀가 갖지 못한 생활력과 사회성이 있다. 그녀에게 늘 서투르기만 한 것들……

일산에 투기 목적으로 사둔 집이 세 채라고 했던가. 그녀는 손가락을 꼽아본다. 아홉 개의 빈방을 그 여자는 가지고 있다. 그 방 하나하나에 그녀는 타인들의 가구를 집어넣고 사람들을 수문장처럼 지키고 있다. 이사를 오고 들이고 할 때마다 살 사람들의 얼굴을 보고 서류를 확인하고 도장을 찍고 집을 깨끗이 써달라는 말을 꼬박꼬박 잊지 않고…… 그런데 그 많은 방들 가운데 여자도 자기 방을 갖고 있을까.

"집이 팔려서 다행이에요. 나머지 집들도 빠른 시일 안에 팔아주세요. 도장 찍을 곳이 어디죠?"

"곧 집이 다 팔릴 겁니다, 사모님. 그러면 이쪽 사모님도 도장을 찍으시고."

동부부동산의 남자는 서류를 보여주며 도장 찍을 곳을 손가락으로 가리킨다. 같이 온 사내와 애인은 이제 자신들의 일은 끝났다는 듯이 그녀의 어깨너머로 도장을 찍는 그녀의 손을 바라본다.

그녀는 다시 사내의 차를 타고 선경부동산 사무실로 그들을 따라 들어갔다. 그녀는 사내에게 복비를 건네주고 고맙다는 말을 하

고 사무실을 나온다. 진한 청빛의 하늘 밑으로 가로등이 켜져 있
다. 그녀는 손을 입에 갖다 대고 훅 하고 숨을 내뱉는다. 희미한 박
하 향 냄새가 난다.

　포장 이사를 한 그녀는 굳게 닫힌 현관문 앞에서 가슴이 철렁했
다. 남편과 아이는 불만에 가득 찬 시선으로 그녀가 어떻게 나올
건지를 가만히 서서 지켜만 보았다. 그녀는 닫힌 현관문 앞에서 한
시간을 넘게 기다리다 동부부동산으로 뛰어갔다.
“어떻게 된 일이죠? 오늘이 이사 날짜 맞지 않나요?”
　사내는 서류를 뒤적이며 맞는데요, 한다.
“현관문이 잠겨 짐을 옮길 수가 없어요.”
“이상하네. 같이 가죠.”
　그녀는 부동산의 사내와 함께 횡단 보도의 빨강 신호등을 무시
하고 뛰었다. 여전히 현관문은 굳게 잠겨 있다. 사내는 이런 일은
처음 당해본다는 듯이 그녀를 향해 허, 소리만 자꾸 한다. 그는 핸
드폰으로 여러 곳에 전화한다. 그때 그녀는 남편이 그 사이 한마디
도 하지 않았다는 사실을 문득 깨닫는다.
　출장에서 돌아온 날 그녀는 짐을 정리하고 있었다. 속옷들과 버
릴 물건들. 어수선한 집을 둘러본 남편은 넥타이를 풀면서 말했다.
“벌써 겨울 준비를 하는 거야? 너무 이르지 않아. 아직 가을이 다
가지도 않았는데.”
“내일 이사해요.”
　그녀는 간단하게, 아무 감정도 실리지 않은 채 말했다. 남편은
반쯤 풀어진 넥타이를 잡고 그녀를 멍하니 쳐다보았다.

“뭐라고 했어?”

“이사요. 내일 이사해요.”

그녀는 남편이 몽둥이로 얻어맞은 얼굴 꼴을 하지 않았다면 나도 이제 내 방을 갖게 되었어요, 라는 말을 덧붙이고 싶었다.

“뭐라고 했어? 이사라구? 이사?”

“그래요. 일찍 자야 돼요. 사람들이 일곱시 전에 온다고 했어요. 이 집을 판 가격으로 새로 이사가는 집하구 세금하구…… 딱 맞아떨어져요. 방도 하나 더 생겼구.”

“……어딘데?”

“일산. 경기도 일산.”

남편은 말없이 담배를 빼어물고는 천장을 멍하니 쳐다보았다. 그녀는 남은 짐들을 대충 한쪽 구석에 밀어놓고 무릎을 두팔로 감싸안았다.

“미안해요. 난 단지 내 방을 갖고 싶었어요.”

“……그래. 알았어. 자자. 사람들이 내일 아침 일찍 온다고 하니까.”

그녀는 남편과 나란히 누웠다. 남편이 물었다.

“당신, 날 사랑해?”

“……네.”

“이사를 하는 이유가 당신 방을 하나 가지고 싶어서 그런 거야? 그러니까 버지니아 울프인가 하는 여자가 말하는 그런 방 말이야?”

“……”

“내가 화가 났다면 당신이 내가 없는 사이에 이사 준비를 했다는 것 때문이 아니고 당신이 나에게 당신의 방에 대해서 한마디도 말하지 않았다는 거야."

　동부부동산 사내의 얼굴에 땀방울이 배어 있다. 목소리는 들뜨고 얼굴이 붉어졌다.

"집주인이 곧 온다고 하니까 좀 기다리십시오. 이 집 사람들이 이사 날짜를 잘못 알았나. 허, 그렇지는 않을 텐데. 부동산 십 년 만에 이런 일은 또 처음이네."

　아무리 기다려도 집주인도, 잔금을 받고 열쇠를 건네주어야 하는 청년도 나타나지 않았다. 남편과 아이는 층계참에 쭈그리고 앉아 트럭 안에 앉아 있는 이삿짐 센터 사내들의 불만에 가득 찬 얼굴을 쳐다본다.

"저 사람들 점심은 먹여야지."

　처음으로 남편은 말을 한다. 그녀는 일어나 가까이에 있는 단지 상가를 둘러본다. 양자강. 붉은 페인트로 조야하게 씌어 있다. 그녀는 남편의 손을 한번도 놓치지 않고 서 있는 아이에게 묻는다.

"뭘 먹을래?"

"안 먹어. 씨이. 왜 이사를 왔어. 다시 우리집으로 가."

　그녀는 아이의 볼멘소리를 들으며 남편에게 무얼 먹을 거냐고 묻는다.

"짬뽕이나 시켜. 저 사람들은 일하는 사람이니까 잡채밥이나 잡탕밥을 시켜주고. 화가 잔뜩 나 있을 거야."

　남편은 중지손가락 하나를 구부려 머리에 올려놓는다.

"이렇게 말이야."

　이삿짐 센터 사람들은 모두 잡채밥으로 통일해 그녀가 묻기도 전에 잡채밥이오, 하고 말했다. 그녀가 양자강에다 잡채밥 세 개와

짬뽕 두 개, 그리고 자장면 하나를 시키고 다시 이삿짐이 실려 있는 트럭으로 왔을 때 트럭 운전사가 턱으로 그녀에게 저걸 좀 보라는 신호를 보냈다. 그녀는 운전사가 가리키는 방향을 보았다. 관리실 앞으로 젊은 사내 둘이 이삿짐을 내리고 있다. 그녀는 쫓아 올라갔다. 현관문은 활짝 열려져 있다.

"혼자 살았던 사람이야?"

남편은 아이의 손을 잡고 열려진 현관문 앞에서 묻는다.

"네. 곧 결혼을 할 거라고 했어요."

그러나 청년은 보이지 않는다. 60대 중반의 여자가 물건들을 보자기에 꾸리며 바쁘게 왔다갔다하는 모습만이 보였다. 집은 점점 넓어지고 비워져갔다. 여자가 마지막 보따리를 싸들고 그녀 앞에 섰을 때 그녀는 가방에서 잔금이 든 봉투를 꺼냈다. 여자는 열쇠를 그녀에게 주었다. 동시에 그녀도 잔금이 든 봉투를 주었다. 여자는 검정 가방에다 잔금 봉투를 집어넣었다. 그리고 엘리베이터로 걸어간다. 그녀는 여자의 한쪽 팔을 잡는다.

"돈을 세어보셔야죠."

"맞겠죠. 또 안 맞으면 어떡하겠어요? 다 공수래공수거인데……"

여자의 목소리는 허탈했다.

"이 집에 살았던 총각은 왜 보이지 않죠?"

"……"

"그 총각, 어머니 되시나요?"

"고모 된다우."

여자는 검정 가방에서 손수건을 꺼내 고개를 숙여 코를 푼다.

"죽었다우. 며칠 전에……"

"네에?"

"자유로를 달리다 일을 당했다우."

"……"

"그만 가봐야겠어요."

여자는 서둘러 엘리베이터를 탄다.

"무슨 일이야?"

그녀의 창백한 얼굴을 보고 남편은 묻는다.

"아니에요, 아무것도."

"젊은 총각이 혼자 산다면서 저 할머니가 짐을 싸?"

"출장을 갔대요. 그것뿐이에요. 그럴 수 있지 않아요? 남자들은 항상 출장을 가잖아요. 당신도 그렇잖아요. 아무 일도 아니에요. 빨리 해가 기울기 전에 짐을 옮겨야겠어요."

가구들은 이삿짐 센터의 사람들에 의해 빠르게 제자리를 찾아갔다. 그녀는 청년의 비키니 옷장 자리에 장롱을 놓았다. 작은방에는 아이의 책상과 침대를 놓았다. 청년이 텔레비전을 놓아둔 자리에 텔레비전을 놓고 그의 실내 자전거가 있던 자리에 소파를 놓았다. 모든 가구 배치는 끝이 났다. 어둠이 스멀스멀 베란다 창 밖으로 깔리기 시작했다.

짐을 부리던 사람들은 돈을 받고 갔다. 남편과 아이는 텔레비전 코드를 꽂아 프로 농구를 보고 있다. 둘은 똑같이 입을 벌린 채 공이 이리저리 가는 곳을 좇아 눈동자만을 움직인다. 그녀는 베란다로 나간다. 창고에 별로 쓰지 않을 짐들을 차곡차곡 쌓아놓고 화분들을 정리한다. 그때 그녀는 베란다 구석에 버려져 있는 아령 한

짝을 발견한다. 늙은 여자가 미처 챙기지 못한, 청년이 몸을 단련하기 위해 썼던 아령이다. 그녀는 그 앞에 쪼그리고 앉아 청년이 아령을 손에 들고 팔운동하는 모습을 상상한다. 그는 힘에 넘쳐 있다. 그녀는 아령을 들고 몇 번 팔을 구부려본다. 그리고 소파에 앉아 여전히 입을 벌린 채 농구공을 쫓아가는 남편과 아이를 쳐다본다. 그녀는 아령을 집어들고 이제 자기의 방이 된, 텅 비어 있던 방으로 들어간다. 그리고 아령을 베고 누워 천장을 멀거니 쳐다본다. 텔레비전에서 흘러나오는 소리가 점점 아득하게 들린다.

2

새벽 5시. 방을 나와 거실 커튼을 열어제치자 가로등의 주황빛 속에, 봄날의 깊은 밤이 흘러간다. 작년에는 많은 눈이 내렸다. 그녀는 깊은 밤 시간에 사람들의 어지러운 발자국과 자동차 바퀴가 낸 자국들이 난 눈 위에 자신의 열 발가락을 찍으며 까닭을 알 수 없는 불안과 격정으로 서성였다. 까닭을 알 수 없는 불안과 격정은 전생의 습관처럼 그녀 곁에 있지만…… 이렇듯 집 밖으로 그녀를 끌고 나오지는 않았다. 겨울 내내 그 불안과 격정은 방에서 조용히 끓다가 결국 강렬한 힘으로 그녀를 집 밖으로 끌어내었다.
남편은 이불을 모두 걷어차버린 채 깊은 잠에 빠져 있다. 그녀는 남편의 어깨를 조금 흔든다. 남편은 뒤척이며 옆으로 돌아눕는다. 그녀는 다시 한번 남편의 어깨를 세차게 흔든다.
"잠깐만 눈을 떠봐요."

그녀는 아까보다 더 힘껏 남편의 한쪽 어깨를 흔든다.

"으응. 무슨 일이야……"

그는 눈을 감은 채 머리를 흔들며 일어나 앉는다. 그녀는 그의 가슴에 얼굴을 묻는다.

"우리 이사해요."

"뭐!"

남편은 갑자기 눈을 번쩍 뜬다.

"지금 뭐라고 한 거야?"

"이사, 이사하자구요."

"지금 제정신이야. 이사한 지 얼마나 됐다구."

"그래도 해요."

"당신 어젯밤에 또 그 방에서 꼬박 밤을 새웠지?"

그녀는 남편의 눈을 쳐다보며 아무 대답도 하지 않는다.

"자아. 잠을 안 자니까 자꾸 쓸데없는 생각을 하는 거야. 이상해. 당신 점점 이상해져가. 당신이 원하는 방을 갖고부터 말이야."

"……"

"저 방에 있는 걸 모두 치우고 다른 용도로 사용하자. 그래, 요즘 유행하는 작은 홈바나 그런 거 말이야. 온갖 종류의 미니어처 술병들을 진열해놓고 멋진 탁자와 의자를 놓는 거야. 거실에 있는 오디오도 갖다 놓구 말이야. 식사를 끝내고 아이가 텔레비전을 보고 숙제를 하는 동안 우리는 그 방에서 음악을 틀어놓고 차나 술을 마시는 거야. 아이 몰래 사랑도 잠깐 나누고 말이야. 어때? 사실 나는 그런 방을 결혼하기 전부터 갖고 싶었던 것 같아. 생각해보면 나도 내 방이 없잖아? 그치, 그렇게 하자."

남편의 말에 그녀는 고개를 조용히 흔든다.

"좀더 자요. 난 조금 있다 아침 준비를 해야겠어요."

"휴우. 잠을 다 깨워놓고 자라니. 당신, 정말 왜 그래. 아무리 생각해도 나는 점점 당신을 알 수 없어."

남편은 벌떡 일어나 현관문 우유 구멍으로 밀어넣어진 신문을 꺼내 들고 화장실로 들어간다. 화장실 문이 소리나게 닫힌다.

"엄마! 학교는 꼭 가야 해?"

책가방을 메고 도시락과 신발 주머니를 든 아이가 불만에 가득 찬 목소리로 말한다.

"그게 무슨 말이야! 학교를 가기 싫다니."

구두를 신고 있던 남편은 아이의 어깨를 꽉 잡고 흔들어댄다.

"아야! 아빠, 아파."

"아프라고 한 거야."

남편은 새벽잠을 깨운 그녀를 쳐다보며 마치 애도 당신을 닮아 골치 아파, 하는 시선을 보낸다.

"엄마, 왜 학교는 꼭 가야 해?"

"……글쎄다."

그녀는 한 손으로 긴 생머리를 쓸어올리며 아이와 남편에게 말한다.

"다들 다녀와요."

현관문이 거칠게 닫히고 밖에서 아이와 남편이 실랑이를 벌이는 소리가 난다.

"한 번만 더 그런 소리 했다간 두들겨맞을 줄 알아!"

"씨이, 아빠는!"

그녀는 문밖의 소리를 들으며 부엌으로 걸어간다. 부엌 창문으로 학교로 가는 작은 아이들의 작은 가방이 보인다. 그녀는 찬장에서 참나무통을 꺼내 자신의 방으로 들어간다.

늘 그렇듯 아이가 학교에서 돌아올 때까지 그녀는 이 방에서 꼼짝도 하지 않고 있을 것이다. 그녀는 컴퓨터 책상 옆에 놓여 있는 아령을 잡는다. 아령을 들고 그녀는 몇 번 팔을 폈다 굽혔다 해본다. 그때 청년은 인생의 정점에 있었다. 곧 아름다운 신부를 맞아 새 집으로 들어갈 행복에 취해 있었다. 모든 것이, 이제 새롭게 시작될 서막에 있었다. 아무도, 그 자신까지도 생의 무자비한 복병이 숨어 있으리라고는 상상하지 않았다. 청년의 얼굴에서 운명의 어떤 예감도 그녀는, 찾아볼 수 없었다. 운명은 예감할 수 없기에 운명인가.

그녀는 책상 맨 아래칸 서랍을 연다. 우편물이 있다. 그것들은 주인을 잃어버린 것도 모르고 보내져온다.

이현수.

결제가 남은 크레디트 카드 대금, 연체가 된 생명보험회사, 서울이동통신, 그리고 이미란이라는 이름으로 보내진 편지…… 그녀는 그를 알 수 있는 많은 정보를 갖고 있다. 한 번이지만 그의 얼굴과 목소리조차 잊지 않고 있다. 그의 손때가 묻은 아령, 또한 있다. 전화 벨이 울린다. 그녀는 이 방에서 나가고 싶지 않다. 벨은 쉽게 그치지 않는다. 마치 그녀가 있다는 것을 안다는 듯이, 그녀와 내기를 하듯이 울려댄다. 그녀는 꺼낸 우편물을 다시 서랍에 넣고 소주를 한 잔 마신다. 두 잔째 술을 따르자 전화 벨은 그친다. 그녀는 책과 책상과 286 컴퓨터와 그리고 아령을 손에 쥐고 천장을 바라보며 눕는다. 알코올이 혈관을 타고 맹렬한 속도로 돌기 시작한다. 그녀는 아령을 힘있게 쥐고 눈을 감는다. 종소리가 울린다. 사리돈이 필요하다.

"엄마! 나 왔어!"

그녀는 눈을 번쩍 뜬다. 그리고 방문을 열고 빠르게 현관문을 연다. 아이는 가방을 손 하나 까딱하지 않고 어깨만을 좁힌 채 흘러내려놓는다. 그녀는 아이를 향해 웃으며 얼굴 여기저기에 입을 맞춘다. 아이의 몸에서 먼지 냄새가 풀썩 난다.

"엄마, 또 술 먹었어?"

"아니."

"냄새 나."

"냄새는 무슨?"

"……나, 엄마한테 하고 싶은 말이 있어."

"뭔데."

"혼날 거야. 혼내지 않겠다구 약속하면 말할게."

"무슨 말인데. 들어봐야 혼을 낼지 안 낼지 알지."

"씨이. 그럼 말 안 할래."

"알았어. 혼 안 낼게."

아이는 그녀의 눈을 뚫어지게 쳐다본다.

"나쁜 년."

"……!"

그녀는 아이 귀 밑의 보송보송한 솜털을 본다. 생각보다 진통 시간은 길지 않았고 간호사가 하얀 무명 천으로 싼 아이를 보여주었을 때 그녀는 죄의식을 느꼈다. 언제 아이를 가졌는지 기억에 없

다. 신혼초 그 어느 달의 매일매일의 잠자리 중 한 날이었을 것이
다. 불규칙적인 생리로 산부인과 병원에 갔다가 임신 4개월이 훨
씬 지났다며 늙은 여의사가 한심하다는 눈길을 주었다. 결혼이 특
별한 일 없이 한 아이를 갖는다는 것을 의미한다는 걸 생각해보지
않았다. 갑자기 기습 공격을 당한 사람처럼, 그녀는 산부인과 병원
앞에 쭈그리고 앉아 지나가는 사람들을 쳐다보았다. 사람들은 묵
묵히 그녀 앞을 지나갔다. 더러 뛰고 웃으며 지나가는 어린아이들,
재잘거리며 그녀 앞에 스커트 자락을 펄럭이는 조심성 없는 여고
생들…… 그런데 그들에게서 풍겨나오는 불안의 냄새. 불안! 그녀
는 병원으로 뛰어들어갔다. 진찰실의 문을 벌컥 열고 여의사의 가
운을 두 손으로 와락 잡았다. 난 아이를 낳을 수 없어요, 왠지, 알
아요, 하고 소리치며 손으로 창문 밖의 쨍쨍한 하늘을 가리키고 의
식을 잃었다.
　아이는 몹시 불안한 눈빛으로 그녀를 쳐다본다. 그녀는 그 눈빛
의 정체를 알고 있다. 불안! 그녀는 오랫동안 아무 말 없이 아이의
눈을 쳐다본다. 그리고 힘껏 아이의 뺨을 갈긴다. 아이가 비틀거린
다. 하지만 쓰러지거나 울지 않는다. 아이의 한쪽 뺨이 금방 벌겋
게 부풀어오른다. 아이는 파란 장미 무늬가 있는 커튼만 보고 있
다. 그녀는 아이를 비켜 부엌으로 가 냄비에 물을 붓고 찬장에서
라면을 꺼낸다.
　땀을 뻘뻘 흘리며 아이는 뜨거운 라면 가닥을 마구 입으로 집어
넣는다. 씹지도 않고 삼킨다.
"천천히 먹어."
"……"

“제발 천천히 먹어!”

“……다 먹었어.”

그녀는 라면 국물만 남은 아이의 그릇을 본다. 아이는 일어나 신발장 위의 농구 볼을 안고 서 있다.

“나가 놀아도 돼요?”

아이가 존댓말을 쓴다. 그녀의 머릿속에서 아득한 종소리가 들린다. 종소리는 점점 가까이 오고 이젠 바로 귀 옆에서 망치로 내리치는 것 같다. 그녀는 고개를 끄덕인다. 아이는 현관문을 소리 없이 닫고 집을 나간다. 아이는 9년 4개월을 살았다.

그녀는 퉁퉁 불어터진 라면을 아이보다 더 빠르게 먹는다. 입 안으로 들어가고 삼키고. 종은 깨질 것 같은 소리를 낸다. 땡. 땡. 땡…… 따르릉…… 종소리 사이에 전화 벨이 울린다. 그녀는 한 걸음에 수화기를 잡는다.

“여보세요. 여보세요.”

“나야, 성희. 빨리도 받는다. 애인 전화 기다렸어?”

“……”

“나와, 한잔하구 들어가.”

성희는 구원이다. 그녀는 수화기를 놓고 화장대 거울 앞에 선다. 햇빛을 보지 못한 얼굴은 노란 꽃들이 피어 있다. 눈 밑으로 짙은 보랏빛 그늘이 앉아 있다. 그녀는 얼굴로 흘러내리는 긴 머리카락을 하나로 모아 큰 핀으로 고정시킨다. 그리고 식탁 의자 위에 걸쳐둔 베이지색 카디건을 걸친다.

맑은 햇살이 눈에 와 닿자 눈두덩이 뜨거워진다. 너무 오래 햇빛을 못 본 탓이다. 연한 보라색의 라일락 향이 코끝에서 맡아진다.

현기증…… 심은 지 삼사 년 되었을 벚꽃나무에 작은 꽃들이 시들고 있다.

그녀는 아이를 찾는다. 아이는 보이지 않는다. 그녀는 아이들이 노는 소리가 나는 방향으로 뛰듯이 걷는다. 단지 안 놀이터에는 겨우내 집 안에 갇혀 있던 아이들이 정글짐에 오르거나 미끄럼을 타고 있다. 그녀는 한눈에 자신의 아이를 찾지 못한 채 이리저리 다른 아이들 속을 헤맨다. 어디선가 엄마, 하고 아이가 불러주기를 바란다. 엄마, 하고 부르는 소리는 들리지 않고 아이도 보이지 않는다. 그녀는 놀이터를 지나 노인정이 있는 샛길을 향해 걸어간다. 파란 트레이닝복을 입은 아이가 농구 볼을 발끝으로 굴리며 벤치에 앉아 있다. 그녀는 아이의 이름을 부르며 한 손을 높이 쳐든다. 아이는 그녀를 향해 고개를 돌리다 말고 푹 숙인다. 그녀는 빠르게 아이 앞으로 걸어간다. 그녀는 앉아 있는 아이의 머리를 카디건으로 감싼다.

"가자. 집에 가서 오락하고 놀아. 엄마 잠깐 나갔다 올게."

아이는 그녀에게 손을 잡힌 채 발끝으로 돌멩이를 차며 따라온다.

"올 거예요?"

아이는 불안에 눌린 눈으로 그녀의 눈치를 살핀다.

"그럼. 신촌 이모한테 잠깐 갔다 오는 거야. 엄마 올 때까지 오락하고 만화 보고 있어."

아이의 표정이 환하게 밝아진다. 아이는 좀 전의, 그러니까 라면을 급하게 먹고, 뺨을 모질게 맞고, 혼내지 않겠다는 엄마의 배신과 처음으로 엄마에게 한 욕…… 그 모든 것을 순간 잊는다. 아이는 농구공을 그녀 앞에 내밀며 갑자기 와락 울음을 터뜨린다.

"아이들이 놀아주지 않아. 자꾸 놀리기만 해."

"괜찮아. 시간이 지나면 친구들이 생길 거야."

"우리집으로 가. 거기 가면 내 친구들이 있어. 내 농구공을 얼마나 부러워하는데."

아이의 농구공에는 유명 선수들의 사인이 있다. 그 덕에 그 전 집에선 아이는 몇몇 친구를 가질 수 있었다. 아이는 다시 농구공으로 이곳에 적응을 하려고 했나보다. 그러나 아이의 계산은 빗나가고 그리고 울고 있다.

그녀는 아이의 뺨에 흘러내리는 눈물을 두 손으로 닦아준다. 그리고 엘리베이터의 버튼을 누르고 아이한테 현관문의 키를 건네준다. 엘리베이터가 열린다. 자기의 가슴보다 큰 농구공을 두 손으로 안은 아이는 엘리베이터에서 그녀를 쳐다보며 여전히 눈물을 멈추지 않는다. 엘리베이터가 닫힌다. 그녀는 앞머리를 쓸어올리며 핀을 빼서 다시 한번 머리카락을 단단히 고정시킨다.

꽃과 호수가 있는 곳. 어서 오세요. 일산입니다. 화원마다 나팔수선화와 호접란과 튤립·팬지가 줄을 서 있고, 그 너머에는 초록의 밭들이 보이고 또 그 너머에는 낡은 철길이 보이고, 때론 석양 속으로 기차가 느리게 지나가는 것을 버스 창을 통해 볼 수 있다. 작년 이맘때 그 청년도 이 길을 지나며 이것들에 마음을 두었을 것이다. 다음달에 장가를 가거든요. 하하핫…… 청년의 웃음 소리가 그녀의 귓가에 쟁쟁 울린다. 장가를 가거든요. 장가를…… 청년은 장가를 가지 않았다. 가지 못했다. 그녀의 방에 누워 있거나 앉아 있거나 서 있거나 천장을 기어오르거나 하면서 그녀 옆에 있다. 그녀는 그에게 매달 보내지는 우편물을 그 방안에 둔다. 어쩌면 그는 그 우편물 때문에 그녀의 방에 있을지 모른다. 그녀는 좌석 버스의 손잡이를 잡고 출구 쪽으로 비틀거리며 나간다.

나무문의 손잡이를 열고 들어서자 어두컴컴한 실내에 성희는 촛불을 켜고 있다.

"무슨 비밀스런 신전 같구나."

"신전이지. 좀 있으면 가여운 영혼들이 이곳에 찾아들어 자신의 영혼을 위해 술을 마시지. 난 여사제 아니니. 외롭고 지친 목마른 영혼들에게 술을 주는…… 공짜는 아니지만. 앉아. 맥주 줄까?"

"소주 있으면 줘."

"넌 우리집에 소주 빼고는 다 있다는 걸 아직도 모르니? 잠깐 기다려. 사실 나도 소주가 마시고 싶었거든. 가게 가서 사올게."

성희가 빠져나간 카페는 더더욱 깊은 동굴 속에서 영혼들을 불러내는 곳같이 여겨진다. 그런 책을…… 읽은 적이 있다. 영매의 입을 통하지 않고도 거울과 촛불만으로도 영혼을 불러내 교신할 수 있다는…… 간절히 불러낸 그 영혼을 볼 수도 있고 말을 주고 받을 수도 있다는 내용이다. 영혼들은 한결같이 환한 빛에 싸여 나는 행복하단다. 너는 자기 몫의 인생을 다 살아내라. 그런 다음, 우리 만나자, 라고 한다든가. 믿을 수 없다. 모든 영혼들이 아무런 차별도 없이 하얀 빛에 싸여 있다는 것이…… 삶의 채무를 끝내지 못한 영혼은 산 자와 어떤 거래를 해야 한다. 거래…… 거래를 해야 한다. 거래를. 아령과 체납된 물건 대금이 적혀 있는 BC카드 주식회사의 고지서와 울리지 않는 삐삐 사용료와 그의 죽음을 통고받지 않은 생명보험회사와 그의 죽음을 모르고 편지를 보내는 낯

모르는 여자가 소용돌이친다.

갑자기 한 줄기의 햇살이 주방에 일직선으로 뻗치더니 문 닫는 소리와 함께 어둠에 묻힌다.

"자아, 마시자."

위스키 잔을 두 개 꺼내 소주를 따르며 성희는 그녀의 얼굴을 힐끔 쳐다본다.

"무슨 생각을 하고 있니?"

"그냥 밤에 컴퓨터에 앉아 있으면 무언가가 자꾸 나를 흔들어대면서 그보다 더 중요한 일이 있다고 신호를 보내는 것 같아."

"그 죽었다는 남자? 홋홋. 괜히 숙제를 하기 싫으니깐 도망가는 거 아니야."

"꼭 그런 것만은 아닐 거야. 뭔지…… 나도 잘 모르겠어."

"다 미신이야. 몸이 허해서 그래. 원래 귀신들도 대가 센 사람들한테는 아예 근접도 안 한다구 하잖아. 뭔가 들러붙어서 얻어먹을 것이 있는 사람들한테 자꾸 온다구. 나 봐라. 이 카페가 그 전에 불이 나서 세 명이 죽었던 장소 아니니. 자꾸 니가 쓸데없이 신경을 써서 그래."

"그럴까?"

"참, 재미있는 소식 하나 전해줄까?"

"뭐?"

성희는 담배에 불을 붙이며 재미있다는 듯이 시간을 끈다.

"얼마 전에 박승주가 왔었어."

"응?"

그녀는 소주를 단숨에 털어넣는다.

“이혼했대. 그럴 줄 알았어.”

“……”

“니 안부를 묻더라.”

여자의 마지막 말이 생각난다. 승주오빠는 내 사람이에요. 오빠와 결혼하기 위해서 나는 무슨 일이든 할 거예요. 그녀는 그때 승주가 자신을 선택하기만 기다렸다. 불안과 시간의 풍화 작용과 뒤바뀌는 계절에 대한 내용의 편지만을 줄기차게 쓰면서. 그 편지들은 보내지지 않았다.

“남의 눈에 피눈물 내는 인간들은 끝이 좋지 않지. 고소해서 죽을 뻔했어.”

“그 말 하려고 오라구 했니?”

“응.”

“늙어가면서 심술만 느는구나.”

“그 사람이 너를 만나고 싶어하는 것 같아. 정확하게 그렇게는 말하지 않았지만……”

“무슨?……”

“한번 만나봐. 너를 위해서가 아니라 그 사람을 위해서 말야. 나는 여기서 많은 사람들을 만나고 속사정을 나름대로 듣지 않니? 근데 말이야, 그렇더라. 자신이 저질러놓은 인연에 대해 그 당시는 모르고 어리기도 해서 그냥 상처를 주고 지나치는데 이제 자신이 무슨 짓을 했는지 알았을 때 받아줄 사람이 없어 괴로워하는 거 말이야.”

“그래서 여기에 너가 있잖아.”

“나는 그저 하소연의 대상일 뿐이야. 좋은 마음으로 한번 만나.”

"……갈래. 그리고 앞으로 다시는 그 사람 이야기 내 앞에서 하지 마."

"무섭다, 얘. 너 아직 그 사람에 대한 감정이 있니?"

봄날의 저녁 거리는 이상한 침묵에 휩싸여 있는 듯하다. 정류장에 서 있는 사람들이나 오가는 사람들 모두 입을 굳게 다문 채, 다시는 입을 열지 않을 것처럼 서 있거나 가고 있다. 이상한 느낌이야. 낮술을 마셔서 그런가. 다시 종소리가 들린다. 그녀는 자신의 귀를 손바닥으로 탁탁 친다. 땡, 땡, 땡…… 멀리서 그녀가 탈 차가 오고 그녀는 귀에서 손을 떼어 차도로 한걸음 걸어나간다.

아이는 불도 켜지 않은 채 텔레비전 앞에 바짝 다가앉아 오락 프로를 보고 있다. 밖의 채 지지 않은 태양빛과 텔레비전의 강렬한 빛이 아주 미묘한 느낌으로 그녀의 가슴을 훑고 지나간다.

"불을 켜라."

아이는 아무 반응이 없다. 입을 벌리고 오락 프로에 강렬하게 빨려들어가고 있다.

"불을 켜고 봐라."

그래도 아이는 꼼짝도 않는다. 그녀는 카디건을 벗어 식탁 의자에 걸쳐놓고 거실 전등의 스위치를 켠다. 형광등 불빛이 쏟아져내린다. 그녀는 식탁 의자에 앉아 부엌 창문을 바라본다. 만나기를 원한다고. 만나서…… 나는 당신의 상처에서 이미 벗어났다고 말을 해도 그는 곧 씁쓸한 기분에 빠질 거다. 아직도 상처를 갖고 있다고 한다면 그는 괴로워할 것이다. 그는 왜 이런 무모한 일들을 하려 하는 걸까. 그녀는 머리를 흔든다. 15년 전의 일이, 마치 그 한때가 오늘 아침 일어난 일처럼 투명하고 생생하게 다가온다. 난

승주오빠를 사랑해요. 당신은 그를, 아니 누구도 행복하게 해줄 수 없는 여자인 것 같아요. 혼자 사는 것이 당신에게 가장 잘 어울리는 삶이 아닌가 해요. 정말 그런 느낌이 들어요. 이건 오빠하구 상관없이 내 느낌을 말한 거예요. 가끔 내 느낌은 맞아요.

여자는 당돌했다. 그러나 그녀가 늘 불안을 느끼는 그 무언가를 알아보고 정확하게 맞추었다. 그렇다고 여자의 맞는 느낌대로 그녀는 혼자 살지 않았다. 여자를 만나고 돌아와서 그녀는 식은땀을 흘리며 승주에게 편지를 썼다. 모든 것은 당신에게 달려 있어요. 나는 좋은 아내가 될 수 있어요. 그러나 역시 부치지 않았다. 시간이 흐르고 그녀는 다시 한 남자를 만나고, 아이를 낳고, 평범하게 아주 평범하게 살았다. 그러나 가끔 그 여자의 느낌을 생각하며, 그녀는 혼자 고개를 끄덕인다.

그녀는 자신의 방문을 열고 컴퓨터 책상 밑으로 얼굴을 집어넣고 가로질러 눕는다. 머리가 무덤에 묻히는구나. 어디선가 또다시 종소리가 들리고, 지난 가을 내내 머릿속을 떠도는 노랫말이 종소리와 함께 들린다. 거울 보고…… 땡…… 땡…… 일기 쓰는…… 땡…… 땡…… 땡…… 너는 누구인가…… 땡…… 땡……

잠에서 깨어난 그녀는 화들짝 놀란다. 남편이 책상 속으로 간신히 고개를 디밀고 그녀를 내려다보고 있다.

"괜찮아? 안방에 가서 편히 누워 다시 자."

"지금 몇 시죠?"

"열한시야."

"아이는?"

"자."

“저녁은요?”

“나는 먹고 왔고 애는 라면을 끓여 먹였어.”

그녀와 남편은 안방으로 가 나란히 침대에 눕는다. 금방 남편의 숨소리가 고르게 난다. 그녀는 가만히 어두운 천장을 바라보다가 벌떡 일어나 앉는다. 그리고는 자신의 방으로 빠르게 걸어간다. 서랍에서 우편물을 꺼낸다. 그리고 편지와 가위를 들고 벽에 기대앉는다. 형광등 불빛을 받은 아령 속에 그녀의 눈이 들어가 있다. 눈은 그녀에게 뭔가를, 절실하게 요구하고 있다.

그녀는 보내는 사람 밑에 이미란이라고 씌어진 편지만을 골라 가위로 조심스럽게 자르기 시작한다. 어떤 여자일까? 죽음을 인정하고 싶지 않은 청년의 약혼녀? 아니면 제3의 여자? 아령 속에 들어 있는 검은 눈은 이제 자신의 죽음, 죽음의 실재를 알려달라고 호소하고 있다. 눈물이 가득 고여 있다.

나의 현수씨!

그녀는 긴 한숨을 쉬고 편지지를 반듯이 펴서 책장에 등을 기댄다.

여기는 선운사 동백 호텔이에요. 당신과 함께 들었던 그 방을 달라고 고집을 부렸어요. 302호실. 기억하시죠. 붉은 꽃들이 환한 전등처럼 달려 있는 동백숲도…… 그때 동백꽃이 무참하게, 갑자기 떨어지는 것을 보고 너무 무서워 발을 동동 굴러가며 울었죠. 바람도 불지 않고, 시들지 않았는데 마치 목이 잘린 것처

럼 여기저기서 수많은 꽃들이 떨어지는 것을 보고요. 전 아직 이
곳에 와서 동백꽃을 보지 않았어요. 아마 못 볼지도 모르겠어요.
다시 무섭겠죠. 그 무서움을 혼자 견딜 차신이 없어요. 그저 당
신에게 편지를 쓰고 또 쓰고 하면서 이 방에 머물겠어요. 동백이
다 질 때까지요.

　당신을 기억하기 위해, 아니 기억에서 멀어지기 위해. 어느 쪽
이든 나에겐 다 좋은 일이자 슬픈 일이겠지요. 벌써 6개월이 지
났어요. 이곳에 와서 동백 꽃봉오리가 벌어지고 무참하게 떨어지
는 것을 기다리며 당신에게 편지를 쓰는 일이요. 그러면서도 한
편으로는 그런 기대를 버리지 않아요. 당신이 혹 오지 않을까. 한
번쯤은 찾아와주지 않을까 하는 기대…… 저에겐 절대 포기할
수 없는 기대예요.

　아직도 뭐가 뭔지 모르겠어요. 왜 당신이 떠나갔는지…… 받
아들일 수가 없어요. 받아들여질 때까지 이 편지는 계속되겠죠.

동백꽃을 보지 못하는 미란이

편지의 내용으로는 알 수가 없다. 여자가 청년의 죽음을 알고 있
기도 한 것 같고 그렇지 않은 것 같기도 하다. 다시 생각해보자. 여
자는 청년의 죽음을 모르고 있다. 그러면 간단하다. 만약 여자가
청년의 죽음을 알고 있다면…… 그건 굉장히 복잡하다. 그녀는 다
시 가위를 집어든다. 그리고 또 다른 편지 봉투를 열기 시작한다.
　갑자기 방문이 벌컥 열린다.
"뭐 해!"

"······!"

"이게 도대체 뭐야?"

그녀의 손에서 남편이 편지를 낚아챈다.

"이현수가 누구야?"

"······"

"정말 미치겠군."

그는 머리를 절래절래 흔든다.

"누구냐니까! 당신 애인이야? 그런 거야? 그래서 매일 밤마다 이렇게 몰래 읽고 있는 거야?"

그녀는 편지를 달라는 손짓만 한다. 그는 그런 그녀를 멀거니 바라보다 편지를 그녀의 얼굴에다 집어던진다. 문이 꽝 닫히는 소리. 쿵쿵거리며 침실로 향하는 발소리······ 그녀는 벌떡 일어나 남편의 뒤를 따라간다.

"여보!"

그녀는 침실의 둥근 손잡이를 잡고 남편을 부른다. 방문은 굳게 잠겨 있다. 그녀는 방문을 두들기며 남편을 부른다.

"엄마, 시끄러워."

아이의 방문이 열리면서 아이가 반쯤 감은 눈으로 그녀를 향해 걸어온다.

"엄마."

"그래, 아무 일도 아니야. 이제 조용할 거니까 가서 다시 자거라."

"씨이."

아이는 남편과 똑같이 제 방문을 세차게 닫으며 방안으로 들어간다. 갑자기 모든 것이 조용해졌다. 어둠 속에서. 그녀는 비틀거리며 부엌의 전등 스위치를 켠다. 그녀는 찬장에서 소주를 꺼내고 부엌의 불을 끄고…… 그리고 다시 자신의 방문을 조심스레 연다.

흩어진 편지지를 보며 그녀는 술병을 든다. 술이 폭포처럼 쏟아져내린다.

나의 현수씨.

전 당신을 결코 잊을 수 없어요. 당신이 내 곁을 떠나도. 당신도 나를 결코 잊을 수 없을 거예요. 우리가 함께한 시간들, 그리고 잊혀지지 않는 순간의 기억들…… 열에 들뜬 당신 입술의 감촉, 그 따뜻한 살 냄새…… 모든 것이 다 돌이킬 수 없는 순간들이 되었군요. 그때 나는 그 순간의 빛남을 알지 못했지요. 이렇게 한순간이 내 평생의 슬픔이 되리라고는……

나의 현수씨.

나를 두고 가지 마세요. 나는 당신에게 너무나 익숙하게 길들여져서 당신 없이는, 당신 없이는 동백꽃을 볼 자신이 없어요. 당신은 당신에 대한 그리움만으로 내가 동백숲에 갈 수 있다고 생각하나요. 나는 아직도 승복할 수 없어요. 당신과 나의 인연이 이렇게 무참히 비껴갈 수 있는지를…… 기억을 살려봐요. 당신은 분명 그랬어요. 동백꽃이 떨어지는 것을 너 혼자 보게 하지 않겠다고. 오세요. 와주세요. 나에게…… 그저 와주기만 하면 돼요. 호텔 프런트의 청년이 아침마다 말해요. 동백꽃이 곧 질 거라구. 오세요. 그저 오기만 하면 돼요. 오시겠죠……

미란이가

그녀는 읽고 난 편지를 아령 옆에 던져놓고 방바닥에 길게 몸을 누인다. 승주가 이혼했다구. 나를 만나고 싶다고 그랬던가. 그녀는 눈을 감는다. 미란이라고 했지. 그녀는 왜 그토록 이 청년을 잊지 못하는 걸까…… 승주에 대한 내 마음은 왜 이렇게 담담한가. 감정의 배반…… 스스로를 배반하고 잊어버린다. 그녀는 한 손을 뻗어 아령을 잡는다. 아령의, 금속성의 차가운 감촉이 몸 안으로 들어온다. 텅 빈 벌판에 바람이 분다.

　나의 현수씨.
　당신을 용서하지 못하겠어요. 용서하게 해달라고 매일 자신을 향해 빌어요. 용서했으면 얼마나 좋을까. 그래서 나의 기억 속에 당신을 멀리 날려보냈으면 좋겠어요. 당신이란 존재가 나에게서 영원히 없어졌으면 좋겠어요. 당신에 대한 기억은 너무나 고통스러워요. 한 번만 와줘요. 그래서 당신에 대한 모든 걸 잊게 해줘요. 당신의 차가운 얼굴이 밤마다 내 얼굴을 덮어요. 그 얼굴을 잊게 해줘요……

미란이가

방문이 또다시 벌컥 열린다. 그녀는 일어나려 몸을 버둥거린다. 남편의 세찬 손길이 뺨에 와서 닿는다. 그녀는 비틀거리다가 아령에 이마를 받는다. 넘어진 술병의 술이 그녀의 맨발을 적신다. 남편은 그녀를 책상 쪽으로 바짝 밀어붙인다. 그리고 흩어진 편지지를 그러모은다. 종이 넘어가는 소리, 가쁜 숨소리……

“이현수가 누구야?”

“……”

“이 자가 누군데 우리집 주소로 편지가 보내져오지?”

“여기 살았던 총각……”

“그러면 반송함에 넣지, 왜 남의 편지를 뜯어보는 거야.”

“죽었어요.”

“누가?”

“그 총각이……”

남편은 깊은 한숨을 쉬며 그녀를 빤히 쳐다본다.

“어쨌든 반송함에 넣어야지. 그래야 이런 편지가 다시 오지 않지. 정말 당신 갈수록 왜 그래. 당신이 원하는 방을 가졌잖아. 이 방에서 당신이 하는 일을 사람들이 이해할 수 있다고 생각해?”

“모르겠어요. 나도, 나도 내가 왜 이러는지……”

“제발 정신을 차려. 난 당신이 글이라도 쓰고 있는 줄 알았지. 그래서 그 정도는 참아주어야 한다고 생각했어. 그런데 이게 뭐야. 앞으로 이 방에 들어오지 마. 이 방은 당신을 점점 이상하게 만들어. 이상한 방이야. 이 방을 잠가버릴 거야. 자아, 일어나.”

“아, 그러지 말아요.”

남편은 그녀를 일으켜세운다. 그녀는 무릎이 푹 꺾인다. 그녀는 발이 질질 끌린 채 안방 문턱까지 와서 완강히 방문을 잡고 버틴다.

“당신은 평범한 여자가 되는 걸 배워야 해. 내가 이젠 스파르타, 그래 스파르타식으로 가르칠 거야. 우리 가족을 위해서 말이야. 술도 이젠 마시면 안 돼! 성희씨도 만나지 마! 그 여자는 당신에게 이로울 것이 없는 여자야. 그저 술집 여자에 불과해. 당신이 이렇게 된 것은 그 여자 탓일지도 몰라. 그리고 글도 쓰지 마. 나는 당신이 처음에 글을 쓴다는 것이 마음에 들었어. 뭔가 남달라 보였다구. 그런데 그것이 당신을 망치고 가족을 불행하게 해. 당신이 안 쓴다고 세상이 어떻게 되지 않아. 그건 알지? 당신. 그리고 당신이 글을 발표한 지도 벌써 오래 전의 일이잖아. 이제 신경 쓸 게 없다구. 모두 당신을 잊었다고. 잊혀졌다는 건 한편으론 좋은 일이야. 사는 일이 쉬워진다는 거야. 이제 당신은 나의 아내이고 아이의 엄마로 만족하고 그 속에서 행복을 느끼며 사는 방법을 배워야 해. 내가 그걸 배우게 해줄게."

그녀는 남편의 손을 휙 뿌리친다.

"난 내가 어떻게 해야 행복해지는지 알아요."

"그래, 그게 뭐야?"

"죽는 거예요. 완전히 사라지는 거예요."

"참, 미치겠군. 처음에는 컴퓨터를 들여놓고 다시 글을 써본다고 했지. 그리고 방이 필요하다고 내가 출장 간 사이에 집을 계약하고. 그 정도면 됐지 않아? 그 모든 것의 결과로 이런 미친 짓을 하는 당신 자신을 발견했잖아. 그런데 이젠 죽고 싶다니! 자아. 지금 너무 신경이 예민해져서 별생각이 다 드는 걸 거야. 재워줄게. 자자."

침대에 그녀를 눕힌 남편은 그녀의 가슴속으로 두 손을 밀어넣는다.

"싫어요!"

"가만있어. 오늘은 당신의 모든 것을 바꾸고 말 거야."

"싫어요. 싫어! 날 그렇게 못 견디겠으면 날 쫓아내요!"

　남편의 눈빛이 번들거린다. 그녀는 그 눈빛에 쫓겨 눈을 감아버린다. 몸은, 몸은 이미 그녀를 떠났다. 남편은 반응 없는 몸을 잡고 안간힘을 쓴다. 땀방울이 그녀의 얼굴에 빗방울처럼 떨어져내린다.

"날 사랑해?"

"……"

　수많은 사랑의 말들. 그 말들을 소설 속에서 열심히 피해다녔다. 그 말들을 거대한 애드벌룬 속에 가득 집어넣고 광화문 한가운데다 펑 폭파시키고 싶다.

　그는 뜨거운 정액 대신 깊은 한숨을 그녀의 배 위에다 토해낸다. 그리곤 그녀 옆으로 기우뚱 쓰러져 엎어진다.

"내일부터 저 방에 들어가면 안 돼. 그리고 아주 정상적이고 평범한 여자들처럼 하루를 사는 거야. 이틀을 살고 열흘을 살고 일 년을 살고…… 그러다 보면 당신은 누구보다도 건강해질 거야. 저 방은 이제 닫혀진 방이야. 아무도 저 방에 들어갈 수 없어. 내일 나무 판자를 사다 아예 못질을 해놓겠어. 그만 자. 아무 생각 말구 자는 거야. 난 일어나서 아이 아침 먹이고 출근할게."

　잠…… 시계의 시침은 6시를 넘고 있다. 꿈 없는, 아주 먼 곳까지, 다시는 되돌아올 수 없는 곳까지 갈 수 있다면……

"이젠 잠을 잘 수 없을 것 같아요."

"수면제를 줄게."

"수면제?"

"그래, 난 당신이 밤마다 저 방으로 갈 때마다 수면제를 먹곤 했지. 매일은 아니지만. 아주 가끔 말이야."

남편은 양복 안주머니에서 아주 작은 갈색의 약병을 꺼내 그녀에게 보여준다.

"한 알만 먹어야 돼. 두 알을 먹으면 아마 하루종일 잠만 자게 될 거야."

남편은 길쭉한 파란 알약을 그녀의 손바닥에 놓아주고 보릿물이 담긴 컵을 그녀의 다른 손에 쥐어준다.

"어서 먹어. 잘 수 있을 거야."

그녀는 남편의 눈을 한번 쳐다보고 그가 눈을 두세 번 깜박이자 알약을 입 안으로 집어넣고 미지근한 보릿물을 마신다.

"이제 누워. 그리고 두 눈을 꼭 감고 하나에서 천까지 세는 거야. 천까지 세기 전에 당신은 잠들 거야."

그녀는 두 눈을 감는다. 하나, 둘, 셋……

집 안이 물 속에 잠긴 듯 조용하고 어둑어둑하다. 비가 오는구나. 그녀는 귀를 예민하게 열어놓는다. 홈통으로 빗물이 쏟아져내린다. 어젯밤, 무슨 일이 일어났지? 미란이…… 승주…… 아이의 졸린 눈…… 남편의 성난 모습…… 너무나 많은 일들이 한꺼번에 일어났지. 그 모든 것이 오래 전에 본 영화처럼 비현실적으로 스쳐지나간다. 이제 그 방은 닫혀진 방이야. 알았지! 그녀는 두 눈을 번쩍 뜬다. 닫혀진 방. 남편은 분명 그렇게 말했다.

그녀는 자신의 방문 앞에 서서 둥근 손잡이를 돌려본다. 문은 열리지 않는다. 그녀는 시멘트 바닥에 놓인 물고기마냥 가쁘게 숨을 몰아쉰다. 목이 조여온다. 그녀는 현관문을 열고 엘리베이터를 본다. 12층에서 멈춰 있다. 그녀는 그대로 계단을 뛰어내려간다.

"그래서 이렇게 미친년처럼 비를 맞고 뛰어온 거야?"

"숨이 막혀."

"니 남편도 불쌍하다. 오죽하면 그러겠니? 니 남편 마음 백 번 이해해. 하지만 방문을 잠그는 건 너무 심하다. 니가 사춘기 소녀도 아니구. 열쇠 수리공을 불러 몰래 열쇠를 만들어. 니 남편이 눈치채지 못하게 몰래몰래 들어가."

"……그러고 싶지 않아."

"왜? 니 남편이 그것 때문에 이혼이라도 하자고 그럴까 봐 겁나?"

"갑자기 그런 생각이 들었어. 그 방은 아직 내 방이 아니라는……"

"그게 무슨 말이야?"

"……그래, 내 방이 아니야."

"애가 미쳤나. 이상한 말을 하네. 그건 그렇고 박승주, 그 사람 요즘 매일 밤마다 여길 와서 술 마신다."

"술집이니까 술 마시러 오겠지."

"기집애. 어제는 술에 잔뜩 취해가지고 너는 언제 오냐구 묻더라. 그래서 가끔 낮에 온다구 했다. 그런 도끼눈 뜨지 말아. 너무 절박해 보여서 나도 모르게 말이 나왔어."

"……쓸데없는 짓을 했구나."

"알았어. 미안해. 나, 남대문 시장에 가서 안줏거리하고 양주를 사야 하는데 여기 좀 있어라."

성희가 우산과 지갑을 들고 나무로 만든 카페 문을 열자 빗소리가 세차게 들려온다. 사람들은 우산으로 얼굴을 깊숙이 가리고…… 걸어가고 있다. 그녀는 투명한 소주잔을 바라보며 중얼거린다. 죽음과 절망의 색은 어떤 걸까. 그녀는 술을 따르고 그것을 단숨에 털어넣는다. 다시 한잔 따르고…… 그녀는 카페 문을 조금 열어놓는다. 빗소리가 다시 세차게 들려온다.

전화 벨 소리가 울린다. 바람에 문이 덜컹거린다. 빗소리는 점점 세차게 들린다. 전화 벨 소리는 쉽게 멈추질 않는다. 그녀는 수화기를 든다. 바람에 카페 문이 활짝 열린다.

"여보세요."

비에 젖은 건물이 그녀를 빤히 쳐다보고 있다.

"당신이야! 어떻게 된 거야!"

"어떻게 전화…… 했어요."

"여기 집이야. 아이가 이 빗속에 현관문이 잠겨서 못 들어가고 있었잖아. 거긴 왜 간 거야? 술 마셨어?"

"……"

"당신 도대체……"

그녀는 수화기를 내려놓는다. 다시 벨이 울린다. 그녀는 일어나 촛불에다 불을 붙인다. 바람에 불이 자꾸 꺼진다. 벨은 계속해서 울린다. 그녀가 손 가리개를 하고 스무 개가 넘는 촛불에 불을 붙였을 때에야 벨 소리는 끊어진다. 언제나 갈 곳을 잊어버리곤 했지. 친구들과 어둑어둑해질 때까지 골목에서 놀다 고개를 들어보면 언제나 혼자였지. 그리고 수많은 골목들 속에서 자꾸 집으로 가는 길을 몰라 헤맸지. 머릿속으로는 저 골목을 돌면 우리집인데…… 그랬는데 왜 자꾸 다른 골목들을 헤매며 다녔는지 몰라. 그녀는 촛불을 들고 낡은 거울 속의 얼굴을 보며 중얼거린다. 갑자기 불꽃이 일렁이며 바람이 카페 안으로 몰아쳐온다. 불꽃이 일제히 한쪽으로 길고, 격렬하게 타오르다 꺼진다. 어둠 속에서 문이 소리나게 닫힌다.

그녀는 다시 성냥을 긋는다. 거울 속에 그런 그녀를 물끄러미 바라보는 한 얼굴이 있다.

"오랜만이야. 나야."

그의 손에는 그녀가 마시던 소주병이 들려 있다.

"술 마시니?"

"……"

"앉자. 얼굴을 똑바로 보고 싶어."

승주는 두 손으로 그녀의 어깨를 잡고 자신의 앞으로 돌려세운다.

"하나도 변하지 않았구나."

"촛불 때문에 그래. 바람이 불면 촛불이 꺼져."

"그래? 앉자."

그는 카운터 테이블에 가 앉는다. 그녀는 테이블 중간에 촛농을 떨어뜨린다. 그리고 초를 세우고 불을 붙인다.

"잘 산다구…… 성희씨가 그러더군. 그럴 줄 알았지. 썩 잘된 일이야. 집을 사서 이사를 했다구?"

"……내 방이 생겼지. 그런데 내 방이 아니야. 내 방인데 내 방이 아니야."

"담배 피울래?"

그는 불을 붙인 담배 한 개비를 그녀에게 내민다. 그녀는 담배 연기를 깊숙이 빨아들인다. 곧 심하게 기침을 한다.

"담배는 피우지 않아. 옛날에는 피웠지. 지금은 피우지 않아."

"그 여자는 지금도 담배를 피워. 완전히 골초가 됐지."

그는 어깨를 으쓱해보인다.

"성희씨한테 내 이야기 들어?"

"아니. 성희한테는 내 이야기만 해. 방 말이야."

"……그래, 그렇군."

"……"

"파산이야. 완전히. 일부 있는 재산은 아내 명의로 돌리고 그것에 손대지 못하게 하려구 이혼했어. 사실 진작부터 하고 싶은 이혼이긴 했지만. 구실이 있으니깐 기분이 썩 좋아. 나, 미국 가. 다신 이 땅에 돌아오지 않을 거야. 한번 보고 싶었어. 다른 뜻은 없어. 여권을 받고 여관방에 들어오니까 한번 널 보고 가야 한다는 생각이 갑자기, 아주 갑자기 들었어. 처음엔 내가 너한테 못할 짓을 해서 가슴에 맺혀서 그런가 하는 생각이 들었어. 그런데 꼭 그런 건 아니야. 연애하다가 다른 여자와 결혼하는 놈이 어디 나 하나뿐이겠어. 그러니 마음의 빚갚음도 아니지. 사람들을 찾아다니며 때늦게 마음의 빚갚음을 할 만큼 개과천선한 것도 아니구 말이야. 그냥, 왠지 이 나라를 떠난다구 하니까 니 얼굴이 보였어. 그뿐이야."

"……남편이 방을 잠가서가 아니야. 그 방에 발을 들여놓는 순간부터……"

그의 손이 그녀의 한쪽 어깨를 가볍게 누른다.

"가야 해. 시간이 다됐어. 봐서 됐어. 이젠 된 것 같아."

다시 빗소리가 세차게 들리고, 촛불이 꺼지고, 빗소리에 섞여 종소리가 땡, 땡…… 마치 망치로 두들기는 것처럼 귀를 파고든다.

"방은 나에게 문을 열어주지 않아. 난 그 방에서 뭔가 나를 찾고 싶었는데⋯⋯”

열린 카페 문 밖으로 한 남자가 우산도 없이 빗속을 천천히 걸어
간다. 건물 모퉁이에서 그는 사라진다. 그녀는 텅 빈 비 내리는 거
리를 바라보다 벌떡 일어나 빗속으로 뛰어나간다.

그는 어디에도 없다. 그녀는 빗물이 흐르는 우산에 몸을 부딪히
며 사거리에 서 있다. 환영이었나. 그녀는 고개를 갸웃거린다. 손
에 피우다 만 담배 개비가 들려 있다. 이제, 그를 다시는 볼 수 없
다는 일종의 깨달음 같은 것이 들자 차도로 나가 손을 흔든다. 택
시가 쉽게 잡히지 않는다. 눈으로 빗물이 들어온다. 구두 속은 빗
물로 가득 찼다. 쏟아지는 빗속에서 그녀의 두 눈은 광기에 가득
찬 사람의 그것마냥 번득인다. 빈 택시가 그녀 앞으로 달려오고 있
다. 우산을 쓴 한 여자가 그녀 앞으로 뛰어오며 택시를 세운다. 그
녀는 우산을 빼앗아 인도로 집어던지고 그 여자보다 먼저 택시 문
을 연다.

“아저씨, 빨리 일산으로 가주세요. 두 배로 드리겠어요. 아니 달
라는 대로 드릴게요.”

우산을 집어든 여자는 택시를 가로막고 그녀를 향해 우산을 휘
두른다. 운전사는 재빠른 솜씨로 여자를 피해 차를 몬다.

현관문 앞에서 그녀는 빗물을 뚝뚝 떨어뜨리며 열쇠 구멍에 열
쇠를 밀어넣는다. 열쇠가 돌아가기도 전에 문 안에서 누구세요, 하
는 소리가 들리자 그녀는 열쇠를 도로 빼 카디건 주머니에 넣는다.

문이 열리고 남편의 놀란 눈이 그녀를 보고 있다. 그녀는 젖은
발로 남편을 지나쳐 안방으로 걸어들어간다. 그리고 남편의 양복
주머니를 뒤진다. 어젯밤 자신이 먹은 수면제가 든 작은 갈색의 병

이 나오고 몇 장의 명함이 나오고 담배와 열쇠가 따라 나온다. 그 녀는 갈색의 병을, 명함을, 담배를 침대 위에 던지고 열쇠를 꼭 쥔 채 자신의 방문 앞으로 가 선다. 열쇠 구멍 속으로 열쇠를 밀어넣 고 손잡이를 돌린다. 남편은 현관문 앞에서 그녀가 비껴간, 그 자 세로 굳은 듯 서 있다.

방안은 깨끗이 정돈되어 있다. 그녀는 책상 안쪽 깊숙이 놔두었 던 여행용 가방을 꺼낸다. 가방은 신혼 여행 가방으로 남편과 함께 고른 것이다. 그녀는 가방을 들다가, 다시 가방을 내려놓고 그 속에 다 아령을 집어넣고 자신의 방을 나온다. 다시 열쇠로 잠그고 여직 그 자리에 서 있는 남편의 손에 열쇠를 쥐어준다.

"도대체 왜 이러는 거야?"

그녀는 남편의 말이 끝나기도 전에 빗물에 흠뻑 젖은 구두를 다 시 신고 막 밖에서 들어오는 아이와 마주친다. 아이의 놀란 눈 빛…… 그녀는 계단을 내려간다.

그녀는 고속버스 터미널 플라스틱 벤치에 앉아 있다. 몸에서 김 이 피어오른다. 그녀는 약간의 한기를 느낀다. 30분. 30분이면 그 녀가 탈 차가 온다. 그녀는 공중 전화 부스를 바라본다. 대여섯 사 람이 길게 줄지어 서 있다. 그들은 한결같이 우산을 접고 가방을 들고 있다. 그녀는 구두에서 발을 빼낸다. 구두 속에서 벗어난 발 은 퉁퉁 불어 있다. 그녀는 구두를 털고 다시 발을 집어넣고 플라 스틱 벤치에서 일어나 사람들이 줄 서 있는 공중 전화 부스 앞으로 걸어간다.

사람들은 오랫동안 수화기를 붙잡고 말하고 있다. 그녀는 앞에

선 청년의 뒤통수를 바라본다. 청년의 뒤통수는 쓸쓸하다. 통화가 길어질 그런…… 그녀는 청년의 뒤통수를 비껴 이젠 비가 개인, 그러나 여전히 우중충한 하늘을 쳐다본다.

"나와. 나 곧 서울을 떠나. 가기 전에 너를 한번 보고 갈 거야."

목소리는 사뭇 비장하다. 수화기 너머 청년의 전화 상대자는 갈 수 없는 사정을 오랫동안 설명하는 모양이다. 아니면 안 된다는 단 한마디를 하고는 깊은 침묵에 빠져들었는지도 모른다.

"나와줘. 부탁이야."

청년은 오른손에 잡은 수화기를 왼손으로 바꿔 잡는다. 그리고 침묵.

"기다릴 거야."

청년은 단호한 한마디를 내뱉고 그녀에게 자리를 내준다. 그녀는 지갑에서 공중 전화 카드를 꺼내 투입구에 밀어넣는다. 번호판을 누르고…… 신호음이 들린다.

"여보세요. 엄마?"

겁에 질린 아이의 목소리…… 아이는 엄마에게 나쁜 년이라고 말했다. 그 말을 하고 나서 아이의 눈동자에 실린 불안! 아이를 평생 붙들지도 모른다.

"여보세요. 당신이야?"

낮고 침울한 남편의 목소리…… 그는 그 동안 수면제를 먹고 잠을 잤다. 그는 어른이다. 그래서 그녀에 대한 까닭 없는 불안에서 도망칠 수 있다. 그녀는 그대로 수화기를 내려놓는다. 그녀는 다시 플라스틱 의자에 앉는다. 시간은 충분하다. 그녀는 매점으로 가 눈 매가 사나운 여자 앞에 선다.

"참나무통 하나 주세요."

여자는 그녀를 뚫어지게 쳐다본다. 경멸이 가득 담긴 눈빛. 소주를 건네받고 돈을 계산하고…… 그녀는 화장실로 빠르게 걸어간다.

화장실 문마다 사람들이 줄을 서 있다. 공중 전화 부스의 줄만큼 긴 줄이다. 그녀는 초조해진다. 영원히 자신의 차례가 오지 않을 것 같은 생각이 불현듯 든다. 그녀는 화장실 입구의 벽을 향해 몸을 돌린다. 그리고 병의 마개를 돌리고 갈급증에 시달리는 사람처럼 단숨에, 벌컥벌컥 들이켠다. 핑, 현기증이 난다. 반이 못 되게 남은 소주병을 가방에 집어넣고 사람들과 함부로 어깨를 부딪치며 차 앞에 줄지어 서 있는 사람들 뒤에 선다.

차 안으로 들어가 15번 자신의 좌석에 앉은 그녀는 두 손으로 얼굴을 쓸어내린다. 차는 느리게 톨게이트를 빠져나간다. 종소리가…… 머리를 때린다. 청동 빛의 종을 향해 자신의 머리를 들이박자 소리는 그녀의 뇌 깊숙한 곳을 사정없이 뒤흔든다. 땡. 땡. 땡. 사람들은 그녀에게 그녀 자신을 설명해보라고 한다. 자신들을 이해시키라고 한다. 그때마다 그녀는 종소리를 듣는다. 땡. 땡. 땡……

"이거 하나 드시겠어요?"

옆좌석에 앉은 사내가 그녀 눈앞에 삶은 계란을 내보인다.

"산 사람은 먹어야 삽니다."

그녀는 사내를 쳐다본다.

"드세요. 다른 생각은 하지 말고 오직 먹어야지, 하는 생각만 하세요."

　　그는 껍질을 까기 시작한다. 그러고 보니 오늘 하루종일, 아니 어제부터 아무것도 먹지 않았다. 그녀는 갑자기 계란을 한입에 다 집어넣고 뱃속을 채우고 싶다는 식욕에 쫓긴다. 자신의 귀에 침 넘어가는 소리가 크게 들린다. 껍질을 다 깐 그는 종이에 담긴 소금을 계란 위에 뿌리고 그녀의 입 가까이에 댄다. 그녀는 덥석 계란을 받아 먹는다.

　　"일주일 동안 제 가까운 사람들이 둘이나 죽었습니다. 어제 친한 친구가 죽어 상가에 가서 밤을 새우고 있는데 큰형님이 돌아가셨다고 삐삐가 울리지 않겠습니까?"

　　그녀는 입 안 가득 계란을 집어넣고 맹렬한 속도로 씹기 시작한다.

　　"하나 더 드릴까요?"

　　사내는 다시 계란 껍질을 까기 시작한다.

　　"목이 메일 텐데 음료수가 없군요."

　　그녀는 무릎에 놓아둔 가방의 지퍼를 내린다. 소주병이 나온다. 사내의 눈이 놀랍다는 듯이, 그러나 이해한다는 듯이 부드럽게 그녀를 보며 웃는다. 그녀는 병을 입에 대고 꿀꺽 한 모금 마신다. 사내가 쥐어준 계란을 다시 한입에 다 집어넣고 소주를 한모금 마시고……

　　"저도 좀 마셔도 되겠습니까?"

　　그녀는 병을 흔들어본다. 딱 두어 모금 마실 술이 남아 있다. 그녀는 사내에게 병을 건네준다. 눈꺼풀이 무겁다. 그녀는 몇 번 깜박깜박 눈을 감았다 떴다 하다 힘없이 눈을 감는다.

　　청년이 윗옷을 벗은 채 한 손에 아령을 쥐고 팔운동을 하고 있다. 청년의 팔은 근육으로 단단하게 단련되어 있다. 청년의 몸은 아름답다. 청년은 아령을 그녀에게 쥐어주며 자세를 잡아준다. 자아, 이렇게, 그래요. 아주 잘하는군요. 이 집은 좋은 집이에요. 나는 당신하고 이 집에서 살 거예요. 갑자기 종소리가 나기 시작한다. 날 데려가줘요. 제발. 날 데려가줘요. 집 안이 흔들리고, 유리창이 깨지고 청년의 머리가 터진다. 피는 그녀의 몸을 타고 올라온다. 아령이 붉게 물든다. 그녀는 소리를 지른다.
"아주머니! 아주머니! 꿈입니다. 깨세요."
그녀는 반짝 눈을 뜬다. 꿈. 그녀의 얼굴에서 식은땀이 흘러내린다.
"나쁜 꿈입니다. 나쁜 꿈일수록 빨리 깨어나야 합니다. 안 그러면 영원히 깨어나지 못할 수도 있어요. 요즘 제 생각입니다."
"여기가 어디죠?"
"이 차의 종점에 거의 다 와갑니다. 조금 있으면 선운사로 가는 갈라지는 길이 보일 겁니다."
"선운사요?"
"네. 거기까지 가십니까? 그러면 종점까지 가실 필요 없이 운전 기사에게 내려달라고 하세요."
그녀는 가방을 들고 운전 기사에게로 간다. 몸의 중심을 잡기 위해 입구 철봉을 두 손으로 꽉 잡는다. 차의 속도가 점점 느려지고 그녀는 차에서 내린다.

3

　프런트에 앉아 있는 청년은 스포츠 신문을 보고 있다. 그녀는 프런트 앞에 서서 청년이 자기를 빨리 알아봐주었으면 하는 초조감을 감추지 못한다. 그녀의 등뒤로 화사한 색상의 등산복을 입은 4, 50대 부부인 듯한 사람들이 저마다 큰 소리로 오늘의 일정에 대해 떠들어대며 층계를 오른다. 청년은 신문을 프런트에 내려놓고 장부를 꺼낸다. 그녀가 꽤 오랫동안 서 있다는 것을 청년은 알았던 것 같다. 자신의 옷차림을 슬쩍 쳐다보는 눈길에서 그녀는 청년이 자신을 곧바로 맞아들이지 않는 이유를 알았다.

　"여기가 동백 호텔 맞나요. 아니면 다른 곳에도 이런 이름의 호텔이 있나요."

　"여기뿐이에요."

　그녀는 일순 긴장이 풀린다. 불친절하고 곁눈으로 손님의 행색을 훑어보는 조심성 없는 청년에 대한 불쾌감조차 잊어버린다.

　"투숙하고 싶어요. 장기 투숙자도 받지요?"

　"네. 하지만 시즌이라 장기 투숙이라도 할인은 안 됩니다."

　"상관없어요. ……참, 저처럼 장기 투숙하는 손님이 계신가요?"

　청년의 얼굴이 일순 의심으로 굳어진다. 그녀는 얼른 지갑에서 돈을 꺼낸다.

　"일주일 치 선불이에요. 글을 쓰려고 왔어요. 조용한 방을 원해요."

　"친구신가요? 장기 투숙 하시는 여자 손님도 글을 쓴다고 하던데요.”

“몇 호실에 묵고 있죠.”

“302호실이에요. 그 옆방으로 방을 드릴게요. 그 라인이 조용해요. 글쓰는 사람한테는 적격이죠.”

청년은 친절해졌고 그녀는 열쇠를 받아들고 층계를 오른다. 3층까지 올라왔을 때 그녀는 가방을 내려놓고 석양빛이 스며드는 긴 낭하를 바라본다.

그녀는 가방을 들고 자신의 젖은 구두 소리를 들으며 천천히 걸어간다. 301호, 302호…… 그녀는 잠시 걸음을 멈춘다. 그리고 문에 귀를 바짝 가까이 대본다. 아무 소리도 들리지 않는다. 그녀는 문의 손잡이를 조심스럽게 조금 돌려본다. 쉰 듯한 여자의 목소리가 가늘게 새어나온다.

“누구세요?”

문이 열리고…… 여자는 문 뒤로 몸을 숨기고 긴 머리칼과 얼굴 반쪽만으로 그녀를, 본다. 그녀를 보기 위해 문 옆으로 나온 한쪽 눈은 뜨고 싶지 않은 듯 반쯤 감겨져 있다.

“죄송합니다. 방을 잘못 알았어요.”

문은 곧바로 닫히고 그녀는 자신의 방 앞에 서서 문을 연다. 요와 이불이 한쪽 구석에 개켜져 있다. 가방을 방문 앞에다 떨어뜨리고 이불 위에 있는 두 개의 베개 중 하나를 끌어내 베고 눕는다. 바라보이는 곳에 좌식 화장대 거울이 있다. 누워 있는 그녀의 모습이 비쳐지고 그녀는 거울을 뚫어지게 응시한다. 거울 보고 일기 쓰는 너는 누구냐. 거울 보고…… 노래는 아주 오래 전, 버스 안에 틀어놓은 라디오에서 들었다. 그때 이후로 그 가사의 앞도, 뒤도 기억나지 않는데 오직 그 대목만이 후렴처럼 그녀의 목소리로, 그녀의 가슴속을 돌아다니고 있다. 땡…… 땡…… 종소리가 사뭇 다르게, 머리를 후려치는 것이 아니라 산을 넘고 물을 건너 흩어질 듯 모아질 듯 아슴푸레하게 귓가를 스쳐간다. 그녀는 고개를 갸웃거린다. 이상하다……

눈을 뜨자 방안은 지는 해의 부드러운 빛에 감싸여 있다. 잠깐 잠이 들었나. 그녀는 시계를 본다. 5시 20분. 오늘 이곳에 도착한 것은, 분명 5시 40분이 조금 넘어가고 있었다. 그렇다면, 이곳에 도착한 것은 오늘이 아니라 어제다.

프런트로 내려가자 청년은 보이지 않고 노란 봄 점퍼 차림의 중년 여자가 서 있다. 그녀는 식당이 이 안에도 있느냐고 물어본다. 여자는 뒤를 돌아 프런트 맞은편을 가리킨다. 유리문을 통해 본 식당은 비어 있다.

산채비빔밥을 반 넘게 남긴 그녀는 주방 여자에게 커피를 한잔 마실 수 없겠냐고 말한다. 여자는 고개를 끄덕이며 자기가 먹는 식으로 타왔다며 필요하면 설탕이나 프림을 줄 수 있다고 한다. 커피는 여자가 걱정을 할 필요가 없다. 늘 블랙 커피를 마시는 그녀지만 설탕과 프림이 배합된, 뜨거운 커피 맛은 썩 훌륭했다. 그녀는 아주 만족스런 눈빛을 여자에게 보낸다. 여자의 얼굴이 환하게 빛난다.

"어제 오고 오늘 처음 내려온 거죠."

"네."

"보통 처음에는 선운사에서 치는 타종 소리에 일찍들 일어나는데…… 무척 고되었나봐요. 커피 마시고 선운사 대웅전 뒤에 있는

동백꽃을 보러 갔다 오세요. 낮보다는 사실, 해질 무렵이 더 운치
가 있어요. 혹 손님도 302호실 손님처럼 방안에만 있지는 않겠
죠?"

"왜요? 그 손님은 방안에만 있나요?"

"네. 저희는 식사를 손님방으로 가져가지 않는데 그 손님이 부득
불 원해서 하루에 두 번 식사를 가져가요. 지금 가지고 갈 시간이
에요."

"전 방으로 올라갈 건데 제가 가지고 갈까요? 그리고 참나무통
있나요?"

주방 여자는 늘 똑같은 메뉴라고 했다. 국도, 찌개도 필요 없고
두세 가지의 산채나물과 반 공기의 밥, 그리고 그녀 자신이 마실
참나무통 소주 한 병. 그녀는 벨을 누른다.

"식사 가져왔어요."

"……"

"식사 가져왔어요. 어젯밤에 실례했던 사람이에요. 식당 아주머
니 대신 제 방으로 들어가는 길에 제가 가져왔어요."

문틈으로 빛이 새어나온다.

"놓고 가세요. ……고맙습니다."

그녀는 쟁반을 조용히 내려놓는다. 그리고 자신의 방으로 들어
가 불을 켠다. 미란. 그녀의 이름을 불러준다면…… 그녀는 가방
에서 아령과 그 여자가 미란이 틀림없다면, 그녀가 쓴 편지들을 꺼
낸다. 승주의 결혼이 한 달 뒤라는 말을 전해듣고 그녀는 방문을
걸어잠그고 편지를 썼다. 그와 도서관에서 자리 싸움으로 처음 만
난 일. 그날 이후 그는 그녀가 있는 문리대 건물을, 자신은 그가 있

198

는 법대 건물 주위를 배회하다 두번째로 버스 정류장에서 만난 일. 그리고 몇 번의 사소한 결별. 다시 만나고…… 몇 달이 지나자 캠퍼스 커플로 학내 학생들 입에 오르내리고, 졸업 때 실반지를 나란히 끼며 결혼 비슷한 약속들을 하고, 그리고…… 결혼 소식을 들은 이후 줄곧 머리를 때리는 종소리…… 편지는 우표를 붙여 우체통 속으로 들어가는 대신 목욕탕 욕조 속에서 태워졌다.

그녀는 마시던 소주병을 들고 일어나 302호 문에 등을 대고 다리를 뻗는다. 손으로 방문을 서너 번 두들기다 만다.

"이봐요, 또 저예요. 문을 열지 않아도 좋아요. 아니 열지 말아요. 열지 않겠다면 끝까지 그렇게 해요. 왜 그렇잖아요, 절망도 사랑도 그 끝까지 가보는 거예요. 그래서 눈앞에 부딪히는 것이 혹 아무것도 아닐지라도 되돌아올 수 있지 않아요. 그게 중요한 거예요. 끝까지 가서 되돌아오는 거. 혹 못 오면 또 어떻겠어요? 난 늘 못 돌아오면 어떻게 하나, 그 끝이 별것 아닌, 시시한 것이면 어떡하나, 하고 너무 두려워서 절망할 수 있는 열정도, 사랑도 다 잃어버렸어요. 아, 댁한텐 이런 이야기를 해주면 훨씬 이해하기 쉽겠네요. 좋아했던 남자가 있었죠. 그가 다른 여자와 결혼한다고 했을 때도 사실 약간의, 포즈만을 취했죠. 그는 이 땅을 영원히 떠난대요. 완전한 국외자가 된대요. 난 그 사람이 왜 날 한번 보고 싶어했는지 알아요. 사랑한다고 수없이 말하면서도, 사랑의 행위들을 나누었으면서도 서로 사랑에 대해 절망해보지 않았거든요. 그는 그게 마음에 걸린 거예요. 그리고 나도 그런가 하고 확인하고 싶어진 거구요. 알아요? 이젠 다시는 그를 보지 못해요."

침묵.

"아, 그래요. 나한테는 결혼 전 단 하나의 사랑도 별로 의미가 없어요. 그저 생각을 할 뿐이죠."

　침묵.

"사실 나를 사로잡는 것은 거대한 상실감…… 그래요. 처음에는 까닭을 알 수 없는 불안감이 늘 나를 따라다녔어요. 아주 어릴 때부터…… 아니, 전생 믿어요? 내가 태어나면서 이어받은 것은 그 불안인 것 같아요. 나는 부모도 있고 형제도 있고 학교도 다녔고 직장 생활도 내 힘으로 하다가 내가 때려치웠고 연애도 했고 결혼도 했고 아이도 있는데 말이에요. 그런데 그 모든 것에 진정으로 나 자신을 준 적이 없어요. 마치 줄거리를 다 아는 영화를 두번, 세번 보는 것 같은 그런 느낌이요. 그래서 열중하면 안 된다는 불안감이 늘 나를 사로잡았어요. 나에게 불안은 그런 의미예요. 그런데 그 불안이 어느 사이에 이상하고 깊이를 알 수 없는 그런 상실감으로 자리를 잡는 거예요. ……남편과 아이의 눈을 마주칠 수가 없어요. 그러고 보니 난 거의 사람들하고 눈을 오래 마주치지 못해요. 잠깐 보긴 하지만 얼른 눈을 돌리죠. 난 늘 컴퓨터 책상 앞에 앉아 있어요. 남편과 아이에겐, 무척 중요하고 거창한 소설이라는 것을 쓴다고 하죠. 물론 아주 오래 전에, 지금은 폐간되어 사라진 문예지에 제 짧은 소설 하나가 당선된 적이 있기는 하지만 그 후로 소설을 발표한 적이 없어요. 쓰지를 않았거든요. 그래도 늘 컴퓨터 책상에 앉아 있어요. 남편과 아이의 눈에서 벗어나고 싶어서요. 그리고 세상에서 벗어나고 싶었어요. 그게 내가 식탁 옆에 있는 책상에 앉는 이유예요. 이해하시겠어요?"

　침묵.

"시간이 지나면서 컴퓨터 책상 앞에 있는 것만으로는 되지 않았어요. 그래서 내 방을 갖고 싶었어요. 그리고 문을 닫아걸고 아주 필요한 일들, 그러니까 밥을 하고, 설거지를 하고, 빨래를 하고, 빨래를 개키고…… 하는 아주 필요한 일들만 우렁 각시처럼 해놓고 내 방으로 들어가 있는 거죠. 그런 방 하나 때문에 이사를 했어요. 벌써 6개월이 넘었군요. 경기도 고양시 일산구 호수마을 403동 1205호. 그 안에 내 방이 있어요. 그 집에 살던 청년이 아주 잠시지만 나에게, 뭔가를 줬어요. 내가 잃어버린 뭔가를 잠깐 주었던 것 같아요. 아, 어쩌면 그것도 착각일지 몰라요. 어쨌든…… 미안해요. 좀 취하나봐요. 어쨌든 그 방에 내가 제일 먼저 들고 간 것은 우습게도 짝 잃은 아령 하나였어요. 완전히 주인을 잃었죠. 그 청년은 죽었거든요. ……이거예요. 내 손에 들고 있는 이거예요. 이걸 베란다에서 발견하고 내가 막연하게 느껴왔던 상실감이 뭔지 뚜렷하게 확인시켜주는 것 같았어요. 그리고 그 속으로 뛰어들었어요. 가보자. 이번엔 한번 끝까지 가보자. 그래서 여기까지 왔는데…… 미안해요. 내가 무슨 말을 하는지…… 내가 말을 제대로 하고 있나요? 그냥 그렇다는 거예요. 술을 좋아하세요? 저는 술을 좋아하지 않아요. 이사를 한 후부터, 아, 그렇지, 그 아령을 내 방으로 가져다 놓은 다음부터 낮이고 밤이고 숨기지도 않고 술을 마셔요. 마시고 그것을 베고 바닥에 누우면 머리를 때리는 종소리가 그전보다 더 크게 들려요. 땡, 땡, 땡, 하구요. 마치 어떤 거대한 종에다 내 머리를 필사적으로 박아대는 그런 소리요. 땡, 땡…… 꽝! 아아, 그래요. 종소리는 꽝, 이에요. 뽑기를 하면 질 나쁜 종이에 꽝 하고 찍혀 있잖아요. 꽝!

눈을 떴을 때 그녀는 잘 펴진 요 위에 이불을 덮고 있는 자신을 발견했다. 커튼을 열자 새벽 안개에 싸인 푸르스름한 산들이 보이고 종소리가 들려온다. 소리는 지금은 조용할 때, 라고 입술에 손가락을 갖다 대고 새소리도, 나무가 뿌리를 내리는 소리도 잠시 멈추게 하며 저 혼자 조용히 울리고 있다. 머리를 흔들어놓지도 않는다. 아주 조용히 스며들 듯 울린다. 그녀는 그 소리에 귀를, 몸을, 마음을 열어놓는다. 종소리는 그치지 않는다. 문득 화장대 위에 놓인 하얀 편지 봉투가 눈에 들어온다.

나의 현수씨.
나에게 왔군요. 결국은 와주었군요. 이젠…… 이젠 됐어요. 당신이 왔다 간 후 동백숲에 갔어요. 동백꽃들이 거진 다 떨어져 있더군요. 무섭지 않았어요. 떨어진 꽃들 사이에 앉았다 아직 꽃잎도 열지 못하고 떨어진 작은 동백꽃 하나를 수첩 갈피에 끼워 넣었어요. 이젠 안녕이에요. 안녕. 안녕……

동백숲을 떠나는 미란이가

"가시게?"
"네. 그런데 저 절은 언제나 저렇게 오랫동안 종을 치나요?"
"아, 오늘 저 절의 노스님이 열반에 드셨어요. 그래서 범종을 108번 치죠. 야, 철호야, 뭐 하냐?"
청년은 은행나무 아래에서 정확한 각도로 팔을 구부렸다 폈다 한다. 언뜻 손에 쥔 아령이 보인다.

"저어. 그건……"

"아, 이거요. 오늘 새벽에 글 쓰신다는 여자분이 가시면서 주고 가셨어요."

"……그렇군요. 잘됐군요."

덧없음…… 무심(無心)…… 감정이 흘러간 자리……

길은 하얗게 뻗어 있고 나무들은 봄 흙 속으로 제 뿌리를 탄탄하게 내리고 있다. 그녀는 동백숲이 있다는 멀리 보이는 절을 바라보며, 처음으로 길을 내는 사람처럼 조심스럽게 걷는다.

땡. 땡…… 아침 공기 속으로 스며들고 나무 사이사이를 지나 풀잎을 헤치고 둥글게 둥글게 퍼져나가는 종소리는 이제 들리지 않는다.

108번째의 타종이 끝났다.　　　　〔『문예중앙』, 1998년 여름호〕

폭우

그녀가 잃은 건, 잠든 남편 역시 잃어버린 건 바로 열정을 동반한 사랑, 삶이다. 그것을 잃어
버린 것은 남편도, 그녀의 탓도 아니다. 그건 그저 시간의 덫일 뿐이다. 그러나 열정을 동반한
사랑의 상실 뒤에 또 다른, 형태는 다르지만 또 다른 무언가가 있다는 것을 깨닫는다. 그건 서
로가 서로에게서 느끼는 연민…… 나른하고 무관심하고 서로에 대해 무지해지고……

폭우

빗줄기가 가는 빗금을 그으며 바다로 떨어져내리고 있다.

질금질금…… 비는 단조롭게 낡은 부두의 낮은 건물들과 밤 내내 주차되어 있는 자동차와 보도 위로 무척 미안하다는 표정으로 스며든다. 젖은 건물, 젖은 자동차, 젖은 나무, 젖은 풀잎…… 그것들은 그대로, 소리 없이 그녀에게로 와 그녀의 머리칼에 수많은 물방울을 만들고, 그녀의 여름 옷 속에 감춰진 육체를 드러내보이고…… 그녀 마음에 깊은 개울을 만들며 흐르고 있다. 비는 이제 그녀의 혈관을 타고 온몸, 구석구석을 돌고 있다.

그녀는 어제 하룻밤 잠을 청했던 완도여인숙이라 씌어 있는 간판에 눈을 둔다. 판자에 주홍색 페인트로 씌어진, 글자의 크기가 키를 나란히하지 않는, 홍등가의 텅 빈 한낮을 생각케 하는, 이상한 느낌을 자아내는 주홍색의 다섯 글자. 완도여인숙.

뭘 두고 온 것 같은, 아니 뭔가를 잃어버리고 온 것 같은데 아무리 생각해도 기억이 나질 않는다. 그녀는 차근차근 서울 변두리의 버스 종점 같은 완도 시외버스터미널에서부터의 일들을 떠올려본다.

　11시가 조금 넘은 시각이었다. 5시쯤에 남부고속터미널에서 광주행 고속 버스를 타고 다시 광주 시외버스터미널에서 완도행 시외 버스를 타고 도착했을 때 실비가 내리고 있었다. 장마의 시작이라고 버스 운전사는 한 시간 반 이상을 핸들에 붙들려 있던 두 팔을 위로 쭉 뻗으며 긴 하품을 했다. 그리고 손님들을 힐끗 쳐다보며 지겹다는 표정을 지었다. 승객들의 얼굴은 창밖으로 떨어지는 깊은 밤의 실비를 보며 피로에 지친 눈빛으로 짐들을 주섬주섬 챙겼다. 깊은 물 속을 걷듯 느리고 힘겨운 두 팔과 두 다리……

　남편은 좌석에 몸을 구기며 자고 있다. 운전사는 차에서 내리다 말고 맨 앞자리에 앉아 있는 그녀에게 들으라는 듯이 다시 한번 장마가 시작되었어요, 라고 말하며 그녀와 그녀의 남편을 힐끗 쳐다본다. 당신들 참 더럽게 재수 없는 날을 택했군. 운전사가 정작 그녀에게, 그녀의 일행인 남편에게 하고 싶은 말은 바로 그것일 거라고 그녀는 그의 걸어가는 뒷모습을 보며 생각한다. 거의가 이곳 사람들임에 틀림없는 승객들은 짐들을 손과 겨드랑이에 끼고 운전사와 같은 얼굴빛으로 그녀를 흘낏 보며 차에서 내렸다. 이제 그녀와 아무것도 알지 못하는 남편만이 희미한 버스 불빛 속에 앉아 있다. 창밖 가로등 불빛 사이로 비가 점점 굵어진다.

　그녀는 그의 잠든 얼굴을 쳐다본다. 하루 낮 사이에 턱에 수염이 자라 있고 꿈속에서 무척 힘이 드는지 이마에 깊은 주름이 잡혔다. 입가엔 침이 흐른 자국이 허옇게 한 줄로 그어져 있다. 그녀는 남편의 팔을 잡고 거칠게 그를 깨운다. 사실 창밖으로 내리는 실비와 사람들의 젖은 얼굴빛을 볼 때는 남편을 아주 조용히, 가는 비처럼 조용히 꿈속에서 걸어나오게 할 생각이었다. 그런데 막상 잠든 남편의 얼굴을 보자 그녀는 갑자기 화가 치밀어올랐다.

남편은 반짝 눈을 떴고 어리둥절한 눈빛으로 차 안을 둘러보다 그녀의 눈과 마주쳤다. 이곳이 어디야? 내가 지금 어디에 있는 거지? 하는 크게 벌어진 눈과 입…… 그녀는 그의 눈앞에 얼굴을 바짝 갖다 댔다. 그리고 낮은 목소리로 말한다.

"다 왔어."

"……아 참, 그렇지."

그는 두 팔을 위로 쭉 펴고는 긴 하품을 한다. 자신이 어디에 있는지 이제 깨달았으므로 여유가 생겼다. 그녀를 향해 웃기까지 한다. 그 웃음은…… 그 웃음은 한때 그녀에게 기쁨이며 고통이며 감미로운 행복의 근원이었다. 가끔 사람들이 남편의 어떤 매력에 끌려 결혼을 했냐고 물으면 그녀는 남편의 사춘기를 맞은 소년 같은, 약간 익살스럽고 약간 시니컬하기도 한 웃음을 흉내내며 글쎄, 몰라, 했다.

결혼이 어디 제정신으로 하는 건가? 미치지 않고서야 할 수 없는 거 아니야? 그렇잖아! 그녀는 심지어 불량한 목소리로 결혼의 신성함을 깨뜨리며 그 웃음의 비밀을 감췄다. 누구도 알지 못하는, 심지어 그 웃음의 소유자마저 알 수 없는, 오직 그녀만의 내밀한 정원. ……언제부터인가 아무 이유 없이 정원은 달콤한 꽃향기를 잃어버리고 연둣빛 잎은 누렇게 시들어갔다. 그녀는 이제 달콤한 고독이 아니라 깊은 상실감에 따르는, 오직 고통으로서만이 존재하는 고통에 가득 찬 자신의 정원을 보았다.

그들을 기다렸다는 듯이 택시가 빗물에 번들거리며 서 있다. 그는 잠이 덜 깬 목소리로 택시 문을 열고 기사에게 말한다.

"내일 아침 일찍 배를 타야 하니까 선착장에서 가장 가까운 모텔로 갑시다. 좀 깨끗한 곳으로요."

기사는 말없이 차를 몰았다. 택시가 멈춘 곳은 아주 좁고 더러운 골목 입구였다. 골목 중간 가로등 불빛에 완도여인숙이라는 간판이 보였다. 남편은 택시를 향해 몸을 돌리는 동시에 소리쳤다.

"모텔이 아니잖아!"

기사는 그의 말이 채 끝나기도 전에 빠른 속력으로 차를 몰았다. 그는 달리는 택시의 뒤에다 주먹을 휘둘렀다. 엿먹어라!

"완전히 우릴 무시했어. 갖고 놀았단 말이야. 도시에서 온 우리를 물 먹인 거라구. 더러운 자식! 내일 아침 꼭 찾아서 아구창을 돌려버리겠어."

그녀와 그는 함부로 내팽개쳐진 짐짝처럼 비를 맞으며 서 있다.

"뭐, 하룻밤인데…… 그냥 자자. 우리 연애할 때…… 이런 데 많이 다녔잖아?"

그녀는 그의 불쾌한 기분을 떨쳐주기 위해 그의 팔에 매달려 십년도 더 된, 이젠 아득한 전설이 되어버린 그 어느 한때를 상기시켰다. 그리고 그의 입술을 바라보았다. 그 웃음…… 그녀는 그의 눈을 쳐다보았다. 그의 얼굴은, 어둠에 묻힌 그의 얼굴은 단 하나의 표정만을 보여준다. 참을 수 없는 권태. 시간이 주는 잔인한 형벌. 그녀는 그의 팔에서 손을 풀었다. 그리고 그의 눈동자에 들어가 있는 자신의 얼굴을 본다. 그것은 어쩜 그보다 그녀에게 먼저 찾아왔을지 모른다.

그녀는 그를 비껴 빠른 걸음으로 골목을 걸어들어갔다. 그는 불만에 가득 찬 걸음으로 그녀 뒤를 천천히 따라온다. 여인숙 여자는 졸고 있다. 그녀는 남편을 의식하며 조금 크고 높은 목소리로 말했다.

"제일 깨끗한 방으로 주세요."

그녀는 수건과 일회용 칫솔과 치약을 들고 낡고 습기가 가득 찬 계단을 남편보다 먼저 올라간다. 손님을 받은 늙은 창녀처럼 뒤도 돌아보지 않고 앞서 계단을 오른다.

방은 생각보다 깨끗했고 그는 고개를 몇 번 끄덕이더니 서둘러 요를 깔고 베개를 찾아 누웠다. 그녀는 남편의 몸에 이불을 덮어주고 화장실로 갔다. 끈끈하고 후텁지근한 몸의 열기에 숨이 막혔다. 그녀는 옷을 벗고 샤워기에 붙어 있는 온수 꼭지를 돌렸다. 차가운 물이 쏟아져내렸다. 금세 온몸에 자잘한 흰 소금 같은 소름이 돋았다. 그녀는 졸고 있던 여자가 준 수건으로 서둘러 몸을 닦아내며 알몸 그대로 방으로 뛰어들었다. ……남편은 잠들어 있다.

그녀는 남편의 코에 얼굴을 가만히 갖다 댔다. 고른 숨소리…… 그녀는 아주 오랜만에 남편의 팬티 안으로 손을 집어넣는다. 남편의 남성은 어린애의 그것처럼 작고 말랑말랑하다. 첫날밤 남편은 그녀에게 자신의 남성을 그녀의 손바닥에 꼭 쥐어주며 말했다.

"니 장난감이야. 니 꺼야."

그는 그녀가 장난감을 갖고 노는 걸 좋아했다…… 그녀의 장난감은 언제부터인가 그녀를 즐겁게 해주지 않았다. 장난감 자신도 더 이상 재미가 없어진 듯하다. 열정과 정복욕이 사라진, 그냥 작은 살덩이에 지나지 않았다. 정복할 욕구를 잃어버린 장수의 녹슨

칼자루…… 한 남자와 한 여자가 너무 오래 같이 살았다. 그뿐이다.

그녀는 낡은 장난감을 손바닥에 쥔다. 그러자 절실함에 사로잡힌다. 다시 한번, 다시 한번만 그 시절로 돌아갔으면…… 그러면 이 지리멸렬함의 연옥에서 견딜 힘이 생길지도 몰라.

"너무 졸려."

그는 그녀가 무안하지 않게 자신의 팬티에서 그녀의 손을 빼내며 벽 쪽으로 돌아눕는다. 빈 손바닥…… 공허한 마음이 여인숙 방의 작은 창에 와 닿아 미끄러지는 빗방울 속으로 들어가 떨어져 내린다. 작년부터 갑자기 부푼 풍선처럼 나오기 시작한 남편의 배가 단조롭게 떨어지는 빗방울에 맞춰 오르락내리락한다.

그녀는 창 위로 흘러내리는 빗물을 골똘히 바라보다 갑자기 어떤 생각에 사로잡힌다. 그녀는 그 생각이 내준 길로 성큼 발을 올려놓는다. 아주 찰나의, 반짝이는 별빛 같은, 뭔가 이 애매하고 안개 같은 자신의 생에 해결책을 던져줄 것도 같은 생각이다. 그러나 곧 생각은 흩어지고 그녀는 길을 잃는다. 충격과도 같은 그 생각의 중요성에 대한 절박감만이 그녀를 숨가쁘게 한다. 기억을 되살리려 애쓸수록 점점 모호하고 멀어지고…… 느낌만이 남아 있다. 마치 한낮의 꿈처럼…… 꿈속의 풍경과 사람과 사건들은 그저 하나의 실루엣으로만 남아 있고 그 실루엣마저 점점 옅어지고 완전히 사라져버린다. 그리고 아무것도 기억할 수 없다.

느낌만이, 뭔가 날카롭게 자신의 생을 가르는, 느낌만이 남는다.

기억해내야 해. 어떤 생각이었지…… 그녀는 빗줄기에 점점 젖어가는 여인숙을 바라보며 중얼거린다. 그녀는 두 손으로 얼굴을 쓸어내린다. 생각해보면 어제만이 아니다. 언제부터인지 정확히 알 수는 없지만 남편과의 관계는 특별한 계기 없이 서로 떨어져 있는 두 개의 섬처럼 아득하다. 그녀는 무기력해졌고 안개에 갇힌 채 허둥댔다. 지난달만 해도 두 번이나 핸드백을 잃어버리고 그녀가 아끼던 접시를 세 개나 깨고…… 슈퍼에서 매번 물건을 사고는 물건은 그대로 놔둔 채 빈 지갑만 들고 집으로 왔다. 상실감…… 슈퍼로 가기 위해 집을 나서서 걷다 보면 내가 왜 이 거리에 있는 거지, 하며 걸음을 멈춘다. 그리고 길거리에 버려진 자신을 발견한다. 거리는 낯설고 영원히 집으로 가는 길을 찾을 수 없을 것 같은 공포에 휩싸인다.

그녀는 두 손을 무릎에 올려놓고 비에 흠뻑 젖은 짐승 같은 여인숙 건물을 노려본다. 페리호는 이제 속도를 내기 시작한다. 뭔가를, 아주 중요한 뭔가를 잃어버린 것 같은 허전함이, 다시는 찾을 수 없을 그 무언가에 대한 안타까움이 그녀의 가슴에 소용돌이친다. 건물은 점점 작아지고 바닷바람이 무심히 떨어지는 빗줄기와 함께 그녀의 뺨을 차갑게 때린다.

이제 아무것도 보이지 않는다. 바다와 비를 뿌리는 검은 하늘과 군데군데 작은 섬들만이 보일 뿐이다.

*

"에잇, 더러워서!"

그는 티슈로 손을 닦으며 자신의 몸 여기저기를 둘러본다.

"변기마다 온통 시꺼먼 똥들이 그득 들어 있어. 지 몸 안에 있는 거 내보냈으면 흔적을 남기지 말아야지. 더러운 종족이야.”

빗발은 더 굵어지지도 않고 더 가늘어지지도 않고…… 지리멸
렬하게 내린다.

“여기 계속 있을 거야?”

“응. 이 정도 비는 맞을 만하네. 비 맞아본 지도 정말 오래됐다.
기억나? 우리 연애할 때 밤새도록 비 맞으며 걸어다닌 거 말이야.
그날 우리 첫 키스를 했잖아.”

“그런 적이 있었나? 난 기억이 안 나.”

“그걸 잊었단 말이야? 기억해봐. 있잖아, 그때 할머니 집에서 막
걸리를……”

“그만 해. 나 선실로 들어갈게. 좀 피곤해.”

그는 그녀의 말을 중간에서 자른다. 그리고 아주 피곤하다는 얼
굴로 그녀를 본다. 그녀는 영화 속의 외국 여배우처럼 어깨를 한번
들썩이다 내려놓는다. 그녀는 입을 길게 벌리며 한물간 여자처럼
웃어보인다. 그는 경멸에 가득 찬 눈빛으로 그녀의 입을 힐끗 보며
선실로 빠르게 걸어간다.

“그래, 들어가서 자! 실컷 자보라구!”

이제 니 인생에서 남은 건 잠밖에 없나보구나! 그녀는 더 심한
말을 하고 싶지만 그만둔다. 그는 이미 선실의 문을 닫았다. 그녀
는 갑판을 둘러본다. 아무도 없다. 자신 외에는…… 아무도 없다.
그녀는 배의 난간에 한 발을 올려놓고 몸을 깊숙이 숙여 하얀 포말
이 이는 바다를 굽어본다. 이대로 뛰어든다면…… 아무도 자신을
찾지 못할 것이다. 영원히. 물고기가 되어 아주 먼 훗날 가난한 어
부의 그물에 걸리고 그의 아내는 자신의 비닐을 벗기고 자신의 살

을 뜨고 그리고 자신의 뼈에다 고춧가루를 듬뿍 뿌려 찌개를 끓이 겠지. 따뜻한 밥상이 차려지고…… 가난한 어부의 아내는 말하겠 지. 물고기가 빤히 눈을 뜨고 나를 봐요.

그녀는 나머지 한 발마저 난간에 올리며 더 깊숙이 몸을 숙여 부 서지는 하얀 포말을 본다. 섬에 도착한 남편은 그녀를 찾을 것이 다. 당황하고 배의 구석구석을 뒤질 것이다. 아내가 배 어디에도 없다는 것을 알고 그는 바다를 볼 것이다. 어디쯤일까. 그녀가 사 라진 바다의 장소는…… 그는 죄의식에 사로잡혀 괴로워한다. 아 내와의 마지막 대화를 떠올리며 가슴이 찢기는 후회와 고통으로 선실 벽에 머리를 박을 것이다.

상상은 달콤한 쾌감을 그녀에게 가져다준다. 그녀는 더욱더 하 얀 포말 속으로 몸을 기울인다. 자신은 죽었고 남은 사람들은 그 죽음에 대해 저마다의 책임을 자기 안에서 찾아내며 괴로워한다. 사소한 말들, 그녀에게 품었던 은밀한 질투와 약간의 악의에 찬 행 위들…… 사람들은 고통받는다. 제각각 그녀에 대한 은밀한 자책 감으로. 그러나 그들은 죽을 때까지 그 이유를 찾을 수 없을 것이 다. 절대 알 수 없다. 그 단순한 충동…… 바다가 있고 그저 와락 바다와 하나가 되고 싶은 광기를…… 그녀는 갑자기 유쾌해진다. 그녀는 몸을 뒤로 젖히며 깔깔깔 웃는다. 하지만…… 그녀의 유쾌 한 상상은 다른 길로 빠르게 접어든다.

홀로 서울로 돌아온 그는 그와 그녀를 아는 모든 사람에게 그녀 의 죽음을 말하고 위로를 받기 위해, 죄의식을 덜기 위해 노력할 것이다. 사람들도 시간이 흐르자 그녀의 죽음에 대한 고통을 더 이 상 참을 수 없어졌다. 그래서 그녀의 편이 되어주지 않는다. 편리하게도 그녀는 세상에 없으므로. 그래서 마음껏 남편을 위로할 수 있다. 나쁜 년이야. 도대체 그렇게 죽을 이유가 뭐야. 이유가 없잖아. 그들은 남편을 위로하면서 동시에 자신을 위로한다. 용서할 수 없어! 그래도 죽어야 할 어떤 이유라도 있다면 연민이라도 느낄 수 있을 거야. 사람들은 마음의 안정을 찾는다. 그러나 남편은 아직 그 죽음의 이유가 바로 자기 자신이라는 고통에 헐떡인다. 그를 모르는 낯선 사람이라도 그가 얼마나 괴로워하는지 알 수 있을 정도로 온몸에서 고통의 냄새가 풀풀 날린다. 사는 건 다 힘든데 그렇다구 죽어? 차라리 잘 죽었어. 그런 여자는 늙어갈수록 너를 치통처럼 괴롭힐 거야. 사실 솔직히 말하면 그녀는 너와 그리 좋은 궁합은 아니었어. 니가 손해를 본 거야. 그는 그 말에 고통이 경감되고 아내에 대한 증오심에 가득 차 죄의식이 한순간 사라지는 느낌을 받는다. 죽음의 이유는 그녀 자신에게 있다. 아무도 그녀의 죽음에 대한 책임이 없다.

시간이 흐르고 사람들은 완전히 그녀를 잊어버린다. 남편에게 새로운 여자를 소개시켜주고 그의 노후와 아이의 새로운 엄마에 대한 필요성을 오랫동안 이야기한다. 사람들은 새로운 여자에게 그의 등을 밀어붙인다. 그는 오랫동안 망설일 것이다. 아내에 대한 추억이 아니라 아이에 대한 미안함이 아니라 또다시 반복되는 결혼이라는 일상에 대한 두려움에 사로잡힌다. 한 여자와 한 남자가 사랑으로 만나 조금씩, 착실하게 서로에 대해 실패해가고 있는, 아니 실패할 수밖에 없는 이상한 생활…… 그러나 새 여자는 매력적이다. 그의 육체는 그의 정신을 배반한다. 다시 그의 몸에선 신선한 피가 활기차게 끓어오른다. 그리고 결혼이 주는 그 부조리를 받아들이기로 결심하고 새로운 여자에 대한 자신 안의 모든 저항에 두 손을 바짝 들고 완전히 투항한다. 오랫동안 여자를 잃어버린 육체가 그의 모든 경험들을 완전히 배반하도록 그를 몰아붙였기 때문에. 그는 각오까지 한다. 한 번의 경험에서 오는 모든 지혜를 총동원해 다시 한번 여자와 살아보자.

상상은 그녀에게 가장 불리한 방향으로 뻗어나간다. 맹렬한 속도로…… 쾌감은 사라지고 그녀는 상상에 눌려 갑자기 비극적인 자신을 발견한다. 고통이 격렬하게 그녀를 사로잡는다. 깊은 배신감과 상실이 가슴을 후벼판다. 그녀는 두번째 난간에 두 발을 올려놓고 바다를 노려본다. 자신 안에서 솟아오르는 복수심이 그녀를 더욱더 바다를 향해 몸을 기울게 한다. 죽어야 할 분명한 이유가 그녀 안에 신념처럼 자리잡는다. 그녀는 운동화를 벗는다. 그리고 다시 두 발을 난간에 올려놓고 난간을 잡은 손을 놓는다. 하얀 포말이 그녀를 유혹하며 끓어오른다. 와. 어서. 뛰어내려. 너를 아는 모든 사람들에게서 사라져버려. 감쪽같이.

"서울에서 오셨나요?"

그녀는 화들짝 놀라 목소리의 주인을 향해 뒤를 돌아본다. 20대 중반의, 얼굴이 청동 빛으로 번들번들한 한 사내가 담배 연기를 뿜으며 서 있다. 그녀의 두 발은 얼른 난간에서 내려와 벗어놓은 운동화를 신고 있다. 보았을까? 알아챘을까? 그녀는 그녀만의 은밀한 어떤 부분을 들켜버린 수치에 얼굴이 확 붉어진다. 그녀는 깊은 숨을 쉰다. 침착하자. 그녀는 자신을 다독거린다. 그리고 약간 미소를 띄우며 사내를 쳐다보기까지 한다. 그녀는 설사 사내가 눈치챘다 하더라도 그건 그저 사내의 착각일 뿐이라는 암시를 주기 위해 사내를 향해 다시 한번 여유 있는 웃음을 보낸다. 사내의 얼굴이 환하게 밝아진다.

"저도 서울에 갔다 오는 길이에요. 서울에 있는 친구들이 놀자고 해서요. 또 형도 만났구요."

그녀는 안심한다. 사내는 그녀가 방금 전 무엇을 하려 했는지에 대해 아무것도 모른다. 그녀는 난간에 등을 기댄다.

"저도 담배 한 대 주시겠어요?"

사내는 놀란 눈빛으로 그녀를 본다. 그러나 곧 고개를 두어 번 끄덕이더니 그녀에게 담배 한 개비와 일회용 라이터를 준다.

"강남에 있는 어떤 카페에 친구들과 들어갔더니 젊은 여자들이 다 담배를 피우더군요. 여기 같으면 어림도 없는 일이죠. 도시 여자들은 참 행복해요."

그녀는 담배에 불을 붙이고 연기를 뿜어내며 사내의 말에 적극적인 호응을 해주는 태도를 취한다.

"차를 가져오셨나요?"

"아니오. 우린 차가 없어요."

그녀는 거짓말을 한다. 사내의 반응이 궁금하다. 사내는 담배 한 개비를 건네줄 때보다 더욱 놀란 눈으로 그녀를 본다. 그리고 얼굴이 더욱 환하게 밝아진다.

"아, 차가 없다구요…… 사실 도시에서 살면 차가 그렇게 필요하지 않잖아요?"

사내는 제법 위로까지 할 줄 안다.

"지하철 있겠다, 버스, 택시…… 부지런만 하면 굳이 차를 살 필요가 없죠. 정말 차가 필요한 곳은 시골이에요. 차가 없으면 일을 할 수가 없어요."

사내는 담배 한 개비를 주고 그녀의 사소한 사적인 생활을 알았
다는 이유만으로 마치 오래 전부터 알고 지낸 사이처럼 스스럼없
이 군다. 그녀는 기분이 나빠진다. 하지만 좀 전의 상상의 고통이
너무 컸기 때문에 사내를 용서한다.

"이번에 갤로퍼 투를 뽑았어요. 천오백만 원 정도 하대요. 좀더
비싼 걸로 사려 했는데 아버지 때문에 할 수 없이 그걸로 뽑았어
요."

사내의 얼굴은 자랑으로 번들거린다.

"여름 휴가 때는 손님들을 데리고 다니며 짭짤하게 돈을 좀 벌어
요."

"그래요. 부자군요. 이런 데 사는 사람들 중에 알부자들이 많다는
데 틀린 말이 아니군요."

사내는 자신을 알아봐준 도시에서 온 여자에 대해 기쁨의 눈빛
을 보낸다. 그녀는 웃음이 터져나오려고 하는 것을 참는다. 사내는
단순하고 순진하다. 사내는 그녀에게 자신을 과시하고 싶어 몸이
달아올라 있다. 사내는 그녀에게 뭔가 속엣말을 하고 싶은 절박한
눈빛을 보낸다.

"사실 저도 서울로 올라가고 싶어요. 친구들은 거의 다 서울에서
자리를 잡았어요. 고등학교를 졸업하고 모두 서울로 갔죠. 대학에
다니는 친구가 둘이나 있어요. 형들도 누나들도 서울에 있고요. 저
는 막내인데 아버지가 저를 서울에 보내지 않으려고 해요. 아버지
는 이곳 유지거든요. 제법 큰 배가 몇 척 있어요. 어부가 아니라 선
장이에요. 얼마 전에 했던 드라마 아시죠? 최불암 말이에요. 캡틴

박이요. 저의 아버지 성이 박이거든요. 아버지는 그 드라마를 너무 좋아했어요. 전 아버지의 일을 도와야 해요.”

사내의 귓불이 붉어진다. 사내는 서울을 동경한다. 매일 밤 텔레비전에 나오는 도시의 젊은 남자와 여자의 로맨스로 가슴이 설렌다. 그는 서울에 있는 웬만한 자기 또래의 남자 아이들 못지않은 차를 가지고 있다. 그리고 머리에 무스를 바르고 유명 메이커의 향수를 겨드랑이에 뿌린다. 리바이스 청바지가 여러 벌 있고 구두도 여러 켤레 있다. 그래도 이곳은 서울이 아니다. 그는 섬에 사는 촌놈일 뿐이다. 서울에 갈 때 돈을 많이 가져갔을 것이다. 그리고 호기롭게 친구들에게 많은 돈을 썼을 것이다. 열등감. 도시에 대한 열등감.

“제가 너무 제 얘기만 했나요? 아줌마가 좋아 보여 자꾸 말을 하고 싶네요. 보길도에는 호텔이 없어요. 민박집만 있죠. 예송리에 있는 예송정이 수리를 해서 묵기에는 괜찮아요. 화장실도 수세식이구요. 제가 그 동네 살아서 잘 알아요. 서울 사람들은 수세식이 아니면 힘들어하잖아요. 그래서 이 섬의 민박집 대부분이 수세식으로 다 고쳤어요. 대신 돈을 더 받아요. 서울의 모텔 값 정도라 생각하면 돼요. 섬은 세 시간이면 전부 다 둘러볼 수 있어요. 세연정에는 꼭 한번 가보세요.”

사내는 우쭐대며 기관실로 내려간다. 귀엽군. 그녀는 피식 사내의 뒷모습을 보며 웃는다. 사내의 모습이 완전히 사라지자 또다시 허전한 마음이 밀려온다. 사내를 좀더 붙잡아둘걸 하는 후회가 생긴다. 또다시 혼자라는 생각이, 견딜 수 없이 다가온다. 그 모든 것이 잃어버린 필름의 한 부분같이 아득하다. 사내에게 얻어 핀 담배 연기가 갑자기 역겹다. 그녀는 남편의 냄새를 맡고 싶다.

선실에는 남편 외에 아무도 없다. 그는 두 팔을 쭉 펴고 잠들어 있다. 선실 창으로 네모난 바다가 보인다.

"일어나. 바다 안 볼 거야? 바다가 보고 싶다고 했잖아."

"아, 조금만, 조금만……"

그녀는 남편의 어깨를 잡고 일으켜 앉힌다.

"나 사랑해?"

"참, 별걸 다 묻네. 제발 날 좀 내버려둬. 여행 기간만이라두…… 좀더 잘래. 섬에 도착하면 깨워줘."

그녀는 그의 어깨를 힘껏 잡아당긴다.

"나 사랑해? 말해줘."

그는 신경질적으로 머리를 흔들며 그녀의 얼굴을 본다. 침묵. 그 속에 갇힌 증오…… 그는 주머니에서 담배를 하나 빼 입에 문다. 그녀는 남편의 입에 물려 있는 담배를 자신의 입에 문다. 남편의 눈이 조금 커진다. 그녀는 사내에게서 받은 일회용 라이터로 불을 붙인다.

"당신, 담배 피워?"

"가끔."

"진서가 알아?"

"아니. 당신하고 진서, 모르게 피워. 요즘은 밤에 잠이 오지 않아."

그는 고개를 끄덕인다. 그들은 나란히 선실 창으로 네모난 바다를 바라보며 연기를 뿜어낸다. 다시 침묵. 증오조차 없어진…… 그녀는 마치 생전 처음 본 낯선 남자와 나란히 있는 것 같은 느낌

에 빠져든다. 그녀는 그의 옆모습을 슬쩍 훔쳐본다. 그의 옆얼굴은
그녀에게서 벗어나고자 하는 초조감으로 가득 차 있다.

"나 좀더 잘래. 휴우. 그래, 사랑해. 사랑한다! 이제 자도 되지?"

"자지 마. 나한테 하고 싶은 말 없어?"

"……글쎄."

"재미있는 이야기 좀 해봐. 옛날엔 매일 밖에서 들은 재미있는 이
야기를 잘 해줬잖아."

"사는 게 재미없는데 무슨 재미있는 이야기가 있어. 진서가 내년
에 삼학년이지. 진서, 데리고 올걸 그랬어. 녀석이 좋아할 텐데."

"라훌라라며. 당신 인생의 장애!"

"농담이지…… 우리 둘만 있으니깐 허전하다. 그지?"

"……"

"잘래."

"재미있는 이야기 하나만 해주면 자게 해줄게."

"아유, 미치겠군. 알았어. 이야기 하나 해주면 날 더 이상 방해하
지 말아. 알았지?"

"당근이야."

"당근? 그게 무슨 말이야?"

"당연하다는 말이야. 줄여서. 요즘 애들 사이의 유행어거든."

"좋아. 어떤 여자가 있어. 그 여자는 남편과 아이를 굉장히 사랑
했어. 그래서 남편과 아이에게 늘 세 끼 밥을 새로 지어서 먹이고
집 안을 깨끗하게 청소하고, 정말 너무나 현모양처인 거야. 가끔
자기도 집을 떠나 놀고 싶기도 하고 어떨 때는 대충 밖에서 한 끼
를 때웠으면 하는 마음도 있지만 그러지 않았어. 어느 날 여자가

서른다섯이 되었을 때 교통 사고로 죽은 거야. 사실 이건 내 생각인데 그런 여자는 일찍 죽는 게 좋아. 다음 얘기를 해야겠지? 그 현모양처는 심판자인 신 앞에 섰어. 신이 말했어. 어떻게 살았는지 말해보라구. 그래서 그녀는 우쭐대며 자기가 가족을 위해 얼마나 열심히 살았는지, 얼마나 도덕적으로 살면서 십계명을 지켰는지 말했지. 난 동네 밖을 거의 나가본 적이 없어요. 언제나 가족을 위해 집을 지켰어요. 학교에서 오는 아이가 집에 엄마가 없으면 얼마나 쓸쓸하겠어요? 남편 역시 그렇구요. 그 여자의 이야기를 다 듣던 하느님이 뭐라고 했는지 알아?"

"칭찬했겠지."

"아니, 하느님이 뭐라고 했냐면, 내가 언제 너를 집에서 그렇게 살라고 세상에 내보냈느냐. 다음 생에는 개로 태어나게 해줄 테니 실컷 돌아다니며 재미 좀 보고 살아라! 재밌어?"

"별루. 나야말로 다음 생엔 개로 태어나겠네. 그것도 똥개로 말이야. 그럼 당신은 개가 된 나를 어떻게 할 거야?"

"당신이 개가 되면…… 내가 당신 목에 줄을 매달고 집에 묶어둬야지."

"지겨워. 개가 된 것도 기분 나쁜데 또 당신을 만나 당신 집에서 살아? 게다가 목에 개줄까지 달구? 당신 마누라는 날 매일 발로 걷어찰 거야. 아니, 당신이 날 더 걷어찰 것 같은데? 차라리 자살할래. 개도 자살할 수 있어."

"……생각해보니깐 좀 그렇다. 나도 갑자기 너무 지겹다는 생각이 든다. 다음 생에 당신하고 또 살아야 된다구 생각하니까. 아무리 개라고 해두 말이야. 지금도 지긋지긋해 미치겠는데……"

“……!”

갑작스런 침묵이 밀려온다. 이제까지의 침묵과는 다른, 아주 까다롭고, 무겁고, 복잡하고, 다양한 의미를 담고 있는 침묵이다. 입이 얼어붙고 눈은 둘 곳을 몰라 헤맨다. 서로의 내면에 피어오르는 안개가 걷히고 모든 것이 분명하고 명확한 모습으로 불쑥 튀어나온다. 스스로를 속이고, 상대를 속이고, 속이는 것이 어떤 것인지조차 모르던 것이 너무나 선명하게 그들 눈앞에 모습을 드러냈다. 말로는 표현할 수 없는, 그러나 확신에 찬 정확한 느낌이…… 그들은 서로가 갑자기 낯설고 눈을 마주칠 수가 없다.

부부. 전면적인 관계. 모든 것을 다 안다고 생각하지만 시간이 흐를수록 서로에 대해 아무것도 모르는, 아는 것조차 잊어버리는…… 아내와 남편이라는 이상한 관계.

그녀와 그는 아무 말 없이, 몸 움직임조차 없이 절망적인 얼굴로 선실 창을 향해 네모난, 갇힌 바다를 텅 빈 눈으로 바라본다. 바람은 불지 않고 비는 단조롭고 가늘게 정확한 일직선으로 바다로 떨어져 바다가 된다.

*

그녀는 선착장을 둘러본다. 사내의 모습은 어디에도 없다. 휴가철이 아닌 선착장은 한가롭다. 바다 냄새가 섞여 있는 공기는 산뜻하다. 가을을 느끼게 한다.

“저것 좀 봐.”

그는 한 손으로 그녀의 어깨를 잡고 다른 한 손으로 맞은편 섬을 가리킨다. 자신이 가리키는 것이 무엇인지 모른 채 맞은편 섬의, 섬 뒤의 바다를, 그러나 결국 아무것도 보지 않는 그녀의 어깨를 세차게 흔든다.

"완도 대우병원이야. 저 하얀색 건물 보이지. 텔레비전 광고에 나오는 게 저 병원이야."

그의 목소리는 과장되게 명랑하고 활기차다. 그는 쫓기고 있다.

"저 섬의 흰 건물을 좀 봐!"

그녀는 그제서야 멀리 보이는, 하얀색의 2층 건물을 본다. 텔레비전 광고에서는 희생적이고 마음 좋아 보이는 의사와 간호사가 환하게 웃고 있었다. 흰 가운을 입은 그들은 아마 배우일 것이다.

"민박을 정하기 전에 회를 먹자. 서울 수족관에 있는 활어들은 스트레스를 받아서 고유의 맛을 내지 못한다지? 이곳의 생선은 방금 잡아서 싱싱할 거야."

스트레스 받은 물고기. 스트레스 받은 횟집의 사람들…… 스트레스가 스트레스를 마구 먹어치운다.

그녀가 아무 반응이 없자 그는 빠른 속도로 걷기 시작한다. 선착장에 늘어서 있는 횟집들을 살핀다. 그녀는 그의 뒤를 천천히 따라가다 한번도 창을 닦아본 적이 없는 듯한 슈퍼 창 앞에 꽂혀 있는 관광 지도를 발견한다. 1,500원이요. 슈퍼 주인은 친절하지 않다. 그는 도시에서 관광 온 사람들에 대해 적대감을 감추지 못한다. 오십이 좀 넘어 보이는 남자는 먼지 낀 창을 통해 바다에서 거친 파도와 동무하며 그물을 던지던 자신의 젊은 날을 볼 것이다. 얼굴은 구릿빛으로 빛나고 어깨와 허벅지가 단단한 근육으로 발달된 그 옛날의 자신…… 그의 늙은 아내는 생사를 건 매일매일의 그의 노동을 불안해하다 작은 슈퍼를 차려 관광객의 호주머니에서 잔돈푼을 버는 안전하고 성실한 생활 속에 그를 가둬두었다. 그의 건강한 갈색 피부는 누렇게 뜨고 마음은 편협해지고 잔소리만 많아진 입 주위에는 잔주름이 생기고, 사용할 일 없는 근육은 늘어진 살덩이가 된다. 남은 인생 동안 그는 더러운 창으로 바다를 본다. 그러나 어느 날, 문득 사람들은 바다를 걸어가는 등 굽은 늙은이를 볼 것이다.

"에잇, 도둑놈들. 횟값이 서울보다 더 비싸. 휴가철도 아닌데 말이야. 그건 뭐야?"

"이 섬의 관광 지도."

"그건 얼마에 팔어?"

"천오백 원."

"제대로 된 가격인지 모르겠군."

그는 그녀의 손에서 관광 지도를 낚아채듯이 빼간다. 그리고 관광 지도를 펼쳐들고 빠른 걸음으로 걷는다. 그녀는 그와 보조를 맞추며 그의 뒤를 따라간다.

"둘러볼 만한 곳이 꽤 있군. 들어봐. 윤선도가 51세 되던 해 왕이 청나라에 항복했다는 소식을 듣고 세상을 멀리하고자 제주도로 향했대. 꼭 지금의 내 심정 같았을 거야."

"당신 심정이 어떤데?"

"……그런데 도중에 이 섬을 발견했대. 그래서 이곳에 자리잡았다는군. 또 이렇게 씌어 있어. 윤선도의 5대손인 윤위가 보길도의 윤선도를 보러 왔다가 쓴 기행문인데, 일기가 청화하면 세연정에 들러 못 중앙에 작은 배를 띄우고 어린 남자 아이에게 채색 옷을

입혀 배를 일렁이며 돌게 하고 자신이 지은 「어부사시사」의 가사
로 노래를 부르게 했다는군. 밤에는 촛불을 밝히고 놀이를 즐기구
말이야. 신선이 따로 없군.”
“말 돌리지 말고. 당신 심정이 어떤데?”
“어, 이 집이야. 이 집이 제일 깨끗하고 나은 것 같아. 바가지 씌
우는 것은 마찬가지지만 말이야. 싱싱한 맛으로 먹어야지. 돈 생각
하면 못 먹지, 뭐. 당신이 회를 좋아하잖아. 사줄게. 먹고 싶은 만
큼 먹어.”
　그는 더욱더 지나치게 쾌활한 목소리로 말한다. 그러나 그의 얼
굴은 점점 불안과 초조로 일그러져간다.
“아니, 당신이나 먹고 싶으면 먹어. 근데 당신 심정이 어떤데?”
“아니야! 아무것도! 제발 그만 좀 해!”
“……”
“……”
“……참 괜찮은 민박집을 알아뒀어. 배에서 어떤 근사한 남자가
일러준 거야. 여기서 한 이십 분쯤 가다 보면 예송리에 예송정이라
는, 민박하는 집이 있다더군. 그리고 그 앞에 그 유명한 깻돌이 있
는 해수욕장이 있다네.”

*

　예송정이라는 현판이 걸린 민박집은 새로 간 쪽마루가 여덟 개
의 방문 앞에 쭉 펼쳐져 있다. 7번 방. 그가 좋아하는 숫자다. 방에
는 작은 텔레비전과 때묻은 요와 이불, 지나치게 높은 베개 두 개

가 있다. 그리고 아주 오래된 괘종시계. 시계는 세시에 고정되어 있다. 시계추는 멈춰 있다.

민박집은 한가했다. 그들이 유일한 손님이다. 중년의 주인 부부와 마루 밑으로 비를 피하는 누런 빛깔의 똥개밖에 없다. 지금은 휴가철이 아니다. 그리고 장마가 시작된다. 이런 날 이 먼 섬까지 여행을 올 사람은 없다. 그녀는 이런 한가함을 기대했지만 불안하다. 사람들 속에 섞여 자신과 남편의 빗나간 말과 감정들, 이상한 침묵 속에 날을 세운 증오와 분노들을 잊고 싶다. 그녀는 빨리 도시로 가고 싶다. 도시의 소음이 그립다. 그 소음 속으로 도망치고 싶다.

처마 밑으로 빗물이 떨어지고 저 멀리 옛사람들이 바람을 막기 위해 심었다는 상록수림이 보이고 그 오래된 나무 사이로 바다가 언뜻언뜻 보인다. 그녀는 마루 밑에 있는 똥개를 발로 세게 찬다. 개는 몇 번 그녀를 향해 이빨을 드러내고 제법 으르렁거리더니 다시 잠이 든다.

주인 아주머니에게서 우산을 빌려온 그는 기대에 가득 찬 소년 같은 얼굴빛이다. 그는 서둘렀고 그녀의 기분을 맞추기 위해 애를 쓴다. 그들은 우산을 높이 들고 바다를 향해 나란히 걸어간다.
"장마 때 바다를 보는 것도 꽤 분위기 있네. 그렇지?"
"……그런데 아까 말했던 당신 심정이라는 게 어떤 거야?"
"제발 잊어버려. 부탁이야!"
바닷바람이 불고 차가운 빗방울이 얼굴에 와 부딪힌다. 비릿한 냄새. 축축이 젖어드는 한쪽 어깨……
까만 자갈이 펼쳐진 바닷가에는 거룻배 두 척이 묶여 있을 뿐이다. 아무도 없다. 그는 잠시 서서 먼 바다를 바라보고 있다.

"……"

"……"

"좋아?"

"……솔직히 생각보다 별로야. 작고, 기대했던 것보다 못해. 텔레비전이나 『문화유산답사기』 같은 책에 있는 사진으로 볼 때는 굉장히 근사했는데. 막상 보니 별로야. 배신감 같은 게 느껴져. 사기당한 기분 말이야."

"이 정도의 사기는 사실 아무것도 아니야. 인생은 온통 뒤통수를 칠 망치를 감추고 있어. 약간의 행복을 요만큼 주고는 그 다음 망치로 뒤통수를 까는 거지, 뭘. 사기는, 진짜 사기는…… 아이라도 데리고 올걸 그랬어."

"그래. 나두 그 생각을 했어. 진서를 데리고 왔으면 좋았을 텐데. 참 요즘 진서가 엄마가 뽀뽀하는 걸 거부한다며?"

"응. 이제 내 품에서 떠나려나봐. 실연당한 기분이야."

"뭐, 다 그렇지. 우리 엄마도 나한테 그런 걸 느꼈을 거야. 다 그런 거야."

아이에 대한 이야기가 끝나자 더 이상 해야 할 말이 생각나지 않는다. 그녀는 아주 낯선 사람과 한 우산 밑에서 비를 잠시 피하고 있다는 생각을 한다. 서로가 너무 멀리 떨어져 있다. 보길도와 완도 대우병원이 있는 소안도처럼. 천지 개벽이 아니면 서로 만날 수 없는 섬과 섬처럼.

그들은 얼굴 표정을 가다듬고, 그들 사이에 아무 일도 없었다는 듯이 익숙한 습관에 구원을 요청한다. 구원은 쉽고 빠르게 찾아왔다. 그녀와 그는 더 이상 서로에 대해 아무 불평도, 사소한 싸움도 하지 않는다. 서로의 눈치를 보며 과장된 웃음과 친절의 표시도 하지 않는다. 그들은 서로에 대해 무관심해졌으며, 그 무관심의 대가로 서로에 대해 완전히 무지해졌다. 그리고 일종의 휴전처럼 평화가 왔다.

그는 작은 깻돌을 하나 주워 주머니에 넣는다. 그것을 지켜보는 그녀를 향해 빙긋 웃는다. 웃음은 이제 그녀 안에서 의미를 상실했다. 바람은 점점 거칠어지고 바다 소리는 커진다. 하늘이 갑자기 어두워졌다. 비는 폭우로 변해 사정없이 우산 속으로 쳐들어와 그들의 옷과 머리와 신발을 흠씬 적셔놓는다. 갑자기 온몸에 피가 끓어오르는 듯하다. 강렬한 감정이 고개를 쳐들고 그녀의 가슴을 뚫고 나오려고 한다. 미친 듯이 출렁이는 바다 속으로 뛰어들고 싶은 충동 때문에 그녀는 걷잡을 수 없는 고통을 느낀다.

누군가 비옷을 입은 채 천천히 걸어오는 것이 보인다. 그녀는 사내의 얼굴을 보지 않고도 그 실루엣만으로도 누군지 안다. 담배를 건네준, 도시에서 잠깐 놀다 온 사내다. 사내는 그들을 지나쳐간다. 그녀는 그의 뒷모습을 눈으로 좇는다.

"들어가서 잠이나 자자. 피곤해."

그는 방으로 들어가자마자 맨바닥에 누워 금방 잠이 든다. 빗소리가 그에게 편안한 수면을 유도했다. 잠든 남편의 얼굴을 보자 자신이 그를 얼마나 증오하고 미워하는지를 새삼 깨닫는다. 저 남자와 수많은 밤을 보냈다는 게 믿어지지 않는다. 그녀는 격렬한 증오를 어쩌지 못해 방안을 빙빙 돈다. 방안에 같이 있다는 것이 더 이상 견딜 수 없는 고문이라고 생각되자 그녀는 방문을 열고 밖으로 나온다.

　그녀는 마루로 나와 앉아 조금 전 자신의 피를 끓게 한 바다 소리에 대해 생각한다. 잠깐 바닷가에서 본 사내 생각을 했지만…… 이내 잊어버린다. 언제부터인가 사람에 대해서 생각하지 않는 습관이 생겼다. 누구의 생도 궁금하지 않고 아무런 호기심도 생겨나지 않는다. 결국 사람들은 사는 대가에 대한 나름의 고통을 가지고 있다. 그 고통의 내용은 여러 가지지만 결국엔 하나다. 살고 있기 때문에…… 고통을 사랑하라! 그러나 삶에서, 삶에 대한 지나친 사랑에서 오는 고통은 지옥이다. 더한 지옥은…… 상실된 생이다.

　주인 여자는 세연정까지 삼사십 분이면 걸어서 갈 수 있다고 한다. 차를 불러줄 수 있다며 전화기를 든다. 그녀는 고개를 흔들며 걸어가겠다고 말한다. 신발을 신고 마루 밑에 들어가 잠이 든 똥개를 발로 또 한 번 찬다. 주인 여자가 그녀를 빤히 쳐다본다.

　그녀는 걷는다. 걷는 것 외엔 아무 생각도 하지 말자 스스로 다짐한다. 빗소리에 마음을 열어놓고 걷는다. 관광 지도를 펼친다. 빗물이 금방 종이 위로 고인다.

　330년 전의 윤선도가 살았던 낙서재, 풍류를 즐긴 세연정, 모래사장이 아닌 까만 깻돌밭 해수욕장. 그리고 이미 꽃이 피고 진 동백나무. 고산은 85세로 보길도 낙서재에서 눈을 감았다. 그의 생애는 이곳에서 호사의 극치를 누렸다.

　세연정. 세연정…… 그곳에서 윤선도는 「어부사시사」 등의 가사로 기희들과 예쁘게 치장한 어린 남자 아이에게 완만한 음절에 따라 노래를 부르게 했다. 춤을 추게 했다. 풍류? 권태? 그녀는 문득 남편이 반복되는 지루한 회사 일과 죽기 전에는 영원히 벗어날 수 없는 가족에 대한 커다란 무게에서 벗어나고 싶어하는구나, 하는 생각이 불현듯 들었다. 정답 같은 확신에 찬 생각이다. 남편에게는 무언가가 필요하다. 젊은 여자? 아니 그렇게 간단하진 않을 것이다. 남편은 어쩔 수 없는 인생의 덫에 걸린 것이다. 그녀는 주위 풍경에 두고 있는 시선을 자신에게로 돌려놓는다. 자신 역시 새로운 자극을 줄 무언가가 필요하다. 자신과 남편은 매복된 인생의 덫에 동시에 걸려든 것이다. 한때 사랑이었던 감정이 세월 속에 책임과 의무와 증오와 분노만이 남은 무기력한 관계의 덫에……

그녀는 자신에게 용기를 준다. 그녀는 남방의 단추를 두 개 푼다. 그리고 소리 높여 외친다. 난 괜찮아! 난 괜찮아! 그녀는 절박하게 외친다. 그리고 방만하게 다리에 자유로움을 주고 스스로에 도취되어 걷는다.

차가 그녀 앞으로 빠르게 지나간다. 그녀는 비켜선다. 차는 빠른 속도로 달린다. 차바퀴에서 솟구친 빗물이 그녀의 맨다리를 적신다. 그래도 그녀는 기분이 불쾌하지 않다. 그녀는 앞으로, 오직 앞으로 걸어나간다. 난 괜찮아, 를 마음속으로 외치며……

세연정. 생각보다 작다. 그녀의 옷은 흠뻑 젖었다. 갤로퍼가 주차해 있다. 비는 점점 세차게 내리고 있다. 나뭇잎을 때리는 빗소리와 빗물이 힘차게 흐르는 개울…… 젖은 머리칼이 얼굴에 달라붙는다. 그녀는 우산을 빙글빙글 돌리며 연못 뒤 정자로 걸어간다. 정자에 기대 3백 년도 넘었을 연못을 본다. 아무도 돌보지 않은, 함부로 자라난 물풀…… 붉은빛의 연꽃들은 꽃잎을 완강하게 다물고 있다. 아무 감동도, 아름다움도 찾아볼 수 없다. 남편의 기분이 이해된다. 그러나 남편을 용서할 수 없다. 남편이 깻돌밭 해수욕장에서 사기당한 기분이라느니, 하는 김새는 말을 하지 않았다면 그녀는 어쩜 세연정에서 나름의 의미와 아름다움을 찾았을지 모른다. 그녀는 남편을 한 대 패버리지 않고 온 것이 분하다.

정각에 등을 대고 그녀는 서 있다. 비는 이제 땅에 대해 징벌이라도 하듯 무자비하게, 가학적으로 쏟아져내린다. 그녀는 가방에서 담배와 라이터를 꺼낸다. 담배를 물고 불을 붙이자 익숙한 사내의 목소리가 들린다.

"저도 한 대 주세요."

그녀는 돌아보지 않는다. 그녀는 사내의 시선을 느낀다. 뒤통수에도 보이지 않는 눈이 있으니까. 보지 않아도 보이는 눈…… 그녀는 기다린다. 초조감도, 불안감도 없이…… 유쾌한 기분마저 든다. 독심술·염력…… 그런 것들을 생각하며 자신과 내기를 걸어본다.

사내는 약간 망설이다 다시 한번 그녀에게 말을 붙일 것이다. 비는, 정자의 처마 밑으로 떨어지는 비는 땅에 깊은 골을 만든다. 빗소리는 점점 커진다. 빗소리와 더불어 세상은 어두워진다.

"저어, 담배 한 대만 주시면 감사하겠습니다."

그는 처음보다 훨씬 예의를 차리며 다시 그녀에게 부탁한다. 그녀는 만족스런 웃음을 띠며 비로소 사내를 돌아본다. 사내는 그 나이의 순진한 모습으로 그녀의 처분만을 기다린다는 듯이 서 있다. 그녀는 승리감을 느낀다. 그녀는 그 기쁨을 감추기 위해 눈과 입에 힘을 준다. 하지만 소리 없는 환희를 감출 수 없다. 그녀는 사내에게 담배 한 개비를 준다. 그리고 배에서 사내에게 받은 라이터로 사내의 담배에 불을 붙여준다. 사내의 손이 조금 떨린다. 그녀는 도도하게 정자 기둥에 몸을 기대 담배를 피우는 사내를 노려본다. 사내는 눈을 어디다 둘지 몰라 애처롭게 허공을 헤맨다. 비는 점점 세차게 정자 처마 안으로 쳐들어온다. 빗소리는 그녀의 피를 끓게 한다. 너무나 오랫동안 잊고 있었던 뜨거운 열기와 빠른 피돌기……

담배 한 개비를 다 피운 사내는 조심스럽게 그녀를 향해 걸어온다. 그녀는 사내를 똑바로 노려본다. 사내의 거친 숨결이 느껴지고 그녀는 사내를 오랫동안 알았던 사이 같은 친근함을 느낀다.

그늘과 그늘의 만남. 어둠과 어둠의 만남. 지리멸렬한 생과 생의 만남. 권태와 권태의 만남. 잃어버린 왕국에 대한 상실과 상실의 만남. 한번도 멈춰본 적이 없는, 생에 쫓기는 불안과 불안의 만남. 무너져버리고 싶은 충동과 충동의 만남. 함부로 내던져버리고 싶은 영혼과 영혼의 만남……

그녀의 손가락은 빠르게 사내의 젖은 셔츠 단추를 풀고 있다. 사내 역시 그녀의 남방 단추를 푼다. 옷에서 벗어난 어깨와 젖가슴이 긴장으로 팽팽하고 그의 손은 그녀의 두 가슴을 꽉 쥐고 있다. 더 이상 빗물을 가둬둘 수 없는 보에선 이탈된 물이 콸콸 넘쳐흐른다. 비에 잠긴 작은 세상. 어둠. 가학적으로 쏟아져내리는 비. 세상과 부딪치는 비명 같은 빗소리……

그녀의 맨몸은 기둥에 바짝 붙여진다. 더 이상 풀어야 할 단추가 없는 빈 손은 사내의 등을 꽉 잡는다. 폭우와 같이 검고 차가운 두 손이 엉덩이를 받친다.

날카로운 칼끝…… 낡고 두꺼운, 이미 버렸어야 할, 그러나 자신의 힘으론 어쩌지 못했던, 이젠 피부가 되어버린 그녀의 낡은 자아가 찢겨나갈 것이다. 갈가리, 단숨에……

　사내의 가쁜 숨결…… 사내는 도시 여자들에게 멸시당한 복수심과 도시 여자에 대한 성적 정복욕에 불타 있다. 서울에 가서 친구들이 데려온 도시 여자를 보았겠지. 친구들은 촌놈을 위하여, 또한 자신들을 과시하기 위하여 여자를 소개시켜주었을 것이다. 그리고 촌놈의 세련되지 못한, 여자를 다루는 서툰 기술이 반드시 실패할 거라고 굳게 믿고 강렬한 호기심으로 그 둘을 향해 눈알을 굴린다. 친구들은 사내를 관찰하며 스릴을 맛본다. 결국 친구들의 예상대로 사내는 도시 여자에게 거부당한다. 친구들은 기쁨을 느낀다. 그러나 그 기쁨을 감추고 그를 위로한다. 다른 여자를 소개시켜줄게. 아직 실망하기엔 일러. 깔린 게 여자야!

　사내는 도시 여자에 대한 증오와 갈망으로 그녀를 힘껏 밀어붙인다. 그리고 도시로 간 친구들에게서 배운 음란한 말을 그녀의 귀에 대고 속삭인다. 음란한 말은 사내의 거부당한 성적 욕구에 불을 당긴다. 사내는 갑자기 영화 배우 중에 누굴 좋아하냐고 숨을 헐떡이며 묻는다.

“도시 여자들은 브래드 피트라는 놈을 대개 좋아하더군요. 디카프리오한테는 환장을 했구요.”

　사내는 브래드 피트보다 더 매력적으로, 더 야성적으로 잘할 수 있다는 제스처를 그녀에게 보낸다.

　사내는 그녀를 만족시키고 있다는 자신감에 차 있다.

“도시에서 온 여자들은 다 그래요. 그러니깐 심심해하는 얼굴이 똑같아요.”

　뭐가 다 그렇다는 건지 그녀는 사내의 다음 말을 기다린다.

사내는 그 말에 적합한 단어를 찾기 위해 그녀의 젖가슴에 머리를 비비며 안간힘을 쓴다.

"그래요. 권태! 맞아! 권태예요. 제 말이 맞지요!"

권태라는 단어를 찾아낸 사내는 더욱더 자신감에 차 그녀의 한쪽 다리를 번쩍 들어 자신의 허리에 감는다. 사내는 이제 목표물을 향해 힘차게 돌진한다. 그러나 사내는 너무 흥분한 나머지 미처 신비의 동굴로 들어가기도 전에 입구에서 일을 끝낸다. 그녀의 허벅지로 사내의 미지근한 패배의 정액이 흘러내린다. 그러나 사내는 패잔병의 자존심을 회복하려는 안간힘으로 분명 서울의 친구들에게 깊은 감명을 받거나 교육받았겠지만…… 자기가 비록 섬에 있어도 도시 남자 못지않은 세련된 카사노바의 예의를 갖추고 있다는 것을 보여주기 위해 엄지손가락을 그녀의 눈앞에 높이 쳐들며 말한다.

"당신은 최고였어!"

그녀는 웃음을 터뜨렸다. 그 웃음은 최초의 혼외 정사에 뒤따르는 죄의식과 불안과 자기 혐오의 감정을 일시에 날려버렸다.

사내가 얼마나 이 말을 한번 해보고 싶어했는지를 알 수 있다. 사내는 여러 번 마음속으로 그 대사를 외우고 또 외웠을 것이다. 그리고 기회를 노렸을 것이다. 비록 도시의 그 싸가지없는 년들이 기회를 주지 않았지만…… 사내는 드디어 해낸 것이다. 사실 사내는 섹스보다, 섹스 후 이 말을 멋들어지게 해보고 싶었다. 사내는 그녀의 웃음에 자신이 성공했다는 것을 확신하며 다시 한번 그 대사를 말하고 싶다. 한 번으론 그 동안의 연습이 너무나 아쉽다.

"이제까지 만난 여자들 중에서 당신이, 당신이 최고였어!"

사내의 높이 치켜세운 엄지손가락을 보며 그녀는 웃음을 멈출 수가 없다. 그녀는 계속 웃었다. 사내는 웃는 그녀를 보며 점점 얼굴빛이 하얗게 질린다. 갑자기 미친 여자로 돌변한, 막 자기와 정사를 끝낸 연상의 도시 여자에 대한 두려움에 휩싸인다. 이건 예상하지 못한 일이었기 때문에 사내는 허둥대고 그리고는 몇 걸음 뒤로 주춤 물러나더니 재빨리 뒤를 돌아 뛰기 시작한다. 사내는 그녀가 자신을 잡으러 올 것 같은 공포로 백 미터 달리기 선수처럼 쏜살같이 세연정 밖에 세워둔 자신의 차를 향해 달린다.

사내의 갤로퍼가 맹렬한 기세로 달리는 것을 보며 그녀는 더 큰 소리로 미친 듯이 웃는다. 그리고 갑자기 웃음을 그친다. 잠깐 눈물을 흘린다. 사내는 죄가 없다. 그녀는 중얼거린다. 나도 죄가 없다. 그녀는 다시 한번 소리내어 웃는다. 웃음은 빗소리보다 더 크다. 그녀는 태어나서 이제까지 이처럼 유쾌한 적이 없다. 그녀는 깔깔대며 폭우 속으로 뛰어든다. 세찬 비가 그녀를 더욱더 유쾌하게 한다.

세연정에서 돌아온 그녀는 아직도 깊은 낮잠에 빠져 있는 남편을 내려다본다. 젖은 옷을 벗고 남편 곁에 눕는다. 밖에는 힘찬 빗소리와 바다 울음이 그녀의 고막을 때린다. 그녀는 남편이 버스 안에서 잠깐 읽다 팽개쳐버린 신문을 집어든다.

'미쳐가는 지구촌!'
아시아에선 홍수로 수많은 사람이 죽어나가고 있다. 미국과 동유럽에선 살인적인 더위로 사람들이 죽고…… 중국을 필두로 한국·일본·방글라데시 등 아시아 지역이 폭우와 홍수로 고통을 받고 있다…… 어떤 지역에서는 기온이 111년 만에 최고로 치솟아 수십 명의 시민들이 뜨거운 보도 위에서 실신하는 사태가 이어졌다.

신문 기사를 다 읽은 그녀는 천장을 오랫동안 바라본다. 그리고 히죽히죽 웃는다. 그러다 그녀는 문득 벽에 걸린, 언젠가부터 관심의 대상이 되지 못한 죽어 있는 시계, 시계 안의 시간을 본다. 그녀는 벌떡 일어나 시계에 밥을 준다. 그녀의 가슴에 오랫동안 꺼져 있는 불이 하나씩, 천천히 켜지고 그녀의 잠든 감각들이 기지개를 켜고 민첩하게 움직이고 있다. 사라진 왕국의 옛 열정이 살아난다.

그녀는 남편의 얼굴을 본다. 처음 만난 날의 모습이, 오랫동안 잊고 있던 그 웃음이 선명하게 다가온다. 그녀는 벅찬 감동으로 남편의 볼을 잠시 손으로 쓸어내린다. 이상한 슬픔과 연민이 그녀의 가슴을 가득 채운다. 너무나 오랫동안 잊고 있었다.

꼭 여인숙에서 잃어버린 것만은 아닌 그 무엇의 정체가 순간 그녀 안으로 날카롭게 꽂힌다. 그녀가 잃은 건, 잠든 남편 역시 잃어버린 건 바로 열정을 동반한 사랑, 삶이다. 그것을 잃어버린 것은 남편도, 그녀의 탓도 아니다. 그건 그저 시간의 덫일 뿐이다. 그러나 열정을 동반한 사랑의 상실 뒤에 또 다른, 형태는 다르지만 또 다른 무언가가 있다는 것을 깨닫는다. 그건 서로가 서로에게서 느끼는 연민…… 나른하고 무관심하고 서로에 대해 무지해지고…… 그 모든 것을 겪은 후 찾아오는 서로에 대한 연민이라는 안정된 애정……

그 순간 남편의 팬티 안에 그녀의 장난감이 수줍게 그녀를 향해

서 있다. 그녀가 바라는 열정적인 사랑은 아니지만 연민과 서로에
게 우정 같은, 아니 우정을 넘어선 가족애에 대한 따뜻한 물기가
그녀의 가슴에 흐른다. 인생이란 하나를 잃으면 또 다른 무엇으로
채워진다는 것…… 뜻밖의, 살아갈 수 있는 무언가가 선물처럼 온
다는 것…… 그래서 인간은 살아간다는 것……

　빗소리와 파도 소리가 그녀에게 아주 오랜만에 수면제처럼 그녀
를 부드럽게 감싼다. 분노와 욕구 불만과 남편에 대한 살의의 충동
으로 가득 찬 그녀의 경직된 마음과 몸은 이완되고 편안하다. 그녀
는 남편의 팔에 머리를 올려놓고 한 손은 남편의 등을 감싸고 다른
한 손으로 그녀를 향해 수줍게 세워져 있는 그녀의 장난감을 살며
시 쥔다.

　그녀는 아주 오랜만에 평화를 느낀다. 그녀는 가물가물 졸다 깊
은 잠 속으로 빠진다.

　그녀의 잠든 얼굴은 남편의 그것과 똑같고, 남편의 고른 호흡에
나란히 박자를 맞추며 깊은 잠으로 빠져들어간다.

〔『현대문학』, 1998년 10월호〕

어느 쓸모 없는 자의 고백

병신 같은 새끼! 나는 자신을 향해 욕을 퍼붓는다. 석이와 비참하게 죽은 새와 나 자신을 잊기 위해 앞으로 마구 내달린다. 빠른 속도로 해가 지기 시작한다. 나는 달린다. 달리고 또 달린다. 필사적으로 달린다. 그리고 나 자신을 향해 외친다. 사는 게 그렇잖아. 나보고 어쩌란 말이야.

어느 쓸모 없는 자의 고백

1

나는 벌써 깨어 있었다. 온몸에 느껴지는 공기가 맑고 깨끗하다. 늘 뙤창 쪽에서 들려오는 떠들썩한 소리도 들리지 않는다. 어젯밤부터 내리던 비는 오랜만에 마음의 안정을 가져다준다.

나는 이불을 가랑이 사이로 집어넣고 다시 잠들고 싶다. 딱히 일어나서 해야 할 일도 나에겐 없다. 물론 할 일이 없어서 잠이나 자려는 건 아니다. 비가 오고 세상은 조용히 젖어 있고…… 그런 이 순간 잠을 자는 것만큼 중요한 것은 없기 때문이다.

잠이 오지 않는다. 이불 속으로 파고들수록 나의 육체는 나를 괴롭히기 시작한다. 먹을 것을 집어넣어라. 똥오줌을 내보내라. 참으로 귀찮기 짝이 없는 몸뚱어리가 아닐 수 없다. 나는 결국 손을 뻗어 윗목에 놓여 있는 라면 상자에서 라면 하나를 집어든다. 라면을 끓이기 전에 물론 오줌도 누어야 할 것이다. 하지만 서두를 건 없다.

방문을 열고 문지방에 몸을 반쯤 걸치고 주위를 둘러본다. 사람

들은 하나도 보이지 않는다. 가난하고 무엇보다 시끄러운 인간
들……

이 집으로 이사한 지는 얼마 되지 않는다. 나 같은 사람이 기거
할 수 있는 집 구조란 대개 엇비슷하다. ㄷ자로 된 이 집은 전형적
으로 세를 놓기 위해 지어진 집이다. 재개발 바람에 의해 이젠 이
런 집들도 점점 보기 힘들어지지만……

가끔 요즘 사람들은 이런 동네의, 이런 집들, 이런 곳에서 살아
가는 사람들이 존재한다는 것을 잊고 있는 건 아닌가 하는 생각도
든다. 곧 21세기가 된다. 그러나 나는, 나만 1970년대의 어느 한복
판으로 내동댕이쳐진 것 같다. 주변부 인생. 주변부 인간. 그런 인
생에겐 현실은 텔레비전 속의 광고에 불과하다.

주인은 이 동네에 이런 집을 여러 채 가지고 있는데 다달이 차를
몰고 와 월세를 받고는 사라져버린다. 굳이 주인 자신이 올 필요도
없는 편리한 세상인데도 그는 꼭 자신의 손으로 현금을 받는다.

검정색의 벤츠가 옹색한 골목을 들어설 때면 아이들이 먼저 알
고 소리를 지르며 몰려나온다. 그쯤 되면 차가 달리는 거나 아이들
이 걸어가는 거나 거의 마찬가지다. 빵빵, 클랙슨이 울릴 때면 집
구석에 처박힌 노인네들, 젖먹이를 둘러업은 아줌마들, 집에서 놀
고 있는 처녀·총각 들이 쏜살같이 튀어나온다. 나도 말로만 듣던
벤츠를 구경하기 위해 밥 먹다 말고, 낮잠 자다 말고 동네 골목으
로 몇 번 뛰쳐나갔다. 그때마다 차창 밖으로 두툼한 손 하나가 나
와 딱히 누구에게랄 것도 없이 주먹을 휘둘러댄다.

주인이 이 집 안으로 들어서면 학철 엄마가 가장 먼저 반색을 하
고 맞아들인다. 나야 물론 얼른 방으로 들어가 방문을 걸어잠근다.

“이놈의 집들을 팔아치우든지 해야지…… 원, 올 때마다 이렇게 힘이 들어서야……”

주인의 목소리는 워낙 커서 듣고 싶지 않아도 들을 수밖에 없다. 말마다 까짓, 몇 푼 되지도 않는 걸…… 하며 씨부렁대는 그의 말은 몇 푼 안 되는 것을 받으러 오는 것이 귀찮다는 건지 아니면 몇 푼 되지도 않은 돈을 6개월째 내지 못하고 있는 나를 두고 하는 말인지 잘 모르겠다.

어느 쪽이든 기분이 좋을 리 없다. 그렇다고 나 같은 사람이 기분에 따라 세상을 살아갈 수는 없는 노릇 아닌가. 진작부터 살아가는 데 그런 감정이 아무 짝에도 쓸모가 없다는 것을 나는 잘 알고 있다.

두 달 전 주인은 학철 엄마에게 나에 대한 처분을 아주 간단하게 내렸다.

“보증금에서 까!”

그때 나는 그 말을 방안에서 듣고 그냥 웃기만 했다.

학철 엄마는 주인을 보면 그저 송구스럽고 죄송하다는 말이 입에서 떠나지 않는다. 처음엔 왜 송구스럽고 죄송한지를 몰랐는데 학철네 내력을 우연히 듣고 보니 그럴 만도 하다는 생각이 들었다. 주인과 먼 친척뻘이 되고 시세보다 싸게 세 들어 살고 있다. 게다가 파출부로 나가는 집도 바로 주인집이다. 남편은 자리에 누운 지 오 년이 넘고 학철은 동네에서도 내놓은 망나니이다. 그런데도 그녀는 무던한 사람이다. 주인이 다녀가는 날만 빼놓고 세 든 사람들에게 잘 대해준다. 나한테까지도 친절을 베풀며 가끔 김치를 찬장에 넣어놓곤 한다. 그럴 때 그 얼굴을 가만히 들여다보면 참 가엾

도록 착한 여자구나, 라는 생각을 안 할 수 없다.

　나는 매번 주인이 차를 타고 이 동네를 빠져나갈 때까지 방안에서 복잡한 감정의 흐름에 휘둘려야 한다. 사실, 이런 감정의 변화는 늘 반복되고 그 끝을 쫓다 보면 다시 원점으로 되돌아오는데 그 순환은 지옥, 그 자체이다. 처음에는 모멸과 환멸…… 그리고 분노, 마침내는 울화가 치밀어오른다. 그런 것들을 누르다 보면 마침내는 무기력해지면서 세상 모든 일이 다 그렇고 그런 것이라는 나대로의 결론에 이른다. 그러다 보면 그저 지루한 침묵 속으로 내 감정은 묽어져 결국 아무것도 느끼지 못한다.

　나는 온순하고 지극히, 내 운명을, 무능을, 그리고 그 마음의 시련을 남김없이 받아들일 준비를 한다. 물론 숱한 세상살이로 몸과 마음이 말랑말랑하게 무두질당한 결과이다. 공장에서 일하는 누이동생의 청춘으로 삼류 대학을 겨우 졸업하고 오랫동안 실업자로 애인의 꽃다운 청춘을 야금야금 갉아먹다 결국 나 스스로 그들에게서 줄행랑을 쳐버렸다. 희망 없는 기대에 대한 두려움……

　어렵게 얻은 이 마음의 평화를 나는 깨고 싶지 않다. 그것을 지키기 위한 나의 방어는 도망치는 거나 나를 감추는 것이다. 아주 편한 방법이다.

　이 집은 식구 수도 많지만 아침부터 저녁밥 지을 때까지 동네 여자들이 떼거리로 몰려와 마늘을 까거나 알록달록한 꽃을 만들기 때문에 언제나 시끌벅적하다. 아마 그녀들은 그렇게 떠들어대는 것으로 자신의 고단한 삶을 잊으려고 악을 써대는 것 같다. 나에겐 내 방식이 있듯 그녀들에겐 그녀들의 방식이 있다. 밑천이 떨어져본 적이 없는 이야깃감…… 했던 얘기를 또 하고 또 해도 그녀들

은 지칠 줄 모른다. 당연히 늙은 총각인 나를 그냥 놓아둘 리가 없
다. 변소를 가거나 밥을 지으려고 방 문턱을 넘는 순간부터 여자들
의 대담한 시선을 받는다. 성희롱. 나는 그녀들의 은밀한 즐거움
중의 하나다. 나는 가난하고 겉늙은 그녀들을 용서한다. 능력 없는
부모에게서 태어난 가난한 여자들에게 자비를 베푼다. 하지만 너
무나 노골적으로 나를 궁지에 몰아넣는 건 정말 싫다. 지난번처럼.
나의 몸은 사춘기의 여학생처럼 순결하고 결백하다.

　오줌을 누려고 방을 나섰을 때 막 사십을 넘은 한 여자가 '어이,
총각!' 하고 나를 불러세웠다. 주위의 다른 여자들은 자그마한 꽃
잎을 든 손으로 나를 불러세운 여자의 어깨를 툭툭 치며 참을 수
없다는 듯이 웃어댄다. '아유, 형님도 주책이야. 하지 마!' 하면서
도 까르르 웃음을 터뜨린다. 나는 얼굴이 벌개져 손으로 뒤통수만
벅벅 긁으며 그녀들이 놓아주기만을 기다렸다.
"거, 빤스 좀 자주 빨아야겠어. 빤스 앞이 누렇다 못해…… 깔깔
깔……"
"……"
"여자가 하나 있어야지! 깔깔깔……"
"지난번엔 삐닥이 할멈이 걸린 줄 알고 방망이로 두들겨댔다고
하잖아! 빤스에 빵구가 났다구 그 할망구가 그걸 들고 나한테 와서
어찌나 걱정을 하던지. 눈물까정 보이더라구. 형님, 할망구가 총각
을 좋아하나봐."
"기운 떨어져 밥숟가락 놓기 전엔 남자구 여자구 그거 없인 못 살
지!"
"깔깔깔……"

그녀들에게 하루 치의 놀림을 당한 나는 이제 그녀들에게서 벗어나 변소로 천천히 걸어간다.

삐닥이 할멈은 유복자를 낳은 과부이다. 남편 복이 없으면 자식 복도 없다고, 아들이 교통 사고로 죽고 며느리는 도망을 쳤다. 취로 사업을 나가는 삐닥이 할멈은 눈물로 손주를 키운다. 그녀는 나에 대해 유난히 관심이 많다. 사실 나로서도 이유를 알 수 없다. 느닷없이 내 방문을 열고 구석에 뭉쳐진 빨랫감을 일일이 들추며 드라마에 나오는 마누라처럼 타박을 놓는다.

"양말을 뒤집어놓으면 어쩌냐! 빤스 좀 자주 갈아 입어라! 야야…… 니…… 고시인가 하는 그런 공부를 하나? 책들이 엄청 많구만…… 잘되면…… 날 잊지 말그라."

한사코 안 된다고 움켜쥔 빨랫감을 기어코 빼앗아 나가버린다. 이젠 그녀의 내 방 출입을 막을 수가 없다. 할머니잖아, 하고 마음을 다스리며 그냥 모른체해버린다.

그러다 보니 삐닥이 할멈과 나의 관계는 소문이 끊이질 않는다. 나는 가난한 사람들의 유일한 재미인 입소문을 또 용서한다.

누군가 나에게 단 한 가지 소원을 말해보라면 나는 두말없이 깨끗하고, 사람들의 침해를 받지 않는 오피스텔에서 살고 싶다고 소리 높여 말하겠다. 사실 이 집으로 이사하기 전에 혹여, 내 형편에 맞는 그런 오피스텔이나 작고 낡은 아파트가 없을까 하고 돌아다니다가 몸살만 얻었다.

2

　라면 냄비와 젓가락을 들고 수돗가로 걸어간다. 비는 그쳤고 시간은 오후 세시다. 그리고 이상하게도 사람들은 아무도 없다.
"머, 머어 —머어 —머어—"
　냄비를 씻다 말고 고개를 휙 옆으로 젖혔다. 놀란 눈동자에 박힌 건 남새밭 맨 구석에 웅크리고 앉아 있는 소년과 그 앞에서 부리를 바짝 치켜든 이름 모를 새였다. 참새보다 작은…… 밝은 회색의 새…… 새는 마냥 응석을 부리듯, 소년의 간곡한 애원을 즐기기라도 하듯, 고개를 갸웃거리며 때때로 소년의 손바닥을 부리로 쪼았다. 작은 발을 종종거리며 바닥에 고여 있는 물을 일부러 소년 쪽을 향해 튀기는 것 같기도 하다.
"머, 머어 —머 —머어—"
　씻던 그릇을 놔두고 가만히 일어나 소년에게로 다가가 그 옆에 쪼그리고 앉았다. 몇 번 본 적은 있지만 소년을 이렇게 가까이 보는 것은 처음이다. 주근깨가 있고 두 눈은 작고 매서웠다. 건드리면 튕겨져나올 것 같은, 불만이 폭탄처럼 내재해 있는 얼굴…… 만지면 뼈만 있을 것 같은, 제대로 발육되지 못한 육체…… 뼈는 어떤 것도 두려워하지 않아 사람들이 도리어 피하게 되는 그런…… 그러나 지금, 소년의 표정은 천진하다. 어린애.
"어디서 온 새니?"
　내 말에 놀란 새는 요란한 날갯짓을 하며 후루룩 날아갔다. 나는 소년을 향해 열없게 웃었다. 순간 선뜩하니 등줄기를 따라서 찬 기운이 솟구쳐흘렀다. 소년은 눈꼬리를 바짝 치켜세운 채 나를 쏘아보았다. 그 눈빛에는 뭔가 표현할 수 없는 복잡한 증오의 감정이 타오르고 있었다.

"쓰 —으발! 쓰 —으 — 발!"

소년은 잇새로 침을 나에게 찍 뱉고는 그대로 뛰어나갔다. 나는 뒤통수를 세게 얻어맞은 듯이 소년이 사라진 대문간을 멍하니 쳐다본다. 순간적인 관심 때문에 내 평화는, 나의 안정은 잠시 깨졌다. 후회의 감정이 밀려온다.

"우하하하……"

바로 내 등뒤에서 누군가 참을 수 없다는 듯이 웃음을 터뜨렸다. 보지 않아도 안다. 몸을 비비꼬며 깔깔대는 그놈이 학철이라는 걸……

지 아비한테 개새끼, 씹새끼 하며 욕을 해대는 놈. 그것도 모자라 얼마 전 비가 억수처럼 쏟아지는 마당으로 지 아비를 방안에서 개처럼 끌어내 왜 빨리 안 죽느냐며 두들겨패는 놈. 지 어미가 노상 말끝마다 웬수 같은 놈이라고 하는 놈. 학철이…… 바로 그놈이다. 나 역시 유감이 많은 놈이었다.

한번은 내가 한밤중까지 불을 켜놓고 책을 읽고 있는데 두꺼비집을 내린 적이 있었다. 주인도 아닌 주제에 전기세 타령을 하며 강짜를 놓았다. 하긴 학철이한테 당한 사람이 나만은 아니다. 일일이 변소를 드나드는 횟수를 세어 종이에 적어놓고 옴니암니 세 든 사람들에게 따지고 지 마음대로 안 되면 치고받고 싸웠다. 사람들은 더러워서 피하지 무서워서 피하냐 하고 말하지만 그들은 학철을 두려워하고 있다. 나 또한……

　그 인간 말자 같은 놈이 나 하는 꼴을 보고 지금 웃고 있는 것이
다. 뭔가 불끈하고 뜨거운 것이 치밀어올랐지만 저런 놈은 상대해
봤자 나만 손해라는 생각이 들어 모른체하고 저녁 쌀을 씻어 휴대
용 가스 레인지에 올려놓았다.
　“빌어먹을! 세상 살맛 안 나네!”
　학철은 쪽마루에 책상다리를 하고 앉아 구시렁거렸다. 학철을
피해 방으로 들어가고 싶었지만 학철은 내 방문을 가로막고 앉아
신문을 내 코앞에 들이댄다.
　“씨발, 억수로 많네. 이놈의 돈을 다 어디서 모은 거야! 생긴 건
누룩돼지같이 생겨가지고, 이놈의 재산, 나한테 확 안 떼어주나!”
　학철은 잘생겼다. 한쪽 귀에 귀고리를 하고 머리도 갈색으로 염
색을 했다. 학철의 꿈은 액션 배우가 되는 거다. 소문에 의하면 술
집에 나가 여자들에게 술을 따른다고 한다.
　나는 학철이 펴놓은 지면을 보았다.

　　1급 이상 공직자 1천 167명 재산 공개. 총 1조 6천억 원 소유.

　평균 14억 4천만 원을 소유한 사람들의 얼굴이 실려 있다.
　14억…… 1,400만 원이라도 있다면…… 아니, 1,400원만 있다
면…… 난 머리를 흔든다. 올라가지 못할 나무는 쳐다도 보면 안
된다. 그러나 학철은 쳐다보고 있다. 올라가지 못할 나무에 머리를
박고 있다.
　“형씨는 대학도 나왔다구 하던데, 대학 나오면 공무원이 될 수 있
는 거 아닌가? 한심하긴! 난 대학 졸업장만 있다면 진짜 세상 한번

멋지게 살 수 있었을 거야. 까짓 돈? 그거 갈퀴로 긁어모으고, 잘 난 척하는 년들 줄을 서게 할 수 있었을 텐데!”

“……”

“아참, 아까는 정말 우스워 죽을 뻔했어. 쬐맨한 새끼한테 당하는 꼴이라니…… 우하하하…… 나 같으면 쫓아가 죽도록 패버렸을 텐데!”

“……”

나는 신문을 방안에다 집어던졌다. 아직 개시도 안한 남의 신문을 함부로 꺼내 보다니. 이 집에서 나만이 유일하게 보는 H신문이다. 학철은 내가 그 신문을 보는 것을 꼴사나워했는데 내가 조금만 실수를 하면 그런 신문까정 보는 잘난 양반이 왜 이럴까, 하고 비아냥거리기 일쑤였다. 요즘은 한술 더 떠 집세도 못 내는 주제에 참 어울리는 신문을 보는군, 하고 코웃음을 친다.

나는 그가 빨리 떠나주기를 바란다. 내 신문을 보고 내 마루에 앉아 있는 것이 싫다. 무엇보다 관심을 보이는 척하며 시비를 거는 학철의 술수에 말려들고 싶지 않다. 그런데 오늘은 학철의 태도가 좀 다르다. 학철은 뭔가 나에게 무슨 말을 걸고 싶어하는, 뭔가 속마음을 꺼내 보이고 싶어하는 눈치다. 외로움이 느껴진다. 나는 모른체하고 괜히 냄비 뚜껑을 열어보고 불을 조절하며 학철을 맹렬하게 밀쳐낸다. 학철은 어깨를 한번 으쓱 하고는 미적미적 자리에서 일어난다.

“아까 고 새끼 내가 한번 혼을 내주지. 머리에 피도 안 마른 자식이 어디 어른한테 욕을 해. 병신 새끼!”

친한 척 내 등을 한번 툭 치고 빠르게 자기 방으로 걸어간다.

　그런 학철의 뒷모습을 보던 나는 순간 이런 생각이 떠올랐다. 처음 해보는 순간적인 생각인데…… 학철은 나에게 뭔가 자신을 열어보이고 싶어한다는…… 어쩜 학철은 알 수 없는 자신에 대한 분노와 외로움을, 세상에 대한 억울함을 말하고 이해받고, 위로받고 싶어 저런 식으로 나에게 시비를 걸며 부딪치려는 것이 아닌가 하는 생각이 든다. 어쩜 나와 비슷한 고통을 겪고 있고 그걸 학철은 단지 이런 식으로 버텨내는 것이 아닌가 하는…… 그런 인간들이 있지 않은가. 어쩜 나보다 더 정직한지도 모르겠다.

　하지만 나는 고개를 흔든다. 설사 그렇다 해도 나는 남을 받아주고 싶지 않다. 부딪치고 싶지 않다. 누구도 내 앞에서 멈추지 않았으면 한다. 그냥 지나쳐가기를 바란다. 타인이란 세 끼 밥을 먹여주고 똥을 싸주고 해야 하는 귀찮기 짝이 없는 육체와 같다. 나는 그들에게서 지금보다 더 열심히 도망쳐야 한다.

　찬장을 열어 숟가락을 꺼내며 혹시 뭔가 없어지진 않았는지 살핀다. 요즘 나는 이상한 피해 의식 때문에 엉뚱한 일을 저지른다. 이러다가 혹 돌아버리는 건 아닌지 모르겠다.

　지난번 일만 해도 그렇다. 내가 하는 일은 남의 원고를 가져다가 문장을 윤색하는 교정을 보는 일인데 그것은 무척 중요한 일이어서 섬세함과 인내심이 없으면 안 된다. 글을 전문으로 쓰는 사람들의 책이 아닌 입지전 같은 책이 이 세상에 나오려면 나 같은 사람의 손을 거쳐야 한다. 내 인생의 성공담, 나는 이렇게 세상을 얻었다, 등등의 책들 말이다. 글자들이 반듯하게 제자리를 찾아가고 하는 일은 사실 아무나 할 수 있는 일이 아닌 것이다.

　두 달 전, 돈을 많이 벌어 사회적으로 존경을 받는 어느 회장의 글을 교정하는데 한 대목에 이르러 나는 혼란을 겪었다. 어떻게 고생했고 어떻게 돈을 벌었는지에 대해 씌어진 원고에 느닷없는 문장 하나가 툭 튀어나왔다.

인류는 진보할 것이고 그것은 아름다울 것이다.

나는 갑자기 이 대목에 이르러 뭔가에 사로잡힌 듯 꼼짝을 할 수가 없었다. 처음엔 내 입에서 이상한 신음 소리 같은 비웃음이 비어져나왔다. 그리곤 두 눈을 부릅뜨고 그 문장을 노려보았다. 나는 내 일에 나 자신의 생각이라는 것을 갖지 않으려고 하는 사람이다. 그런데…… 나는 이틀 밤낮을 미친놈처럼 보내다가 문장의 내용을 바꿨다.

인류는 진보하지 않을 것이며 그것은 아름다울 것이다.

그리고 출판사로 갖다 주었다. 그 다음은 정말 생각하기도 싫다. 편집장은 바뀐 것을 알지 못하고 인쇄소에 넘겼다. 책이 나오자 그 책의 저자가 얼굴이 새파랗게 질려가지고 단숨에 편집장의 멱살을 잡았다. 가장 심혈을 기울인, 가장 중요한 말을 바꾸어놓았으니 어떻게 할 거냐며 한바탕 난리가 난 것이다. 그 책은 그 한 문장을 위한 것이라고 하면서.

그들은 곧장 나를 불러들였다. 실수냐고 물었다. 나는 아니라고 정직하게 대답했다. 그들은 내 턱을 한 대 갈겼다. 그리곤 이따위 주제넘은 짓을 하느냐고 소리소리 질렀다. 그 후 줄곧 악의에 찬 그림자가 되어 나를 따라다니며 모멸감과 고통을 주었다. 나는 결국 그 출판사에서 일자리를 잃었다. 그리고 저자의 지시에 따라 출판사는 발행한 책을 모두 서점에서 거두어들였기 때문에 그 경제적 손실에 대한 책임을 일부 져야 했다. 병든 아버지를 서울 병원으로 모시기 위해 모아두었던 돈은 모두 그 일에 대한 대가로 들어갔다.

3

낮잠을 자다가 눈을 번쩍 떴다. 악에 받친 여자의 악다구니가 귓속으로 날카롭게 파고들었다.

"확 뒈져버려! 사람 구실도 못 할 새끼야! 일찌감치 뒈지는 게 너도 편코 나도 산다!"

쿠당탕탕. 뭔가 함부로 내던져지는 소리에 놀라 후닥닥 밖으로 나갔다. 크지 않은 마당에는 책들이 삐죽이 튀어나온 책가방이며 공책·연필 등이 함부로 나뒹굴고 있었다. 악에 받칠 대로 받친 여자가 쪽마루에서 길길이 뛰고 있다. 눈에는 시퍼런 불똥이 튀었으며 잠시도 손과 발을 놔두지 않고 마구 날뛰었다.

"쯧쯧…… 야야, 고만 하라. 생때같은 자식 지레 말려 죽일라 카나!"

삐닥이 할멈이 달래며 말을 한다. 모여든 사람들 속에선 연방 혀차는 소리가 들렸다.

"딱!"

바로 내 발 밑에 뭔가 빠르게 내던져졌다.

스케치북. 활짝 펼쳐진 스케치북 안에는 강렬한 원색으로 채색된 새가 있다. 햇빛에 반사된 새의 눈이 나를 쏘아보고 있다. 마른침을 삼키며 쪽마루 위의 여자를 쳐다보았다. 아니 그 여자 뒤에 서 있는 소년을 보았다.

소년은 고개를 앞으로 꺾은 채 숨도 쉬지 않는 것처럼 꼼짝하지 않고 서 있다. 순간 획 하니 여자는 소년의 팔을 모질게 앞으로 잡아끌고는 주위에 시위라도 하듯 소년의 등짝을 후려갈기기 시작했다. 소년은 본능적으로 어깨만을 조금 움츠릴 뿐 눈을 질끈 감고 아랫입술을 윗니로 꽉 물고 있었다. 소년에겐 엄마의 매보단 주위 사람들의 동정 어린 눈빛이 더 고통스러운 듯하다.

"이 새끼야! 그걸 왜 잃어버려! 응? 벌써 몇 번째야! 도대체 그게 얼마짜린데! 내가 못 살아! 못 살아! 한두 푼 해야 말이지. 나가. 나가! 나가서 찾아와! 찾기 전에 집구석으로 기어들어오면 꽉 밟아 죽여버릴 거야! 나가 죽어버려!"

소년은 뜨거운 숨덩이를 토해내듯 마루로 내려와 모여든 사람들을 뚫고 뛰쳐나갔다. 여자의 넋두리가 시작됐다. 사람들은 심란한 표정으로 하소연을 듣기 위해 마루로 가 여자 옆에 앉는다.

"어이구, 이년의 팔자야! 전생에 저놈하고 무슨 웬수가 졌다고 내 뱃속에서 태어나 끝끝내 복장에 불을 지르네. 어이구! 공부는 애시당초 제쳐놓더라도 지 앞가림이라도 할랑가 모르겠소. 클수록 저 웬수 덩어리를 어쩌면 좋아! 죽일 놈. 벌써 몇 번째냐구! 또 보청기를 잃어버렸으니 이젠 어쩔 거야! 그게 어디 한두 푼 해야 사주기를 하지. 차라리 지 에미를 팔아먹어라. 팔아먹어!"

여자는 이젠 두 다리를 쭉 펴고는 껄껄 울어댄다.

"야야, 그만 하그라. 다 복이 없어 그런 거로 어짜노. 전생에 죄가 많아서 그렇다 안카노. 저 어린것 속은 얼매나 쓰리고 서럽겄노. 너무 닦달 말그라. 이만치 자란 자식 죽이겠나, 내치겠나? 나를 보그라. 내 스무 살 때 청상이 되아서 애비 없는 자식 낳구…… 흑흑…… 니는 그래두 나보담 낫다. 그리 알거라. 흑……"

"그래요, 아줌마. 수술하면 재깍 고칠 수도 있다구 하는데…… 하긴 돈이 문제지만…… 그래도 아줌마, 석이가 병신 짓을 좀 하긴 해두…… 그래도 착한 데가 있잖아요. 그리구……"

새댁의 말이 채 끝나기도 전에 여자의 얼굴이 표독스러워지면서 갑자기 눈에 쌍심지를 켰다.

"뭐! 돈 안 드는 말 부조라고 잘도 지껄이네. 니년이 뭘 안다고 함부로 지껄이는 거야. 입을 찢어놓을 년! 니가 내 처지를 눈곱만치라도 알기나 하고 지껄이는 거야! 너도 이런 세상에 새끼 내질러봐! 어찌 될 줄 알구! 병신 새끼는 뭐 특별한 년 가랑이에서 나온다냐!"

"어머! 어머머! 뭐, 뭐라구요! 세상에!"

엉뚱하게 싸움이 시작되었다. 여자는 너 잘 만났다는 식으로 새댁의 머리칼을 확 낚아챈다.

"이년이 어디다 눈을 동그랗게 뜨고 쳐다봐! 쳐다보면 어쩔 거야. 오냐, 이년아. 나 죽기 전에 니년부터 요절을 내고 가마!"

새댁도 만만하지 않았다. 블라우스 단추가 후드득 떨어져나가자 죽자살자 달려들었다. 사람들은 적당히 두 패로 나뉘어 상대의 머리채를 거머쥔 손을 풀기 위해 용을 썼다. 대문간으로 동네 사람들이 뭐 재미있는 일이 생겼나, 하는 얼굴로 꾸역꾸역 몰려들었다.

"싸워라! 싸워! 그래야 사는 것 같지!"

대문간으로 몰려든 사람들은 찢겨진 옷 사이로 젖가슴을, 뒹굴 때마다 들려지는 가랑이를 보며 말리는 척 싸움을 더 붙이다가 더위로 제풀에 시들해지기도 한다. 하지만 자리를 뜨는 사람은 없다.

"지랄 염병이군. 이 더운 날!"

말만 그럴 뿐 아무도 심각해하지 않는다. 일자리를 잃어 낮에 집에 있는 그들은 따분했다. 그래서 이 따분하고 심란한 여름에 이런 일이라도 없으면 무슨 재미로 살 것인가 하는 표정들이다. 주위의 이상한 활기를 느꼈는지 두 여자는 악착같이 소리를 지르고 흙마당을 더욱 뒹군다.

누군가 역성을 든답시고 나섰다가 두 여자의 싸움은 이제 동네 싸움으로 번지기 시작한다. 사람들은 특별한 이유 없이 싸우고 싶었던 모양이다. 사람들의 몸싸움으로 마당이 좁아지자 나는 얼빠진 넋을 추스르고 방으로 들어가기 위해 몸을 돌리다 발 밑의 스케치북을 보았다. 강렬한 원색의 새가 나를 쏘아보고 있다. 지난번 소년의 눈빛이 떠올랐다. 나는 무슨 생각에선지 스케치북을 집어 들고 심란한 마음으로 방으로 들어왔다.

온통 새다. 새뿐이다. 그런 그놈들은 모두 날개가 없다. 날개 없는 새의 모습이 섬뜩했지만 그보다는 새의 눈빛이 더 충격을 준다. 원망과 분노로 가득 찬, 그러나 어찌 보면 그 눈은 어찌해볼 수 없는 슬픔에 잠겨 있다. 그래, 슬픔. 분명 그 눈은 슬픔으로 한껏 세상을 꿰뚫어보고 있다. 가슴 밑바닥에 고여 있는 나의 슬픔이 밀물같이 밀려와 머리와 가슴과 팔다리를 적셨다. 나는…… 우울해졌다.

스케치북을 책상 위에 올려놓는다. 가만히 팔베개를 하고 벽을 향해 모로 누웠다. 그애는 어떤 아이일까? ……병신이라니, 어디가 병신…… 보청기…… 귀…… 느리게 생각을 이어가다 깜박 잠이 들었다.

4

"똑…… 똑…… 똑……"

얼핏 잠결에 방문 두드리는 소리가 들렸다. 오래 전부터 누군가 그렇게 두드리고 있었던 것 같기도 한 그 소리는 내 귀에 정확하게 꽂혔다. 엉거주춤 일어나 방문을 열었다.

소년! 노르스름한 저녁볕을 뒤로하고 서 있다. 마른침을 꿀꺽 삼킨다. 소년은 꽤나 낭패스럽다는 듯이 두 손을 주머니에 찌른 채 발로 흙무덤을 만들었다. 나와 소년 사이에 긴 시간이 흘렀다. 나는 망설였다. 스케치북을 얼른 주어버리고 방문을 닫아버릴까? 아니면……

"스케치북 때문에 왔니? 휴우…… 우선 이리…… 들어와……"

내 생각과는 달리 입에서 나 아닌 내가 튀어나와 말을 했다. 세상에, 어쩌자구! 소년은 내 입을 뚫어지게 쳐다보며 뭔가 잡히지 않는 소리에 대한 안타까운 시선으로 내 눈을 바라보았다. 아, 그렇지! 소년은 보청기가 없으면 거의 듣지 못한다고 했지.

"들―어―와! 여―기―있―어!"

이렇게 된 이상 나는 힘을 주어 토막말로 또박또박 손짓까지 해가며 의사를 전달했다.

"그—으—리—주, 주—주어요."

소년은 뭔가 자기대로 열심히 말을 했지만 나는 잘 알아들을 수가 없어 무조건 팔을 잡고 방안으로 데리고 들어왔다.

소년은 방안을 빙 둘러본다. 호기심에 가득 찬 어린 소년의 눈…… 나는 한숨을 쉰다. 처음으로 내 방으로 내가 불러들인 사람…… 내가, 내가 불러들였다!

그뒤 나는 소년의 주위를 맴돌았다. 이유는 모르겠다. 그런 내 감정을 여러 각도로 분석도 해봤지만 너무 혼란스러워 그만두어버렸다. 그냥 이유를 알 수 없지만 내 감정의 끝을 따라가보고 싶은 강렬한 욕망을 느꼈다. 욕망? 너무 오랫동안 잊고 있었다. 나는 두렵기도 했지만 그 유혹을 견딜 수가 없다. 그래서 소년에게로 향한 감정을 한번 따라가보기로 했다.

소년의 이름은 석이다. 석이에 대해 알고 있는 것은 석이의 입을 통해서는 아니다. 석이에게 맹렬한 관심이 생기다 보니 그 집에서 일어나는 잦은 싸움에서의 악에 받친 소리들과 넋두리, 그리고 세 들어 사는 사람들의 수군거림이 예민해진 귀를 통해 자연히 알게 되었다. 석이에 대한 이야기는 거의 매년 여름마다 텔레비전에서 보여주는 전설의 고향과 같은 흔하고도, 질기고도, 식상한 신파 같은 거다.

석이는 초등학교 5학년인데 학교에서는 특수 학교로 갈 것을 오랫동안 석이 엄마에게 권했다고 한다. 귀의 문제가 아니라 석이의 성격이 자폐적이고 전혀 학교 생활에 집중을 하지 못한다는 거다. 석이 엄마는 병신 자식 둔 것도 서러운데 병신들만 모여 있는 학교

에 보낸다는 것은 차라리 학교에 안 보내면 안 보냈지 죽어도 싫다
고 교무실에서 소리소리 질렀다고 한다. 그것이 잘한 일인지 못한
일인지는 모르겠지만 그녀의 마음은 이해할 수 있을 것 같다. 그녀
로서는 세상에 대한 정당한 항변일 것이다.

석이가 청력을 상실했던 해에, 그러니까 석이가 세 살 때 석이의
부모는 시장에서 좌판을 벌여놓고 장사를 했다. 번듯한 자기 가게
를 하나 갖는 게 소원인 그들은 꽤나 바지런해서 제법 돈 모으는
재미도 맛보았다.

아이가 문제였다. 유달리 잔병치레가 많기도 하고 잠시 손님에
게 물건을 팔고 나면 어디론가 없어지기 일쑤였다. 아이가 작은 발
로 어디론가 가고 있는 것을 번번이 단골 손님이, 시장 사람들이
데려다주었다. 아이를 딱히 맡길 데도, 맡길 만한 곳이 있어도 적
지 않은 돈을 주어야 하는 현실이 버티고 있었다. 그들은 아이를
방안에 혼자 놔두었다. 기저귀로 아이의 허리를 묶고 그 끈의 끝을
장롱 손잡이에 매어놨다. 그리고 요강과 밥상과 과자 봉지를 아이
옆에 두고 그들은 자물쇠로 방문을 잠그고 시장으로 갔다. 아이는
묶인 채 혼자 있었다.

그들은 장사를 하면서도 늘 아이에 대해 신경이 곤두섰다. 한번
감기에 걸리면 한달 두달씩 가는 아이를 보면서 다른 아이에 비해
몸이 부실한 것처럼 느껴졌다. 석이의 아버지가 평생 처음으로 한
약방에 가서 보약 세 첩을 지어왔다. 단골 손님 중 한 애 엄마가 자
기 애는 일 년에 한 번씩 나이대로 용을 넣은 보약을 먹인다는 말
을 했다. 감기도 안 걸리고 밥도 잘 먹는다고…… 그런데 그놈의
보약이 문제였다.

안 먹으려고 도리질치는 아이를 때려가며 입 속으로 억지로 집어넣긴 했는데 그날 밤, 아이의 몸이 뜨거워지고 귀에서 피고름이 줄줄 흘러나왔다. 아이를 들쳐업고 병원으로 갔을 때는 이미 양쪽 고막이 터져 있었다. 열감기에, 중이염에 걸려 있는 것도 모르고 보약을 먹인 것이다.

석이 엄마는 그뒤로 속속들이 곯아갔다. 술을 마시고, 담배를 피우고, 가출했다 다시 들어오고, 사람만 보면 울어대고…… 장사는 때려치웠다. 그들의 꿈인 가게는 산산조각이 났다.

석이 엄마는 늦은 아침에 일어나면 박카스와 형형색색의 알약들을 한 움큼씩 삼키며 하루를 시작한다. 남편이 리어카를 끌고 나가면 집 안에다 화투판을 벌였고 이상한 소문도 나돌았다. 동네 남자들은 내놓은 여자로 취급했다.

12시 넘어 영등포 역전에 나가 밤차를 타고 올라온 사람들에게 여인숙을 소개시켜주는 깨끗한 직업이라고 말은 하지만 집에 들어오지 않는 날이 많았다.

언젠가 한번 동네 여자 몇이 화투판을 벌이고 간덩이도 크게 점천 원으로 패를 돌렸다. 그때 석이 엄마는 컨디션이 좋지 않았는지 그만 이십만 원이라는 노름빚을 지게 되었다. 판이 끝나고 셈을 따질 때쯤 그녀는 딱 잡아뗐다. 화투를 쳤던 여자들이 머리채를 휘어잡고 죽이니 살리니 한바탕 싸움이 벌어져 온 동네가 또 한번 떠들썩해졌다. 급기야 동네 파출소로 가서 시시비비를 가려달라고 여자들이 석이 엄마를 가운데 두고 말하자 경찰은 그냥 어이없이 웃기만 했다는 것이다. 서장은 단지 한 번만 더 화투판을 벌이면 모조리 다 집어넣겠다고 소리를 한번 지르고 여자들을 모두 파출소에서 내쫓아버렸다.

　석이 엄마는 노골적으로 손가락질을 당했다. 그러나 그녀는 전혀 개의치 않고 이웃 마을까지 원정을 갔다.

"원, 수준이 안 맞아서야!"

　대낮에 대문을 나서는 그녀는 질기고 당당했다.

　석이 아버지는 언제나 털털거리는 리어카를 끌고 제일 먼저 대문을 삐걱거리며 이 집을 나선다. 이른 새벽 물건을 떼기 위해 용산으로 가는 그의 뒷모습은 마흔이 조금 넘었는데 거의 중늙은이와 같다. 너무나 조용해서 흡사 투명 인간 같기도 하다. 나는 그가 말을 하는 걸 본 적이 없다. 내가 이런 일 저런 일로 밤을 새우고 오줌을 누러 나오면 자주 부딪치는데 그의 얼굴은 언제나 마음에 걸렸다. 시간을 거꾸로 해서 삼십대, 이십대, 어릴 때의 모습을 상상하려 해도 얼굴이 떠오르지 않는다.

　태어날 때부터 겉늙은 모습, 그 얼굴 그대로 가지고 나온 것 같다. 특히 얼굴에 표정이 없다. 눈빛은 깊게 가라앉아 감정을 나타내지 않는다. 도무지 속을 알 수가 없다. 혹시 그가 웃으려고 얼굴 표정을 바꾼다 해도 눈빛만은 그대로일 거다. 나 역시, 내 얼굴에 자신이 없지만 그를 보면 자꾸 거울을 들여다보게 된다. 혹시 나도 남들 눈에 저런 얼굴이 아닐까 하고 은근히 걱정이 되기 때문이다.

　석이 아버지는 계절마다 닥치는 대로 청과물이며 야채·생선 따위를 리어카에 싣고 아파트 단지를 돌아다닌다. 드문 일이긴 하지만 마지막 떨이를 이 동네에서 하기도 한다.

　요즘 들어 장사가 시원치 않나보다. 하루종일 아파트 단지와 주택가 골목을 누벼봤자 다리품도 제대로 나오지 않을 것 같다. 석이 엄마 말에 의하면 갑자기 사람들의 지갑에 돈이 사라진 듯 통 물건을 사려 하질 않는다는 거다. 그리고 욕을 해댔다.

"미친년들! 진작에 절약을 하고 살 것이지 지금 와서 먹는 걸 아끼려고 지랄들이군! 아낄 걸 아껴야지. 간장에 밥만 먹고 살 건가! 응!"

석이 아버지는 해가 지기 전에 집으로 돌아오는 날이 많아졌다. 그러면 그녀는 발작적으로 리어카를 뒤집어엎고 남편을 향해 삿대질을 했다.

"까짓 거 끌고 다녀봤자지! 어느 천년에 돈을 벌어. 언제 우리 새끼 멀쩡하게 만들 거야! 너만 만나지 않았어도 내 팔자가 이렇게는 안 됐을 거야! 더러운 새끼 만나 더러운 인생을 살게 됐다구! 내가 죽어야지. 내가 죽어야지! 내 인생 물어내. 물어내!"

"말을 하면 뭘 해! 으그, 징글징글한 화상!"

석이 아버지는 그녀가 주먹으로 가슴팍을 때려도, 발작적으로 머리채를 잡아도 아무 소리도 하지 않는다. 단지 리어카에서 쏟아진 과일이나 주워담을 뿐이다. 그러면 또다시 그녀는 흩어져 있는 수박이며 참외를 미친 여자처럼 발로 밟아버린다. 지옥…… 내 눈을 통해 내 눈에 박혀버린 지옥도.

석이 아버지는 다음날 새벽이면 어김없이 리어카를 털털 끌며 제일 먼저 대문을 빠져나간다.

5

장마비가 줄기차게 쏟아져내린다. 석이와 나는 턱을 괴고 방에 누워 비를 보고 있다. 우리는 빠른 속도로 가까워졌다. 나는 마음의 불안을 느끼기는 했지만 생각만큼 심하지는 않았다. 아마 나를 향한 석이의 눈길이 나에게 안정감을 주는 것 같다. 대가 없고, 책임감 없는 이상한 애정의 흐름에 나는 사탕을 빨고 있는 듯하다.

굵직하고 거세게 퍼붓는 빗줄기는 지면에 닿을 때마다 땅을 세차게 파헤쳤다. 흙탕물이 사방으로 튀었다. 마당에 지저분하게 널려 있는 작고 가벼운 것들이 빗물에 둥둥 떠내려간다. 스티로폼 같은 내 감정의 경박함도, 가벼움도 함께 떠내려가는 것 같다.

빗소리는 거대한 폭포 소리와도 같이 우렁찼으며, 함석 지붕을 잇댄 처마에서 떨어진 거센 빗줄기가 방안으로 들이치기도 한다.

세상은 완전히 빗줄기에 잠겨 희뿌옇다. 하늘과 땅, 담과 수돗가…… 그 모든 것이 거의 회색빛 빗줄기에 잠겨 있다. 우리는 오직 한곳을 응시하고 있다.

새 한 마리가 세차게 퍼붓는 비를 고스란히 맞으며 담 위에 앉아 있다. 언제부터 저러고 있었을까. 어디서 왔을까…… 왜 나무 잎새나 처마 밑으로 피하지 않는 걸까. 왜 저러고 있을까…… 정말 알 수 없는 일이다.

새는 내 생각에 답을 주려는 듯, 아니면 계속 생각을 해서 알아맞혀보라는 듯 두 눈을 뙤룩거리며 나를 노려본다. 어쩜 저번날 내가 쫓아버린 결과가 되어버린, 석이와 같이 있던 그 새인가. 어떻

든 나는 저놈이 준 숙제를 간단하게 해버렸다. 저놈은 마치 찬란하
고 눈부신 비상을 위해 예수가 광야로 갔듯, 스스로 자처해서 고난
을 감수하고 있다고. 희망·사랑·미래…… 이런 단어들을 하나
씩 떠올려본다. 빗속을 뚫고 째르륵 째륵 하는 새의 말이 가슴을
후벼판다. 내 삶에서 없애버린 단어들이 하나씩 둘씩 튀어나올 때
마다 거기에 응답하는 듯하다.

"아,— 아— 저— 씨— 저— 어— 새— 는— 왜— 호—
혼자— 지? 친— 인— 구우두— 없어?"

"……글쎄……"

나는 방문 앞 쪽마루에 접시를 놓고 빵을 잘게 찢어놓는다. 새
가, 특히 저 새는 무얼 먹는지 모르겠다. 하지만 이 빵 조각이라도
먹어주었으면 한다.

새는 갑자기 아득한 빗속으로 필사적으로 날갯짓을 하며 날아간
다. 우리는 오랫동안 새가 날아간 곳을 바라본다.

아침마다 후루룩 날개 치는 소리가 들리면 나는 '왔구나' 하고
마당으로 나간다. 그러면 석이도 어김없이 나와 있다. 쌀, 조, 라면
부스러기, 과자 부스러기…… 우리는 줄 수 있는 모든 것을 그놈
앞에 바친다. 그놈은 예민하게 우리를 경계하며 우리가 갖다바친
것들을 도통 먹으려 들지 않는다. 그래도 그놈이 우리에게로 날아
오고 그럴 때마다 우리는 신이 났다.

석이는 보청기를 잃어버렸기 때문에 귀에다 대고 큰 소리로 말
하지 않으면 잘 알아듣지 못했다. 그럴 때마다 석이의 얼굴은 절망
과 수치심으로 붉어지다 새파랗게 변했다. 철없는 동네 아이들은
더욱 그악스럽게 소리를 지르며 놀려댔다. 그때마다 나는 자신이

무슨 짓을 하는지도 모르는 이 작은 악마들에게 놀라곤 한다.

"저리 가지 못해! 한번만 더 석이를 놀리면 패줄 거야! 알았어!"

내 입에서 처음으로 거칠고, 험한 소리가 나온다. 나는 내 귀를 의심한다. 내 목소리가 이렇게 크다니. 나는 커다란 내 목소리를 들으며 내 몸도 거인처럼 커져가는 것 같은 착각에 빠진다. 기분이 나쁘지 않다.

나는 석이에게 글로 내 의사를 전달한다. 종이에 쓴다.

'오늘도 엄마가 나갔니? 밥은 먹었니?'

석이는 높은 톤으로, 그러면서도 더듬거리며 말한다.

"내ㅡ 내가ㅡ 해ㅡ 머ㅡ 어ㅡ 어ㅡ 개ㅡ 학ㅡ 하면ㅡ 학ㅡ 교ㅡ 에ㅡ 가아고ㅡ 싶ㅡ 지ㅡ 아아ㅡ 아요."

석이는 그 말을 하곤 입을 꽉 다문다. 나는 아무 말도 할 수 없다. 나는 혼란을 겪고 있다. 우리가 친밀해지면 질수록 나는 점점 불안해져갔다. 감당할 수 없는 자신에 대해 두려워졌다. 무엇보다 갑자기 이 친밀감이 싫어졌다. 나는 또다시 옛날처럼 혼자 있고 싶어 안달이 났다.

내 감정에 대한 불안으로 나는 갑자기 석이에게 과장된 친밀감을 보인다. 석이를 끌고 질퍼덕한 마당으로 나간다. 그리고 손가락으로 땅 위에서 꿈틀대는 지렁이를 잡는다. 석이의 얼굴에 생기가 돈다. 손가락으로 새를 가리킨다. 나는 고개를 끄덕인다. 우리는 열심히 지렁이를 잡아 손바닥에 올려놓는다. 순간 '잡았다' 하는 소리가 들려왔다.

가슴이 철렁 내려앉았다. 아주 짧은 순간, 새가 누군가의 손아귀에서 퍼드덕거리는 모습이 스쳐지나갔다. 석이가, 내가 거대한 손에 의해 살점이 뜯기고 뼈가 부러지는 모습과 함께…… 나는 차마 뒤돌아볼 수가 없어 흙 속에 눈을 박고 있다.

"아아! 아아! ― 안 ― 돼! 그 ― 그 ― 거 ― 내 ― 내 ― 새 ― 야 ― !"

"이 자식이! 니 새가 어딨어! 잡으면 임자지. 비켜!"

학철의 흥분한 목소리를 듣고 내가 얼른 일어난다. 소쿠리가 마당 가운데 엎어져 있고 그 안에서 새가 빠른 날갯짓을 하고 있다. 나는 석이 옆으로 가서 학철을 노려보았다. 온몸이 떨려왔다. 한참을 우리 셋은 그러고 있었다. 나는 심호흡을 했다. 그리고 '이 새는 우리 새니깐 그러지 마'라고 말을 하려고 하는데 학철이 먼저 알고 주먹을 내 눈앞에 들이댔다. 나는 그만 입을 다물었다. 석이를 향해 '어떻게 하지? 저놈이 보통 힘이 세야 말이지. 너도 봤지? 돈 내놓으라고 자기 엄마를 두들겨패는 걸? 할 수 없다. 그렇지?' 하는 체념의 눈빛을 보냈다.

석이의 눈이 그런 의미의 내 눈과 마주치자 갑자기 와락 학철에게 달려들었다.

"아아! 아아 ― ! 내 ― 새 ― 건 ― 드 ― 리 ― 며 ― 다, 다 ― 주 ― 죽 ― 여 ― 버리 ― 거 ― 야! ― 주 ― 죽여 ― 버 ― 릴 ― 테 ― 야 ― !"

석이의 목소리가 내 심장을 찢었다. 그러나 나는 석이와 학철을 번갈아 쳐다보며 속수무책 서 있었다.

"이 병신 새끼가 죽으려구 환장을 했나! 저리 비켜!"

학철이 오른발을 번쩍 들어올렸다. 석이가 학철의 배에 주먹을 날렸다. 발길질을 해댔다. 학철은 끄덕도 하지 않는다. 가만히 맞다가 순간 재빨리 한 손으로 석이의 팔을 꺾고 다른 손으로 머리칼을 휘어잡았다. 그리고는 엎어진 소쿠리를 발로 밟았다.

"뭐! 다 죽인다구! 요 쬐끔한 녀석이 나하구 붙어보자 이거지? 야! 이 병신아, 잘 봐! 니들 새가 어떻게 작살이 나는지 봐! 니들한 테 당할 학철이가 아니란 말씀이다. 넌 뭘 쳐다봐! 너두 내 주먹 맛 좀 볼래! 너만 보면 먹던 게 넘어와! 알아? 이 자식아! 니 까짓 게 뭔데 날 무시해! 응!"

"째륵 째르륵…… 째륵……"

"으으으! ─아 ─ 안돼! 아아아!"

소쿠리가 뒤집어지고 피 묻은 깃털들이 여기저기 흩어졌다. 새는 배로 땅을 기며 필사적으로 도망치기 위해 몸부림친다. 석이는 학철에게 손과 머리채를 잡힌 채 허공에 헛된 발길질만 하고 있다. 석이의 얼굴은 처참하게 일그러져 있고 두 눈에서 굵은 눈물이 떨어졌다.

"아아아!!"

학철은 어쩜 나에게 거부당한 자신의 자존심을 이런 식으로 보복하나보다. 그러자 더더욱 나는 꼼짝을 할 수가 없었다. 석이의 처절한 울부짖음만이 심장을 산산조각냈다.

"주─ 죽─ 일─ 거야─!"

학철은 잔인하게 웃으며 나를 째려보고 있다. 새의 필사적인 몸부림…… 석이의 울부짖음…… 학철의 잔인한 웃음이 도무지 현실 같지 않다. 그것들은 하나씩 눈앞에 확대되어 다가오다가 한꺼번에 까마득히 멀어지고 다시 달려오고 괴상한 신음 소리에 섞여져 소용돌이쳤다. 결국 새는 날개가 갈가리 찢긴 채 죽었다.

6

그 일이 있은 후 석이는 나를 쳐다보지 않는다. 나를 경멸하고 혐오하고 저주하는 것을 알 수 있다. 아마 죽일 수 있다면 학철보다 나를 먼저 죽이고 싶을 거라는 것도…… 나는 산다는 것에 대해 이야기를 해주고 싶다. 그리고 나를 이해해야 한다고 말해주고 싶다. 무엇보다 새는 학철의 손에 밟혀 죽었지만 소년이 그 새를 빨리 잊어버렸으면 하고 바란다. 새는 이미 죽었고 그렇다고 학철을 어떻게 할 수도 없는 노릇이지 않은가. 나는 늘 그렇듯 그 일을 빨리 잊고 싶다. 그리고 석이에게 말해주고 싶다. 나로서도 어쩔 수 없었다. 이해하기 바란다. 새는 사실 얼마든지 있지 않니? 하지만…… 나는 석이에게 말을 할 수 없다. 처량해졌다. 잠도 오지 않는다.

울적한 기분을 견딜 수 없어 동네를 쏘다니다가 소주 한 병을 사 들고 내 방문 앞에 선다. 불 꺼진 석이 방을 바라본다. 석이는 어쩌면 어른이 되어도 나를 용서하지 않을지도 모른다. 영원히…… 그런 생각을 하자 속이 탔다. 석이를 처음 방에 들인 날이 저주스러웠다.

나는 신경을 곤두세우며 늘 주변 사람들에 대한 무관심으로 나를 방어하며 살아왔다. 그러한 나에 대해 해명하자면 뭔가 알 수 없는 숨가쁨을 느낀다. 고만고만한 사람들에게서 느껴지는 미움과 역겨움, 뭐가 뭔지 모른 채 죽을 때까지 고통 없이는 살 수 없는 사람들에게서 느껴지는 복잡한 감정으로부터 나를 지키며 살려고 했

다. 그런데 그것은 늘 쉽게 깨어진다. 외로움! 외로움은 감당하기
가 늘 벅차다.

　조금씩 술을 목 안으로 넘긴다. 술기운이 올라오자 기분은 더욱
침울해져갔다. 오늘 아침 편지 한 통이 날아왔다. 여태 그것을 바
지 뒷주머니에 넣고는 펴보질 않았다. 읽어보나마나 여동생이 보
내온 편지다. 이젠 남편 눈치가 보여 더는 아버지를 모시고 있을
수 없으니 빨리 오빠가 모셔가라는 그런 내용이 눈물 자국과 함께
씌어져 있을 것이다.

　라이터를 켠다. 그리고 뒷주머니에 있는 편지를 꺼내 불을 붙인
다. 까맣게 말아올라가는 편지 봉투 속에 새까맣게 병에 찌든 아버
지의 얼굴이 보인다. 여동생의 원망에 찬 눈빛이 빨갛게 타오른다.
2년이란 기한을 약속하고 동생 집에 아버지를 맡겨두고 왔을 때
나는 기실 모든 가족 관계에서 벗어난 해방감을 느꼈다. 그리고 아
버지가 2년 안에 돌아가시기를 바랐다. 5년이 넘은 지금까지 나는
한번도 동생이 사는 부산에 내려가지 않았다. 가끔 돈을 부치기는
했지만 시간이 흐를수록 돈의 액수도 줄어들었다. 나는 아버지를
원망했다. 왜 아직 살아 있는지!

　교정 일을 하면서 서울에서 버틴다는 것은 얼마나 힘에 겨운 것
인가? 산다는 것은 얼마나 굴욕적인가? 왜 아버지는 죽지 않는 건
가……

　석이와의 관계며, 타버린 편지는 나를 바닥까지 내동댕이쳤다.

　교정 이외에 세상일은 한번도 내 마음대로 되어본 적이 없다. 나
는 가능한 오직 교정을 보는 데 마음을 쏟는다. 그런데 그전처럼
쉽게 마음의 평온이 찾아오지 않는다. 결국 빨간 볼펜을 집어던지

고 말았다. 그리고 누워 멍청히 천장을 바라본다.

석이 엄마는 기어코 집을 나갔다. 석이는 학교에 가지 않는다. 가을 들어 모든 것이 너무나 많이 달라졌다. 학철은 주인집의 차를 모는 기사로 취직을 했다. 이 집에서 좋은 일이라고는 그 일뿐이다. 학철 엄마의 아들 자랑에 삐딱이 할멈이 토라졌다. 손주가 백화점에서 소매치기를 해서 감옥에 갔기 때문이다. 그녀의 눈은 다시 눈물로 짓물러 있다.

가끔 아버지를 따라 새벽에 나갔다가 저녁에 혼자 리어카를 끌고 들어오는 석이를 본다. 나에게 눈길 한번 주지 않는…… 석이.

그런 석이의 모습을 보면 그 내면에 무시무시한 속도로 커가는 음험한 그림자가 나를 덮친다. 그 그림자는 날마다 빠르게 자라나고 그럴수록 나는 초조해져간다. 그 그림자가 더 크기 전에 나는 아무래도 석이와 화해를 해야 할 것 같다. 하지만 방법이 없다. 석이는 어리고 나는 무력했다.

그날 나는 리어카를 끌고 들어오는 석이를 기다렸다. 그냥 부딪쳐야겠다는 생각이 들었다. 석이가 이해를 하든 못 하든 말해야 한다. 세상일이라는 게 자기 뜻대로 되지 않는다. 나도 그렇다. 네가 크면 날 이해할 수 있을 거다. 이런 말이라도 해야 내가 잠을 잘 수 있을 것 같다. 대문 여는 소리가 들린다.

"……"

나는 석이 앞에 버티고 선다. 하지만 쉽게 말이 나오지 않는다.

"……"

"……"

나는 지난밤 내내 썼다 지웠다 한 편지를 건네준다.

니가 아직 어려서 세상일을 모르겠지만 이 아저씨를 이해해야
한다. 미안하다.

석이의 손은 움직이지 않는다. 나는 한참 동안 편지를 들고 있었
다. 석이가 등을 보인다. 나는 등을 돌린 석이의 바지 주머니에 편
지를 넣는다. 석이의 바지는 내 편지를 담고 방으로 간다. 그리고
주인에게 내 마음을 전해줄 거다. 나는 마음의 감옥에서 겨우 나와
크게 숨을 들이쉰다. 다시 신선한 공기를 들이마시고 편안한 잠을
자기 위해 내 방으로 간다.
"불이야! 불이야!"
나는 본능적으로 방 밖을 뛰쳐나갔다. 이 집을 삼켜버릴 듯 좁은
마당에는 불꽃이 치솟아올랐다. 사람들이 양동이의 물을 붓고 있
다. 나무 타는 냄새가 나고…… 거대한 나무가 불에 타고 있다.
석이의 리어카!
나는 그 자리에 주저앉는다. 멍하니 불에 타들어가는 리어카를
본다. 리어카를 집어삼킨 불은 나의 심장으로 옮겨와 활활 타고 있
다. 정신이 아득해진다. 순간 벌떡 일어나 사람들 속에서 석이를
찾는다. 없다. 석이 방문을 연다. 석이 아버지가 어둠 속에 앉아 담
배를 피우고 있다. 동네 골목으로 뛰어내려간다. 없다. 아무리 찾
아도 석이는 없다.

7

리어카가 불에 탄 후 석이를 본 사람은 없다. 빈방. 가끔 석이 아버지가 들렀다 갈 뿐이다. 기다리는 사람이다, 아내와 아들을…… 사람들이 이것저것 말을 붙여도 그는 아무 말도 하지 않는다. 나 역시 한번 석이에 대해 물어봤지만 아무 말도 듣지 못했다.

나는 밤늦게까지 동네를 돌아다닌다. 혹시나 하는 마음에서…… 그러다 어느 날, 동네 중간쯤에 있는 공터에서 누군가 나를 불러세웠다. 나는 그 자리에 섰다.

"총각!"

석이 엄마. 그녀는 웃자란 잡풀 속에 몸을 숨기고 있었다. 그녀는 내 팔을 잡고 잡풀 속으로 끌고 갔다. 나와 그녀는 여름 내내 이악스럽게 자란 잡초를 깔아뭉개고 앉았다.

"어떻게들 지내?"

"……"

그녀는 아무것도 모르는 모양이다. 나는 담배 한 개비를 꺼내 물었다. 그녀가 손을 내밀었다. 마침 담배가 한 개비밖에 없었기 때문에 입에 문 담배를 건네주었다.

라이터 불에 비친 그녀의 입술이 너무 붉다는 생각을 한다. 붉다. 붉다…… 불…… 불…… 그리고 보면 그녀는 나와 거의 나이가 같거나 한두 살 아래인 것 같다.

"……나 같은 인생을 만난 게 잘못이지."

"……"

“석이는 잘 지내지?”

“……”

　그녀는 굳이 대답을 들을 생각이 없는 듯하다. 그냥 묻는다. 가끔 하늘을 보며 담배 연기를 내뿜는다.

“학교도 잘 다닐 테구.”

“……”

“총각이 우리 석이한테 잘해주는 것 같아서…… 고마워.”

“……”

“이것 좀 우리 석이한테 줘.”

“……!”

　그녀는 조그만 상자를 내 손에 쥐어준다.

“우리 석이를 좀 돌봐줘. 착한 아이야. 정말 착하고 예쁜 내 아기지…… 부탁해. 그리구……”

　말이 채 끝나지도 않았는데 그녀가 벌떡 일어나 다 태운 담배꽁초를 발로 모질게 짓이긴다. 그리곤 뒤도 돌아보지 않고 시내 쪽으로 걸어내려간다.

8

　한낮의 거리는 9월말인데도 숯덩이처럼 달구어져 있다. 가로수들이 축축 늘어졌다. 골목의 낡은 건물들은 온갖 음식 냄새와 사람 냄새로 속을 울렁거리게 한다. 삐그덕거리는 낡은 철제 계단을 밟아 올라간다.

사무실 문을 열자 목덜미에 뒤룩하게 살이 접힌 사장이자 편집장이 약간 놀란 눈으로 나를 쳐다본다. 그리고 내가 무슨 말을 꺼내기도 전에, 그는 그렇지 않아도 하소연을 할 대상을 찾았다며 나를 앉혀놓고 말을 하기 시작했다.

"불황이야, 불황! 책이 안 팔려도 이렇게 안 팔릴 수가 있나. 세상에!"

나는 오랫동안 그의 말을 들으며 언제쯤 받아야 할 교정료 이야기를 꺼낼 수 있는지 생각했다. 그는 자기 말만 실컷 쏟아붓고는 울화가 치민다며 벌떡 일어났다. 그리곤 갑자기 뭔가 잊어버린 것이 생각났다는 듯이 미스 김을 불렀다.

"약속이 오늘인가? 왜 나한테 말 안 했지. 그런 건 미스 김이 챙겨야지. 내가 부도 어음 때문에 정신이 없다는 걸 몰라! 도대체 붙어 있고 싶은 거야, 아니면 잘리고 싶은 거야! 아참, 어쩌나. 이거 돈줄을 만나러 가야 돼서…… 천천히 놀다 가게. 응?"

6개월이나 밀린 교정료에 대해 말할 기회조차 주지 않고 그는 문을 향해 걸어간다. 안경 너머로 경멸과 조소와 동정의 빛이 반짝이는 걸 나는 놓치지 않는다. 그래도 나는 오후 내내 낡은 소파에 앉아 그를 기다린다.

"퇴근 시간이에요. 사장님은 오늘 안 들어오실 모양이에요. 다음에 전화하고 다시 나오세요."

나는 말 한마디 꺼내보지 못하고 출판사를 나가야 한다. 무거운 발걸음으로 사무실 문고리를 잡다 뒤를 돌아본다. 담배 냄새. 담배에 불을 붙이는 그녀가 나를 빤히 보며 연기를 한숨처럼 내뿜는다. 그녀는 지쳐 있다. 저건 너무나 익숙하다. 뭘 원하는지 알지만……

커피를 마시며 이야기를 들어주고…… 나는 등을 돌린다.

석이 엄마가 내게 준 상자 속엔 보청기가 들어 있었다. 머리가 아파온다. 빨리 내 방으로 들어가 문을 잠그고 혼자 있고 싶다. 이젠 그만 그 모든 것을 다 잊고 싶다는 생각뿐이다. 나는 계단을 뛰어내려간다. 그리고 사람들의 몸을 치며 거리를 뛴다. 억울하게 죽은 새는 솟대가 될 수 있을까. 석이는 어디서 뭘 할까. 아아……

병신 같은 새끼! 나는 자신을 향해 욕을 퍼붓는다. 석이와 비참하게 죽은 새와 나 자신을 잊기 위해 앞으로 마구 내달린다. 빠른 속도로 해가 지기 시작한다. 나는 달린다. 달리고 또 달린다. 필사적으로 달린다. 그리고 나 자신을 향해 외친다. 사는 게 그렇잖아. 나보고 어쩌란 말이야. 그런데, 어느 순간 팔다리가 비현실적으로 느리게 움직였다. 그리곤 건전지가 다된 장난감처럼 멈췄다.

나는 패자다. 나는 무서워졌다. 나는 울었다. 우는 것조차 용서받을 수 없을 것 같아 더 무서웠다. 내가 왜 우는지를 이제는 알 수 있기 때문에 무섭고 또 무섭다.　　　　　〔『라쁠륨』, 1997년 가을호〕

2와 2분의 1

대학을 간 여자는 대학을 나올 때 갈 데 없는 실업자 무리 중 하나였다. 많은 여대생들이 할 수 없이 결혼을 취직으로 생각할 수밖에 없는 그런 상황이었다. 여자도 그들 중 하나였다. 사랑 없이 결혼하는 것은 아니지만 안 할 수 있는 다른 삶을 가질 수가 없었다. 결혼에 있어 사랑은 필요 조건이지만 충분 조건은 되지 않는다. 결혼은 선택일 수 없는, 할 수밖에 없는, 남자가 아닌 사회의 덫에 걸린 것이다.

2와 2분의 1

　여자와 남자는 홍대 뒷골목을 헤매고 있다. 남자는 영국제 바바리 코트의 깃을 올리고 목을 감싼 실크 스카프를 다시 여미며 바람을 막는다. 여자는 스커트 밑으로 겨울의 세찬 바람이 들어와 허벅지까지 얼얼하다. 여자는 속으로 중얼거린다. 개새끼! 그래 갈 데까지 가보는 거야. 어디 그래보자구. 여자는 아침에 바지 위에다 스웨터를 입었다. 그 모습을 한참 동안 지켜보던 남자가 말했다.
　"모처럼의 데이트인데 정장을 입었으면 좋겠어. 바지말고 치마로 입어."

　입었으면 좋겠어…… 입어…… 여자는 두 문장의 모순에 잠깐 눈을 감는다. 남자의 본질을 이처럼 명료하게 보여주는 것은 없을 것이다. 선택을 할 수 있는 의사를 묻는 것은 그의 겉모습이고 결국 자신의 뜻대로 하도록 명령을 내리는 것은 그의 본모습이다. 세련되게……

　남자의 목소리는 부드럽고 조용하고 다정하기조차 하다. 여자는 처음, 남자의 목소리에 매혹되어 그가 하는 말의 모순을 알지 못했다. 남자가 하는 말은, 부드럽고 다정하고 착하기까지 한 목소리 때문에, 혼란이 와도 믿게 하는 마력을 가지고 있다.

남자는 아무리 화가 나도 큰 소리를 내거나 험한 말을 쓰지 않는다. 화가 났을 때는 냉담해지고, 목소리만 냉소적으로 변한다. 그것이 더 무섭다. 소리를 지르고 욕을 하면 얼마나 좋을까, 하는 생각이 어느 날부터 들면서 남자의 목소리만 들어도 혐오감이 솟구쳤다. 남자의 인간 관계에서 가장 큰 매력이자, 장점이자…… 자신을 사로잡은 목소리인데…… 여자는 말의 위선과 목소리의 부드러움에 상처를 받으면서, 또 다른 한편으론 위축되어 결국 남자의 뜻을 따른다. 그건 여자의 모순이다. 그럴 때마다 여자는 열심히 자기를 변호한다. 길들여진 걸 어떡하나.

"……오늘 춥다고 하던데……"

여자는 춥다고 하던데, 라는 말이 아닌, 당신이 나한테 어디 변변한 옷 한 벌 사줬어, 하고 내뱉어버리고 싶지만 하지 못한다. 여자는 늘 마음과는 다른 말을 하고 산다.

남자는 복장에 대해 각별히 신경을 쓴다. 자신의 복장에만…… 여자가 한번, 무슨 옷을 여자처럼 이렇게 많이 사냐고 했을 때 남자는 말했다. 나는 가능하면 옷을 잘 입고 싶어. 사회 생활하는 데 옷을 잘 입는 것도 일의 능력만큼이나 중요해. 그럴 땐 목소리가 냉소적으로 나온다. 여자가 자신의 기분을 상하게 했다는 의미다. 아니 수준 낮게 그런 말을 했다는 의미다. 여자가 마음을 다치는 것 중의 하나는 수준이 낮다는 뜻의 말을 우회적으로 들을 때이다.

남자는 자존심이 강한 여자들을 다루는 법을 잘 알고 있다. 자존심이 강한 여자들의 허영도 잘 다룬다. 남자의 능력이다. 남자는 여자가 자존심 하나로 자신의 불행을 견디고, 세상 밖으로 그 불행이 얼굴 표정으로도, 말로도 나가지 못하도록 철저하게 굴레를 씌운다. 여자와 남자를 아는 사람들은 그들을 부러워한다. 아주 환상적인 커플로 생각한다. 아무도 여자와 남자가 연출한 그 환상적인 부부애의 뒷면을 알아채지 못한다.

여자는 장롱 문을 열고 옷들을 하나하나 살펴본다. 아무리 뒤져보아도 마땅히 입을 겨울 정장이 없다. 시부모와 같이 살면서 남편 공부 뒷바라지에, 아이 둘에…… 변변한 외출복 하나 없다. 딱히 필요하지도 않았다. 차려입고 나갈 일도 없기 때문이다. 남자는 여자와 함께 나가는 자리는 아예 가지 않는다. 남자는 말한다. 망년회 때 부부 동반은 참 유치해. 일 년 내내 실컷 부엌데기로 부려먹고 그날 하루 잘해주겠다는 유치한 보상 심리인데, 여자들은 모욕감을 느끼지 않나? 생각 없이 좋아하는 여자들을 보면 수준이 정말 낮아.

춥다고 하던데…… 만을 남자가 알아들을 만큼 낮게 중얼거리며 오랫동안 옷들을 들춘다. 남자는 여자의 중얼거림과 시간을 끄는 일종의 시위에 무표정하다. 여자는 결국 남자가 3년 전 전임이되었을 때 산 니트 원피스를 꺼낸다. 그때 남자는 보라색 원피스를보고 말했다. 당신은 색감이 없어. 사회 생활을 안 해 순진하다는거겠지.

"이거 어때요?"

여자는 일부러 옷을 몸에 대보며 남자를 향해 말한다. 남자는 담배를 한 개비 꺼내 입에 문다.

“못 보던 옷이군…… 시간이 너무 늦었어. 괜찮은데 입고 나가지.”

“……”

“……”

“위에 반코트를 입어도 춥지 않을까……”

“여자는 지방이 많아서 추위에 강하다구 하더군. 이러다가 방안에서 시간을 다 보내겠어. 가지.”

여자는 입술의 한쪽 끝을 올리며 남자를 향해 억지웃음을 짓는다. 그리고는 속으로 중얼거린다. 참자. 참아내자.

니트 원피스를 손에 든 여자의 눈에 물기가 밴다. 뛰는 가슴을 한쪽 손으로 누른다. 윤희가 했던 말이 생각난다.

“너, 니 남편한테 욕을 한번 해봐.”

“욕! 어떤 욕을?”

“어떤 욕은? 나쁜 놈, 개새끼, 쌍놈…… 이런 욕 말이야.”

“난 못 해.”

“제발 좀 해. 안 그러면 너 병 나. 안 되면 종이에 적어. 그래서 남편이 방에 들어오면 읽기라도 해. 응?”

개새끼, 쌍놈…… 여자는 니트 원피스 속에 두 다리를 집어넣으며 속으로 욕을 한다. 윤희 말대로 써봤다. 그리고 처음 소리내어 발음할 때 온몸이 벌벌 떨렸다. 욕을 하다니. 여자는 종이를 갈가리 찢어 휴지통에 버렸다. 그러다가 남자가 혹 휴지통에서 꺼내 볼지도 모른다는 생각이 들자 화장실로 가지고 가 태워버렸다. 어느 날 여자는 자다 벌떡 일어나 자는 남자의 얼굴을 보고 개새끼, 하고 내뱉었다.

“동원 참치 집이 안 보이네?”

여자는 추위에 서두르기 시작하는 남자의 뒤를 열심히 쫓는다. 남자는 집에서 나오며 맨 먼저 물었다.

“뭐가 먹고 싶어?”

“글쎄, 아무거나……”

“양식으로 할 건지 일식으로 할 건지 뭘 하나 정해야 되지 않아? 아무거나라는 말은 자신을 포기했다는 뜻이야. 그런 말은 안 쓰는 게 좋지 않아?”

“……”

“생선회가 어때? 고기야 집에서 먹을 수 있지만 생선회는 당신이 먹을 기회가 없잖아. 회를 먹지.”

“……”

여자는 또 분노가 솟구친다. 여자가 생선회를 좋아하지 않아서가 아니다. 결국 자기 뜻대로 될 걸 뭐 하러 의사를 묻는 걸까. 다정하고 착한 목소리로…… 거기에 대해 따지려 들면 또 이렇게 말할 것이 뻔하다. 당신, 생선회를 좋아하잖아. 생선회가 싫어? 여자는 생선회가 싫고 좋고의 문제가 아니라는 걸 여러 말로 설명해봤자 남자는 또 말할 거다. 지금 우리는 생선회를 먹을 건가, 안 먹을 건가에 대해 말하는 중이야. 생선회를 먹고 안 먹고 하는 문제를 우리 관계의 문제로 비약시키는 것은 문제가 있어.

남자는 대화를 좋아한다. 우리 대화 좀 하지. 남자의 대화는 결국 자기가 얼마나 옳은가, 얼마나 착한가를 세련되고 교묘하게 주장하고 확인하는 걸로 끝이 난다. 여자는 남자의 대화에 말을 하지 않은지 오래되었다. 대화라는 테이블에서 남자가 옳지 않을 수도,

착하지 않을 수도 있다는 것을 말로 납득시킬 수가 없다. 침묵. 그건 여자가 남자의 말에 동의하지 않는다는 의사 표시다. 남자는 그럴 땐 어린애처럼, 세상의 뒷면을 전혀 모르는 순진한 사람처럼 침묵을 동의로 받아들인다. 남자는 상대의 말의 뉘앙스만으로도 좋아, 를 싫어, 로 금방 알아채는 지식인이다. 단지 자기 필요에 의해, 자기 방어에 의해서만 좋아, 를 좋아, 로 받아들인다. 분명히 그렇게 말했잖아. 나는 말 그대로를 믿는 사람인데…… 내가 너무 순진했어. 결국 그는 잘못이 없다. 여자의 침묵 역시 남자는 자기 필요에 의해 순수하게 받아들인다. 말이 없는 걸 보니 내 말이 맞다는 거구나. 목소리는 어린애처럼 순수하다.

"활어회는 믿을 수가 없어. 수족관에서 살아 있게 하려고 물에 이상한 약을 탄다고 해. 비싸도 참치회가 나아. 냉동이지만 그게 그래도 믿을 수가 있어. 그렇지?"

"……"

남자는 같은 말을 두 번 하지 않는다. 나는 말을 아끼는 사람이 좋아. 생선회에 대한 이런 설명은 여자에 대한 선물이다.

남자는 앞서 한걸음 걷다가 휙 하니 여자를 본다.

"그렇게 차려 입으니까 낫네. 당신도 사회 생활을 해봤어야 했는데…… 옷 입는 감각도 생기고 그럴 텐데……"

남자는 또 선물을 준다. 하지만 여자는 입술을 지그시 문다. 몸이 떨린다. 사회 생활은 여자의 콤플렉스다. 남자에게 가장 큰 열등감을 느끼는 것이기도 하다. 남자뿐만 아니라 시집 식구, 친정 식구, 아이들, 직장 생활을 하는 여자 친구들, 그리고 무엇보다 자기 자신에게 자신감을 가질 수 없는 결정적인 요인이다. 동네 아줌마들이 가장 편안하다. 남자는 그걸 잘 알고 있다. 여자가 밉거나 잘못했거나 자기가 원하는 걸 얻고 싶을 땐 그걸 이용한다. 당신이 사회 생활을 안 해봐서 잘 이해를 못 하겠지만…… 목소리는 거지에게 자비를 베푸는 부자처럼 겸손하고 부드럽다.

대학을 간 여자는 대학을 나올 때 갈 데 없는 실업자 무리 중 하나였다. 많은 여대생들이 할 수 없이 결혼을 취직으로 생각할 수밖에 없는 그런 상황이었다. 여자도 그들 중 하나였다. 사랑 없이 결혼하는 것은 아니지만 안 할 수 있는 다른 삶을 가질 수가 없었다. 결혼에 있어 사랑은 필요 조건이지만 충분 조건은 되지 않는다. 결혼은 선택일 수 없는, 할 수밖에 없는, 남자가 아닌 사회의 덫에 걸린 것이다. 남자는 그걸 잘 이용했다. 그 덫을 알기도 하고 모르기도 하지만 잘 이용할 줄은 안다. 여자는 남자에 의존했다. 마치 타고난 본성처럼 의존적인 인간이 되어버렸다.

아주 사소한 일을 결정할 때도 꼭 남자의 의사를 듣고 그가 그렇게 해, 잘했어, 하면 그때서야 자신의 결정에 확신을 갖게 되었다. 전적으로 옳은 결정이라 해도 남자의 결재가 나지 않으면 틀린 것 같았다.

동원 참치 집은 아무리 찾아보려고 해도 보이지 않는다. 바람이 세차지자 남자의 걸음은 빨라진다. 여자의 스커트 속으로 더욱더 세찬 바람이 들어온다. 여자는 이를 악문다.

어느 날 남자가 무척 친절한 목소리로 대화를 하자고 했다. 여자는 걸레를 놓고 남자의 서재로 들어갔다. 남자는 자신의 방에 누가 들어오는 걸 싫어한다. 여자도, 아이도, 자기 부모도…… 남자의 방은 식구들에게 영주의 성 같다.

"오랜만에 놀자."

"네?"

"왜 그렇게 놀라?"

"좋아서요."

단어를 말하면 제일 먼저 떠오르는 이미지를 말하는 놀이이다. 남자는 동료 교수나 마음에 드는 학생이나, 아니면 상대의 지적 수준이나 심리를 알고 싶을 때 이런 놀이를 한다.

"예술가."

"……이기주의자."

남자가 고개를 끄덕이며 만족스럽다는 눈빛을 한다. 자기와 생각이 같다는 뜻이다.

"예술가의 아내."

"가난을 참는 데 타고난 재주를 갖고 태어난 여자."

남자는 고개를 또 끄덕인다.

"으음…… 예술가의 남편."

"부자거나 정신병자."

정신병자라는 말에 남자의 얼굴이 순간 밝아졌다.

"여자 예술가의 남자는?"

"……허영이 많은 남자!"

여자는 눈치챘다. 아니 순간 알아버렸다.

몇 달 전 남자는 여러 사람들과 저녁을 먹는데 그 여자를 봤다며 마치 영화 배우를 본 어린애처럼 놀라워하고 자랑했다. 그 여자는 파리에서 성공한 화가로, 뛰어난 미모에, 학벌에 놀라운 재능을 가졌고, 귀국한 후 2년 동안 여성 잡지에 단골 손님으로 등장했다.

이혼조차 그 여자에게는 하나의 매력이고 신비로 보이게 했다. 여자도 여성 잡지에 실린 그 여자의 얼굴과 인터뷰 내용을 보면서 한 번 만나고 싶었다. 나이도 같고, 서로 과가 틀려서 그렇지 대학도 같은 데를 나왔다. 뭔가 그 여자에게 삶의 자극을 받고 싶었다.

그러니까 남자는 그 여자의, 여자의 심리를 알고 싶었던 거다. 그 여자가 애인으로 자기를 어떻게 보는지, 그 여자의 전남편은 어떤 사람인지, 남자가 늘 좋아하는 객관성을 갖고 싶었던 거다. 여자는 기가 막혔다.

한 남자의 여자보다 만인의 여자가 되고 싶어하는 그런 여자. 옳고 그른 것을 떠나 그 여자의 사는 방식이다. 여자에 대해 유감은 없다. 남자가 워낙 그전에 여자에게 여자의 적은 여자라고, 그래서 진정한 여성 해방이 이루어지지 않는다고, 그 모순에 대해 지식인으로 냉철하게 말해왔기 때문에 여자는 자신도 모르는 사이에, 그 여자에 대해 감정을 가지면 안 되게 되어버렸다. 남자가 문제일 뿐이다.

여자는 남자가 바람을 피운다고 화가 나는 것이 아니라 그 태도에 대해 화가 났다. 차라리 상처를 줘서 미안하다, 하고 솔직히 사과를 했으면…… 아니면 남자가 그럴 수도 있지! 하고 적반하장으로 무식하게 소리를 쳤다면……

남자는 둘 다 아니었다. 남자는 지식인이다.

"연애만큼 좋은 인생 공부가 없어. 자신의 감정을 알고 인간의 심리를 파악하고 세상을 배우고 인생을 알 수 있는 경험이야. 문란하지만 않다면 그런 경험들을 많이 해보는 게 좋은 것 같아. 하지만 자기 파트너에게도 공평해야지. 당신도 기회 있으면 연애를 좀 해봐."

"……!"

여자는 막연히 남자에게서 수년 동안 느껴왔던, 역겨움의 정체를 한순간 본 것 같았다. 아니 보았다. 교활하고 세련된 자기 방어. 상대는 남자의 정체에 대해 아무런 자기 방어가 없다. 느닷없이 뒤통수를 치는, 겸손과 친절을 가장한 이기주의자…… 여자는 남자가 자기 아이들의 아버지라는 게 구역질이 났다. 여자는 남자의 바지에 토하고 잠시 정신을 잃었다.

"윤희야, 내 남편 바람피운다."

"……그래."

윤희는 대수롭지 않은 듯 말한다. 여자는 연달아 충격을 받았다. 남편의 상대가 그 여자라는 것, 그리고 윤희가 특별히 놀라워하지 않는다는 것에. 남편의 상대가 누구인지를 말하자 윤희의 얼굴빛이 달라진다.

"잘난 남편 둬서 좋겠다!"

"그게 무슨 말이야. 그걸 위로라고 하니? 내가 언제 내 남편 잘났다구 너한테 자랑하디?"

아무리 친한 친구도 나 잘못되는 걸 좋아하는구나. 다시는 만나지 말아야지. 다른 친구들에게 말하지 못하도록 입단속이나 시켜야지. 윤희가 이런 식으로 나오면 다른 친구들은…… 여자는 고개를 흔든다. 윤희가 카페 아가씨를 부른다.

"맥주 주세요."

"……!"

맥주를 세 병째 마실 때 윤희가 말했다.

“넌 좋겠다.”

“너, 너, 정말!”

여자는 도저히 참을 수 없어 벌떡 일어났다. 우정은 끝났다. 모든 게 다 끝났다.

“앉아. 내 남편도 바람피워.”

여자의 엉덩이는 여자의 의지와 상관없이 의자에 닿는다.

“일류대를 나오고 그 까다로운 회사의 촉망받는 남자가 글쎄, 글쎄…… 정말 창피해!”

“……”

“순댓국집을 하는 여자랑…… 그것도 나이가 일곱 살이나 많은 여자랑…… 미쳤어, 미쳤어. 뚱뚱하고 고질라처럼 생긴 여자야. 정말 상상조차 안 돼. 어떻게 사랑을 나누는지. 기가 막혀! ……난 너처럼 누구한테 말도 못 해. 너무나 자존심이 상해.”

“……!”

“……”

“윤희야. 너보다 내가 더 비참해. 그 여자는 나보다 백 배 더 예쁘고, 똑똑하고 화가야. 그것도 보통 화가가 아니라 거의 공주고 스타야. 머리채를 잡을 수도 없는 여자구, 욕을 할 수도 없는 여자야. 나 같은 여자는 무시하는 그런 여자란 말이야. 여왕에게 남편을 뺏긴 신세가 되었어. 넌 낫잖아. 최소한 니 남편의 여자는 너보다 못 배우고, 안 예쁘고, 뚱뚱하구…… 최소한 널 무시할 수 없잖아. 널 보면 죽을 죄를 진 얼굴이라도 할 거 아니야.”

“아니야. 그렇지 않아. 니 남편의 애인이 그 정도면, 너도 따라 수준이 올라가는 거야. 순댓국집 여자를 생각하면 여자로서 너무 비

참해. 객관적으로 아무리 따져봐도 내가 더 나은데 남편이 왜 이러
는지 알 수가 없어. 어떤 땐 이 남자가 우리집에 복수하는 게 아닌
가 하는 생각이 들어. 처갓집 도움 받은 게 그렇게 더럽고 치사했
나? 나랑 결혼할 때 그 점이 좋아서 했던 거 아니야? 솔직히 까놓
고 말하면 말이야. 저도 받을 땐 좋았잖아? 정말 웃겨! 개새끼!"

　세상의 교양이란 교양은 모두 가진 것처럼 도도한 윤희의 입에
서 개새끼, 란 욕이 나온다. 꼭 순댓국집 하는 여자들처럼 욕이 술
술 터져나온다.

"아니야, 그래두 니가 나보담 나아. 상대는 스타야."

"말도 안 돼. 니년이 나 같은 년보다 백 배 더 나아! 난…… 순댓
국집 하는 그런 늙은 년이라구!"

　여자와 여자의 친구는 서로 남편의 상대가 낫다고 한참을 싸웠
다. 그들은 그들 처지에 맞지 않는 이상한 결론을 내리고 헤어졌
다.

"모든 유부남들은 바람을 피워!"

"피우거나 피울 준비를 해!"

"아내들은 몰라!"

"모르거나 모른체해!"

　성경의 한 구절 같은 말들을 툭툭 결론으로 던지며 서로 각자의
집으로 가는 버스와 모범 택시를 탔다. 여자는 버스 안에서 극도의
혼란을 느꼈다. 여자는 언젠가 남자에게 말했다. 혹 연애를 하더라
도 나한테는 절대 말하지 말아요. 윤희에게 그 말을 하자 윤희도
자기 남편에게 말했다고 했다. 혹, 연애를 하게 되면 나보다 나은
여자랑 하라고.

남자는 찾아지지 않는 참치 집을 포기하고 손가락으로 백화주막
이라고 씌어진 커다란 네온 사인을 가리킨다. 여자는 고개를 끄덕
인다. 2층으로 올라가는 남자의 긴 바바리 코트가 얼굴을 스친다.
고급 옷은 달라. 감촉이……

백화주막에는 사람들의 열기로 가득 찼다. 여자의 얼어붙은 몸
이 따뜻한 열기에 와락 감싸이자 한순간 긴장이 풀린다.

"자리 좀 마련해주십시오."

종업원에게 말을 건네는 남자의 목소리는 역시 부드럽고 따뜻하
다. 종업원의 얼굴이 확 피어난다. 친절……

조금씩 몸이 녹아가는 여자와 남자에게 종업원이 친절하게 메뉴
판을 갖다준다.

"먹고 싶은 거 있으면 시켜."

"……"

"여기도 참치회가 있네? 참치회 하나하고…… 그리고 더, 뭐 먹
고 싶은 거 없어?"

"……모듬전이나 하나 시키죠."

남자의 얼굴에 만족스런 표정이 가득 담긴다. 남자는 뽐내고 있
다. 생색도 내고 싶어한다. 아내를 데리고 나와 맛있는 걸 사주는
남편으로서의 자신에 대해……

"여기 참치회하고 모듬전…… 그리고 카프리 두 병 주세요."

남자는 종업원에게 주세요, 하고 말할 때 길고 흰 손을 부드럽게
올리는 포즈를 취하고, 종업원이 친절에 감격했을 때 두 손을 또다
시 우아하게 깍지끼며 고개를 부드럽게 두어 번 까닥였다. 종업원
의 친절에 대한 대가이다. 남자는 안다. 남자가 친절하고 공손하면

상대도 공손해진다는 걸. 그리고 무장 해제를 시키고 충분히 친해진 다음 느닷없이 뒤를 친다. 상대는 이미 공손함에 길들여져서 남자를 칠 수 없다. 혼란을 느끼고 반신반의하다 뒤늦게 후회한다. 그러나 남자의 그런 모습에 맞장구를 칠 사람을 찾을 수 없다. 상대는 자기만 갑자기 나쁜 사람이 된 걸 발견한다.

"어제 외출했다며."

"……"

"하루종일 뭐 했는데?"

"이것저것 생각들을 정리하며 돌아다녔어요."

"……"

"……"

"무슨 생각들?"

종업원이 커다란 쟁반에 참치회와 모듬전, 카프리 두 병을 담아 가지고 와 테이블에 먹기 좋게 배열한다. 남자는 종업원에게 약간 냉담한 얼굴을 한다. 너무 친절하게 대하면 안 돼. 친절이 지나치면 엉겨붙는 수가 있어. 종업원은 자신이 무슨 실수를 한 건 아닌지 하는 불안한 얼굴로 다른 테이블로 간다.

남자는 여자의 잔에 맥주를 따른다. 여자 역시 남자의 잔에 맥주를 따른다. 잔이 부딪친다.

"만 십 년을 살았군."

"……"

여자는 단숨에 맥주를 들이켠다.

"천천히 마셔."

빈 잔에 남자가 다시 맥주를 따라준다.

“무슨 생각들을 하고 돌아다녔어?”

남자의 목소리는 유혹적이다. 여자는 참치를 하나 집어 겨자를 푼 간장에 오랫동안 적신다. 남자가 먼저 여자가 겨자를 푼 간장에 참치회 한 점을 찍어 먹기 시작한다. 남자는 곧 말이 없어진다. 남자는 여자가 어떻게 나올지, 어떻게 대처할지에 대한 생각을 하고 있다. 맥주가 목울대로 넘어가는 소리만이 들린다.

“……이혼해요.”

“……”

남자는 참치회를 집은 젓가락을 놓는다. 그리고 놀란 눈으로 여자를 쳐다본다.

“……”

“……”

“꼭 그래야 하겠어?”

남자는 오랫동안 말이 없다. 여러 가지 생각을 하는 듯하다. 어떤 말을 해야 이기나, 하는 생각…… 여자는 당기지 않는 참치를 한 점 집어 먹으며 속으로 말한다. 먹어야 한다. 살아야 한다. 여기서 힘을 내지 않으면 죽는다……

“지식인답게 대화로 해결하자.”

지식인! 남자가 자신의 존재를 최상으로 드러낼 때 쓰는 단어이고 지식인이라고 불려지는 다른 남자들을 싸잡아 경멸할 때 쓰는 단어이다.

「넘버 3」를 눈물이 나도록 재미있게 보고 나서 뭐, 한국 영화도 제법 볼 만하군, 하며 마치 시혜를 베푼 듯, 재미있게 보아준 것을 고마워해야 한다는 듯 말한다. 고맙다는 말도 꼭 내가 고맙게 생각하는 것을 너는 고맙게 생각해야 한다고 여기게 만든다. 능력이다. 겸손과 부드러움을 가장해 원하는 것을 치밀하고 세련되게 얻는다. 자기 정당화와 합리화가 어찌나 섬세하고 아름다운지, 이젠 스스로도 자신이 어떤 인간인지 몰라버리게 된 남자. 무슨 짓을 하고 있는지, 하는지조차 모른다.

"사랑은 감정의 거짓말이거나 환상이야. 모든 연애는 다 배신이지. 감정에 속을 뿐이야. 자기도 모르는 사이에. 난 내 감정에 충실했고 당신에게도 공평했어."

"그래요."

"이런 일이 이혼 사유가 될 수 없어, 우리 같은 사람에겐."

"저도 그렇게 생각해요."

남자는 참치회를 놓고 맥주를 쭉 들이켠다. 여자는 열심히 참치회를 집어 먹는다.

"한 가지 물어봐도 돼요?"

"뭔데? 얼마든지 물어봐."

"나한테 제일 불만이 뭐죠? 솔직하게…… 지식인답게 말해줘요."

"……글쎄. 대화가 안 된다고 할까? 뭐, 별로 중요한 건 아니야."

"두번째는?"

"우리 엄마·아버지한테 잘 못 하는 것 같아. 하지만 알아. 애쓴다는 거."

"세번째는?"

"……섹스……"

남자는 솔직했다. 여자는 마음에 들었다. 순서가 바뀌었으면 더 솔직했을 텐데, 하는 아쉬움이 있지만 이 정도도 좋다.

“나한테 물어봐요. 당신에게 제일 불만이 뭔지?”

“뭐야?”

“섹스.”

남자의 눈이 커지며 여자를 쳐다본다.

“두번째도 물어봐요.”

“……”

“물어봐요.”

“그래 뭐야?”

남자는 침착하다.

“섹스.”

“세번째도 물어봐요.”

“시끄러워.”

남자의 손이 신경질적으로 떨린다. 담배를 찾는다. 여자는 담배
에 불을 붙여 남자에게 준다.

“물어봐요.”

“그만 해.”

“물어봐요.”

남자는 호기심을 참지 못하는 성격이다.

“뭐야?”

“섹스.”

“미쳤군.”

남자는 여자가 수준 낮은 말이나 행동을 할 때 쳐다보는 눈, 그
싸늘한 눈으로 본다. 여자는 얼른 그 눈을 피해 종업원의 쟁반에
눈을 고정시킨다.

"섹스는 남자와 여자 사이에 있어 대화의 극치라고 생각해요. 당신의 첫번째 불만에 대한 답이에요."

"그건 누가 한 말이지."

"누가 했든 내가 그렇게 생각해요."

"웃기는군."

여자와 남자는 서로를 증오심에 가득 찬 눈으로 쳐다본다.

여자는 남자의 부드러운 얼굴보다 저 얼굴이 마음에 든다. 여자는 남자에게 바친 존대를 놓는다. 여자의 목소리는 낮고 부드럽다.

"사실, 당신 섹스는 정말 형편없었어. 섹스라 해서 미안해. 당신은 그걸 늘 예술이라고 하는데. 당신이 대단한 자부심을 갖고 있는, 당신의 예술은 단 한 번도 나를 만족시켜준 적이 없어. 당신의 예술은 가학적이고, 탐욕스럽고, 음탕하고, 더러웠어. 연기를 했어. 내 탓은 마. 당신이 그 연기를 유도했고 즐겼잖아. 정말 더러운 예술이야."

남자는 칼을 맞은 듯 움찔한다. 눈에서 불이 인다.

"창녀처럼 말하지 마."

남자는 여자의 자존심에 치명타를 입힐 말을 아까부터 고르고 골랐다. 창녀!

"응. 난 창녀야. 당신 자식을 둘씩이나 낳은 창녀야. 그런데 당신처럼 고상한 척하는, 잘난 척하며 지식인 흉내를 내는 당신보다는 나. 그럼, 백 번 낫지."

"……!"

남자는 가까스로 참는다. 주위를 둘러본다. 아무도 그들에게 시선을 던지지 않는다. 다행이다. 담배 한 개비를 입에 물고 불을 붙인다. 잿빛 연기가 사방으로 흩어진다. 여자는 자신의 잔에 맥주를 붓는다. 그리고 오랫동안 맥주 잔의 기포를 쳐다본다.

"좋아. 이혼하지. 완전히 사기당한 기분이군. 십 년 동안 내가 이런 여자랑 살았다는 게 믿어지지 않아. 난 끝까지 노력했고 최선을 다했어."

"나두 담배 한 대 피워도 돼?"

남자는 여자에게 담배 한 개비를 건네준다. 여자는 담배를 입에 문다. 남자는 여자의 입에 물려 있는 담배에 불을 붙여준다. 여자는 한 모금 빨더니 금방 얼굴이 빨개져 기침을 터뜨린다.

"최선을 다하고 있다는 거 알아. 고마워. 아이는 당신이 키워. 위자료 따위는 받지 않겠어. 마지막까지 당신 생색 내는 거 보기 싫어. 그리고 나한테도 아이 양육의 책임이 있다면 자리잡는 대로 양육비를 줄게. 참 알아? 당신 어머님, 치매 증상 보이는 거."

"……!"

"그리구 당신이 워낙 집안일에 관심을 갖지 않아서 지금 말하는 건데, 당신 동생 사업이 끝장이 났어. 어제 동서가 울면서 그러더라. 나보고 친정에 맡긴 자기 아이들 좀 당분간 맡아줄 수 없는지. 동서가 가출을 한 것 같아. 당신 동생의 행방은 난 전혀 모르고 있구."

"왜 그런 말을 안 한 거야!"

"지금 하잖아!"

"그걸 말이라고 해?"

"당신은 집안일에 대해 이야기하는 거 싫어하잖아. 내가 당신하고 살 생각이었다면 계속 말 안 하고 내가 다 해결하려고 했을 거

야. 당신한테 말해봤자 결국 내가 다 해야 한다구 나한테 그럴 거
구, 난 당신 말을 따랐을 테구. 그리고 나중에 당신이, 당신 식구들
한테 최선을 다하지 않았다고 하면 난 죽을 죄를 지은 사람처럼 쩔
쩔매겠지. 그렇지 않아?”

“……”

“애 둘 키우구, 치매가 점점 심해지는 어머니 수발하려면 힘들 거
야. 당신, 좋아하는 참치를 좀더 시킬까? 건강해야 그 일을 다 하
지. 경험자로서 말해주겠는데 그 일은 정말 중노동이야. 하지만 당
신은 머리가 좋으니까 잘할 거야.”

“이혼하기로 한 여자가 친절할 필요는 없어. 신경 쓰지 마. 당신
하곤 이젠 상관없는 일이야.”

“……그래, 그렇지.”

여자는 침착하게 맥주 한 병을 딴다. 그리고 자신의 잔에 부어
조금씩, 조금씩 한 잔을 다 마신다.

“사랑하는 사람과 결혼하는 게 아니었어. 그냥 가끔 만나기만 하
면 되는 건데……”

남자는 독백처럼 중얼거린다. 남자의 목소리는 촉촉이 젖어 있
고 인생의 슬픔을 호소한다. 이거군. 여자들의 마음에 모성애를 발
동시키는 저 재주……

“사랑하는 남자와 여자가 십 년을 살다보면 결국 사랑도 퇴색되
어버려. 내 탓만은 아니야. 운명일 뿐이야. 당신하고 결혼하지 않
고 살았다면 당신을 원하는 열망에 오직 당신만을 사랑했을 거야.
……만약에 내가 그 여자와 십 년을 살다가 당신을 만났다면 똑같
은 상황이 벌어졌을 거라는 거야. 당신에게 빠져들었겠지. 그리고

연애를 하고……”
“재미있는 말이네요.”
“……”
“……”

원하는 걸 가지면 배반하게 되어 있다. 욕망이 없어지기 때문에……

“참, 내가 잠깐 잊을 뻔했군. 이런 상황에서 어울리진 않지만 그래도 준비한 거니깐…… 당신한테 유치하게 뭘 어쩌려는 건 아니야. 그냥 가지고 가기가 뭐해서……”

남자는 무척 부끄러운 듯이 손을 코트 주머니에 넣는다. 남자의 목소리는 여자를 처음 만나는 남자 아이의 그것처럼 수줍다. 그리고 한참을 부스럭거리더니 귀여운 리본이 달린 작은 선물 상자 하나를 탁자에 올려놓는다.

“뭐예요?”
“그냥 진주 반지를 하나 샀어. 오늘이 결혼 기념일이잖아.”
“지난 십 년 동안 이런 선물을 한 적이 없잖아요.”
“……”

여자는 작은 선물 상자를 쳐다만 보고 있다.
“한번 끌러봐. 당신 마음에 들지는 모르겠지만. 난 오늘 이런 이야기를 할 줄은 생각지 않았어. 백화점에서 꽤 오랫동안 고르고 고른 거야. 당신 생각 하면서……”

남자는 선물과 여자를 무관심한 표정으로 본다. 여자는 고개를 틀어 창밖을 바라본다. 현란한 네온 사인과 오가는 차들…… 그리고 제각각의 사람들…… 사람들……

“한번 풀어봐.”

남자는 여자의 시선을 좇아 담배에 불을 당긴다. 시간은 정확하게 흐르고 남자와 여자의 긴장된 침묵이 오래 계속된다. 남자는 애써 태연한 얼굴을 하지만 초조한 빛을 감출 수 없다. 여자는 한숨을 내쉰다.

“그만 일어나요.”

긴장된 침묵을 깨뜨리는 여자의 말에 남자는 재떨이에 담배를 급하게 비벼 끈다.

여자는 반코트를 들고 일어선다. 남자 역시 여자를 따라 일어난다. 계산대로 향하는 남자를 보면서 그녀는 반코트를 입고 가방을 어깨에 멘다. 그리고 남자가 준, 진주 반지가 들어 있는 앙증맞은 상자를 손 안에서 이리저리 굴린다. 손 안에 알맞게 들어온다. 아마 손가락에 끼면 예쁠 것이다. 진주는 여자가 가장 좋아하는 유일한 보석이다. 계산을 마친 남자는 그들이 네 시간이나 넘게 앉아 있었던 백화주막의 문을 연다. 여자는 남자의 긴 코트 주머니에 진주 반지가 들어 있는 선물 상자를 넣는다. 순간 남자가 몸을 돌려 여자를 똑바로 쳐다본다. 눈빛이 차고 매섭다. 여자는 그 눈을 똑바로 맞바라본다.

남자는 말없이 계단을 먼저 내려간다. 매운 바람이 와락 그들의 얼굴과 몸을 덮친다. 여자는 금세 다리를 떨며 입술이 새파랗게 된다. 남자는 차도로 내려서 택시를 잡기 위해 손을 번쩍 든다. 빈 택시는 오랫동안 오지 않는다. 여자는 인도에 서서 남자가 택시를 잡기 위해 손을 번쩍번쩍 들 때마다 남자의 옆얼굴을 본다. 잘생긴 남자. 지적이고, 순하게 생긴……

그 순간 남자는 여자의 팔을 끌고 택시 안으로 밀어넣는다.
"스위스그랜드 호텔이요."
"……집으로 ……집으로 안 가요?"
여자는 흠칫 놀라 남자의 굳어진 옆얼굴을 쳐다본다.
"아저씨, 수유리로 가주세요."
"가만있어! 스위스그랜드 호텔로 갑시다."
"도대체 뭘 어쩌자는 거예요."
"……"

남자는 단호하다. 여자는 남자의 마음을 돌리는 것을 포기한다.
그래 갈 데까지 가보자. 뭐가 나오는지…… 모든 것에는 끝이 있
게 마련이다. 공짜는 없다. 끝내기 위해선 모든 과정에 따르는 절
차를 다 밟아야 한다. 고통·절망·분노·비열함·슬픔·연민·
동정·후회·공허·허무……
호텔 키를 받아든 남자의 뒷모습이 당당하다. 남자는 자신을 빠
르게 추슬렀다. 잠시 흔들렸던 자신에 대해 화가 난 듯하다. 여자
는 당당하게, 화를 내는 남자를 따라 천천히 걸어간다. 407호. 문
가운데 새겨진 숫자가 선명하다. 남자는 문을 연다. 여자는 문가에
서 주춤거리며 그대로 서 있다. 남자가 여자의 팔을 잡고 방문 안
으로 세차게 끌어들이며 문을 잠근다. 여자는 창가로 걸어간다.
잎이 다 떨어진 나뭇가지 사이로 가로등의 불빛이 춥고 외로워
보인다. 여자는 마치 자신이 저 가로등에 서 있는 것처럼 어깨를
으쓱하며 코트 자락의 앞섶을 단단히 여민다.
담배 냄새. 여자는 보지 않아도 알 수 있다. 남자는 의자에 앉아
담배를 피우며 여자를 보고 있을 거다. 여러 가지 경우의 수를 생

각하며…… 노련하고, 치밀하게 여자를 바짝 밀어붙인다.

"이리 와서 좀 앉아봐."

"……"

여자는 꼼짝도 않는다. 남자는 여자의 팔을, 이 호텔 방으로 끌어들일 때와는 달리 부드럽게 침대로 이끈다.

"아까 당신이 나에게 했던 말은 잊을게. 그건 한 남자에게 최대의 모욕이야. 하지만 당신을 이해할 수 있어. 당신도 힘들었겠지."

"……"

"당신을 용서할게."

"……!"

놀란 눈의 여자를 남자는 너그러운 눈으로 쳐다본다. 목소리는 신의 아들처럼 자애롭다. 남자는 오늘 하루 무척 피곤하지만 마지막을 잘 끝내야 한다는 생각을 한다. 그런데 여자가 남자를 밀쳐낸다. 남자의 숨소리가 거칠어진다. 앙탈. 남자는 여자의 앙탈만 끝내면 정말 끝인 것 같다. 이제 여자가 반쯤 벗겨진 옷을 하나하나 벗자 남자도 서둘러 와이셔츠 단추를 풀고, 벨트를 푼다. 남자와 여자는 비슷한 시간에 알몸이 되었다. 남자는 득의감을 느낀다. 이제 이 지루하고 유치한 부부 싸움이 끝났다. 남자는 순간 아까 여자가 자기에게 했던 성적 모욕이 떠오른다. 용서할 수 없다. 잊을 수 없다. 남자의 눈이 이글이글 불타오른다.

"잠깐만요. 마저 못한 이야기가 있어요."

"……!"

"당신이 이러지만…… 않았어두…… 이런 이야기는 하지 않으려고 했어요."

"무슨? 무슨 말인데?"

"조건이 있어요."

아, 피곤해. 남자는 피로를 느낀다. 응석을 받아주어야 한다. 지금은……

"무슨? 앞으로 서로 노력하며 살면 되지……"

남자가 여자를 안으려 한다. 여자는 한 발짝 뒤로 물러선다.

"나와 이혼하면 당신은 그 여자와 결혼을 해야 해요."

"……!"

"아까도 말했지만 이렇게까지는 할 마음이 없었는데 나로선 어쩔 수 없게 됐어요. 당신이 이렇게 나오니까……"

남자는 어리둥절하다. 이런 건 생각해보지 않았다. 여자는 미쳤다. 말이 안 되는 소리를 하고 있다.

"……"

"결혼하지 않으면 간통죄로 넣을 거예요. 당신이나 그 여자나 제일 두려운 게 사람들의 눈이죠. 당신네들은 사람들의 시선을 받으며 사는 사람이니까. 당신은 학생을 가르치는 교수니간 직업을 잃을지도 몰라요. 그 여자는 알려진 화가니까 치명적이겠지요. 이혼을 해야 할 거예요."

"……이…… 이…… 쌍년!"

"욕을 하니 사람 같아 보이네요. 난 당신이 사람이 아닌 줄 알았어요. 개새끼인 줄 알고 속으로 개새끼, 하고 당신을 불렀거든요."

여자의 목소리는 부드럽고 다정하다. 마치 당신을 사랑해, 하는 말을 하는 듯하다. 남자의 귀는 놀란다.

"이 쌍년이…… 이 쌍년이…… 어디서 말을……"

“그래요. 계속 욕을 해요. 점점 더 사람 같아져요. 그게 당신 본
모습이에요.”

남자는 여자가 와락 무서워진다. 여자는 두려움이 없다. 여자는
미친 것 같다. 뒤를 생각하지 않는다. 아무것도 지키려고 하지도
않는다. 여자의 유일한 재산인 자존심도 버린 것 같다. 교양도, 자
신마저…… 이런 건 상상해본 적이 없다. 남자는 위축된다. 방향
을 잃는다. 어디서부터 어떻게 다시 시작해 매듭을 지어야 할지 모
른다. 남자의 마지막 카드는 써보지도 못하고 바짝 오그라들었다.
남자는 신경의 날을 세운다. 모든 힘을 모은다.

“그 여자한테 아무 유감이 없다고 했잖아. 말은 그렇게 하면서 질
투로 미쳤군.”

“맞아요. 유감 없어요. 질투? 그런 건 아니라고 말하고 싶은데 그
렇게 생각하고 싶겠지요. 그러면 당신 마음이 편하니깐. 그러면 간
단해지니깐 덜 괴롭겠지요. 당신이 굳이 원한다면 맞아요. 질투,
있어요. 하지만 내가 질투하는 건 그 여자의 직업뿐이에요. 이젠
그것도 중요하지 않아요. 문제는 당신이에요. 당신이 뿌린 씨예요.
당신이 거둬요. 내가 거둬야겠지만 안 할래요.”

“……”

“당신 때문에 두 여자가 다 불행해졌어요. 나의 불행은 가정을 잃
었다는 거예요. 그 여자의 불행은 당신 같은 남자를 만났다는 거예
요. 꼭 그 여자랑 결혼해 살아요. 그 여자를 만나서 지금 당신한테
한 말 그대로 할 거예요. 결혼해 살지 않으면 간통죄로 처넣겠다구
요. 당신과 결혼하지 않으면 여성지 기자들을 불러 본격적으로 유
명하게 만들어줄 거라구요. 그 다음, 두 사람이 이혼을 하든 계속

살든 상관없어요. 하지만 결혼은 해야 해요."

"그러지 마. 여자들은 질투에 한번 걸리면 목숨 거는 거, 이해하지만 냉정하게 생각해."

"내 목숨이 그렇게 하찮지 않아요."

"아니야. 넌 지금 질투 때문에 제정신이 아닌 거야."

"믿지 않아도 상관없지만 그 여자가 내겐 문제가 아니에요. 당신이 문제예요."

"대단하군. 니가 무슨 철학자냐? 그냥 멋 부리지 말고 나한테 복수하고 싶다고 해!"

"당신이 내게 가르쳐주었어요."

"……그건 이론이고 감정은 다르지. 넌 질투의 감정을 어쩌지 못해 이성을 잃은 거야. 이해해. 감정이란 불가사의하니까."

"맘대로 생각해요. 난 꼭 그렇게 할 거예요. 그리고 당신은 내가 왜 이렇게까지 하는지, 복수 같은 수준 낮은 생각에서 벗어나 진지하게 생각해봐야 할 거예요."

복수! 남자는 이제 여자가 힘에 겹다. 한번도 여자가 힘들어본 적이 없었다.

"아니야. 넌 삼류 영화처럼 복수를 하고 싶어하는 거야. 자신을 들여다보라구."

"글쎄, 알아요. 그렇게 생각하고 싶어한다는 걸요. 내 진지한 생각을 말해볼까요?

"……"

"당신을 인간으로 만들어보려구 해요. 나도 힘들어요. 이러고 싶지 않아요. 날 잃고 내가 했던 많은 일들을 하려면 힘들 거예요. 당신 집안의 남은 돈은 이미 동생이 다 날렸어요. 당신은 이제 형으로서 동생을 도와야 해요. 어머니의 치매는 점점 심해져요. 당신은 자식된 도리를 처음으로 해봐야 해요. 아이들은 커가면서 이런저런 말썽을 부리겠죠. 당신은 처음으로 아이들의 아버지 노릇을 해야 할 거예요. 힘들고, 지겹고, 죽고 싶을 때도 있을 거예요. 하지만 이 모든 일을 하다 보면 당신도 뭘 알게 될 거예요. 자신에 대해. 당신이 좋아하는 인생에 대해서 말이에요. 연애에서만 자신을 알고 인생을 아는 게 아니거든요. 자신이 어떤 인간인가 하는 걸 제대로 알려면 부모가 뭔지, 자식이 뭔지를 한번 지옥처럼 겪어봐야 해요."

남자는 놀란다. 여자가 말을 잘한다. 언제부터 저렇게 잘했지?
"그 여자와 끝났어. 그러니 그만 해!"
"그건 우리와 이젠 상관없어요."
여자는 너무 단호하다. 남자는 한 귀퉁이가 무너지는 걸 느낀다.
"이러지 마. 내가 잘못했어. 잘못했어. 잘못했다구! ……여보."
"그래요. 잘못했지요. 그런데 뭘, 잘못했다구 생각해요?"
"왜 그래? 잘못했다고 하잖아!"
여자는 고개를 흔든다. 남자는 여자의 말을 알아듣지 못한다. 어느 순간부터 남자는 자꾸 말이 막히고 생각이 안 돌아간다. 그저 마음만 조급해질 뿐이다. 여자를 패고 싶을 뿐이다. 죽도록 패고 싶다.
"구체적으로 뭘 잘못했는지를 말해봐요."
"……"
"……"

"모든 게 다."

여자는 머리를 흔든다. 남자는 한숨을 쉰다.

"그래, 연애한 거……"

"사실, 그건 당신 말대로 잘못이 아닐 수 있어요."

"당신한테 잘 못 해준 거."

"사실 그것도 큰 죄는 아니지요."

"도대체, 도대체, 뭐야?"

"한번 생각해봐요. 당신 죄가 뭔지를? 힌트 하나 줄까요? 당신은, 단 한번도, 불우한 이웃을 위해 단돈 십 원도 안 썼어요. 당신 시간의 단 일 분도 진정으로 안 썼어요. 당신이 썼다고 생각하는 건 당신의 허영으로 사라졌어요."

"집어치워! 다 집어치워!"

남자는 기필코 여자의 뺨을 정신없이 갈긴다. 그리고 여자가 코피를 흘리고 눈물을 흘리며, 이젠 할 만큼 했어요, 하며 화해를 청하기를 바란다. 한이 맺혔다면 풀어야겠지. 이젠 빈다. 여자를 향해. 이 정도에서 부부 싸움이 끝나기를 빈다. 곧 끝날 거다. 다른 때와는 다르지만 그래도 여자는 마지막엔 늘 남자한테 지지 않았는가.

"때려요. 더 때려요. 피멍이 생기도록 때려요. 사진 찍고, 병원 가서 진단서 끊으면 이혼이 더 쉬워지겠죠."

"……!"

남자의 손이 허공에서 멈춘다.

"뭘 원해?"

"이혼. 그리고 내가 왜 이혼하는지를 생각해보기 바래요."

“그건 안 돼. 우리에겐 권리가 없어. 아이들을 생각해봐.”

“그건 이유가 될 수 없다는 걸 당신이 더 잘 알잖아요. 아이 때문에 사는 불행한 부부들에 대해 당신이 얼마나 증오했는지 생각 안 나요?”

여자는 지쳐간다. 아이들…… 여자에겐 힘든 산이다. 넘어야 한다.

“그건 생각이지 현실이 아니잖아. 제발 정신 좀 차려! ……지금 우리 꼴 좀 봐. 발가벗고 이게 무슨 짓이니?”

“태어날 때 당신도 나두 이렇게 벗고 태어났어요. 난 지금 남편으로서의 한 남자와 싸우는 게 아니에요. 인간으로서의 한 남자가 이젠 참을 수 없어요. 당신은 고통을 받아야 해요. 고통을 겪으면 자신을 보게 될 거예요. 자기가 무얼 했는지를 알게 될 거예요.”

“……”

여자는 호텔 방문을 닫고 엘리베이터를 향해 걷는다. 남자는 갑자기 과자를 빼앗긴 아이처럼 어쩔 줄 몰라할 거다. 하지만 남자는 어린애가 아니다. 어른이다. 이제까지 어린애처럼 여자의 보호 속에 살았다. 노력하면 남자는 어른이 될 거다. 여자가 지나간 자리에서…… 생활이 가르쳐줄 거다.

여자는 이제 어디서 무엇을 하며 먹고 살 건지를 생각하자 머리가 무겁다. 여자는 천천히 호텔 로비를 나선다.

남자는 침대에 누워 잠을 청한다. 자고 일어나면 달라지겠지. 어릴 때 엄마한테 혼이 나면 울면서 잠을 잤다. 자고 나면 엄마는 더욱 잘해주었다. 사탕도 주고, 장난감도 주었다.

〔『현대문학』, 1997년 2월호〕

유리 구두

격렬한 몸짓으로 나에게 파고드는 그의 허리를 나는 튼튼한 두 다리로 감싼다. 내 두 다리는 아이를 낳고, 내 몫의 일을, 노동을 하기 위해 단련된 다리다. 그런데, 그런데…… 어둠 속에서 말없이 흐르는 강물의 소리를 듣는다. 강물이 흐르고 시간이 흐르고 인생이 흐르고 나 자신조차 흘러가는 이 모든 것들에 외롭고 외롭고 또 외로운 마음을 풀어놓는다.

유리 구두

나는 한강이 환히 내려다보이는 스카이 라운지에 앉아 있다. 어둠이 내려앉기 시작하는 강은 점점 진한 쪽빛으로 나를 매혹시키고 있다. 강물 위로 펼쳐지는 그 색에 도취된 나는 이쯤에서 시간이 멈췄으면 하고 생각한다. 그러나 강물은 시간이 흐르듯 흘러가고 결국 어둠에 싸여 나의 바람과는 상관없이 모습을 감춰버린다. 이제 강변을 따라 끝없이 이어지는 인공의 불빛만이 느리게 흘러갈 뿐이다.

나는 손으로 턱을 괸 채 한없이 강물만을 보고 있던 눈을 돌려 웨이터를 부른다.

"밀러 두 병이오."

나비넥타이의 웨이터는 잘 다듬어진 깨끗한 손으로 밀러 두 병이라고 씌어진 종이 한 장을 테이블 가장자리에 놓아둔다. 그리곤 절도 있는 걸음으로 등을 보이며 걸어간다.

약속 시간보다 두 시간이나 먼저 나와 앉아 있는 나는, 더 이상

바라볼 것이 없어진 한강의 풍경만큼이나 스산해진다.

밀러 두 병이 빠르게 테이블에 올려진다. 나는 나란히 서 있는 밀러를 보며 왼쪽 팔목에 찬 시계를 본다. 20분이 남았다. 나는 생각한다. 저 맥주를 20분 동안 천천히 마시면 된다구…… 그러면 충분하다구……

사실 난 한 남자를 기다리는 중이다. 아니 보다 정확하게 말하자면 한 남자와의 섹스를 기다린다는 것이 맞다. 하지만 그가 약속 시간보다 일 분이라도 늦게 온다면 나는 자리에서 일어나 내가 마신 맥주 값을 계산하고 거리로 나갈 것이다.

누군가가 내게 이 세상에서 가장 싫은 것이 무엇이냐고 물어본다면 나는 거침없이 기다리는 거라고 말할 것이다. 그것이 무엇이라도……

내가 본래부터 기다리는 것을 못 참아하는 성격은 아니었다. 학생 때 친구들을 기다리거나 새로 나온 책들을 기다리거나 하는 것들에 대해 거의 무신경했으니까. 두 시간이고 세 시간이고 기다린다는 것을 지루하게 여기지 않고 그 안에서 나는 내 식으로 놀았기 때문이다. 그러니까 기다리는 것을 참지 못하게 된 것은 결혼 생활 십 년이 나에게 갖다준 일종의 부작용인 셈이다.

방송 프로듀서인 남편과 결혼하면서 나는 새벽 2시고 3시고 아니 다음날 아침까지 늘 그를 기다리며 살아왔다. 마치 벌을 받는 듯한 그런 느낌들…… 그러나 그는 그것 때문에 거의 돌아버릴 것 같은 나의 감정을 전혀 돌보지 않는다. 나 역시 십 년 동안 무수한 체념과 포기 속에서 그래, 일 때문에 그런데 뭘, 참자, 하며 내 안에서 나를 타이르며 살아왔다. 그리고 그 남편을 기다리는 시간에

책을 읽든지 취직을 하든지 아무튼 뭔가 내 일을 가져야지 생각했
다. 하지만 내 나이에 취직이라는 것이 그리 쉽지가 않았다. 무엇
보다 남편의 사회적인 직업에 걸맞는 직장을 구하는 일은 더더욱
힘들었다. 그래서 조그마한 옷집이나 아니면 단지 안 상가에 화장
품 대리점 같은 걸 하고 싶다고 했을 때 남편의 반응은 예상대로
즉각적인 반대의 입장을 내세웠다. 명분은 그거였다.
"내 사회적 체면은 생각지도 않아! 애들은 어떻게 하구!"
"……애들은 다 컸는데……"
　나는 아이들을 키우면서 일을 할 수 있을 만큼 건강하다. 내 건
강에 대해 이야기를 했다. 남편은 다시 소리를 쳤다.
"글쎄, 안 된다니까. 여자가 밖에서 일을 하면 바람이 나. 절대,
안 돼. 그리고 내 체면은 뭐야!"
　무엇보다 남편의 그 말이 무서웠다. 바람! 남편의 체면! ……남
편이 옳다. 하지만……
　나는 남편이 더 큰 목소리로 화를 낼까봐 그만 입을 다물어버렸
다. 나는 그때만 해도 순종적이고 남편을 무서워하는 여리고 세상
물정 모르는 주부였다.
　두 아이를 키우고 여러 종류의 김치를 담그며 낮 동안 어느 집이
나 남편들이 다 밖으로 나가 있는 시간이기 때문에 별로 속상하거
나 힘들거나 하지 않았다. 하지만 밤이 되고 다른 집들에 남편들이
한 사람씩 들어오기 시작하면 나는 숨이 턱턱 막혀왔다. 아이들의
저녁을 차리고 재우고 나면 더더욱 밤이 가져다주는 쓸쓸함과 더
불어 외롭고 또 외로웠다. 나는 시집을 읽고 시라는 걸 가계부 한
귀퉁이에다 쓰기도 하면서 텅 비어 있는 더블 침대에서 잠이 든다.

시계의 초침이 규칙적인 소리를 내는 걸 들으며 남편이 오늘은 몇 시에 올까, 생각하다 눈을 뜨면 아침이 되고 옆을 돌아보면 남편이 자고 있거나 텅 비어 있을 때가 많다.

하지만 그가 연애를 하기 시작하고 그 여자 때문에 무수히 집을 비우자 나의 기다림도 끝을 내야겠다는 생각을 한다. 그가 그 여자를 정리하고 가정으로 돌아올 때까지 기다린다는 것은 일 때문인 것과는 다르게 나에게 굴욕과 처참함을 가져다준다.

그가 가정으로 돌아오기를 바라는 것 자체가 갑자기 우스워진다. 내가 십 년 동안 기다린 만큼 기다린다고 해도 그가 가정으로 돌아올 일이 없는 것이 확실한데 나는 마치 그가 돌아올 것처럼, 그래서 그것은 참지 않을 것처럼 결심을 한다는 것 자체가 웃기는 일이다.

10분에서 20초가 지나간다. 나는 시간의 흐름과 맥주가 비어가는 것의 균형을 잡기 위해 마시는 속도를 좀더 늦춘다. 이 남자는 이제까지 한번도 나를 기다리게 한 적이 없다. 회사의 중요한 회의가 있어도, 아이가 병원에 입원을 했다고 해도 언제나 나와의 약속은 철저히 지켰다. 내가 그에게 했던 말 때문인지 아닌지는 잘 모르겠다.

나는 그와의 첫 섹스로 들어가기 전에 아주 단호하고 차갑게 말을 했다. 무슨 일이 일어나도 나와의 약속 시간을 일 분이라도 어긴다면 당신을 떠나겠다구…… 당신의 그것이 내 몸의 그것과 꼭 맞는다고 해도 뒤도 돌아보지 않고 가버리겠다구…… 내가 생각해도 잔인할 만큼 그를 쏘아보며 그 말을 했을 때 그는 담뱃불을 재떨이에 비벼 끄며 고개를 끄덕였다. 그리고 나를 침대에 조용히 눕혔다.

　그가 어떤 일이 있어도 나를 잃고 싶지 않다는 것을 나는 여자의 직감으로 확신할 수 있다. 그의 와이프가 다른 남자와 연애를 하고 그것 때문에 자기 와이프와의 섹스가 발기 불능으로 끝나는 것 때문만은 아니다. 정말 우리는 서로가 서로의 몸에 딱 들어맞는 요철처럼 꼭 맞기 때문이다. 하지만 아무리 그것이 좋다고 해도 나는 나를 일 분이라도 기다리게 한다면 그를 떠나 거리로 나갈 것이다. 그리고 나를 기다리게 하지 않을 다른 남자를 찾아 거리를 떠돌 것이다.

　내가 마치 섹스에 환장한 30대의 여자로 보일지는 모르겠지만 난 남편이 다른 여자와 연애를 하기 전에 남편 이외의 누구와도 섹스를 해본 적이 없다. 아니 그런 상상조차 해보지 않았다.

　같은 아파트의 은경이 엄마는 꿈에서 다른 남자와 섹스를 하는 꿈을 생생하게 꾸었다고 깔깔대며, 그런 꿈은 오늘 좋은 일이 일어날 징조라고 말했을 때 나는 그녀가 너무나 불결하게 느껴져 그 다음부터 잘 만나지 않았다.

　나는 언제나 나 자신이 불감증이라 생각했고 그런 나 자신이 참 정숙하고 깨끗하다고 생각해왔다. 그래서 남편과 십 년을 살아도 내가 먼저 섹스를 요구하거나 그런 욕망을 은근히 내비치거나 하지 않았다. 아니 그런 욕망을 갖는 것 자체가 무서웠다. 나의 섹스는 정숙하고, 도덕적이다. 그래서 나는 내 남편이 그런 나를 더욱더 사랑하고 심지어는 자랑스러워할 거라고 생각해왔다.

　지금 생각해보면 내가 얼마나 어리석고 내가 읽는 그 잘난 책들 속의 여주인공들이나 학교 선생들, 특히 내 엄마가 나를 얼마나 잘

못 가르쳤는지를 뒤늦게 깨닫는다. 나는 당장 그들에게 달려가 머리채를 낚아채서 마구 짓밟아버리고 싶다. 그리고 거리로 뛰쳐나가 나 같은 스타일의 여자들의 뺨을 한 대 쳐버리고 그놈의 정숙이니, 순결이니 하는 따위의 것들은 집어 내던지라고 소리지르고 싶다. 그녀들이 나를 미친년 보듯 하며 얼얼한 뺨을 만질 때 나는 다시 한번 큰 목소리로 남자는 정숙하냐! 순결하냐구! 그걸 자기 생의 가장 중요한 것으로 생각하냐구! 그것 때문에 살아가는 데 언제나 자기 육체에 대해 조심하고 겁내냐구! 하며 바락바락 소리지르고 싶다.

물론 그런 남자도 있을 것이다. 자기 아내 이외의 어떤 여자와도 육체적인 접촉을 안 해본 그런 남자들 말이다. 하지만, 하지만 말이다. 그런 남자들은 내 사고 속에 존재하지 않는다는 데에 문제가 있다. 그런 남자들이 있을 수 있겠지만 내가 보고 듣고 하는 남자들 속에서는 아직 찾지 못했다는 것이다.

내가 만나는 이 남자 역시 비록 와이프가 바람을 피웠다고 해도 이미 그 이전에 다른 여자와 여러 번 연애를 해왔다. 이 남자는 부인하겠지만 내 생각으로 나는 이 남자의 한 줄로 쭉 세워둔 여자들 중의 하나일 뿐이라는 것도 직감으로 알 수 있다.

그런 남자와 여자가 있지 않은가. 언제나 새로운 상대를 만나면 처음 연애를 해보는 것 같은, 처음 순결이나 동정을 상대에게 바치는 것 같은, 그래서 영원히 사랑할 것 같은 그 순간의 정직한 감정을 가진 여자와 남자 말이다. 내가 지금 기다리는 남자가 바로 이런 유형의 남자이다. 그래서 나는 내가 만난 이 남자에 대해 운이 좋다고 생각한다.

이제 시간이 5분밖에 남지 않았다. 맥주는 한 모금만 마시면 깨끗이 비워진다. 나는 마지막 한 모금의 맥주를 정확한 약속 시간에 마시기 위해 남겨둔다. 그리고 불안해진다. 놓치기 아까운 남자인데…… 제시간에 나와주어야 하는데……

나는 출입구 쪽을 초조하게 지켜본다. 이제 3분밖에 남지 않았다. 나는 밀러를 한 손으로 잡으며 최악의 상황을 상상한다. 남자는 오지 않는다. 여자는 마지막 한 모금의 맥주를 마신다. 그리고 의자에서 일어난다. 가방을 어깨에 멘다. 계산대로 빠르게 걸어나간다. 그러면서 출입구 쪽을 다시 한번 쳐다본다. 계산을 마치고 영수증을 건네받는다. 출입구의 자동문이 열리고 여자는 사라진다. 거리로 나선 여자는……

나는 맥주를 단숨에 비우며 다른 한쪽 손을 번쩍 든다. 그가 왔다. 베이지색 바바리 코트는 그가 얼마나 숨가쁘게 나에게 오기 위해 애썼는가를 알 수 있다. 나는 배부른 고양이처럼 만족스럽게 미소를 보낸다.

“늦지 않았지. 모범 택시를 탔는데도 길이 워낙 막혀서……”

“응. 이 맥주 한 모금 마시고 그냥 가려고 했어.”

그는 내 손에 들린 빈 맥주병을 쳐다보며 어깨를 주먹으로 가볍게 친다.

“못 말린다니까. 너라는 여자는…… 우선 프런트에 가서 방부터 잡자.”

나는 두 시간이나 넘게 죽치고 앉아 있던 의자에서 일어난다. 그리고 가방을 어깨에 멘다. 그는 벌써 계산대로 가 내가 마신 두 병의 맥주 값을 계산하고 있다. 출입구 자동문이 열린다. 우리는 엘리베이터를 타고 1층으로 내려간다. 나는 이럴 때마다 나 자신의 노련함에 놀란다.

처음 그와 호텔에 왔을 때가 생각난다. 나는 누가 나를 알아보지 않을까 싶어 가능한 얼굴을 가리기 위해 검은 선글라스를 쓰고 그것도 모자라 고개를 푹 숙이며 무서움으로 온몸에 소름이 돋았다.

하지만 지금의 나는 고개를 빳빳이 쳐들고 그와 같이 프런트에 가서 방을 예약하고 1층 로비에 드나드는 사람들을 구경하는 여유마저 부린다. 아마 누가 본다면 우리를 오랜만에 둘만의 시간을 갖는 다정한 부부처럼 볼지도 모르겠다.

카드 키를 받아든 그는 몹시 서두른다. 기분이 좋아진 나 역시 잰걸음으로 그를 따라서 엘리베이터를 탄다.

"강이 보이는 제일 좋은 데로 달라구 그랬어. 잘했지?"

나는 고개를 끄덕인다.

"아, 배고파. 밥 먹었어?"

"아니. 나는 너부터 먹고 싶어."

나는 그를 향해 피식 웃음을 흘린다.

방은 넓었다. 커다란 더블 침대와 화장대·소파 그리고 무엇보다 강변을 달리는 차들의 빨간 불빛이 아름다웠다.

나는 보이지 않는 강물의 흐름을 생각하며 두 손을 창틀에 올려놓고 서 있다. 검은 강, 어두운 강…… 그래도 흘러가는 강물…… 나는 갑자기 센티해졌다. 들뜬 마음이 가라앉으며 조금은 우울하고 조금은 슬퍼지며 저 흐르는 강물처럼 다시는 예전의 나로 돌아갈 수 없다는 생각을 한다.

"뭐 해?"

“그냥. 내가 어디까지 왔나 하는 생각을 조금 해봤어.”

“그래? 어디까지 오긴. 나한테까지 온 거지, 뭐.”

그는 나를 안고 입술을 빨면서 손으로는 나의 머리를 부드럽게
매만진다.

“널 사랑해.”

“사랑?”

“그래. 사랑.”

“그런 게 있었나? 하핫핫……”

“요 깍쟁이.”

“나 배고파.”

“너부터 먹고……”

나는 그에게서 재빠르게 벗어나 탁자 위에 올려진 룸서비스 메
뉴판을 뒤적인다.

“우리 안심 스테이크하구 바닷가재 먹자, 응!”

뒤를 돌아본 나는 다시 피식 웃는다. 그는 벌써 벨트를 풀고 바
지 지퍼를 내리고 있다. 그의 남성이 불끈 성이 나 서 있는 것이 보
인다. 나는 장난스럽게 큰 소리로 말한다.

“밥부터 먹고 하자구. 난 배고프면 아무것도 못 해.”

“지연아. 나 좀 살려줘. 응!”

“글쎄, 살려줄 테니까 밥부터……”

나의 입술은 그의 입술에 의해 닫히고 나는 침대에 엎어져 제쳐
지는 치마의 까슬한 촉감을 느낀다. 한차례의 격렬한 섹스가 끝나
고 그는 벌써 소파에 앉아 담배에 불을 붙이고 있다. 나는 치마를
내리며 혹시 스타킹의 올이 풀어지지나 않았는지 확인하기 위해

스타킹을 벗어 그 속으로 한 손을 집어넣고 손가락을 좍 편다. 그리고 다른 한 손으로 전화 수화기에다가 룸 서비스를 부탁한다. 다행히 잠자리 날개 같은 스타킹에는 아무 이상이 없다.

스테이크는 연하고 바닷가재는 혀에서 살살 녹아들어간다. 이 순간 나는 아무 생각이 없다. 지극히 만족스럽고 충만하다. 비록 순간이라 하더라도…… 나에겐 언제부터인가 내일을 생각하지 않는 내성이 생겨났다. 아마 그것이 지금 이 자리에 남편이 아닌 다른 남자와 한차례의 섹스를 끝내고 맛있게 양식을 먹을 수 있는 힘이 되어주는 것 같다.

나는 가방에서 종이 한 장을 꺼낸다. 그 안에는 내가 십 년 동안 남편을 기다리며 가계부에 적은 유치하고 시시껄렁한 시 한 편이 있다. 사실 난 이 시가 남편에 의해 우연히 발견되어 읽혀지기를 원했다. 그것이 서른이 넘은 여자의 유치한 감상이라 하더라도……

정말 나는 꼭 이 시만은 내 남편이 읽어주기를 간절히 원했다. 그래서 내가 남편에게 얼마나 다가가고 싶어하는가를 호소하고 싶었던 것이다. 하지만 남편의 무관심은 나로 하여금 이 시가 다른 남자를 유혹하기 위한 도구로 쓰여지는 것 외엔 아무 의미가 없게 만들었다. 이 남자가 이런 시 따위에 유혹이 될지 어떤지는 모르겠지만 어쨌든 나는 사랑에 굶주려 나의 마음을 읽어줄 남자가 필요하다. 훗날 나와 헤어진 이 남자가 나를 유치하게 생각해도 하등의 상관이 없다.

"이거 읽어봐."

나는 종이를 건네주며 말한다.

"또 썼어. 차라리 시인으로 데뷔하지 그래."

"됐어. 나 같은 여자가 시인이 된다면 그건 이 세상 모든 시인을 욕되게 하는 일일 거야. 안 그래? 당신을 위한 시야. 당신만을 위해서 쓴 거야. 오직 당신만을 위해…… 알아?"

그는 고개를 끄덕이며 종이를 펼친다. 나는 나 자신이 간지럽다. 나는 그의 곁으로 가 어깨너머로 그의 목덜미를 간질이며 내가 쓴 그것을 본다. 그리고 그의 귀를 핥으며 블라우스 단추들을 하나둘 풀기 시작한다.

　　전생에 너와 나는 남매였다.
　　너는 나를 지극히 사랑하고
　　나는 너를 눈부신 듯이 보았다.

　　그러나 우리는 서로가 한뱃속에서 태어나
　　연을 맺지 못한 것을
　　평생의 한으로 살다 죽었다.

　　지금 우리는 다시 만났는데
　　전생……
　　우리를 신은 허락하지 않는다.

　　다음 생을 너와 나는
　　눈물로 기다린다.

그래, 나는 언제나 남편을 기다려왔다. 그가 나에게 오기를……
연애 시절로 돌아가고자 하는 그런 욕심을 부리는 것은 아니다. 단
지 최소한 한 남자와 십 년을 살면서 나의 마음을, 나의 갈망을, 나
의 욕망을 알아주기를 바랐던 것이다. 일에 빼앗긴 남편을, 도시의
현란한 불빛에 빼앗긴 남편을, 다른 여자에게 빼앗긴 남편을 나는
일부분만이라도 붙잡고 있고 싶었다. 하지만 내 손에 잡힌 것은 바
람핀 와이프를 가지고 있는 질투심 많은 남자이다.

"좋아, 좋은데…… 정말 나를 이렇게 사랑해? 말해줘. 어서. 나
를 죽어서까지 사랑한다구. 다시 태어나도 사랑한다구."

그는 자기 와이프에 대한 배신감을 나를 통해서라도 배설하기
위해 안간힘을 쓴다. 복수하기 위해 기를 쓴다.

"응. 그래. 죽어서까지도 사랑하지. 사랑하지 못할 게 뭐 있겠어."

나는 그의 이마를 부드럽게 애무한다. 자꾸 눈물이 나온다. 무엇
을 위해 눈물이 쏟아지는지 모르겠다. 그는 나의 눈물을 입술로 핥
아준다.

"당신 정말 나를 사랑하는구나. 난 참 운 좋은 놈이야. 이 나이에
이런 사랑을 받다니…… 사랑해. 사랑해……"

나는 한번도 나의 여성을 본 적이 없다. 그 말을 들은 남자는 나
를 번쩍 안고 목욕탕 거울로 가서 나의 다리를 벌리게 하고는 보이
느냐고 묻는다. 나의 여성은 남편이 보고, 산부인과 의사가 보고,
이 남자가 본다. 나는 보고 싶지 않지만 봐야 될 것 같은 생각이 들
었다. 나는 고개를 끄덕이며 내려달라고 했다. 별것도 아닌데……
그저 몸의 일부분일 뿐인데 왜 남자들은 사랑하지도 않는 자기 부
인의 그곳에 정조대를 채우거나 아니면 마녀로 몰아 불태워 죽이

는지 모르겠다. 뭐, 자기 핏줄을 확인하고 단단히 지키기 위해서라는 명분도 있지만 그것 때문에 여자들을 치욕과 죽임으로 내몬다는 것은 너무나 잔인하다. 그게 뭐 대수라구……

엄마는 늘 그랬다. 여자는 몸 하나만 잘 지키면 된다구…… 하지만 33년까지 내 몸 하나를 지키기 위해 애쓰며 조심조심 이 세상을 살아왔는데 나에게 돌아오는 것이 없지 않은가. 결국은 바람핀 남편을 가진, 다시는 가정으로 돌아오지 않을 남편을 둔 버림받은 여자가 되지 않았느냐 말이다.

검은 슬립만을 달랑 걸치고 소파 의자에 다리를 꼬고 앉아 나는 그에게 묻는다.

"당신 와이프는 요즘 어때?"

"매일 징징 짜지 뭐. 한 번만 용서해달라구. 아이들을 봐서라도 살아만 달라구 그래."

"어떻게 할 건데?"

"글쎄, 애들을 보면 살아야 될 것 같구, 와이프를 보면 당장 이혼을 해야 할 것 같구 그래."

"그냥 잊고 살아. 한강에 배 지나갔다구 생각해. 뭐 당신은 바람 안 피웠나? 지금 나하구도 이러고 있잖아?"

"남자랑 같아!"

그는 갑자기 벌컥 성을 낸다. 나는 순간적으로 눈에 불똥이 튀며 그의 뺨을 한 대 갈긴다.

"……!"

"너도 나쁜 자식이구나. 니가 그렇게 말하면 난 뭐니? 응!"

"……"

“……”

긴장된 침묵이 흐른다. 나는 벗어놓은 옷들을 하나씩 입는다.

“나 갈까?”

“……”

“나 가!”

“……가지 마. 뺨 한 대 맞은 거 가지고 널 잃고 싶지 않아. 뭐 별로 아프지도 않은데……”

그는 손바닥으로 내가 갈긴 볼을 슬슬 문지른다. 나는 입었던 옷을 다시 벗는다.

“당신은 어떻게 할 거야? 남편이 필사적으로 이혼을 원한다며……”

“응. 집도 주고 애도 주고 월급도 반을 주고 그러겠대. 이혼만 해주면……”

“그렇게 그 여자와 살고 싶어하면 놓아주지 그래.”

“그럼 난 남편 없는 여자가 되는데 당신이 이혼하구 내 남편이 돼줄 거야?”

“……”

“봐. 자신 없잖아…… 나는 십 년 동안 한 남자만 보고 살아왔어. 그 남자가 문제가 아니야. 내 청춘이 문제야. 그렇게 쉽게 그들이 원하는 걸 줄 마음은 없어.”

“그리스 신화에 나오는 메디아 같군. 남편이 다른 여자를 사랑한다구 그 남자와의 사이에서 난 아이들을 모두 죽여버리는……”

“그건 아니야. 난 아이들을 우리 부부 사이에서 상처받지 않게 하려구 노력해. 아이들을 생각하면 죄의식을 느껴. 아이들 외에는 아무에게도 죄의식이 없어. 도리어 조롱하고 싶을 뿐이야. 하지만 아이들의 삶은 그 애들의 삶이야. 단지 나는 남편에게 치명적인 상처를 주고 싶을 뿐이야. 그리고 세상에 불을 지르고 싶어.”

나는 탁자 위에 올려놓은 그의 담뱃갑에서 담배 한 개비를 꺼내 물고 불을 붙인다.

“이혼은 안 해줄 거야. 둘이서 어디까지 갈 수 있는지 보고 싶어. 그 여자와 살림을 차린다 해도 상관없어. 그리구 내가 어디까지 갈 수 있는지도 보고 싶어.”

“너만 상처받아. 스스로를 망치는 짓은 하지 마.”

“이미 당신하구 망치는 짓을 하구 있어!”

남편의 여자는 카페 구석에 몸을 완전히 숨기고 앉아 있었다. 그러나 나는 금방 알아볼 수 있다. 나는 거침없이 그녀가 있는 곳으로 걸어갔다.

“백미숙씨, 맞아요?”

여자는 큰 눈을 더욱 크게 뜨며 자리에서 반쯤 일어난 상태에서 말한다.

“네에……”

가늘고 여린 목소리다. 스물여섯 살이라 했던가. 나는 그녀의 젊음이 부러운 건지 아까운 건지 모를 한숨을 쉰다. 자리에 앉은 나는 그녀의 눈을 정면으로 쳐다본다.

“……”

“……”

“무슨 말을 해야 할지 모르겠군요.”

“죄송합니다. 도덕적으로 게가……”

여자의 첫마디는 도덕적으로 나에게 미안하다고 말한다.

"그런 사과 받자고 만나자 한 게 아니에요. 뭘 원해요?"

"……"

그녀는 오랫동안 침묵한다. 종업원이 메뉴 판을 들고 온다. 그녀도 나도 선뜻 메뉴 판에 손을 대지 않는다. 종업원은 힐끗 두 여자를 쳐다보며 천천히 말한다.

"뭘로 주문하실 겁니까?"

종업원의 말은 공중으로 흩어진다. 다시 큰 목소리가 들린다.

"뭘 주문하시겠습니까?"

"사이다로 주세요."

나는 짜증스런 목소리로 말한다.

"저도…… 같은…… 걸로……"

기포가 떠오르는 사이다 두 잔이 그녀와 나 사이에 놓여졌다.

"언제부터죠?"

"이 년쯤…… 된 것 같아요……"

"아이는 가져봤어요?"

"……네에……"

"……"

"……내가 어떻게 해주었으면 좋겠어요?"

"……전…… 전 오직 그만을 원해요. 정말…… 죄송합니다."

그만을 원한다, 그녀는 그렇게 말했다. 더 이상 무슨 말이 필요한가. 나는 그만 피곤해진다. 마치 유부남을 사랑하는 어린 후배의 신세 한탄을 듣는 것 같은 짜증스런 감정이 불쑥 튀어오른다.

"됐어요. 난 가보겠어요. 들을 말은 다 들었으니까."

“……”

　그녀의 큰 눈에 물기가 밴다. 넌 지금, 그 감정이 영원할 거라고 생각하겠지. 그렇게 생각하렴. 그렇지 않다고 말한들 넌 믿을 수가 없겠지. 나는 그 눈을 차갑게 쏘아보며 일어나 계산대로 걸어나간다. 그리고 그녀에게 짧게 한마디한다.

“먼저 나갈 테니 좀 있다 나가요.”

　카페 바로 앞 차도에 서 있는 택시를 타면서 빠르게 운전 기사에게 말한다.

“워커힐이오. 빨리 가주세요.”

　그는 말없이 남편의 여자를 만난 이야기를 듣고 있다. 나는 담배 연기를 폐부 깊숙이 빨아들이며 이야기를 마친다.

“이게 끝이야.”

“……이혼해줘. 인간이 살면 얼마나 산다구…… 서로 그렇게 살고 싶어하는데……”

“……휴우. 사실 나도 어떡해야 할지 모르겠어. 당신이나 와이프를 용서하구 살아. 당신 와이프가 그토록 매달리는데…… 당신 와이프가 바람을 피운 것은 그녀만의 잘못은 아니야. 당신이 그렇게 만든 거라구. 나처럼 말이야.”

“그래야겠지. 그런데 잘 안 돼. 아내는 섹스로라도 날 잡아두려고 밤마다 애처로울 정도로 매달리는데 내 와이프의 몸에 나말고 다른 놈이 들어갔다고 생각하니까 발기가 안 돼.”

“시간이 지나면 회복될 거야. 안 되면 어쩌겠어. 사는 게 중요하지 감정 따위가, 도덕 따위가 의미 없을 때가 있잖아.”

“쓸쓸한 얘기 그만 하고 우리 얘기나 하자. 날 정말 사랑해?”

"아까 말했잖아."

"당신이 없었다면 나는 질투로 미쳐버렸을 거야."

"남자의 질투가 여자의 질투보다 강한가 봐. 그래?"

"글쎄."

그는 슬립 속으로 손을 집어넣고 젖가슴을 애무하며 속삭인다.

"사랑해. 사랑해. 날 사랑한다고 다시 말해줘. 어느 누구도 사랑하지 않겠다구. 나만 사랑한다구 말해줘. 응! 오직 나만을 사랑한다구……"

질투에 불타는 그의 절박한 말을 들으며 나는 그에게 내 몸을 모두 열어준다. 그래, 그렇게라도 그 감정에서 벗어나고 싶으면 니 마음대로 해봐. 나를 통해 모든 것을 해소해버려. 나 역시 그러니까.

격렬한 몸짓으로 나에게 파고드는 그의 허리를 나는 튼튼한 두 다리로 감싼다. 내 두 다리는 아이를 낳고, 내 몫의 일을, 노동을 하기 위해 단련된 다리다. 그런데, 그런데……

어둠 속에서 말없이 흐르는 강물의 소리를 듣는다. 강물이 흐르고 시간이 흐르고 인생이 흐르고 나 자신조차 흘러가는 이 모든 것들에 외롭고 외롭고 또 외로운 마음을 풀어놓는다.

〔『실천문학』, 1997년 봄호〕

사회학적 상상으로서의 페미니즘

하응백

1

인류는 진보하지 않을 것이며 그것은 아름다울 것이다.

위의 진술은 차현숙의 소설 「어느 쓸모 없는 자의 고백」에 등장하는 말이다(p. 254). 이 소설의 주인공은 "공장에서 일하는 누이 동생의 청춘으로 삼류 대학을 겨우 졸업하고 오랫동안 실업자로 애인의 꽃다운 청춘을 야금야금 갉아먹다 결국"(p. 246) 그들에게서 도망쳐서, 가끔 가다 얻어걸리는 원고를 윤문하거나 교정을 보아 겨우 생계를 유지하며 살아간다. 그가 윤문을 맡은 재벌 회장의 인생 성공담 가운데에는 "인류는 진보할 것이고 그것은 아름다울 것이다"(p. 254)라는 문장이 번듯이 자리잡고 있다. 이 소설의 주인공은 그 문장을 이틀이나 노려보다가 원래 문장의 뜻을 뒤집어 처음에 인용한 내용으로 바꾸어놓는다. 그 결과로 그는 출판사 일

거리를 잃고, 아버지의 병원비를 대기 위해 모아둔 상당한 액수의 돈을 날려버리는 횡포를 당한다.

인류의 진보에 대한 믿음을 상실하고, 진보하지 않는 것 자체가 아름답다고 생각하는 태도는 비극적 혹은 퇴행적 세계 인식이다. 하지만 이 소설의 이러한 비극적 인식은 차현숙이 인간에 대한 믿음을 상실한 것이 아니라, 특정한 상황이나 환경에 주인공을 투입하고 그 주인공에 적합한 세계 인식을 부여함으로써 제기되는, 소설 작중 인물의 세계 인식이다.

「어느 쓸모 없는 자의 고백」에서 주인공이 사는 곳은 도시 빈민층이 집중적으로 모여 사는 '벌집'과 같은 구조를 지닌 다세대 가옥이고, 그 집의 구성원들은 나름대로 비극적인 사연과 궁핍을 이고 사는 불쌍한 사람들이다. 아버지를 수시로 두들겨패는 학철, 청각 장애아 아들에게 "확 뒈져버려! 사람 구실도 못 할 새끼야! 일찌감치 뒈지는 게 너도 편코 나도 산다!"(p. 255)고 핏대를 올리다가 가출해버리는 석이 엄마, 아들은 교통 사고로 죽고 며느리는 가출하여 혼자 손주를 키우며 사는 삐딱이 할멈 등이 바로 그들이다. 수시로 폭언을 행사하고 주인공을 못 살게 하는 이 이웃들이, 기실 작가가 '우리 편'이라고 생각하는 사람들이다. 이 '우리 편'의 경제 상황은 국가적인 경제 불황이 겹쳐, 날로 악화되어가고 있다. '우리 편'의 반대쪽에 있는 사람들은 한 달에 한 번 외제 차를 몰고 와 세를 받아가는 주인 여자나 "평균 14억 4천만 원을 소유한"(p. 251) 1급 이상 공직자들일 것이다. 이 소설은 『난장이가 쏘아 올린 작은 공』 이후의 1980년대의 민중 소설 계열의 작품에서 보여지는 가진 자와 못 가진 자의 이분법적인 대립을 승계하고 있지만—차현숙의 등단작 「또 다른 날의 시작」(1994)과 이어 발표된 「불임나무, 1995. 12」「틈입자」는 후일담 문학이거나 80년대 소설의 연장선에 있다—이를 두고 차현숙의 전체 소설이 80년대의 연장선에 있다고 하기는 어렵다. 미묘한 뉘앙스의 차이가 발견되는 것이다.

차현숙의 소설은 대부분 주인공을 어떤 상황에 몰아넣고 그 주인공의 변화를 관찰한다. 그 주인공은 소설이 설정한 상황에 따라서 비극적 세계 인식을 가지기도 하고 아주 드물게는 낙관적인 전망을 가지기도 한다. 이것은 리얼리즘이라기보다는 자연주의에 가까운 창작 방법론이다. 차현숙 소설에서 차현숙이 거의 보이지 않는 것도 바로 이러한 창작 방법론 때문이다. 심지어 유년기의 회상이 잠시 드러나는 「유년의 강」조차도 실상은 차현숙의 유년기가 아닌, 시장에서 유년기를 보낸 보편적인 여자라고밖에 할 수 없는 소설 주인공으로서의 여자가 등장할 뿐이다. 차현숙은 소설에서 자신의 삶을 표면화하고 싶지 않은 것이다. 왜 차현숙은 소설에서 자신을 드러내지 않는가? 이 경우 두 가지 이유를 상정할 수 있다. 우선 지나온 삶이 너무나 평범하여 드러낼 만한 무엇이 없다고 작가 스스로 생각하는 경우, 둘째는 지나간 삶의 어떤 상처가 너무 압도적이어서, 그 상처에 아직은 도저히 접근할 수 없는 경우이다. 아마 차현숙의 경우는 첫번째로 추측할 수 있을 것인데, 이것은 기실 차현숙 나이 또래 작가들의 일반적인 삶이기도 하며, 그들 스스로의 삶에 대한 생각이기도 하다. 왜 소설을 쓰는가 혹은 작가가 되었나 하는 심층적인 문제를 거론하지 않는다면, 작가가 자신의 삶이 평범했고, 평범하다고 생각하는 경우, 작가가 소설적으로 의

지할 곳은 결국 창작 방법론이다.

　좀 우회해서 말하자. 한 작가가 이력서를 작성한다고 하자. 그 이력서는 어느 초등학교 졸, 중학교 졸, 고등학교 졸, 대학교 졸, 몇 년 직장 생활 하다가 결혼, 아이가 하나 있고, 문학에 대한 꿈을 접을 수 없어서 등단했다고 적혀 있다고 하자. 그 삶에 특별한 점이 있다면, 고등학교 시절 짝사랑의 경험이 있고, 입시 부담 때문에 한두 번 가출 욕구를 가져본 적이 있고, 대학 시절 운동권 서클에 가담해서 한두 번 가투 경험이 있고, 진한 첫사랑을 해보고, 등등이겠지만, 사실 그러한 경험은 별 특별할 것도 없는, 386세대라면 보통으로 겪는 통과 제의에 불과하다. 만약 작가가 그러한 점을 30대가 지나면서 알게 된다면, 자신의 삶을 소재로 소설을 쓸 수 있을까. 그럴 경우, 작가는 사회학적 상상력으로 혹은 몽환적 상상력으로 소설을 밀고 나갈 수밖에 없다. 이런 상상력은 결국 창작 방법론에 해당한다. 차현숙의 소설이 초기 운동권 후일담 모습을 띠다가, 그 이후 4, 5년 동안 거의 페미니즘이라 불릴 수 있는 30대 중반 여성의 여러 가지 곡해된 삶으로 관심을 전이한 것은, 창작 방법론으로서의 선택이라 아니 할 수 없다. 때문에 차현숙의 소설은 주인공이 처한 상황을 제시하고 그 상황에 맞게 움직이는 여성들의 삶을 현실적으로 포착한다. 그렇다고 차현숙의 소설이 사회학적인 상상력으로만 30대 여성들의 삶을 치장하는 것은 아니다. 차현숙 소설은 비록 사회학적 상상력으로 출발했다고는 하나 개별 주인공들이 처한 상황에서 겪게 되는 미묘한 갈등을 심리적으로 적확하게 포착해낸다. 차현숙 소설이 설득력을 갖는 부분도 바로 이 지점이다.

2

1990년대 중반 이후 한국의 여성 작가들에게 가장 매력적으로 다가온 소설적 담론이 바로 페미니즘이다. 1990년대 문학의 특성 중의 하나로 거대 담론의 퇴조와 미시 담론의 대두를 꼽는다면, 그 미시 담론 중에는 개인 욕망의 분출 항목을 상정하지 않을 수 없다. 여성 작가의 입장에서 본다면, 개인 욕망의 분출 항목에 가부장제적 사회 속에서의 여성이 처한 이중적 억압이 자리잡을 수 있다. 90년대 많은 남성 작가들이 성적 금기에 대한 도전으로 나아갔다면, 여성 작가들은 결혼과 같은 제도에 대한 회의로 나아간 것이다. 다른 말로 남성 작가들이 성적 쾌락을 소설적으로 추구했다면, 여성 작가들은 여성을 억압하는 제도적 장치—주로 혼인 제도—에 대한 반발을 추구했다. 차현숙의 소설을 비롯한 많은 여성 작가들의 소설에서 불륜이나 이혼 문제가 주된 화두로 떠오른 것은 사랑이나 쾌락을 위한 것이 아니라 억압에 대한 저항의 전략적 표현이다.

차현숙의 두번째 소설집에 해당하는 이 책에 실린 9편의 소설 중에 위에서 잠시 언급한 「어느 쓸모 없는 자의 고백」을 제외한 8편의 작품이 모두 결혼의 위기를 다루고 있는 작품이다. 차현숙 소설에서 혼인 제도의 위기는 대개 남편 아니면 아내의 외도, 여성의 권태감이나 정체성 상실 등에서 비롯한다. 이중에서도 외도·불륜·간통 등으로 불리는 혼외 정사로 인한 결혼 생활의 위기 혹은 파경을 다룬 작품은 「세상에 빛이 있어라」「이브의 거울」「서울,

밀레니엄 버그」「폭우」「유리 구두」「2와 2분의 1」 등의 여섯 작품에 이르며, 여성의 결혼과 정체성 혼란을 다룬 작품에 「유년의 강」「아령」 등이 있다. 차현숙 소설의 거의 대다수가 주로 30대 중반의 중산층 여성 문제를 다루고 있는 것이다.

「세상에 빛이 있어라」는 이혼한 엄마와 사는 아이의 시각에서 씌어진 작품이다. 아빠는 "엄마 말고 다른 여자들을 더 사랑"(p. 14)했기 때문에, 엄마와 심각한 부부 싸움을 벌이고, 급기야 그들 부부는 이혼한다. 이혼 후 이들 가족의 행적.

아빠: 사귀는 여자가 임신하여 곧 결혼한다. 이혼 때 합의한 아이의 양육비와 새로 꾸밀 가정의 비용을 책임져야 하기 때문에 경제적으로 허덕인다. 아들에 대한 심리적인 부담도 크다.

엄마: 경제적인 문제가 가장 심각하다. 이혼 뒤 과외 선생, 보험 설계사 등 여러 직업을 전전하다, 지역 신문 여기자가 되었지만 기실 그 여기자란 것이 사이비에 가깝다. 이혼한 남자 선배와 연애 감정이 오가지만, 애 딸린 여자라는 이유로 인해 결혼으로 연결되지 못한다.

아이: 부모가 이혼했다는 이유로 친구들에게 따돌림을 받고 정서적으로 불안에 시달린다.

결국 이들 가족은 모두 불행에 빠진 셈인데, 그 불행은 아빠의 잘못에 제일 큰 원인이 있지만, 아이는 그것마저 "신들의 게임에 놀림을 당하고 진 거뿐"(p. 39)이라는 생각을 한다. '신들의 게임'이란 운명을 말하는 것일 테고, 만약 운명에 이들 가족의 불행을 맡긴다면, 소설적으로 제도적인 측면인 이혼이나 결혼을 따지는 것은 무의미하다. 때문에 이 소설은 이혼 후 여성이 주로 직면할 수밖에 없는 경제적 문제와 아이 양육 문제가 주된 화두로 떠오를 것이다. 이것은 매우 현실적이니만큼 사회적 상상력의 범주에 해당할 것이다.

「이브의 거울」은 '나'라는 매우 활동적인 여자와 희주라는 수동적인 여자의 대비를 통해 어떤 경우이든 여자라는 굴레를 벗어나지 못하는 젠더로서의 여성의 결혼 생활을 다루고 있다. '나'는 활달하게 직장 생활을 하고 당당하게 불륜을 저지르지만, 남편에게 알려져 호된 구타를 당한 뒤 친구인 희주 집에 와 있다. '나'가 혼외 정사를 한 이유는 단지 "삶의 긴장과 활력을 갖기 위"한, "그저 모닝 커피 같은"(p. 77) 것이었을 뿐인데, "오직 불륜이란 말 속의 진부한 의미만으로 세상"(p. 78)은 그녀를 바라본다. 희주는 반대로 결혼 생활에 안주하다가, 남편이 첫사랑의 여자를 다시 만나 그 여자에게로 가는 바람에 결과적으로 이혼을 당한 처지가 된 여자다. 희주는 주위의 강요로 재혼을 위한 선을 보고, 자신의 삶에서 처음으로 자신의 결단에 의해 선을 본 남자와 성관계를 가진 뒤 집에 돌아와 있다.

파탄 난 얼굴 뒤로 처음으로 자신의 의지를 사용해, 자신의 구덩이에서 벗어나기 위해 필사적으로 남자와 몸을 섞고 온 여자의 지친 몸이 누워 있다. 재혼을 할까……? 결국 해야 할 것이다. 무능하고 착하기만 한 희주에겐 여지가 없다. 나는 내일이고 모레고 남편이 내미는 이혼 서류에 도장을 찍어야 할 것이고. 이기적이고 뻔뻔

한 나 역시, 여지가 없다. 그녀나 나나 자신의 상황을 뛰어넘을 장
대가 없다. (p. 78)

남편의 경제적 능력에 기생해서 살든, 당당하게 커리어 우먼으로
살든, 결혼 파경의 원인을 남자가 제공했든, 여자가 야기했든간에
종착역은 한 가지라는 비관적인 결론을 내린다. 이런 상황에서 여
성끼리의 연대가 상황을 '뛰어넘을 장대' 가 되기는 힘들 것이다.
「서울, 밀레니엄 버그」는 불륜을 저지르고 신경 쇠약에 걸려 있
는 아내를 둔 남편의 이야기다. 남편은 어려서 아버지를 잃고 "엄
마를 지켜드려라"(p. 84)란 아버지의 유언을 지키기 위해, 그리고
성인이 되어 결혼한 후에는 직장에서 "낙오의 마지막 한계"(p. 90)
에 와 있으면서도 가족을 위해 열심히 살았다. 그의 처지는 "도로
에는 차들이 달리고 점심을 끝낸 와이셔츠들이 골목마다 구더기
떼처럼 쏟아져나와 일용할 양식을 기다리는 부모와 처자를 위해
네모난 시멘트 상자 속으로 기어들어간다"(p. 97)에서의 '와이셔
츠' 와 같다. 그의 평온을 깬 것은 한 여자가 전해준 다른 남자와 자
신의 아내가 함께 찍힌 한 장의 스티커 사진이다. 그 사진을 통해
그는 아내의 지속적인 불륜 사실을 알고 괴로워한다. 그는 이해할
수가 없다. 여자가 왜 외도를 하는지를.

난 왜 그녀들의 삶에서 자유로울 수 없는가. 왜 그녀들은 사랑에
모든 것을 거는 걸까. 마치 꼭 해야 할 생(生)의 숙제처럼…… 그 미
친, 순간의 감정을 가지고 자신의 생을 몽땅 불행 속으로 끌고 들어
가는 그녀들의 이상한 습성들…… (p. 106)

　그 이상한 습성이 그녀를, 그들의 가족을 파멸로 내몰았다. 아내는 자신을 용서할 수 없어 집을 떠나고 그는 아이들과 함께 집에 남는다. 이 소설은 남편의 입장에서 여자의 외도를 다루고 있다. 앞의 작품에서처럼 혼외 정사는 결국 가정을 파탄으로 몰아가는 주범으로 작용한다.

　「폭우」는 남편과 함께 전남 보길도로 여행을 떠난 여자의 내면 심리와 외도를 그리고 있다. 결혼 전후에 그들은 사랑했고, 남편의 웃음은 "그녀에게 기쁨이며 고통이며 감미로운 행복의 근원"(p. 209)이었지만, 어느 때부터인지 "남편과의 관계는 특별한 계기 없이 서로 떨어져 있는 두 개의 섬처럼 아득"(p. 213)하기만 하다. 아마 그러한 거리를 좁히기 위해 그들 부부는 보길도 여행을 계획했던 듯하다. 그러나 여행지에서도 여자가 느끼는 상실감과 권태는 여전하다. 남편은, 버스에서도 배에서도 보길도의 민박집에서도, '피곤해'와 '졸려'를 입에 달고, 잠만 잔다. 여자는 남편이 잠든 뒤 보길도 세연정에서 마을 청년을 유혹해 충동적인 외도를 한다. 이 정사는 표면적으로는 즉흥적이지만, 기실 여자가 기획하고 있었던 결과라고 해도 무방하다. 상실감과 권태에 따른 계획적인 정사 후에 여자는 남편과의 삶을 다시 인정하고 안락한 잠 속으로 빠져든다.

　이 소설에서 여자의 외도는 앞의 소설들과는 달리 여자의 삶에 긍정적인 요소로 작용한다. 외도를 통해 그들 부부가 잃어버렸던 것은 "열정을 동반한 사랑, 삶"(p. 238)이며, 이것을 시간의 탓으로 돌리는 데 성공하는 것이다. 그러나 이러한 결말은 마을 청년과의 정사가 비사실적으로 보이는 것처럼 어색하다. 오히려 이 소설의 핵심은 여자가 남편을 졸라서, 듣는 이야기 속에 담겨 있다. 남편은 남편과 아이들 건사 잘 하고 집안 살림 열심인 서른다섯 먹은 전형적인 현모양처가 있었다고 가정한다.

어느 날 여자가 서른다섯이 되었을 때 교통 사고로 죽은 거야. 사실 이건 내 생각인데 그런 여자는 일찍 죽는 게 좋아. 다음 이야기를 해야겠지? 그 현모양처는 심판자인 신 앞에 섰어. 신이 말했어. 〔……〕 하느님이 뭐라고 했냐면, 내가 언제 너를 집에서 그렇게 살라고 세상에 내보냈느냐. 다음 생에는 개로 태어나게 해줄 테니 실컷 돌아다니며 재미 좀 보고 살아라! (pp. 222~23)〔강조는 인용자〕

남편은 이어서 다음 생에도 개가 된 아내의 목에 줄을 매달고 집에 묶어두겠다고 말한다. 그렇다면 위의 강조한 부분과 남편이 아내를 묶어두겠다는 사이에는 논리적 충돌이 일어난다. 현모양처는 일찍 죽는 게 좋다고 했다가, 다시 태어나도 묶어두겠다니. 왜 이런 모순의 진술이 공존하는 것일까. 아마도 위의 강조 부분은 작가를 비롯한 30대 중반의 한국 여성들에게 그렇게 생각하기를 강요하는 사회적 분위기를 반영한 발언이 아닐까. 커리어 우먼이 선망의 대상이 되는 분위기 속에서, 페미니즘의 거센 기세 속에서, 현모양처를 내세우지는 않더라도 평범하게 살아가는 전업 주부들은 오히려 자신들이 바보가 아닌가 하는 강박 관념 속에 훨씬 더 노출되어 있다. 여성의 가사 노동이나 자녀 양육의 중요성보다는 여성의 사회적 노동이 훨씬 가치 있는 것으로 받아들여지는 분위기가 은연중에 조성되어 있다. 현모양처(賢母良妻)는 양처현모(良妻賢母)라는 메이지 유신 이후 생긴 일본식 한자의 역순이고, 그 말이 생긴 것은 남성 노동력을 극대화하고, 노동 시장에서의 여성 노동력을 보조적인 형태로 만들어 싼값으로 남성과 여성 노동력을 동시에 착취하기 위한 수단이라는 마르크스주의적 페미니즘의 영향 때문만이 아니라 하더라도, 현모양처는 이미 선망의 대상이 아니라 멸시나 조롱의 대상이 된 것이다. 문제는 바로 여기에 있다. 가사 노동이나 자녀 양육의 책임이 여성에게만 있느냐 하는 기계적인 물음은 생략하자. 현실적으로 적어도 대학 교육을 받은 중산층 주부들은 가사 노동과 자녀 양육에 헌신적이면서도 심리적으로는 정체성의 위기에 시달리고 있는 것이다. '이것이 내 삶의 전부는 아닌데'라는 이상과 사회적 자아 실현의 현실적인 어려움이 교육 받은 여성들을 이중의 어려움 혹은 헷갈림으로 몰아가고 있는 것이다. 이론적으로 남녀 분담에 의한 가사 노동과 자녀 양육, 여성의 사회적 자아 실현에 대한 사회적 보장 등으로 이 문제는 해결될 수 있다. 그러나 이론에 앞서 혹은 이론에 못 미쳐 혹은 과도기적 상태에서, 한국의 유사 현모양처는 머리는 하늘에 있고 몸은 지상에 있어 어디를 보아야 할지 모르는 형국이다. 「폭우」에 나오는 남편 이야기의 이율 배반성 ── '죽어도 좋아'와 '묶어두겠다' ──은 바로 여성의 현실 감각의 두 방향을 말하는 것이라 해도 무방할 듯하다. 이러한 모순은 여성에게만 노출되어 있는 것이 아니라 소설 속에서의 남편이 헷갈리듯이 현실에서의 남성들도 당면하고 있는 문제이기도 하다. 이렇게 보면 「폭우」는 여성의 정체성에 대해 오락가락하는 부부의 이야기이며, 이것은 또한 현 한국 사회 페미니즘 현황에 대한 정확한 반영이기도 하다.

「폭우」와 마찬가지로 「아령」도 여성의 정체성 혼란을 직시하고 있는 소설이다. 이 소설 서두에 등장하는 다음과 같은 진술은 위에서 말한 30대 중반 여성의 성 정체성 혼란을 단도직입적으로 보여준다.

> 그녀는 서른다섯 살이다. 서른이 될 쯤 그녀의 수첩에 전화번호가 적힌 그녀의 친한 친구 일곱 중 넷이 이혼을 했고, 하나가 독신으로 술집을 하고 있고, 나머지 둘은 늘 남편과 시댁과 아이들에 대한 불만을 전화선을 통해 그녀와 친구들에게 말한다. 그녀는……방 하나만을 소원했다. (p. 147)

소설가인 여자는 자신만의 방을 가지기 위해 남편과 상의도 없이 이사를 계획한다. 그녀는 이사할 집을 보러 다니면서 두 집을 방문하게 된다. 첫째 집은 가정 생활의 일상이 그대로 드러난 집이고, 둘째 집은 결혼을 앞둔 남자가 혼자 사는 집이었다. 그녀는 안락한 가정을 꾸미고 있었던 첫째 집이 아니라 다소 황량한 둘째 집을 선택한다. 이 선택은 대부분의 남자들이 이해하지 못하는 이유 때문이다. 남자들은 여자가 식사 준비와 설거지와 청소와 먼지와 아이들에 대한 잔소리와 그 밖의 자질구레한 일상에 얼마나 짜증을 내고 있는지 잘 모른다. '내가 하지 않은 밥은 다 맛있다'라는 주부들의 발언을 잘 이해하려 들지 않는다. 남자에게 집이란 대부분 안식처이지만, 여자에게 집이란 생존의 싸움터일 수도 있다. 여자는 이 싸움터에서 도피할 수 있는 자기만의 방을 원한다. 남자가 직장에서 도피해 가정으로, 혹은 그 둘 다에서 도피해 낚시터나 술집으로 달려가듯이. 이 경우 남자에게는 치열한 경쟁에 의한 혹은 처자식 먹여 살리느라…… 하는 핑계가 사회나 가정에서 통용되지만, 여자의 경우 대개 도피처인 '자기만의 방'은 합당한 핑계로 인식되지 않는다. 여자가 '방 하나만을 소원'하고 그 방을 가지기 위해 남편과 사전 상의도 없이 이사를 감행한 것은 그러한 이유에서이다. 여자는 그 방에서 종종 "밤마다 거울 보고 일기 쓰는 너는 누구인가"(p. 154)를 중얼거린다. '거울'과 '일기'의 공통적 상징의 정체성이다. 때문에 이 중얼거림은 '나는 무엇인가?'로 귀결될 수 있다. 하지만 차현숙 소설의 정체성 추구는 존재론적이라기보다는 가정과 사회 속에서, 남편과의 관계 속에서 '나'는 무엇인가 하는 문제에 더 큰 관심이 있다고 말할 수 있다.

「유리 구두」는 10여 년 간의 남편의 외도를 지켜보다가 그 기다림에 지쳐 드디어 스스로 외도를 감행하는 여자의 이야기다. 여자는 취직도 생각해보았지만 남편의 체면에 걸맞는 직장이나 업종은 얻어질 리가 없었고, "일에 빼앗긴 남편을, 도시의 현란한 불빛에 빼앗긴 남편을, 다른 여자에게 빼앗긴 남편을"(p. 324) 기다리다가, 겨우 "바람핀 와이프를 가지고 있는 질투심 많은 남자"(p. 324)를 붙잡았을 뿐이다. 그들은 호텔에서 정사를 나누며, 서로의 가정에 대해 용서하라, 사랑해라 하면서, 서로를 위로한다. 그러나 그 위로나 정사는 위악뿐이라는 것을 여자는 잘 알고 있다. "여자는 몸 하나만 잘 지키면 된다"(p. 325)는 정조 이데올로기는 신데렐라의 유리 구두처럼 여성에 대한 억압에 불과하다는 것을 잘 알고 있다. 그러나 여자의 문제는 유리 구두를 벗어던져도 혹은 깨어

버려도, 쉽게, 유리 구두에 맞았던 발 모양을 변화시킬 수 없다는
데 있다. 때문에 여자는 정부와 정사를 나누면 나눌수록 발을 쳐들
면 쳐들수록 외로움에 빠진다. 혼인이라는 혹은 일부일처제라는
제도는 그토록 완고한 것이다.

「2와 2분의 1」은 지식인을 자처하는 대학 교수 남편을 둔 아내의
이유 있는 항거를 다룬 소설이다. 남편은 공부와 사회적 체면 유지
를 위해 일방적으로 여자의 희생을 강요한다. 거의 모든 가사는 아
내에게 맡겨둔 채 남편은 자신의 신분 상승을 위해 매진한다. 여자
가 참을 수 없는 것은 남편의 위선적인 태도다. 남편은 이혼한 커
리어 우먼과 혼외 정사를 하면서도, "연애만큼 좋은 인생 공부가
없어. 자신의 감정을 알고 인간의 심리를 파악하고 세상을 배우고
인생을 알 수 있는 경험이야. 문란하지만 않다면 그런 경험들을 많
이 해보는 게 좋은 것 같아. 하지만 자기 파트너에게도 공평해야
지. 당신도 기회 있으면 연애를 좀 해봐"(pp. 289~90)라고 자기 합
리화를 꾀한다. 반면 여자는 남편에게 항거하기 전까지는 "사회
생활은 여자의 콤플렉스"(p. 286)라고 생각하고, "남자에 의존했
다"(p. 287). 그녀는 결혼하자 "마치 타고난 본성처럼 의존적인 인
간이 되어버렸다"(p. 287)는 것을 안다. 남자는 여자와 남자의 능
력을 합친 '2'에 해당하고, 여자는 남자의 반쪽인 '2분의 1'에 해
당했던 것이다.

이 소설은 가진 자의 속물 의식과 못 가진 자의 항거, 계급 모순
에 대한 직시를 성 모순에 대한 환기로 바꾸어놓았다고 볼 수 있
다. 즉 착취자로서의 남성을, 피착취자로서의 여성을 부각한 형국
인 것이다.

「2와 2분의 1」에서 제기한 제도로서의 결혼에서 여성의 입장을 남성에 대한 기생(寄生)으로 파악하고 그 허위 의식을 드러내고 있는 작품이 바로 「유년의 강」이다. 이 소설에서 주인공은 자신의 처한 환경——시장 장사치의 딸——에서 벗어나 신분 상승을 이루기 위해 두 가지 선택을 한다. 첫째 선택은 대학가기와 같은 교육을 통한 신분 상승이다. 그녀는 자살 소동을 벌이면서까지 대학가기를 열망했고, 결국 시장통에서 거의 유일한 여대생이 되는 데 성공한다. 그러나 대학을 졸업해도 그녀 스스로의 노력에 의한 신분 상승은 불가능하다는 것을 깨닫게 된다. 시장의 가난한 딸 신분에서 벗어나기 위해 그녀가 선택한 2단계 작전은 결혼이다. 그녀는 부유한 집안의 남자를 유혹하고, 아기를 가짐으로써, 결혼하게 되고 꿈에 그리던 부유층 여인이 되는 데 성공한다. 신분 상승이 이루어졌을 때 그녀에게 치부로 남아 있는 것은 여전히 가난에 허덕이는 친정과 시장통 사람들이다. 그녀가 친정집에 올 때 시장통을 우회하는 이유도 바로 그 이유 때문이다. 그녀의 결혼을 통한 신분 상승이 결국은 기생에 다름아님을 깨닫게 되는 계기가 바로 어릴 적 친구 진숙과의 만남이다. 고아 출신인 진숙은 자신의 환경을 벗어나기 위해 최선의 노력을 다하지만 현실의 장벽은 높은 것이어서 그녀는 그것을 뛰어넘을 수 없다. 하지만 진숙의 삶에는 허위 의식이 없으며, 맑고 순수한 영혼이 있다. 주인공과 진숙의 극단적인 대비를 통해 차현숙은 결혼이라는 제도가 가진 위선적인 모습을, 부르주아 여성의 기생성을 해부하는 것이다.

3

　차현숙의 소설은 한국적 상황에서 혼인 제도와 결혼 생활이 가져오는 여러 가지 부작용이나 여성의 흔들리는 정체성 문제를 사회학적 상상력으로 체계화한다. 차현숙은 아마도 이 문제에 대한 소설화를 즉흥적인 발상으로 진행한 것이 아니라 몇 가지 테마를 정해놓고 그 테마 속에서 일어날 수 있는 가능한 이야기를 순차적으로 진행시킨 것으로 보인다.

　가령 「세상에 빛이 있어라」와 「이브의 거울」과 「서울, 밀레니엄 버그」는 외도로 인한 이혼과 그 이후의 상황을 그리려고 하는 작품군이다. 이 세 소설은 각각 아이·여자·남자의 시각으로 그려진다. 주로 이 작품들에서는 외도로 인한 가정 파탄이 가족 구성원들게 심리적·경제적·교육적으로 얼마나 심각한 영향을 미치는가를 보여준다. 주로 파탄의 원인이 상대의 외도로 설정되어 있는 것은 물론 차현숙의 의도겠지만, 흥미로운 설정이라고 볼 수 있는 대목이다.

　「폭우」「아령」「유리 구두」와 같은 작품군은 결혼 생활의 권태와 여성의 정체성 상실, 세태적인 도덕적 위기감 등을 그리고 있는 소설들이다. 특히 「폭우」는 차현숙 소설에서 거의 유일하게 외도를 결혼의 위기로 몰아가지 않는다. 이 외도는 권태를 드러내기 위한 극적인 선택이겠지만, 동네 청년의 지나친 흥분으로 정상적인 육체의 결합까지 이어지지 못했다는 점에서, 차현숙의 외도에 대한 도덕적 결벽성의 일단을 엿보게 해준다. 이는 차현숙의 소설에서 외도가 빈번하게 등장하지만, 그 외도는 사회학적 상상력의 범주에서 크게 벗어나지 않는다는 것을 말하기도 한다. 「2와 2분의 1」과 「유년의 강」과 같은 작품은 결혼 제도라는 관점에서 중산층 혹은 지식인의 허위 의식이나 속물 근성을 드러내는 작품이다. 차현숙 소설은 전체적으로 외도·결혼·이혼 등을 중요한 소재로 사용하고, 그 소재들은 1990년대 이후 제기된 페미니즘의 틀 속에서 진행되며, 그것은 주로 사회학적 상상력을 통해 소설화된다. 이것은 방법론적인 선택이지만, 이러한 방법론 근저에 있는 것은 1980년대 학번의 보편적인 감수성이다. 흔히 386세대라고 불리는 이들 세대는 불합리한 권력과 가진 자에 대한 적개심이 강하며, 때문에 변혁에 대한 갈망 또한 강하다. 새로운 조류에 대해 민감하게 반응하면서도 합리성을 신봉한다. 이들과 4·19 세대의 정신적 간극은 사회주의에 대한 태도 등을 제외한다면 근본적으로는 그리 크지 않다. 하지만 4·19 세대가 소수의 엘리트에 의해 그 정체성이 유지·확인되었다면, 386세대는 그와 반대로 거의 모두가 동일한 정체성을 갖고 있다. 1980년대의 대학 생활과 정치적 사건들을 겪으면서 의식의 대중화와 보편화가 이루어졌던 것이다.

차현숙의 소설은 386세대의 보편적인 정서에 기반하여, 90년대 이후 제기된 페미니즘과 정치한 여성 심리 묘사가 사회학적 상상력과 결합하면서 탄생한다. 때문에 차현숙의 소설은 잘 씌어진 시험 답안지 같은 느낌을 준다. 문제는 차현숙의 앞으로의 소설이 답안지에서 어떻게 벗어나느냐 하는 것이다. 이것은 작가의 입장에서 본다면 개성 혹은 특수성 문제로 귀결될 것이다. 차현숙의 소설은 이제 채점이 불가능한, 답이 없는 문제에 대한 도전에 직면했다고 감히 말하고 싶다.

작가의 말

길을 걷다 보면 문득, 까닭 없이 그 자리에 멈춰 설 때가 있다. 돌아가자니 이미 집으로 가는 길을 잃어버렸고, 앞으로 가자니 어디로 가야 할지 막막할 때, 말이다.

지금 내 심정이 그런가.

막막하지만 별 수 없다. 너무 오랫동안 서 있을 수는 없다. 오직 나 자신을 의지하고 앞으로 나아갈 수밖에……

2000년 10월

차현숙